た外国語の表記はウィーン、ドナウなど日本語として定着しているもの以外はなるべく原音を思い出し易い形にしました。ローマ字読みの時代でもないと思いますから。精神分析用語の邦語訳は基本的に村上仁監訳『精神分析用語辞典』(みすず書房、1977年刊)に従いました。

*

もともとフロイトは、1895年に先輩医師ブロイアーとの共著『ヒステリー研究』を出版したとき、次は神経症の症状形成と治療に関する理論を築こうと考えていました。しかし、この試みは頓挫します。というのも、心理的な正常・異常の区別をつけるのが原理的に難しいと気付いたからです。これ自体がフロイトの発見の一つなわけで、例えば今でも、外のトイレで蛇口やドアノブに触れるのが何となく「汚く」感じられて嫌に思う人と、外から戻った家族が「汚いから」と衣服を玄関先で全て着替えさせなくては気が済まない神経症の人と、〝不潔の想念〟に関して、どこがどう違うかと筋道立てて説明することはできません。「汚い!」と思うのが、どこまでなら正常のうちで、どこからが異常なのか、理論立てて区分けすることができないのです。

となれば、神経症の症状といっても境目が曖昧なわけで、こうしてフロイトは論究の手がかりが摑めぬまま、先に進むことができませんでした。そうこうするうちに、1896年、父親が亡くなります。フロイトは大層悲しみ、今の時代なら「神経症的」と呼びうるような〝不安〟を経験します。しかし、激越なヒステリーや神経衰弱(今の「うつ病」)が大流行していたその当時としては、それはストレスのある人がごく普通に経験するような正常範囲のものでした。そういう「ちょっとノイローゼっぽい」日々の中で、フロイトは自分の不可思議な夢に注目します。考えてみれば、夢こそは昼間のノーマルな思考とは隔絶した異常な心理現象です。しかも、そういう夢を、人々は病人であれ正常な人であれ、大人であれ子供であれ、等しく経験します。フロイトは、こういう夢というものを対象にして、心の働きを研究することにしました。

このときフロイトが採った方法が自由連想法です。具体的にどのようにするのかは、第2章で詳しく説明されますが、フロイトは本書を書く少し前にこの方法を発明して患者たちの(昼間の)思考を分析し始めていました。彼は同じ方法で(本物の患者たちに比べればずっと)健康な人たちが夢について話す内容も分析できると気づいたのです。こうして、フロイトは、分析の方法という点でも、心理研究の端緒を摑んだのでした。

＊

さて研究に取り掛かってみると、驚くべき発見がありました。夢の中で自分の望みが叶えられていて、しかも、それが目覚めているときには思ってもみないような望みだった(本書第2章)のです。自分の心の奥底には、覚醒時の自分の知らない、また別の自分の考え(願い)が潜んでいる。我々が自分の夢に無関心でいられないのは、そのせいに違いありません。フロイトは、そういう夢が形成される仕組みを調べると同時に、自分の、そして他人の心の底にある望みそのものの性質や由来について考えを深めてゆきます。『イルマの注射の夢』に始まって『ブロンド髭の叔父の夢』『スモークサーモンの夢』『甥が棺に横たわっている夢』『植物学モノグラフの夢』『トゥン伯爵の夢』……フロイト自身や患者たちの奇妙奇天烈な夢が、次々と謎解きされ、心の驚くべき秘密が明らかにされて、第5章の終わりに至ります。

一般読者としてはここまで読めば、ひとまず十分でしょう。もう、自分の夢の意味を調べることができます。必要なのは、朝ベッドから出る前に、夢の記録を取ること、後で、その断片のひとつひとつから連想されることを書き綴ること。そのふたつだけです。そうやって自分の心の奥底に到達してみると、普段の暮らしの中で、学業や仕事、人付き合いをこなしているうちに、いつの間にか見失っていたもの（自分の本当の望み）を再発見することができます。この心の探検旅行をやってみると、誰もがわくわくします。そして、ここからが夢の不思議なところですが、我々が自分の夢に関心を持って意味を知ろうとすればするほど、夢の方でもどんどん調べるに値する夢を見させてくれるようになるのです。ま、そういう言い方をするから不思議に思えるだけで、昼間の（分析する）思考と夜の（夢を見る）思考が、夢の内容を吟味する過程で、交叉するのだと言えば、当たり前のことかもしれません。

ともあれ、こうして自分の夢判断を重ねてゆくと、どうなるか？　最後には夢はどんどん分かり易くなって、素直に自分の望みを表現してくれる「良い楽しい夢」ばかりになります。詰まらないとも言えますが、嫌な夢に苛まれるよりはずっといいはずです。実際、寝るのが楽しみになります。

心理療法や精神科一般臨床に関心のある方、あるいはその道を志す方の場合は、この段階に達したら、もう一度、第2章から第5章までを繰り返し読んでみてください。今度は、「夢」をあたかも「患者の具体的な問題（症状）」であるかのように読みます。すると、びっくりするほど臨床的な知恵に満ち満ちていることに気がつくでしょう。かつて北米で精神科の教科書になっていた理由がわかります。

フロイト自身、わくわくしながらこの本を書いていたようです。もちろん、本を書くことで自分の「夢」、つまり自分が本当には何を望んでいるのか分かってきたからですが、加えて、いわば一石二鳥のように、世に先駆けて〝心の中〟を研究する心理学（精神分析学）を作り出す目処が付いたからでもあります。

＊

当時は心理学の草創期で、様々な心理学が案出され始めていました。しかし、その多くが人の行動を観察し、あるいは実験して反応を見るという〝外からの心理学〟でした。素人筋の〝内からの心理学〟もありましたが、大抵、筋道立てて考えられたものではなく、自分の内省や生活経験を根拠にした個人的見解のような代物でした。こういう有様になっていたのには理由があります。当時のドイツ語では、ラテン語の scientia《シエンツィア》（知識）の訳語である Wissenschaft《ヴィセンシャフト》（科学）は、物質的事実を積み上げてゆく自然科学（Naturwissenschaft《ナトゥールヴィセンシャフト》　日本の旧制高等学校では「理科」）と、人の精神の働きを直感的に把握する精神科学（Geisteswissenschaft《ガイステスヴィセンシャフト》　「文科」）に明確に二分されていたのです。それで、心についてだって、自然科学的に研究するためには、主観的な要素を排除するのが正しいと考えられていました。そして精神科学的に研究するには、当然、もっぱら主観的な要素だけを論理的に関係づけるしかなかったのですが、あいにく、そのやり方で分かる範囲のことはもう全て哲学（本来、心理学は哲学の一分野。今でも図書館の「日本十進分類法」はそうなっています）がケリをつけていたのです。

つまり、当時の新しい心理学は伝統的な概念の隙間に嵌ってしまったような状況にあったわけですが、フロイトは、その頃に発表された夢の研究論文を片っ端から集め、律儀に整理して本書の第1章に収めました（本訳書では殆ど割愛）。何のためだかは、本書を読み進むうちに分かりますが、それはともかく、フロイト本人は途轍もなく先進的なこと、いや、当時の見方からすると荒唐無稽なことを考えていました。人の精神の働きを物質的な事実と〝同様に〟積み上げて何らかの法則を見出そうとしたのです。「文科」的な事柄を「理科」的に扱うと言えば、その奇妙さがお分かりいただけると思います。しかし、フロイトは大真面目でした。彼にとって、精神分析とは、Psyche《プスィヒェ》（精神）と自然科学的なAnalyse《アナリューゼ》（分析）を橋渡しするものでなくてはならなかったのです。もちろん、そんなことはその頃のドイツ語圏で少しでも学問について考えたことのある人には茶番でしかありません。英語圏には、少なくともフロイトの意図だけは理解した人たちがいたようです。それで、当時精神分析はPsycho-Analysisとハイフンで結んで訳されたのです。そして20世紀の初頭、北米の先進的な学者はもう自然科学か精神科学かという二分法から脱し始めていました。プラグマティズムの創始者の一人でもある心理学者ウィリアム・ジェームズは１９０９年、アメリカにやってきたフロイトの講演を聴いた後、フロイトの言う「科学」というのはどうも見当違いのようだが、実験器具をただ動かし続けて教授の職を手にいれるしか能のない（自然科学的）心理学よりはずっとマシなはずだ。フロイト一派にはとことん限界まで進んで行ってもらうのがいい。きっと、人の心理がどのように働くものなのか多くのことを教えてくれるだろう、と弟子に話したそうです。

今になってみると、フロイトがやろうとしていた方法は、ジェームズの睨んだ通り、「科学」という古い言葉で言い表されるものではなくて、システム論的なアプローチだったと分かるわけです（ジェームズの盟友ジョン・デゥイの『心理学に於ける反射弓の概念』（１８９６年）のシステム論的〝概念〟がフロイトの考え方と背中合わせになっているということにはジェームズも気が付きませんでした）が、それが展開されて、夢の心理学が説明されているのが、本書第6章第7章です。

というわけで、読者の皆さんが第5章までに、なぜ夢はそんなふうに形作られるのだろうか、そもそも人の心はなぜ夢を作り出したりするのだろうかと不思議になっていたら、この最後の二章に進んでいただきたい。いや、実際には、このふたつの章を読むと、夢の数々に読みふけるうちに、つい、通り過ぎてしまった疑問点が多々あったことに気がつくはずです。それがここで解決されています。もしかすると、事情はフロイトも同じだったのかもしれません。夢判断をいっきに済ませて、予てからの計画通り新しい心理学としてまとめてみたら、わくわくしながら夢のひとつひとつを分析していたときにチラと疑問に思ったことにもケリがついた。そんなことではなかったでしょうか。

＊

第6章は、「夢の仕事」というタイトルで、ここまでで明らかになった様々な「歪曲」を夢形成の全体像の中で整理することで更に精緻なものにしようとするものです。そこで読者は、これまでにちょっと気になっていた事柄を、あれはそういうことだったのかと全体の中で理解することができる。このようにシステムの全体と部分という観点は、今となっては当たり前の事柄のようですが、フォン・ベルタランフィ（１９０１年ウィーン生まれ）の一般システム理論が生まれるまでには、まだ数十年の年月が必要だったことを思い出して下さい。

この第6章にも、新たな夢の例とその謎解きがたくさん出てきます。『サフォの夢』『non vixit彼は生きていなかったの夢』『海辺の城、または朝食船の夢』など……前章までと違って、ちょっと玄人好みの夢が多いようです。しかし、私達が普通によく見るのはこのタイプの夢なので、自分の夢判断をするには良い参考になります。

そしてグランドフィナーレの第7章「夢過程の心理学」。まず、本章冒頭の夢『お父さん、僕が燃えているの夢』からして圧巻です。このいつまでも心に残る悲しくも不思議な夢は、患者が余所の講義で聞いてきてフロイトに伝えたものですが、あたかもフロイトの夢理論を待っていたかの如く、この章にすっきりと馴染んでいます。フロイトは、この夢を解明しながら、知力を尽くして、夢を生む心というシステムそのものの枠組みを練り上げてゆきます。それは、時代にずっと先駆けた斬新な理論でしたから、出版当時充分に理解されなかったのも仕方がありません。しかし、幸いなことに現代の我々は、システム論が当たり前の日常生活を送っています。金融システム・環境システム・社会システム・体内システム・教育システム……。身の回りでもサーモスタットのついた家電を駆使し、児童も原子炉も同じ「自己制御性」の概念で語られ、仕事や学習でも「さあフィードバックしましょう」などと言います。つまり、百年の年月を経て、ようやく我々はフロイトによるこの世紀の古典をしっかり理解できる準備が整ったのです。

＊

というわけで、さあ、夢の世界へ入ってゆきましょう。

目次

第6章　夢の仕事　209

第１章　夢に関する学術的文献

本書で、私は、夢を解釈するための心理学的な技法がある、ということを示そうと思う。この技法によって、どの夢にも覚醒時の心理に繋がる意味があることが分かるだろう。私は、そこからさらに進んで、夢が奇妙だったりそれを判読するのが難しかったりするのは、どういう夢の過程のせいなのかを解説して、夢を生む心的な力についての結論を導き出したいと思っている。そこまで到達すると本書の使命は終り、夢以外のもっと広範な問題が新たに始まるのである。

アリストテレスと夢

本題に入る前に夢についての学術文献を概観しておこう。今後言及することはあまりないと思われるからである。実際、数千年の努力にもかかわらず、夢の学問的な理解はほとんど進歩しておらず、示唆に富むコメントや興味深い素材はあっても、夢の核心をついたり謎を解いたりするものはないに等しい。

原始時代の人たちが夢をどう捉えていたか、また彼らが心や世界について考える上で夢から如何なる影響をこうむっていたかということは、大いに興味を引かれるテーマではあるが、ここでは割愛せざるを得ない。ただ、目下の「夢判断」が完成した暁には、この問題も明瞭になるだろうと言っておく。

下って古典時代となっても、まだ原始時代の名残りが明らかにあって、古代ギリシアやローマの人たちは、夢は神々や悪魔たちからの啓示だと考えていた。それどころか彼らは、夢とは人に未来を教えるためのものではないかとさえ考えたのである。しかし、夢は内容もそれの与える印象も実に多岐に亘るので、全ての夢を統一的に捉えることはできず、重要性や信憑性に応じてひとつひとつ区別したり分類したりする他はなかった。そして哲学者たちはといえば、夢を〝占い〟と同じように考えていた。

しかしアリストテレスばかりは、夢に関する著作『夢』と『夢占い』ですでに、夢を心理学の対象にしている。彼が言うのに、夢は超自然的な啓示などではなく、人間の魂（それ自体が神性に結びついているとしても）の産物なのである。彼は夢を、人が眠っているときの心の活動、と定義した。

アリストテレスは、夢の性質をよく観察していて、睡眠中にほんの少しの刺激があると夢はそれを拡大解釈する（「実際には手足のどこかがちょっと熱を持っただけでも、夢の中では、火の中を歩いていて熱いのだと思ったりする」）から、医者が（日中には感づかれていなかった）体調変化を夢のおかげで知ることは十分あり得る、などとも言っている。

アリストテレス以前に話を戻すと、古代人は夢を心の産物ではなくて霊的なものだと看做していて、その観点から、警告または予言として送られてきた真に価値のある夢と、人を惑わし災禍をもたらすだけの虚しく詰まらない夢の二つがあるという考えが生まれ、これが後の世にまで引き継がれていった。

夢判断の必要性もここにあって、どんな夢でも直ちに理解できるというわけにはいかないのに、そこにもしかすると重要な情報があるかもしれないと思えばこそ、不可解な内容を辻褄の合った形に置き換えたいという夢判断の動機がいつも存在したのである。

古代人の夢概念は科学以前のものであったが、それはそれで、心の現実を投影（※Projektion《プゥオイエクチォーン》映写機がフィルムの像をスクリーンに映し出すように、「心の中の考えや気持が外界にあるかのように思われる」というフロイトの用語。後に、精神分析用語となる）して外界の現実とする彼らしいことだった。彼らが、朝起きたときに残っている夢の記憶を大切にしたのは、夢が何か異質な、あたかも別世界から来たもののようで、自分の中にあるものとは思えなかったからである。

ちなみに、夢は超自然的なものだという考え方が、今日ではもうすっかり廃っているとは言えない。敬虔主義や神秘主義を標榜する著作家たち（彼らは、かつては広汎だった超自然的な領域のうち、まだ科学的な説明がつかないで残っている部分を、自分の領地にしているようなものだ）は別としても、堅実で賢い人たちが、霊的な力が我々に影響を及ぼしていると確信していて、その証拠に夢の現象は説明困難じゃないかと考えたりしているのである。哲学（たとえばシェリングなど）の幾つかの学派も、夢に神性を見出した古代の明らかな名残りである。夢に予言の力があるという主張にもけりがついているわけではない。実際、反駁したくても、集めた材料をもとに論証するだけの力が、科学に専念する者にも、まだ、なかったのである。

夢が科学的にどう理解されてきたかという歴史を書くのは難しい。というのも、個々にはそれなりの研究成果があったにせよ、全体として進歩の跡が見えないのである。確固たる結果を礎としてその上に次の研究者が知見を積み増すということがない。それどころか、著者毎に同じ問題を言わばゼロから取り上げてきたのが実情である。各々の見解の要約を年代順に並べてみても、俯瞰図を描くことが無理だと分かるばかりだろう。そこで私は著者毎にではなくて問題毎に論述することにし、各々の問題を解くためにどんな材料が文献に記されているかを述べることにする。

（※以下、八項目の問題群に分けて延々と文献解説が続く。第八版本文の約15％に及ぶが、そこで取り挙げられるどの文献も、フロイト本人が「夢の核心をついたり謎を解いたりするものはないに等しい」と述べている通りなので全て省略する。それにしても、フロイトはなぜ、そのように述べつつかくも長い解説を書き、初版から最終版に至るまで本書に収録し続けたのだろうか……。それは後に明らかになるが、今は、アリストテレスが文脈からちょっと浮き上がった形で紹介されていることに留意するだけで、先へ進む。尚、「※」は訳者による注である）

第2章　夢判断の方法——実例の分析を通して

夢判断の古来の方法

夢の意味を知るふたつの方法

夢を「判断する」（※deuten《ドイトゥン》）とは夢の「意味」（※このSinn《ズィン》という語に代えてフロイトは先に行くと夢判断Traumdeutung《トゥラオムドイトゥンク》に合わせてBedeutung《ベドイトゥンク》の語を使う）を示すことである。しかし、これまでの科学では、夢とは身体的な出来事が心的装置に表現されただけのものとされており、夢を読み解くことなど、考えもされなかった。しかるに素人の見方は違っていた。論理的でなくても正しい事はあるのだから、夢が理屈に合わなくても構わない。夢に隠れた意味があって何かの代役を果たしていると何となく感じられるのだから、それが何の代役なのかを明らかにしてその隠れた意味に到達すればよい。そういう考えだった。

そんなわけで、素人の世界では、昔から夢の「読み解き」が行われてきたが、その際、ふたつの方法が試されてきた。その第一は、ひとつの夢全体に着目して、それを分かり易い、ある面で似通った別の話に置き換える方法。これを象徴的夢判断という。例えば、聖書に出てくる話で、七頭の太った牛が後からきた七頭の痩せた牛に食われる夢を見たファラオに対して、ヨセフが、それはエジプトの地に七年の飢饉が来て、豊作の七年の蓄えを食い尽くすだろうという意味ですと説明したようなやり方である。象徴的な解釈では、夢が予言だった時代の名残りから、夢の意味は「……となるだろう」と未来形で表現される。そして、解釈をする者には、洞察力、咄嗟のひらめきが肝要とされ、それだけに象徴を読み解く夢判断は、天賦の才を要す技芸とされていた。

夢判断の第二の方法は、「暗号解読」と呼び得るようなもので、夢を一種の暗号文とみて、暗号鍵に従って、ひとつひとつ別の言葉に置き換えてゆく。そのために『夢の書』なるものがあって、それを参照すると、例えば「手紙」なら「不満」、「葬式」なら「婚約」と各々の翻訳語が分かる。一連の言葉がそのように解読されると、今度はその翻訳語からある話を組立て、そのとおりのことが未来に待っていると信じるのである。

ダルディスのアルテミドロスは2世紀初頭の人と思われるが、彼の夢判断の書には、この機械的な「暗号解読法」を修正した面白いやり方が載っている。彼は、夢そのものだけでなく夢を見た者の人となりや背景をも考慮に入れ、同じ夢の要素であっても、金持ち・既婚者・オーラトール（※帝政ローマの法廷弁論人）の場合と、貧乏人・独り者・商人の場合とでは意味が違うとするのである。

ともあれ、暗号解読法の特徴は、夢全体ではなく、部分部分を別々に解読することで、夢は、さながら様々な小石を含んだ礫岩のような扱いを受ける。恐らく、この解読法は、支離滅裂で錯綜した夢に向いていたことだろう。

夢を科学的に取り扱うのに、この二つの民間夢判断はどちらも役に立たない。象徴的な方法は適用の範囲が限られていて、汎用的説明に不向きだし、暗号解読法の方は、「鍵」を読み解く際に不可欠な暗号表自体の信頼性を保証するものがない。この状況では誰しも、今の哲学者や精神科医たちの味方をして、夢判断など行う価値はないと、考えたくもなるだろう。

しかし、私は、いつも、人々の昔からの頑固な確信の方が、現代の学問が下す審判よりも、物事の真実に近いことが多いと考えてきたが、この度もそう思う。夢には実際に意味があるとするのであるが、どんなふうに私がそれを読み解く科学的な方法に気が付いたかを、以下に述べることにしよう。

自由連想法

夢判断の成功の鍵とは

何年にも亘って、私はヒステリー性の恐怖症や強迫観念などに伴う非現実的な考えを、治療的な視点から解き明かそうとしてきた。その出発点は、ヨゼフ・ブロイアー（※1842-1925 ウィーンの医師。フロイトの先輩にして友人。ブロイアーとフロイトは１８９５年に記念碑的共著『ヒステリー研究』を出版）の報告だった。彼によれば、患者の体験する症状つまり病的な考えの源を探して患者の精神生活を辿って行くと、それが上手くいった途端にその病的な考えがばらばらになって症状が解消されてしまい、患者は解放される、というのだった。当時、他の治療法はどれも役に立たず、病気は謎に包まれていたから、私には、どんな困難があっても、ブロイアーが歩み始めた小道を自分もとことん突き進んでみようという気になった。私がそれを行なう道程で、どのような技術的工夫（※自由連想法のこと。後出）を行い、どのような発見をしたかについては、いずれ詳細に報告しなくてはなるまい。ともあれ、こういう精神分析的な治療を行うなかで、私は夢判断にとりかかることになったのである。

精神分析では、患者は、時々のテーマに関して心に浮かぶことがらをすべて医師に話す約束なのだが、その際、彼らはしばしば自分の見た夢についても詳しく語り出すのである。それを聞いていて私が学んだのは、彼らの夢もまた、ひとつの症状から網のように広がって行く彼らの思考連鎖の中に収まっているということだった。となれば次のステップは明らかで、夢自体をひとつの症状と同様に扱って、症状を解釈するために開発した技法を夢に応用すればよい。

この技法、自由連想法では、患者にある心の準備をしてもらわなくてはならない。それは二つあって、ひとつは自分が思ったり感じたりすることに注意を払うこと、もうひとつは、自分の心に何が生じようとも、それに対して（普段とは異なって）内省のスイッチを切っておくことである。自己観察に専念できるように、患者には目を閉じて寛いだ姿勢をとるように勧める。また、浮かんでくるイメージを患者自身がチェックしないように、患者には自分の中に起こることを片端から報告するように求める。重要でない・関係がない・意味がないと思っても医者に話してもらわなくてはならない。そして、これができるかどうかに精神分析の成否がかかっていると、患者に言っておくのである。もし、症状や夢に関して望んだ結果が得られなければ、それはまさに自己チェックのせいなのですよと（※以上から明らかなように、自由連想法の自由とは、内省という制約からの自由のこと。これは〝他人に聞かせる独り言〟という特殊なモードの思考であり、しかもその〝他人〟が、その〝独り言〟を元に、自分の代わりに考えてくれるという点も独特。フロイトはこの自由連想が上手く機能するように患者や分析医の姿勢、位置などに工夫を凝らしたが、簡便にこの自由連想の本質を生かすことは可能で、現にフロイト自身、自分の夢を分析する際には、ひとり机に向かって〝聞き手〟代わりのメモを取った)。

精神分析をやっていて気が付いたのは、内省のスイッチを切れる人と切れない人とでは、外見からして違うということだった。内省してしまう人の顔は緊張し眉間に皺が寄っているが、スイッチを切ったままただ自己観察をしている人の顔は平静である。どちらの場合も注意を集中させているには違いないが、スイッチを切れない人の方は自己観察する端から、せっかく頭に浮かんだ思いつきを意味がないとばかりに直ぐに排除して、その思いつきから展開するはずだった連想を辿ってゆくことができず、いや、そもそも思いつき自体が出て来ないように抑え込んでいたりするのである。

自己観察に専念しつつ、こうした自己チェックを控えていると、幾多の思いつきが豊富に意識に上ってくる。この新しい素材は患者自身、初めて経験するものである。そして、この材料を元に、(精神症状の解読と同様に)夢が解読されるのである。このときの状態は、心的なエネルギーつまり注意の配分の仕方(※中世以来、ウィスすなわち力ないし活力として捉えられていたもののうち、物体に関するものが、19世紀に入ってエネルギーとして〝科学的〟に整理されてきたことを参考にして、フロイトは思考や感情などの心的活動の背後に働く力を心的エネルギーとして〝科学的〟に取り扱おうとした。心的エネルギーという概念は後にリビドーという精神分析用語となるが、ここでは、心的な装置がエネルギーをある事柄に振り向け配分することで注意の大きさや方向が決まるということを述べている)という点で、入眠直前の状態(※眠りに落ちる前にとりとめのない考えが浮かんでいる状態)や催眠状態に通じるような心的状態である。それまで思考の方向付けをしていた内省的な活動が弛緩し、今の、意思によるのではない「不随意思考」が前景に出てくる（眠りにつくとき、人はふつうこの弛緩を「疲れている」せいだと思っている）。自由連想に伴うこの不随意思考は視覚的聴覚的なイメージとして経験される。患者は、チェック機能を放棄することで節約した心的エネルギーを使って、この不随意ではあるが（睡眠状態と違って）まだ自分の「思いつき」の性質を保っている思考を注意深く観察するのである。かくして彼の「不随意思考」は一種随意的なものになる。

私が今求めているような、「自由にわき上がってくる」考えに注意を集中する一方で、それに対して通常行うはずの内省を差し控えること。この態度は、我々の偉大な詩人・哲学者フリードリヒ・シラーによれば、詩作においても必要なものらしい。オットー・ランク（※1884-1939 フロイトの弟子）が教えてくれたのだが、シラーはケルナーに書き送った書簡のなかでこの親友が創作力の乏しさを嘆くのに対して、次のように助言している。

……貴君の問題の根底にあるのは、小生の見るところ、貴君の理性が貴君自身の想像力に課している制約にあります。ここの説明には寓話の肉付けをすべきでしょう。理性が城門に陣取って、次々とやってくるアイデアたちを厳しく検問しているとしたら、それは心の創作的な作業にとって良くないばかりか有害になると思われるのです（※シラーは、ここで中世の城塞都市で開かれた市の情景を下敷きにしようとしていると思われる。どこの城塞都市でも、市の数日前から城門の前は、馬車に荷物を積んだ遠来の商人たちはもとより近郷から農産品などを肩に担ぎあるいは引き車などに載せて家族ぐるみでやってくる農民たちでごった返し、門番たちが検問や入城税の徴収に手間取ると渋滞は著しくなり、多くの者が城外で野宿を余儀なくされ、中には疲れ諦め、あるいは食料が尽きて商品を背負ったまま帰って行く者も少なからずいた)。ある一つのアイデアはそれだけでは詰まらない、ひどく奇妙なものかもしれませんが、次のアイデアがやって来て、重要だったと分かるかもしれないのです。もしかすると、同じくらい詰まらない他のアイデアと、実に有用な繋がりが生じるかもしれません。こうした状況が生じるように理性がしてやれることがあるとすれば、それは、そのアイデアを放り出さずにそこに置いてやって、ひとつのアイデアがほかのものと協力して働きだすか見極めることに他なりません。私が見るところ、創造的な心に宿る理性は、城門から衛兵を引き上げ、雑多なアイデアたちがすっかり中に入った後で、ようやくその大群衆を駆り集めて取り調べてみるようです。評論家だの自称某だのは、この(※アイデアを検討する)段階になってはじめて、真のクリエーターの見せる(※混乱に満ちてはいるものの精神病に比べればずっと)儚い狂気に恥じ入り畏敬の念を抱くのですが、実は、その狂気の時間の長い短いが思慮深い芸術家と単なる夢想者とを隔てているのです。貴君が実りの少なさを訴えるのも、それはアイデアを捨てるにあまりにも早く、吟味するのにあまりにも厳しいがゆえ、ということになります。(1788年12月1日)

この、シラーの言う「理性が城門から衛兵を引き上げること」、つまり内省を加えないで自己観察の状態に身を置くことは、決して難しいことではない。私の患者の殆どが、最初にやり方を教わるだけで、ちゃんと出来るようになる。私自身も、心に浮かぶことを書き留めて補いにすれば、完璧にやり遂げられる。このように内省的な活動を減らすことで得られ、自己観察を強めるのに使われる心的エネルギーの量は、もちろん、注意を向ける主題次第で変わる。

フロイト自身の夢で判断

さて、この技法を使う際の心得は、夢全体にではなく、個々の断片に注意を向けるべきだということである。まだ慣れていない患者に「この夢についてどう思いますか」と尋ねても、ふつう、答えは返って来ない。しかし、夢を小分けにして質問すると、患者は、その断片になら何事かを思い付いて話してくれる。そして、この思い付きこそが、背後にある「隠れた動機」に繋がるものなのである。

この点から、この技法が、歴史と伝説に彩られた象徴的解釈法から離れていることが分かるだろう。細部ごとに進み、夢を心的な礫岩のように取り扱う点で、むしろ、第二の暗号解読法に近いのである。

神経症患者の精神分析（※自由連想法）を行う中で、私はこれまでに千以上の夢を解釈（※夢の源となった出来事を探すこと）してきた。しかし、その材料を今ここで、夢判断の技法と理論の説明に使おうとは思わない。患者の場合、本当の主題は当然のことながらその人の症状が如何に経過してきたかにあるから、彼らの夢を説明するにしても、病気という文脈の中で、症状の要点と病因にまで話を掘り下げていかなくてはならない。その際に出てくる話題は読者にはまた別の、耳新しい、しかもひどく理解しづらい事柄の数々で、その話を聞かされても、結局は、夢の問題から関心を逸らされて終るだけのことだろう。

しかし、神経症患者の夢を用いないとなると、残された選択肢は、健康な知人たちが語る夢の話か、文献に出てくる夢の例しかない。ところが不幸なことに、こうした夢には上のような技法が使えないのである。

　というわけで、結局私は、自分自身の夢に頼るしかなくなったが、この素材ならば、いくらでも手軽に入手できる。概ね正常な人間のものと言えるし、多様な日常の出来事に関係づけることも可能だ。こういう「自己分析」には何らかの恣意が拭えない、と人は言うだろう。しかし、私は、他人の話よりも自己観察の方が、正直にやれるという点で条件がいいと思っている。ともあれ、自己分析でどこまで夢判断できるものか見てみようではないか。正直、ここに至るまでには私とて葛藤がないわけではなかった。他人から誤解を受けるかもしれないのに自分をさらけ出すなんて、誰だって気後れがするに決まっている。しかし、「全ての心理学者は……」とデルブェフ（※1831-96 ベルギーの実験心理学者）が書いている。「……自分の欠点までも曝すがいい。そうすることで、ひとつのあいまいな問題に光を当てることが出来ると信じるなら」である。読者も、初めは私の打ち明け話に興味を持たれるだろうが、直に、光の当ることになった心理学的諸問題に関心を移し、集中していただけることだろう。

　まずは私の夢をひとつ選んで、それで夢判断の仕方を説明しよう。夢の記述には前置きが付けてある。読者にあっては、しばし私と関心を共にして、私の人生の極々細部にまで分け入っていただきたいが、その種の転移（※Übertragung《イューバトゥラーグンク》　ここではまだ「他人の立場に立つ」というほどの意味で使われているが、後に、精神分析用語として精緻な概念となる）は夢の隠れた意味を知るには大いに必要なものである。

『イルマの注射の夢』

前置き

１８９５年の夏、私は、家族ぐるみで親しかったある若い婦人に精神分析を行っていた。こういう入り組んだ関係は、医者ことに心理療法家には、かなりややこしいものになる。親しいぶん、患者への個人的な関心は高くなるが、医者としての権威は下がる。治療に失敗したら、患者の縁者たちとの古くからの友情も損なわれかねない。結局この患者イルマの治療は部分的に成功しただけで、ヒステリー性恐怖はなくなったものの、身体愁訴（※身体的な症状の訴え）の一部が残った。当時、私はまだ、ヒステリーをどの段階で治癒とすべきか考えが定まっておらず、とりあえず、残りの症状に対する〝解決策〟（※Lösung《レーズォンク》 実際には、症状の意味を〝解明〟してやったということ。患者が症状を理解することが症状の解消に繋がるから、解決策ということになる。後に、この〝解明〟は、『夢判断』の経験からDeutung《ドイトゥンク》〝解釈〟と呼ばれることになる。ちなみにTraumdeutung《トゥラオムドイトゥンク》夢判断は夢占いとも訳せる古くからの日常語）をひとつ示したのだが、それは彼女の受け入れるところとならず（※一般に、患者が〝解決策〟すなわち〝解釈〟を受け入れようとしないのはなぜなのか。その心理的な理由がフロイト自身によって明らかにされるのは、ずっと後のこと）、お互いの意見が一致しないうちに休暇に入り、治療中断になっていたのである。

ある日、年下の同業の友人オトー（※前出弟子のオトー・ランクとは別人）がやってきた。彼が、イルマとその家族を田舎の避暑先に訪ねてきたばかりだと言うので、彼女の今の具合を尋ねてみると、彼が答えるに、前よりは良いが完全ではない、というのだった。私はこの言葉そのものか、あるいはその言葉の調子に苛立ったのを覚えている。私は、そこに、あなたが患者に過大な約束をするものだからというような非難が含まれている気がして、彼が私の味方に付かないのは、私の治療に対して好意的でない患者の家族の意見を反映しているのだろう、と思ったのである。それが当っていたかどうかは分からない。いや、その時は私自身、自分が何が気に入らないでいるのか今ひとつはっきりせず、だから、何も言葉にしなかった。しかしその晩、私は、弁明するかの如く、我々の仲間のリーダー格だったドクトールMに見せるつもりでイルマの病歴総括を書いた。そしてその夜、実際には恐らく明け方近くに見たのが次の夢で、私は目覚めると直ちにこれを記録したのである。

1895年7月23日から24日に見た夢

〈玄関の間——私達は、たくさんの客を出迎えている——イルマが入ってきたので、すぐさま脇へ連れて行き、彼女からもらった手紙に返事するつもりで、彼女がまだ例の〝解決策〟を受け入れていないことを強く非難する。「もしまだ痛みがあるのなら、それはあなた自身のせいなのだよ」と私が言うと、彼女が答えるに「どれほどの痛みなのかお分かりにならないから……喉が痛みますし、胃が痛みます。おなかも痛みますし、首を締め付けられる感じもするのです」。私は驚いて、患者の顔を観察する。青白くむくんでいる。どうやら器質的な（※心理的ではなく身体的な原因に基づく）病変を見逃していたにちがいない、という考えが浮かぶ。私は彼女を窓際へ連れて行って、口を開けさせて喉を診ようとする。彼女がちょっと嫌がるそぶりをするが、その仕草は、入れ歯をしている女性たちのようだ。君にはそんなそぶりをする必要がないと私は思う。するといと彼女はちゃんと口を開く。右側に大きな白斑があり、反対側には、明らかに鼻甲介（※鼻の中の突起）のような形の皺だらけの出来物があって、そこに広範囲に灰白色のかさぶたがある。すぐにドクトールMを呼ぶと、彼も診察を繰り返し、私の所見を確認する……Mはいつもとはまるで違って、青白く、足を引きずり、そして髭がない……オトーも彼女の傍に立っている。別の友人レオポルトが彼女の胸の聴診をして、「左の肺底に音の変化がありますな」と言う。彼は左肩の〝浸潤のある皮膚領域〟を指さしする。私も彼同様に、服の上からなのに、これに気付いている……Mが言う「疑いもなく感染症だが、気にすることはなかろう。彼女は赤痢にもなるが、毒素は排出されるだろう……」私たちには、なぜ感染が起きたのか前から分かっていた。オトーが最近彼女の気分が勝れないとき、注射をしてやっていて、そのとき使ったのがプロピル製剤（※プロピル基は炭素3個のアルキル基で、そのままで医薬品として使われることはない。以下の三つの物質も同様）……プロピレン……プロピオン酸。トリメチルアミンの分子式が太字で、目の前に見える……こんな注射を軽々しくやってはいけないのに……こんな製剤を打ったせいか、注射器が清潔でなかったか、どちらかだな〉

分析の前の感想

この夢の良いところは、前日の出来事の何と関係があるのか、どんな話題についてのことなのか分かりやすい点にある。前置きを見れば、明らかだ。私がオトーから聞いたイルマの今の病状、夜更かしして書いた病歴総括――これらのことに睡眠中も心を奪われていたのである。とはいえ、前置きや夢の記録からだけでは、この夢の意味の見当はつかない。そもそもイルマが夢の中で訴えた症状が現実に私が治療していたものとまるで違っていて、不思議な気がする。プロピル製剤の注射という話や、ドクトールMが私を慰めようとした言葉には、苦笑するばかり。そして、この夢は、終わりに近づくほど不明瞭になり中身が薄くなっていくように思える。全ての意味を知るために、決意を固めて、徹底的な分析に乗り出さなくてはならない。

分析（※夢についてのフロイトの自由連想）

〈玄関の間——私達は、たくさんの客を出迎えている〉

私達は、その夏を、カーレンベルク山（※ウィーン郊外の景勝地）の麓の一軒家ベルヴュー荘で過ごしていた。この家は客をもてなすように設計されていて、並外れて天井の高い広間がいくつもあった。上記の夢はこのベルヴューで見たもので、妻の誕生日の二、三日前のことだった。その日、妻は、誕生日にイルマも含めてたくさんの友人を招きたいと言っていたのだが、そうしたら夢ではもう妻の誕生日になっていて、私たちはベルヴューの立派な玄関の間でイルマたち多くの客人を迎え入れている。

〈彼女がまだ例の〝解決策〟を受け入れていないことを強く非難する。「もしまだ痛みがあるのなら、それはあなた自身のせいなのだよ」と私が言う〉

これは目覚めているときにも私なら言いかねないことで、いや実際言っていたかもしれない。当時の私は（後に間違いと認めることになるが）、自分の仕事は患者に症状の裏にある隠れた意味を教えるところまでで、患者がこの〝解決策〟（※説明）を受け入れるか否か、従って治るか否かは当の患者次第、と考えていたのだ。この間違いは幸いもう今は過去のものだが、当時の私は、その考え違いのせいで、症状を取り去るべく期待されているのは自分だということがよく分かっておらず、それで安穏としていられたのである。しかし、それでも夢の中では、イルマに話し掛けた言葉から明らかなように、私は、痛みの件で咎められたくないと強く思っている。もし、咎められるべきがイルマ自身であるなら、私に過失はありえないことになる。さて、この方向で、夢の意図を探求するのがいいのだろうか？

〈喉が痛みますし、胃が痛みます。おなかも痛みますし、首を締め付けられる感じもするのです〉

現実には患者の胃の痛みは特に深刻なものではなかった。吐き気の訴えの方が多かったのである。喉や腹部の痛み、圧迫感は、殆どなかった。だから不思議なのは、なぜ自分がこの一揃いの症状を夢の中に入れる気になったかで、その理由について、今のところ、私にはなにも思いつかない。

〈青白くむくんでいる〉

現実の患者はいつもバラ色のほほをしていた。ここは、誰か他の人間が彼女に潜り込んでいるのではなかろうか。

〈どうやら器質的な病変を見逃していたにちがいない、という考えが浮かぶ〉

この箇所は、ほとんど神経症の患者ばかりを診ていて、他科の医者なら器質的なものとして治療する多くの症状を、専らヒステリーに還元するのに慣れている心理専門医にはいつも付き纏う不安だと言えば、お分かり頂けるかと思う。しかし、ここの箇所は本当に職業的な正直さだけの話か、という疑問が何処からともなく忍び寄ってくる。もしイルマの痛みが器質的なものなら、私には治療の責任がない。ヒステリー性疼痛を取り除くのが私の仕事なのだ。どうやら私は、夢の中で、自分の誤診を望んでいるらしい。そもそも器質疾患だったのなら、私が本業のヒステリー治療に失敗したと非難される理由がなくなる。


〈私は彼女を窓際へ連れて行って、口を開けさせて喉を診ようとする。彼女がちょっと嫌がるそぶりをするが、その仕草は、入れ歯をしている女性たちのようだ……と私は思う〉

私がイルマの口腔内を調べたことは一度もなかったのに、夢の中では行っている。それで思い出したのは、以前に、ある住み込み家庭教師を診察したときのことで、彼女は、若々しく綺麗な人なのに、口を開ける際に歯を隠そうとしたのである。ここからの連想で、診察をしたら小さな秘密が暴露されてしまい、患者にも私にも不愉快なことになった他の出来事がいくつか思い出される。


〈君にはそんなそぶりをする必要がない〉

これはとりあえずイルマへのお世辞だとして問題ないようなものの、他に意味（※Bedeutung《ベドイトゥンク》

二六ページ注参照）がある気もする。分析家は注意を払っていれば、隠れた動機がまだあるかないか、勘で分かるものだ（※これはフロイトならではの臨床的な感覚。しかし、常に「まだ他に何かあるはずだ」と考えていることは、夢の自己分析には欠かせない）。イルマが窓際に立つ姿から、突然、別の経験が思い出される。イルマには仲良しがいて、私はその婦人をとても評価していた。ある夕、その人を訪ねると、彼女は窓の側に立っていて、その姿が夢で再現されていたのである。そのときそこには、彼女の主治医、例のドクトールMもいて、ジフテリア偽膜（※ジフテリア菌感染による喉の病変）が出来ていると説明したのである。この時のドクトールMと偽膜が、夢が進むにつれて、現われたわけだ。

ここで今、頭に浮かんできたことだが、私は数ヶ月前から、この婦人にヒステリーを疑うに足る理由があると知っていた。そうそう、それを私に漏らしたのがイルマだった。そしてこのイルマの友人は、夢の中のイルマと同様に、ヒステリー性と思しき窒息感に苦しんでいたのである。というわけで、私は夢の中で、イルマに彼女の友達の代理をさせ（※ersetzen《エアゼツェン》 日常語で「取り替える」「代理する」。これは後にErsatzbildung《エアザツビルトゥンク》 代理形成として精神分析概念になる）ていたことになる。そう言えば、私は、この婦人が治して下さいと頼みに来るのを想像してみることが度々あった。しかし、彼女はとても引っ込み思案で、自分からやってくるなんてありえない、と私には分かっていた。夢が言うように、〈彼女はちょっと嫌がる〉だろう。〈必要がない〉からである。彼女がしっかり者で、自分の気持ちを自力でコントロールする強さを持っていることは証明済みだった。しかし、この女性にも、〈青白くむくんでいる〉ことや〈入れ歯〉の件は当てはまらない。義歯といえば、やはり例の女家庭教師となる。これで終わりにしようと思った途端、ふと、この特徴が当てはまる人がもうひとりいることを思い出した。私の妻だ。彼女は当然私の患者ではなくて、しかも患者にするのはちょっとと思うのは、私の前では緊張気味になるし、しかも従順な患者になるとは思えないからだ。しかし、彼女はふだん青白くて、かつて体調が良いのにむくんでいたことがある。そして、原因不明の腹痛を起こしたとき、恥ずかしがって私に診させなかった。

つまり、夢は、私の治療を嫌がりそうな別のふたりを患者イルマと比べているわけだ。しかし、夢の中で取り換えた（※vertauschen《フェアタオシュン》 ここではersetzen《エアゼッツェン》を、また別の語で言い換えている。フロイトは本書を通じて、このように様々な言葉を試して、どれが基本概念を表現するのに向いているか調べる）ことにはどういう意味があるのだろうか。妻のことはさておき、イルマに友人の代わりをさせたのは、私がその友人の方にもっと同情しているからなのか、あるいはその友人の知性を評価しているからなのか。実際、私はイルマが私の〝解決策〟を受け入れないなんて賢くないと考えている。もうひとりの女性は賢いから、もっと話が分かるだろう。そして、〈彼女はちゃんと口を開く〉。ちゃんと自分のことを話せるだろうというわけだ。

〈右側に大きな白斑があり、反対側には、明らかに鼻甲介のような形の皺だらけの出来物があって、そこに広範囲に灰白色のかさぶたがある〉

白斑はジフテリアの症状だろうから、これまた例のイルマの友人の話だ。しかしさらに思い出されるのは、二年程前に私の長女が罹った重病のことで、私は日々不安に苛まれ怖い思いをしたのだった。

鼻甲介状の出来物とかさぶたは、私自身の健康不安のことに違いない。私はその頃、やっかいな鼻づまりのためにしょっちゅうコカイン（※１８５５年に単離されて、当時、一般に入手可能だった）を用いていたが、私と同じことをして、ひとりの婦人患者が鼻の粘膜に広汎な壊死を来したと二、三日前に聞いたばかりだった。コカインと言えば、私は１８８５年にコカインを推奨して大変な非難を受けた。そして、１８９１年に亡くなった私の敬愛する友人は、この物質の乱用で死期を早めたのである（※詳細は後出）。

〈すぐにドクトールMを呼ぶと、彼も診察を繰り返し、私の所見を確認する……〉

これは単純にMが私達の間で指導的な立場にあることを反映しているのだろう。しかし、〈すぐに〉というのが目立っていて、これには何か説明が必要な気がする、と考えていて思い出すのはある私の悲しい医療過誤のこと。かつて私は、当時無害だと思われていたズルフォナール（※催眠薬）を処方し続けて、患者のひとりを酷い中毒症にしてしまった。そのとき〈すぐに〉年上で経験豊かな仲間の医師に助けを求めたのだった。私が、夢でそのときのことを考えているのは間違いない。その中毒になった患者は私の長女と同じ名前だったのだ。この名前の件は、今まで考えたことがなかった。長女の病気は運命の復讐だったのか。夢から覚めた今も人物の入れ替え（※Ersetzung《エァゼッツゥンク》　名詞も試してみている）が続いているような塩梅だ。このマティルダにはあのマティルダを、と。目には目を、歯には歯を……私は機会のある度に、職業的自責の念に駆られることになっているようだ。

〈ドクトールMは……青白く、足を引きずり、そして髭がない……〉

最初の青白いという部分はそのとおりだ。実際、Mの可哀想な様子は仲間内で心配の種になっていた。しかし、足と髭の件は違う。誰か別の者の特徴に違いない。ふと、長らくイギリスに住んでいる長兄のことを思う。彼は顎髭を剃っていて、私の記憶では、全体として夢の中のMと似ているのである。丁度二、三日前に、彼が腰の関節炎を患って足を引きずっているという知らせがあったばかりだった。私が夢の中で、この二人の人物をまぜこぜにしたのには、何か理由があるに違いない。最近、どちらに対しても嫌な気分になっていた件だろうか。二人とも、私の提案を断ってきていたのだ。

〈オトーも彼女の傍に立っている。別の友人レオポルトが彼女の胸の聴診をして、「左の肺底に音の変化がありますな」と言う〉

レオポルトも医者で、オトーの親戚である。二人は専門が同じで、いつも比較される運命にあった。私が公共小児病院（※ウィーン第一病院、別称カソヴィッツ病院。貧困家庭の子供のために1788年設立され、医師全員が無給だった）で神経科医長だったとき（※1886〜96年。この間、フロイトは脳性麻痺の診断を受けていた子供の中に少なからずヒステリーが混じっていることを見出した）、二人は数年に亘って私の助手をしていた。夢に再現されたような光景はしばしばあったのである。オトーと私が症例の診断について相談していると、レオポルトが子供を診察し直して、診断確定に素晴らしい貢献をするのだった。二人には、有名な作中人物である農場監督ブレージヒとその友人カールのような性格の違いがあった（※フリッツ・ロイター 1810-74 の低地ドイツ語で書かれた自伝的小説三部作。当時英訳が広く読まれていた）。一方は「速さ」が取り柄で、もう一方はゆっくりで慎重だが徹底的。私が夢の中でオトーと用心深いレオポルトを比較しているとしたら、これは明らかにレオポルトを誉めるためだ。その比較は、先程の、従順でない患者イルマと賢い彼女の友人との比較によく似ている。今気がついたが、夢の元となった考えが病気の子供の箇所で分岐して、支線が小児病院に至る軌道を進んでいる。〈左の肺底に音の変化〉の箇所は、以前病院でレオポルトが緻密に診察して、私を感心させた症例とぴったり符合する。今、病巣転移という言葉が頭に浮かぶ。もしかすると、肺の話は私がイルマの代わりに診たいと思っている女性に関係しているのかもしれない。実際、彼女は、私が判断する限り、結核に罹っているかのように装っている（※ヒステリー症状）のである。

〈左肩の浸潤のある皮膚領域〉

これはすぐに、夜更かしをする度に痛む私自身のリウマチ肩のことだと分かる。〈私も彼同様に……これに気付いている〉というのはえらく遠回しだが、「私は自分の身体のことに気が付いている」と言いたかったのだ。ついでに言うと、〈浸潤のある皮膚領域〉という言い方がひどく奇妙だ。普通なら「左上背部の浸潤（※炎症などが隣接組織に侵入すること）」と言う。いずれにせよ、肺、従ってまた結核に言及しているのだ。

〈服の上から〉

これは単なる挿入句。小児病院では、ごく当たり前に、服を脱がせて診察するが、成人女性の患者の場合はそうはいかない。ある高名な医者が女性患者は必ず着衣のまま診察したという話があったほど。これ以上のことは分からないし、正直、分かろうという気にならない。

〈Mが言う「疑いもなく感染症だが、気にすることはなかろう。彼女は赤痢にもなるが、毒素は排出されるだろう……」〉

初めの内、この箇所は馬鹿げているとしか思えなかった。しかし、他と同様に注意深く分析してみようかと思って、少し考えていると分かってきた。夢の中で私がイルマの口に見つけたのはジフテリア炎の局所病巣だった。そして、娘が病気になったとき、ジフテリア炎とジフテリアの異同について、主治医と論じ合ったことがある。ジフテリアは局所の炎症に始まる全身の感染症である（※現在では菌が侵入した局性の病変と菌の産生する毒素による全身病変とに区別する）。夢の中でレオポルトは肺音の減弱によって肺への感染拡大を見つけているのだ。しかし、現実には、ジフテリアの場合、肺病変は生じない。ここは、むしろ、膿血症（※ブドウ球菌などによる全身感染）ではないか。

〈気にすることはなかろう〉というのは私への慰めである。なぜそれが必要だったかというと、ここまでのところ、イルマの痛みはジフテリア炎という重篤な器質的障害に基づいていて、私の行っている精神的な治療のせいではない、という流れになっている。しかし、こういう私の責任逃れのために、イルマが重い病気に罹っていることにするのは後ろめたい。あまりにひどいではないか。そこで、私は、いずれにせよ良い結末を迎えるのだという慰めを、他ならぬドクトール

Mの口から言ってもらったのだ。それは良い選択だった。しかし、ここの箇所で私は夢を見ながら夢に手を加えているわけで、この辺りの事情については別途考えなくてはならない（※第7章）。

それにしても、この慰めは、なぜこれほどナンセンスなのだろうか。〈赤痢〉そして毒素が腸管から排出されるというまるで根拠のない見解。実際にドクトールMは病理に関してしばしばこじつけの説明をすることがあり、私は夢でそれを揶揄しているのだろうか。ふと、赤痢について別のことが頭に浮かぶ。二、三ヶ月前、私は、奇妙な便通障害の若い男性患者を引き受けたが、それまで他の医者たちは彼を「栄養障害に伴う貧血」として治療していた。私にはヒステリーだと分かったが、彼に精神療法を行う気にはなれなくて、代わりに、航海に送り出したのだった。しかし、つい二、三日前、エジプトから彼が絶望的な調子の手紙を寄こして、それによれば症状が再燃して現地の医者から赤痢と診断されたという。どうせ無知な医者がヒステリーに幻惑されて誤診しただけだろうとは思っても、私はヒステリー性腸管障害がある人を本当に器質的な病気になりかねない場所に追いやったわけで、自分を責めずにはいられなかった。そして、「ディゼンテリー」（赤痢）†††（※！！の代わりに使われているこのダガー記号は本来、死者の名前や没年などを示すのに用いられる）。この病名のなんと「ディフテリー」（※ドイツ語。ジフテリア）と似ていることか。もっともディフテリーという語は夢には出てきていない。

そうだ、私は、赤痢の予後（※快復如何の見込み）が良いと言うドクトールMをからかっているに違いない。数年前彼が他の医者の件で、似たような話をして笑っていたのを思い出した。ある重篤な患者について見解を求められた際に、その医者が余りにも楽観的なので、これはひとつ反論をせねばという気になって、尿蛋白が出ている点を指摘した。すると相手の医者は気分を害した様子もなく、穏やかに「ご同僚、気になさるな。蛋白は尿と共に排出されましょう」と答えたというのだった。もう疑問の余地はない。この夢の断片は、そういうMだってヒステリーについては何も知らないではないかと馬鹿にしているのだ。そう考えたら、今またひとつ疑問が湧いた。ドクトールMは、受け持ち患者であるイルマの友人が示す結核のような症状が、実はヒステリー由来だと知っているのだろうか。症状に騙されているのではないか。

それにしても、どんな動機から、私は友人のMをこんなにまで酷く扱わなくてはならなかったのだろうか。それは簡単だ。Mも、イルマに関する私の〝解決策〟に納得していなかったからだ。それで、私はこの夢で仕返しをしている。イルマに対しては〈もしまだ痛みがあるのなら、それはあなた自身のせいなのだよ〉と言い、そしてドクトールMにはナンセンスな科白を言わせた。

〈私たちには、なぜ感染が起きたのか前から分かっていた〉

この〈前から〉というのは注目に値する。感染だというのはレオポルトが今診断を確定させたばかりで、〈私たち〉つまり私やオトーにはそれまでは分っていなかったのだから。

〈オトーが最近彼女の気分が勝れないとき、注射をしてやっていて……〉

オトーは、イルマの家に滞在していた短い間に、隣のホテルに往診に呼ばれ、急に気分の悪くなっていた人に注射をしたことがある、と私に話していた。注射ということで、私は再び、コカインで死んだ不幸な友人（※エルンスト・フライシュル 1846-91 若い頃ブリュケの研究所でフロイトの先輩だった。後に著名な生理学者となり、三十四歳で正教授となるも、四十五歳で死亡。この人のことは第

6章『non vixit 彼は生きていなかったの夢』でまた取り上げられる）のことを思い出す。私は彼にモルヒネ（※アヘンに含まれるアルカロイド。鎮痛剤として使用）からの離脱治療の間だけコカインを経口服用するように勧めたが、そうしたら、彼はいきなりそれを自分に注射してしまった。

〈プロピル製剤……プロピレン……プロピオン酸〉

一体どういうわけで、これらの物質の話になったのだろう。この夢を見る前、つまり病歴総括を記載した日の夕方に、妻がラベルに（イルマの名字と音が似ている）アナナス（※パイナップル）と書かれたリキュールの瓶を開けた。それはオトーのくれたものだった。オトーは何かというと人にプレゼントをする癖があって、お嫁さんが来て、この癖を直してくれるといいのだが。ところで、そのリキュールはフーゼル（※悪い酒の意味。当時、エタノールではなくアミルアルコールを主成分とする安酒が出回っていた）の酷い匂いがしていて、私はとうてい飲んでみる気がしなかった。妻は「使用人たちにでもやってしまいましょう」と言ったが、用心深い私はそれを止め、「彼らにだって毒を飲ませるわけにはいかないよ」と善人ぶったことを言ったのだった。ともあれ、その酒にアミル（※アミル基。炭素5水素11の有機化合物の古称）を嗅ぎつけたとき、私はプロピル、メチルなど一連の化合物のことを考えたのだったが、明らかに、それが夢で〝プロピル製剤〟（※プロピル基は炭素3個。三七ページ注参照）になっている。つまり、夢でプロピル製剤をアミルの代用にしているわけだが、多分、こういう代用は有機化学では許容されることだろう（※代用Substitution《ズブスティトゥチォーン》 フロイトはこの外来語がErsatz《エァザッツ》 代理と同じ働きをすると見ている。実際、後にsubstitute《サブスティトゥートゥ》 が精神分析用語 Ersatz の正式な英訳になった）。

〈トリメチルアミン〉

この物質の分子式が出てくるというのは、夢の形成に途方もない記憶力が作動している証明のようなものだが、それが太字になっていて、殊更に強調されているのだ。こんなふうに注意を引きつけ、このトリメチルアミンは私をどこへ連れて行こうとするのだろう？　多分それは、友人フリース（※ベルリンの耳鼻科医ヴィルヘルム・フリース 1858-1928）との会話だろう。彼と私は、お互いの研究を始まりの時から知っている仲だが、ある時、性の化学について話していて、トリメチルアミンが性の代謝産物だと考えていると彼が言ったことがある。というわけで、この物質は、私を性の話題へと連れて行こうとしていることになるが、性こそは、私が治療に取り組んでいる神経症の根源として最重要視している要素なのである。イルマは若い寡婦だった。私が彼女の治療に失敗した言い訳をするのには、彼女の友人たちがなんとかしてやりたいと思っている彼女のこの状況に言及するのが多分一番いいのだろう。それにしても、この夢の何と妙なことか。私が夢の中でイルマの代わりに患者にしたがっているもうひとりの女性もまた若い寡婦なのだった。

夢の中でトリメチルアミンがかくも強調されている理由が、どうやら分かってきた。トリメチルアミンという単語に色々と重要なことが籠められているのだ。性的要素を仄めかすばかりか、フリースのことにも言及している。私は、学問的に孤立感を深めているとき、少なくとも彼は味方だと思い出してほっとする。私の人生でこれほど大きな役割を果たしている友人が、私の夢に全く出現しない理由はない。そういえば、彼は鼻や副鼻腔に関するたぐいまれな専門家で、鼻甲介と女性器の深い関係について注目すべき学術報告を行っている。そして、夢では、イルマの喉の出来物が〈鼻甲介〉のような形をしているのだった。現実にも、私はイルマの胃の痛みが鼻に由来するのではないかと思って彼に診察を依頼したことがある。ただ実際には、彼自身が蓄膿症で、それを私は心配しているのだが、夢を分析していて、感染拡大に関して思いついた「膿血症」というのは、きっとこのことだろう。

〈こんな注射を軽々しくやってはいけない〉

ここは、ちゃんとした考えもなしに行動したオトーへの直接的な非難である。この類いの考えは、あの午後、オトーの言葉や目付きから彼が私の味方をしていないなと思ったときに、確かに私の心を過ったように思う。「なんて簡単に周りに左右されてしまうんだ」「なんて軽々しく判断を下すんだ」。

夢のこの一節は、今一度、軽はずみにもコカインを注射して死んだ友人に私の注意を向けさせている。前にも言ったように、私には、彼に注射をさせるつもりは全くなかった。私は、化学物質を「軽々しく」取り扱ったと、オトーを非難しているが、考えてみると、私が睡眠薬中毒にしたあの不幸なマティルダの件では、軽率なのは私自身だった。夢の私は（※オトーを非難することで）自分の医師としての慎重さを強調する一方で、自らの軽率さを指摘しているわけだ。

〈注射器が清潔でなかったか〉

オトーへの非難が続くが、こちらは出所が別だ。私は以前、ある八十二歳の女性患者に一日二回のモルヒネ注射をしていたが、昨日、その人の息子に出くわした。患者は現在田舎に行っていて、向こうで静脈炎になったという。私は直ちに、かの地の医者が不潔な注射器を使ったせいで浸潤を起こしたのだと、考えた。患者は、私が診ていた二年の間、一度も浸潤を起こさなかった。私はそのことを誇りにしていたが、それはもちろん、注射器が清潔かどうか、いつも気を配っていたからだ。私は良心的な医者、というわけだ。静脈炎と言えば、妻は妊娠中に一度この病気になった。今改めて、妻、イルマ、そして亡くなったマティルダの三人には似た状況（※医療過誤）があると思う。夢の中では〝状況が同一ならば〟相互に入れ換えても（※füreinander《フューアインアンダー》 einzusetzen《アインツゼッツェン》）良いに違いない。様々な表現を試しつつ、フロイトは代理形成Ersatzbildung《エアザッツビルトゥンク》の概念に向かって進んでいる。

＊＊＊

夢とは望みの成就――フロイトの場合は

これで夢判断の作業を終了する。この作業をしているとき、夢の内容とその背後の考えとを照合するたびに、否応もなしに次々と連想が浮かんできて、押しとどめるのに苦労した。右に記したのは、私が思い付いたうちのほんの一部である。ともあれ、夢の「意味」ははっきりした。それはひとつの目論見で、それこそが私にこの夢を見させた動機であるに違いない。

夢は、前日の夜の出来事（オトーの報告や病歴の執筆）が私に呼び起こしたいくつかの願いを叶えていた。色々な理由を挙げて、イルマの痛みが続いていることに私の責任はないと言ってくれているのである。そして、責められるべきはオトーであると言う。オトーはイルマが完全に治っていないと述べて私を苛立たせたが、夢は、その彼に非難を投げ返すことで、仕返しをしてくれた。かように、夢は、物事を私が望んでもおかしくないような形で表現しているわけで、言い換えると、夢とは望みの成就であり、従って、望みが夢の動機になっているのである。

ざっとこんなものだろう。しかし、細部についても、望みを叶えるという視点からすると、色々なことが明らかになる。オトーが軽率にも私に反対する側にまわったから、その仕返しに、彼が軽率な処置（注射）をしたと非難するばかりでなく、夢は、フーゼル臭の酷いリキュールのことでも彼を貶めている。夢は、このふたつの非難を結び合わせて、プロピル製剤の注射と表現しているのである。しかし、それだけではまだ不足と言わんばかりに仕返しは続き、夢は、彼を彼よりももっと信頼に足るレオポルトと比べて、「彼の方が君よりずっといい」と言っているような具合なのだ。

しかし、私の怒りを向けられたのはオトーだけではない。私のいうことを聞かない患者イルマは、もっと賢くもっと従順な人物と入れ替えられてしまう。ドクトールMも私の〝解決策〟に納得しなかったので、夢の中で「イルマが赤痢になる」とか「毒素が排出される」とか言わされて、ヒステリーについて無知だと暴露される。夢は、そんなMを見限り、別の、もっと聡明で、トリメチルアミンについて教えてくれた友人フリースの心に訴えたいらしくて、それは丁度イルマから彼女の友人に、オトーからレオポルトに鞍替えしたのと同じ塩梅なのである。

「この連中をどこかへ追いやって、私の選んだ三人にしてくれ。そうしたら、私は無実の咎から赦免される」。この咎は本当に根拠がないものだと、夢が入念に証明してくれているように私には思える。イルマの痛みは私の責任ではない。彼女は私の〝解決策〟を受け入れようとしなかった。だから非難されるべきはイルマ自身なのだ。イルマの痛みに私が何の関わりもないのは、それが器質的なものであって、精神的な治療で治せるものではないからだ。イルマの痛みは彼女が寡婦だということ（トリメチルアミン！）で適切に説明されるような事柄で、私がどうこうできるものではない。イルマの病気はオトーの不注意な注射のせいで生じたもので、不適切な薬物を使うなんて……私なら決してそんなことはしない。イルマの病気は、老婦人患者の静脈炎と同様に不潔な注射器で生じたもので、私なら注射を打つにしてもそんなヘマはしない。

ここで気がつくのは、イルマの病気についての説明は、ひとつひとつは私を赦免してくれているが、相互にはまるで矛盾しているということで、実際、ひとつが成り立てば他は成り立たないのである。つまり、この〝弁論〟（これこそがこの夢の目的）の全体は、例の笑い話、近所から借りたヤカンを壊して訴えられた男の抗弁を強く思い出させる。「第一に、返したときヤカンは無傷でした。第二、借りたときすでに穴が空いていました。第三、近所からヤカンを借りたことなどありません」。このひとつでも認められれば、無罪放免になるというわけだ。

また夢には、イルマの病気に対する私の免罪以外のテーマもある。私の娘の病気、同じ名前の患者の病気、コカインの害、エジプトに旅行した患者の障害、妻・長兄・ドクトールMの健康への懸念、私自身の肩の痛み、遠い街に住む蓄膿症の友人に対する心配。しかし、ひとことで言えば「皆の健康への気遣い、医者としての良心」の表現ということだ。私は、オトーにイルマの病状を知らされたときに漠然と感じた当惑をはっきりと覚えている。遅ればせながら、あの片時の感覚にこの表現を使いたいと思う。私はあたかも「あなたは医師としての本分を充分に果たしていない。あなたは誠実ではない。あなたは約束を果たしていない」と彼に言われたように感じたのだった。そこで、さまざまな観念が動員されて、自分が如何に誠実だったか、如何に家族・友人・患者の健康に深く気を配っているかを示そうとしたのである。

とはいえ、興味深いことに、この素材の中には、私の赦免どころかむしろオトーの言い分を支持するために使ってもよいような、私には辛い思い出も含まれている。要は、夢の依拠している素材は本来誰の味方でもない、ということなのだろう。しかし、夢の中で、この広範な素材が、イルマの病気に関して無罪でありたいという私の願いと結びついているのは確かである。

私は、これでこの夢の意味を全て明らかにしたとか、あるいはこの私の解釈が完璧だとか主張するつもりはない。

この夢について、もっと時間をかけて、もっと色々な項目を説明し、新たな謎について論じることも可能だ。実際、幾つかの分岐点があって、そこから他の話題に進みうることに私は気が付いている。しかし、さすがにこれ以上は、自分をさらけ出したくない。こういう自制を批判する者がいるなら、私よりも正直にやれるかどうか、試してみるといい。今のところ私は、ひとつの発見だけで十分満足している。解釈の作業をして、夢には望みを叶える機能があると分かったのである。

第3章　夢は望みを叶える

狭い渓谷を進んでいると突然、高台に出る。四方八方へ眺望が開け、そこからは幾つもの道が分かれている。さて次はどの路を進もうか（※フロイトは夏の休暇に子供たちを率いて、よくオーストリア・アルプスをハイキングした）。最初の夢判断を終えて、私は今そんな感じである。突然、認識の明るみに出たのである。

夢は無意味でも不合理でもない。頭の一部が眠り、他の一部が動き始めて生じるものでもない。夢は一人前の心の働きであり、我々の望みを叶えようとしている。

しかし、この発見を祝おうと思う丁度そのとき、様々な疑問が湧いてくる。望みを叶えるとして、夢は、どうしてあんなにも異様で分かりづらい表現をとるのか？　普段考えていたことにどんな変化が生じて、目覚めたときに覚えているような夢になるのか？　その変化の道筋はどんなものなのか？　夢の材料になるものはどこから来るのか？　例のヤカンの笑い話に通じるような相互矛盾も気にせずといった特徴は、何に由来するのか？　夢は、我々の心的な過程について何か新しいことを教えてくれるだろうか？　夢は、我々の日中の信念を修正したりもするのだろうか？　しかし、私としてはこういう疑問を全て、当面、脇において、ただひとつの道を進むことを提案したい。

望みを叶える夢の数々

我々は、我々の望みが夢の中で叶えられていると知ったのだった。そこで次に、これが夢一般の特徴なのか、それとも『イルマの注射の夢』が偶然そうだったのか、調べようと思う。というのも、どの夢にも意味があると認めるつもりでも、その意味そのものが夢ごとに違っている可能性があるからである。我々の第一の夢は望みを叶えるものだったが、次の夢では恐れていたことが起きるのかもしれず、第三のものは内省で、第四は単なる記憶の再生かもしれない。

夢が望みを叶えているというのは、ちょっと調べればすぐに明らかになることである。なぜこのことがとうに知られていないのか不思議なほどである。例えば、私が意のままに、いわば実験的に見ることとの出来る夢がひとつある。アンチョビなりオリーブなりとても塩分の強い食物を夕食にとってみる。すると夜中に喉が渇くが、それでいきなり目が覚めるのではなくて、必ずその直前に夢を見る。そして、それが必ず水を飲んでいる夢なのである。夢の中で私はがぶがぶと音を立てて水を飲み、喉が干涸びているときに冷たい飲料だけが与えてくれる絶妙な感覚を味わう。この簡単な夢は、明らかに渇きによって引き起こされていて、それで水を飲みたいという願望へと進み、この願いが叶うのを見せてくれるわけだ。私はよく眠る質《たち》で、何かの欲求でいきなり目を覚ますことはないから、こういう夢の働きが何かすぐ分かる。もし夢で水を飲んで渇きが癒されたら、起きないですむ、というわけだ。つまり、これは無精な人間の夢なのだ。人生でよくあるように、夢想が行動の代役をするのである。しかし、当然ながら、本当に喉の渇きを癒すには、後で実際に何かを飲まなくてはならない。それは友人オトーやドクトールMに対する仕返しの渇望が夢で本当には満たされないのと同様なのである。

ところで最近、このタイプの夢の変種を見た。このときは、寝付く前にもう喉が渇いていたから、私はベッド脇のキャビネットに置いてあったコップの水を飲み干した。しかし、数時間後、夜中にまた喉の渇きに襲われた。水を飲むには、今度は、ベッドから出て、妻のベッド脇まで行き、そこのキャビネット上のコップを手にしなくてはならなかっただろう。しかし私は、ここで、上手い具合に夢を見て、その中で妻が飲み物を渡してくれたのだ。その容れ物は私がイタリア土産に買って帰ったエトルリアの骨壺で、実際にはもう人にあげていたものだ。夢の中のその骨壺には灰が入っていたらしく、そのせいで水は塩っぱくて、結局、私は目を覚ましてしまった。

それにしても、この夢のなんと都合よく物事を整えてくれたことか。たしかに、望みを叶えることが夢の唯一の目的ならば、私だけを大切にしてくれてよいわけで、他の人への配慮はいらない。ちなみに骨壺が夢に出てきたことも、別の望みを叶えるためだったようだ。現実には、骨壺はもはや、妻の傍のコップみたいに、私の〝手が届かない物〟になっている。それを私は残念に思っていたのだが、夢ではちゃんと手元に戻ってきている。ところで、骨壺の水の塩辛さは、実際に高まってきていた私の喉の感覚を上手く表現しており、その感覚で私は目を覚ましたのである。

私は若い頃、この類の自分に都合のいい夢をよく見たものだ。毎夜遅くまで働いていて、当然朝は辛く、そんな時、もうベッドから出て洗面所にいる、という夢を見るのだった。しばらくすると、自分が起きてはいないと気づくが、それまでは、おかげでしばらく眠っていられたのである。

似たような夢の愉快な話を語ってくれたのはある若い医者で、彼の寝坊ぶりは明らかに私並である。彼は、病院の近くに間借りしていて、その家のおばさんに毎朝決まった時間に起こしてもらうことにしてあったが、おばさんの方は本当に大変だったらしい。ある朝、ことのほか気持ちよく眠っていて、おばさんに「起きる時間ですよ、ペピさん。病院へ行かなくちゃいけないんでしょ」と呼ばれても、彼の方は夢を見て、自分が病室のベッドに寝ていて、枕元の名札に「ペピ・H。医学学位取得資格者、二十二歳」と書かれてあるのだった。彼は夢の中で、「うん。もう病院にいるのなら、これから出掛けて行く必要はないわけだ」と言い、それから、くるりと向きを変えると、眠り続けたのだとか。夢の動機をあっさり告白したようなものだ。

次の夢でも、睡眠中の刺激が効果を発揮している。私の女性患者が顎の手術を受けたが、その結果が思わしくなくて、担当医たちから昼夜を問わず患部に冷却器具を装着しておくように言われていた。だが、彼女は眠り込むや否や、いつもそれを外してしまう。ある日、その器具を床に投げ捨てたものだから、厳しく言ってくれと私にお鉢が回ってきた。すると彼女が言い訳するのに、「今度ばかりは仕方がなかったのです。夜見た夢のせいなのですから。夢の中で、私はボックス席にいてすっかりオペラに没頭していました。でも療養所ではカール・マイヤーさんが伏せてらして、顎の痛みを酷く訴えてらっしゃる。そこで、私は、痛みがない私の方がこれをつけている謂れはないわと言って、器具を投げ捨てたというわけなんです」。長患いをしているこの気の毒な患者の夢には、辛い状況にある者の口をついて出てくる決まり文句「少しでもましなことを考えなくっちゃ」が、そのまま現れたような趣がある。夢は、その〝少しでもましなこと〟（※私には痛みがない）を見せているのである。ところで、夢の中で彼女が自分の痛みを押し付けた相手〝カール・マイヤーさん〟というのは彼女の知り合いの中で、思いつく限り一番どうなろうとも構わない青年だった。

夢が夢の中で望みを叶えるというのは、健康な人たちから収集した夢からも容易に分かる。私の夢理論を良く知っていて、細君にもその話をしていた知人がある日、私に言うことに、「妻に頼まれたのでお伝えするのですが、昨日、生理がきた夢を見たそうです。どんな意味だかお分かりになりますか」。勿論、分かる。もし若い既婚女性が夢で生理がきたと言うのなら、当然、現実には生理は止まっている。夢は、母親としての苦労が始まる前に、もうしばらく自由を愉しみたいという彼女の願いが叶ったと言っているのである。そして、これは、夢と私を介して巧妙に、初めての妊娠を夫に告げる方法でもあった。

また別の友人は、妻の見た夢について書いて寄越した。夢で、ブラウスの胸のところにミルク染みがあるのに気付いたというのである。これまた妊娠のお知らせだが、こちらは最初の、ではない。この若い母親が望んでいて、夢が叶えているのは、第一子のときよりも今度はたっぷりとおっぱいをあげられるといいということなのである。

子供が感染症になり、その看病で何週間も社交から切り離されていたある若い夫人が、子供が回復してから、パーティーの夢を見た。そこにはアルフォンス・ドーデ（※1840-97 小説家。『アルルの女』）、ポール・ブルジェ（※1852-1935 小説家・批評家）、マルセル・プレヴォ（※1862-1941 劇作家・小説家。アカデミー・フランセーズ会員。この三人のフランス人は当時、大流行作家だった）がいて、みんなとても親切で、彼女を楽しませてくれた。夢の中でドーデとブルジェは肖像画通りの容貌だった。ただ彼女が肖像を見たことのなかったプレヴォは、前日病室の消毒に来た男に似ていた。それは久しぶりの訪問者だったのだ。この夢は完全に翻訳できる。「さあ、果てしない看病よりずっと楽しいことが始まるわ」。

多分以上の例だけで充分だろう。望みを叶えているのがはっきりしている夢は多いものである。大抵は短く単純な夢で、嬉しいことに、文献に出てくるような複雑でごちゃついた夢とはまるで違っている。しかし単純な夢の中でもさらに単純な子供の夢については、子供の心の働きが大人ほど複雑でないだけに、充分に考察したほうがよいと思われる。私の考えるところ、小児心理学は大人の心理学に役立つのだが、それは丁度下等動物の構造や発達の研究が高等動物の研究に役立つ（※エルンスト・ヘッケルが１８６６年に発表して一世を風靡した反復説、俗にいう「個体発生は系統発生を繰り返す」という学説を踏まえている）のと同様だからである。これまでのところ、この目的で小児心理学の研究が積極的に進められた例は殆どない。

小さな子供たちの夢

より分かりやすい子供の夢

小さな子供の夢は、大概、簡単に望みを叶えるだけのもので、大人の夢と違って、特に面白いわけではない。謎解きも必要ないほどだが、夢が望みを叶えるということを証明する点では、計り知れない価値がある。私は、自分自身の子供から、そういう夢を数多く集めた。

1896年の夏、バート・アォスゼー（※オーストリア・アルプスの景勝地）から美しいハルシュタトの町（※岩塩交易で栄えたケルト文明発祥の地、世界遺産の美しい街）まで小旅行（※約20キロ）をし、その時、当時八歳半だった娘（※マティルダ。第2章『イルマの注射の夢』に登場）と五歳三ヶ月の息子（※マーティン。第7章C「息子の士官団から送金があった夢」に登場）から夢の話をひとつずつ聞いた。

前置きをしておくと、私達はその夏バート・アォスゼーに近い丘の家に滞在していて、そこからは天気の良い日にはダハシュタイン山（※標高2996m）の素晴らしい眺望が得られた。望遠鏡を使うとジモニー・ヒュッテ（※氷河中の山小屋）が見えた。子供たちも繰り返し試していたが、上手く見られたのかどうだか。

子供たちはハルシュタトがダハシュタイン山の麓だと聞かされていて、その日の小旅行をとても楽しみにしていた。ハルシュタトからエヒャン渓谷へ足を延ばすと、景色は次々と変わり子供たちは大喜びだった。ただ五歳の息子だけが、だんだんムッツリし始めた。新しい頂が見えるたびに、「あれがダハシュタイン?」と尋ね、私は「いや、ただの山裾の丘さ」と答える。これを何度か繰り返した後、彼はすっかり黙り込んだ。滝への登り道にも関心を示さず、ひとり後に残った。私は疲れているのだろうと思っていた。しかし、次の朝、彼は満面の笑顔で私のところへ来ると、「ジモニー・ヒュッテにいる夢を見たよ」。これで分かった。私がダハシュタインに言い及んだとき、彼は、ハルシュタトへ行く途中でその山に登って、大人たちが望遠鏡でわいわい言っていたあの建物を自分の目で見ることが出来ると期待していたのだ。しかし、実際には麓の丘だの滝だののばかりで、騙されたように思ってがっかりし、元気をなくしたのだった。でも夢が償ってくれた、というわけだ。私は詳しく聞こうとしたが、中身は殆どなく、山小屋まで「六時間も石段を登るんだ」と言うが、それは以前に大人から聞かされていた話だった。

このハルシュタトへの小旅行は、また、八歳半の娘の望みをもかき立てていた。そして、その望みが夢で叶う。私達は近所の十二歳の少年を一緒に連れて行ったが、これがちょっとした騎士ぶりで、私の見るところ、娘はすっかり彼に心を寄せたようだった。旅の翌朝、娘が夢を見たと言って話すことに、「あのね、夢ではエミールがうちの子で、パパたちをパパママって呼んでて、弟たちみたいに大広間で一緒に寝ているの。そうしたらママが部屋に入ってきて、青と緑の包み紙の大きなチョコ・バーを一摑み、私達のベッドの下に放り込んでくれたの」。弟たちは、夢解釈の技法を遺伝で受け継いでいるわけでもないので、多くの研究者たちのように「でたらめな夢だなあ」と言う。すると、娘は声を上げて、少なくとも一部は変じゃないと自己弁護した。神経症の理論家の私としては、それがどの一部であるのかが気になるところである。そこで聞いてみると、「エミールがうちの子っていうのは変だけど、チョコ・バーっていうのは変じゃない」。実にその後半こそが私がよく分からないところだった。すると母親が説明を補った。駅から家までの帰り道、子供たちが自動販売機の前で立ち止まって、青と緑の銀紙で包装されたチョコ・バーを欲しがった。しかし、ママは「今日一日、今までの夢が叶うようなことをたっぷりしたでしょう」と話してきかせたのだとか。つまり、チョコの望みを叶えるのは後の夢のために残したというわけだが、私はこの小さな出来事を知らなかったのである。娘が「変」だと認めた部分の方はもう分かっていた。野原の小道で、あの素晴らしい客人エミールがうちの子たちに、パパやママが追いつくまで待っていようよ、と言ったという話を聞いていたからだ。少女の夢で、この束の間の家族が永続的な養子縁組に転換された。彼女の幼い心ではまだ、夢に見たような兄弟関係以外に、エミールとの間にどんな愛の絆の形がありうるのか知らなかったのである。もうひとつ。チョコ・バーはなぜベッドの下に放り込まれなくてはならなかったのか？　これについては、娘に尋ね損なった。

うちの息子のとそっくりな夢の話を友人が語ってくれた。それは彼の八歳になる娘の話だ。この友人は、ローラー・ヒュッテ（※ハイカーに人気の休憩所）を訪れるつもりで、子供たちを連れてドーアンバハ（※ホイリゲのある「ウィーンの森」の一角）へ向かって出発したのだが、途中で遅くなりすぎたので、子供たちには「また今度と」約束して、引き返すことにした。その帰り道、ダス・アモー（※ウィーンの街の眺望で有名な郊外の丘）への道しるべのある場所へ来ると、子供たちは、ダス・アモーへ行きたいと言ったが、これまた「今度ね」と言うしかなかった。次の朝、八歳の娘が嬉しそうに彼のところへやってくると、「パパ、夜、あたし、夢を見て、パパも私たちと一緒にローラー・ヒュッテやダス・アモーにいたの」。彼女は夢で、父親に約束を果たしてもらったのだ。

うちの娘が、三歳三ヶ月の時、バート・アォスゼーの田園地帯の美しさに感じて見た夢も、同じように素直なものだった。娘はここで初めて湖を渡ったのだが、この船旅が短かすぎたもので、船着き場でボートから降りるのを嫌がって酷く泣いた。翌朝、彼女が言うのに「夜にねえ、湖を渡ってたの」。この夢の航行が彼女の満足のいくほど長かったのだといいのだが。

長男は、八歳の時、もう夢の中で自分の空想を実現するようになっていた。ディオメデスの御す戦車にアキレスと一緒に乗った、と言うのである。もちろんその前日の話があって、彼は、姉がもらった本に出てくる古代ギリシア伝説の話を聞いて、それに夢中になっていたのだった。

夢にも思ってもみなかった夢

もし子供の寝言も夢を見ながらのことととして良ければ、以下は、私の集めた中でもっとも幼い夢ということになる。私の末娘（※アンナ・フロイト。1895-1982 後に国際精神分析協会事務局長）は当時一歳七ヶ月だったが、ある朝吐いたので、まる一日、絶食ということになった。するとその夜、興奮して大声で「アンナ・フ……オイト、エル（ト）ベール、ホッホベール、アイア（シュ）パイス、パップ」と寝言を言った。（※ベーレは苺、アイアシュパイゼはオーストリア風スクランブルドエッグ、パップは粥）この子は当時、自分の物には、その品物と自分の名前を並べて言うやり方をしていた。だから寝言のメニューは彼女がその一日に食べたかったもの全てなのだろう。二種類のベーレ（苺）が入っているのは、うちの保健取り締まり官へのデモンストレーションで、ばあやがお嬢ちゃまは苺の食べ過ぎで具合が悪くなったと言っていたのを知っていたからだろう。彼女はこの意見が気に入らなくて、夢でやり返したのだ。

このことがあってすぐ、夢は、この子よりも七十ばかりも年取った祖母のために同じような働きをした。厄介な遊走腎のために彼女は一日絶食をしなくてはならなかったのだが、やはり、その夜、夢の中で娘盛りのころに戻って、昼も夜も主餐に招待され、その都度、目の前に素晴らしいごちそうが並べられたのだとか。

性の欲望については、子供時代はそれを知らない幸福な時期だと看做す向きがあるかも知れないが、もうひとつの欲望、食の欲望がどれほど失望・諦めの元となり、そしてそれ故に夢の源になるか忘れてはならない。

もうひとつ例を挙げよう。一歳十ヶ月の甥（※妹の息子ヘルマン）が私の誕生日（※5月6日）にお役目を仰せつかって、お祝いの口上を述べてから初物のサクランボの入った小さな籠を私に差し出すことになっていた。しかし、明らかに彼は渡したくなかったようで、何度も「サクランボがにゃかにはいってる！」と繰り返すばかりで、籠をなかなか手放そうとしなかった。しかし、翌朝に、彼は起きて来ると朗らかに母親に、夢の話としか思えないことを言った。「ヘ（ル）マンがサクランボを全部食べちゃったんだ」。いつもだと、以前見かけて以来憧れていた「白い兵隊さん」つまりマントを纏った近衛兵の夢を報告するのだったが。

動物がどんな夢を見るのか、私には分からない。聴講生のひとりが教えてくれたところでは、諺に「ガチョウはどんな夢を見る？　トウモロコシ」というのがあるらしい。この短いやりとりの中に、夢の中で望みが叶えられるという考えがすっかり表現されている。ここに至って、単に普段の言い回しを調べていれば、夢の隠された意味にもっと近道ができたはずだと気がつく。「夢はうたかた」と軽く扱われることは確かにある。しかし、夢はなによりも望みを叶えるものなのであった。「夢にもこんなことは思ってもみなかった」と、期待を超えたことが現実に起きると、誰もが喜んでそう言うのである。

第4章　夢は歪曲されている

望みを叶えていない夢の正体

この時点で私が論を進めて、望みを叶えることが全ての夢の意味だ、望みの夢以外に夢はないと主張したら、断固たる反論にあうに違いない。「望みを叶える夢があるというのは事新しい話ではなくて、研究者たちがずっと前から言ってきたことだ。しかし、それしかないと言うのは不当な一般化で、難なく反論できる。そもそも、多くの夢は望みを叶えるどころか苦痛に満ちている……」云々。

確かに、不安な夢のことを考えると、夢の中で望みが叶えられるのが原則だと一般化するのは無理なように思える。しかしながら、そもそも、我々は、内容が望みを叶えるものか不安かに基づいて夢を評価しようというのではなくて、解釈の作業によってその夢の背後にある考えを明らかにしようとしているのである。これまで、夢の内容が苦痛に満ちたものであった場合に、誰か、その夢を解釈して、背後に存在する考えを見つけようとしただろうか。解釈をすれば、もしかすると、苦痛な夢や不安な夢も、その背後に望みを叶えようとする考えがあると分かるかもしれないではないか。

ここに、解釈をすれば望みを叶えていることがはっきりするのに、そうするまでは望みとはまるで無縁な内容としか思えない夢があるとして、それは一体なぜそうなっているのか、というふうに考えてみよう。

第2章で詳しく扱った『イルマの注射の夢』で言うと、読者もあの夢の部分だけを読んで、その中で望みが叶えられているという印象は持たれなかっただろう。そもそも、この私ですら気付かなかったのである。解釈してみて初めて、たくさんの望みを叶えていると分かった。あの夢は直截に語られておらず、歪曲して表現されていたのである。となると、次の疑問が生じる。そのような歪曲は何に由来するのか？

幾つかの夢を分析すると、夢の歪曲には仕組みがあることが分かってくる。私はそれを別の自分の夢で説明しようと思う。これでまた私は大いに恥をかくことになるが、しかし、そんな個人的な犠牲を補って余りあるほど、問題に大いなる光を当てるのである。

『ブロンド髭の叔父の夢』

前置き
１８９７年の春、私は、我が大学のふたりの教授が私を員外教授（※定数の極めて限られた正教授ほど待遇は良くなかったが、皇帝の勅任官であり、たいそう名誉な地位であるがゆえに医業収入の向上を約束するものだった。正教授または員外教授に任命されないかぎり、教授資格試験に合格しただけでは、私講師として講義をし、聴講料を徴収する権利しかなかった）に推薦してくれたと耳にした。その知らせに私は驚くとともに、個人的な繫がりのないふたりの傑出した学者が私を認めてくれたことをとても嬉しく思ったのだった。しかしながら、私は直ぐに、このことに望みをかけてはならないと自分に言い聞かせた。教育省は、ここ数年、そのような提案を取り上げることはなかったし、私よりも年長で、私以上の適格者がたくさん、任命を待ってむなしく年月を重ねていた。だから、私だけが上手くゆくと考える理由はなかった。そこで、私はその推薦のことは考えまいと決めた。私は自分では野心的でないつもりだったし、医者として、立派な称号がなくても充分満足の行くほどには成功していたのである。ともあれ甘かろうが酸っぱかろうが、そもそも私にはブドウ（※イソップ物語。フロイトは、負け惜しみを言うキツネに、本当の動機に無自覚なまま一見筋の通った説明をする心理的な動きを見ている。この心的な機序には、後年、フロイトの弟子アーネスト・ジョーンズによって合理化 rationalization《ラショナライゼイション》という用語が与えられた。１９０８年）を欲しがる理由がなかったし、それが私の手に届くところまでぶら下がってこないのも明らかだったのである。

その後、ある夕方に同業の友人Rがやってきた。彼は私が「自分はああはなるまい」と自らの戒めにしていた教授候補のひとりで、長い間任命を待っていた。教授になると、医師は患者たちから、いわば神の位についたように思われる。彼は、私ほど諦めがよくなくて、時々、役所に行っては自分の一件を誓願していた。私を尋ねてきたのも、そんなお役所訪問の帰りのことだった。Rが言うのに、このたびは高官のひとりを何とかつかまえて、直截に、自分の任命が遅れているのは宗教的な（※ユダヤ人だからという）理由なのかと聞いたのだという。それに対する返事は、「実際のところ、目下の情勢では、大臣閣下ですらそのお立場になく……」（※如何にも官僚的な曖昧な答弁）だったという。「すくなくともこれで自分の立場が分かったよ」と友達は言って話を切り上げたが、この話、別に耳新しいものでもない。しかし、おかげで私の諦めはさらに強まった。

なにしろ、この宗教的な理由という（※のが本当の）ことなら私にも当てはまるわけだったから。（※1867年に信仰の自由が帝国憲法で明文化されてから三十年経った当時、ユダヤ人の社会進出にはめざましいものがあり、彼らの経済的な地位もすっかり向上していた。豊かになるにつれウィーン大学に登録するユダヤ人学生も増えて、医学部・法学部では定員の過半を占めるまでになったほど。そのために却って、ブルジョワ化したユダヤ人への反感が社会に広く高まっていたのは確かだった。しかし、フロイトの場合、後に、患者だったフェルステル男爵夫人が大臣にベクリンの絵画を贈って誓願してくれたらすぐに員外教授に任命されたことから分かるように、碌な工作をしなかったことが大きかったと思われる）。

夢

この友人の訪問の後、朝方に私は次のような夢を見たが、それは〈友人のRは私の叔父である。私は彼にやさしい気持ちを持っている〉という考えと、〈私は目の前の彼の顔が幾分変わってきていることに気付く。縦に引き伸ばされたみたいで、縁取るブロンドの髭が特に明るく強調されている〉というイメージから成り立っている。

解釈

朝になってこの夢を思い出したとき、私は吹き出して「ナンセンスな夢だなあ」と呟いた。しかし、夢はその後、一日中私につきまとい、結局夕方になって私は反省した。もし患者が見た夢のことを「ナンセンスな夢です」としか言わなかったら、当然たしなめるし、何か不快な話が隠れているので素通りしようとしていると推測するだろう。それは自分のことでも同じはず。夢をナンセンスと切り捨てたことがとりもなおさず、内心、解釈するのに気が進まないことを示している。さ、進め。というわけで、私はちゃんと解釈することにしたのだった。

〈Rは私の叔父である〉

これは何を意味するのか。叔父と言えば、ヨゼフしかいない（原注：私には叔父が五人いるのだが、驚いたことに、分析に取りかかろうとしたら記憶が狭まって、ひとりだけのように思ってしまった）。彼の身の上にはちょっと悲惨なことがあった。三十年以上前のこと（※1865年）だが、金を稼ごうと（※信仰の自由が憲法で保障される前のことで、ユダヤ人たちはまだ、とても貧しかった）ある犯罪（※偽金造り）に手を染め、重い罰（※1866年、十年の禁固刑の判決）を科せられた。私の父は、そのとき心労で数日のうちに白髪になってしまった。そして、いつも「ヨゼフは決して悪い人間じゃないが、オツムが弱い」と、そういう言い方をするのだった。そこで、友人のRがヨゼフ叔父さんであるという夢は、Rはオツムが弱いと言っていることになるが、それだけは絶対にない！

夢の中の顔はRの顔だった。それがいつのまにか変化して、〈縦に引き伸ばされたみたいで、縁取るブロンドの髭が特に明るく強調されている〉というふうになる。叔父の顔は実際こんな様子で、長細く、ブロンドの髭があった。Rの方は、もともとは真っ黒の髪だ。しかし、黒髪の人は白髪になるとき若いときの格好良さの代償を払うものだ。毛の一本一本が、初めは赤茶、それから黄ばんだ茶色と嫌な色彩変化を来して、その後、ようやくちゃんとした灰色になる。私の友人の髭は目下のところこういう段階を踏んでいる。ちなみに、私のも、嬉しくないことに同様。

どうやら夢の中で見た顔は、Rの顔に叔父の顔が重なったもののようだ。それはガルトン（※

1822-1911 ダーウィンのいとこ。遺伝学者、統計学者。「優生学」を造語）の合成肖像写真みたいだ。彼は家族の類似性を研究するのに一枚の乾板にいくつもの顔を重ねて撮影していた。そう、やはりこの夢はRがヨゼフ叔父さんのようにオツムが弱いと言おうとしている。

夢が何のつもりでこんなふうにふたりを並べたのか？　私にはどうしても納得がゆかない。しかし、根は深いものではない気がする。叔父は本物の犯罪者だったが友人の経歴に疵はないからだ。強いて挙げれば、自転車でひとりの徒弟にぶつかったことがある。それだけ。夢は、あの軽犯罪を仄めかしているのだろうか。だとしても、そんなことでふたりを一緒にするなんて馬鹿馬鹿しいにもほどがある。

今ふと思い出したのは、二、三日前に別の同僚Nと通りで出会って話をしたこと。Nも教授職に推薦されていたが、私の推薦を知って、おめでとうと言ってくれた。しかし、私はきっぱりと、「ご冗談はいけません。あなただって、ご自身の経験から、そんな推薦が何の価値もないことをよくご存知じゃありませんか」と言うと、彼は冗談めかして、「さあ、それはなんとも」と言った。そして「私の場合には、反対をされる理由がちょっとだけあるのです。覚えておられませんか、かつて私を訴えた女がおりましたでしょう。もちろん告発は受理されませんでした。卑劣な恐喝みたいなものでしたから。私の方は、その女が誣《ぶ》告罪《こくざい》で処罰されないように、ちょっと骨を折りました。しかし、教育省には、私の任命を阻止するために、この一件を蒸し返す連中がいるかもしれません。だけど、あなたの場合は、経歴に疵がありませんからね」

犯罪に多少なりとも関わりがあったのはこの人だった、と気が付けば、夢の意図が分かる。オツムが弱く犯罪に手を染めたヨゼフ叔父さんは、この夢の中で、賢くない行動をとる同僚Rと訴えられたことのある同僚Nというふたりを一遍に表している。今、その表現が何のために使われているのかも分かった。RとNふたりの任命が遅れているのは、彼ら自身のせいだ、ということなのだ。で、私はというと、役所に出掛けるような愚かなことはしないし、犯罪とも関わりがない。ならば、私は員外教授に任命される日を心待ちにしていればいいわけで、Rから聞いた高官の意見が私にも当てはまるといった悲惨なことを考えなくてもよい、という話なのである。

この夢の解釈は、さらに続けなくてはならない。まだ済んだという気がしないのだ。まず、ふたりの尊敬すべき同僚を貶めて自分が員外教授に任命される道をつけたという自分のやり口がどうも気に入らない。とは言え、夢で語られている事柄にどういう価値があるのか見極められるようになった今、この夢を見た自分に対する不満はさほどない。私が本当にRは知恵が足りないと思っているということではないし、Nには実は告発されるだけのことがあったと考えているわけでもないのだ。イルマがオトーのプロピル製剤の注射のせいで病気が重くなったと私が信じているわけではないのと同じことである。いずれも、夢が表現しているのは、物事かくあればという私の望みにすぎない。夢の中では望みが叶えられているだけだと私が主張しても、今回は、イルマの夢の時に較べると、受け容れ易いのではないか。この夢は、もっともらしい中傷さながら、事実を上手く使っている。Rは同じ専門の教授にまで反対票を投じられていたし、Nにも、つい私に漏らしたような悪い材料があった。しかし、繰り返しになるが、どうも私には、上記の夢は更に説明を要するように思えるのである。

今思い出した。この夢には、まだ解釈していなかった要素がもうひとつ残っているのだった。

夢の中で、〈友人のRは私の叔父である〉と思ってから、〈私は彼にやさしい気持ち〉になった。この感覚は夢のどんな背景に関するものなのか？　私がヨゼフ叔父さんにこんな〈気持ち〉を持ったことはない。Rは、といえば、好もしい友人で、長年にわたって大切に思っているが、万が一にも、夢の中で感じたような気持ちを直接打ち明けたら、間違いなくびっくりするだろう。夢の中のこの気持ちはなにか誇張されている気がする。Rの知能のことも同様で、夢が彼を知恵の足りなかった叔父とひとくくりにしているのも、誇張なのである。

　ここで事態が少し見えてくる。このやさしい気持ちというのは、これまでの解釈から分かった〈夢の背後に潜在する〉内容の一部ではなく、むしろ、それをうち消すものなのだ。この〈気持ち〉は、私をこれまでの解釈から遠ざけようとしている。たぶん、それこそが目的ではないか。私は、自分がこの夢の解釈に乗り出すのに気が進まなかったのを思い出す。この夢はまったくのナンセンスだとして、どれほど長く私は分析を先延ばしにしたことか。

　私は精神分析の実践から、そのような拒否が何なのか知っている。それは理屈ではなくて、感情なのである。もし私の幼い娘が、食べもしないで、そのリンゴは酸っぱいと言い張ったら、それは「リンゴは嫌い」という意味だ。もし患者がうちの娘のような言い方をしたら、私はその人が何かを抑圧（※Verdrängung《フェアドゥレングンク》　不快な考えを回避すること。精神分析用語。第7章Eで詳しく説明される）していると判断する。

　今の私の夢だって同じこと。私が解釈する気にならなかったのは、何か嫌なものが出てきそうだったからだ。それが何だったのか、夢の解釈が一旦完了した今は分かる。Rの頭が弱いという例の主張だ。Rに対するやさしい感情は、その主張に抗っている。夢が、Rは頭が弱いと批判しておきながら、それに反するような〈気持ち〉を持ち出してくるというのは、夢のこの部分に歪みがあるということだ。このやさしい気持ちは、夢を歪ませ、夢の主張を取り繕っている。あるいは、Rに対する侮蔑に私が気が付かないように、夢はその対極、すなわち彼へのやさしい気持ちを挿入した、とも言えるだろう。

言論人と検閲官――二つの心的なシステム

夢を取り繕う

この発見は、一般化することが出来るかもしれない。一方には、第3章の諸例のように、望みが剝き出しになっている夢があり、他方、今の夢のように、取り繕われている夢がある。この取り繕いは、望みが直截に表現されることに対する防衛（※Abwehr《アブヴェーア》 内的な脅威から身を守ろうとすること。精神分析用語）が働くからに違いなくて、その結果、望みは歪んだ形でしか表現されない。

この心的な現象とよく似たことが、社会生活でも見られる。二人の人間の一方に何らかの力があり、他方はそれを考慮せざるをえないという場合、後者は自分の心的活動を歪曲、つまり大なり小なり上辺を装うだろう。私が毎日礼儀正しくしているのは、大体に於いて、その種の体裁である。読者に私自身の夢の解釈をお聞かせするときも、私は同じような歪曲を強いられる。詩人も、

　知り得る最上のことを
　少年たちに教えてはならない

（原注：『ファウスト』第1部第4場）

と、歪曲を強いられているものらしい。

政治関係の言論人も、時の権力者に不都合な真実を告げようというときには、この状況に直面する。あからさまに述べると、口頭ならば言った後で、文章でならば印刷の前に、権力者によって弾圧されるだろう。（※熾烈な検閲で鳴らした宰相メテルニヒの治世 1821-48 は、フロイトの時代、まだ人々の記憶に新しい近代史だった。１８９８年に革命五十周年記念祝典が行われた）そこで、人は検閲を恐れて、言い方を和らげ、言いたい事を歪曲する。検閲がどれほど細かく、どれほど強いかに応じて、ある種の攻撃の仕方は控えるとか、直接的に言わずに仄めかすに止めておくとか、あるいは一見無害な装いにするとか、様々な工夫が必要となる。たとえば、自国の係官のことを念頭に置きながらも、中華王国（※清。1616-1912）のふたりの大官の間の出来事として論ずるなど。検閲が厳しいほど見せかけは手の込んだものになり、巧妙に、しかし読者には本当の意味が伝わるように工夫がなされる。

やはり、どんな夢も望みを叶える

かように、検閲と夢の歪曲はよく似ているので、どちらにも同じような前提条件があるのではないかと予想される。そこで、夢にも、言論人と検閲官に相当する二つの心的なシステム（※ここでフロイトは「二つの心的な力」と言い、「傾向」、「システム」の二語を括弧に入れて同義としているが、第7章に至るとモデルが定まり、時代に先駆けた独特なシステム論が展開されるので、「システム」の語を採る。この章の議論も、検閲と夢の歪曲がシステムとして構造的同型であることに依拠している）があると考え、そのシステムのひとつが夢の中で叶えられるべき望みを形作り、もうひとつがその望みを検閲し、夢の中に表出される途中でそれを歪曲する、と考えてみることができる。ここで疑問となるのは、この司法当局もどきの心的なシステムは、どういう権限で検閲を執行しているのか？　ということである。今、夢が考えたことは分析をするまでは意識されておらず（※覚醒後に連想によって明らかになるこの〝考え〟は、先になると〝潜在的な思考〟と言い直され、最終的には昼間のうちに無意識に形成されたものであることが明らかにされる）、分析以前には、顕わになっている夢の内容（※〝顕在的な内容〟）だけが意識され記憶されているということを思い出せば、明らかに、このお役所の職権は意識への入城許可を出す出さない（※第2章シラーの書簡にある「理性が陣取る城門」）に他ならないだろう。この推論によれば、言論人とも言うべき第一のシステムがどんな望みを形作っても、第二のシステムの検閲を通過しなければ意識に到達するどころか、夢の中に入ることもないわけだし、お役所とも言うべき第二のシステムは自らの権限により、意識に上らんとする者が自分の指示する改変を受け容れない限り、何者をも通過させないのである。ここから我々は、意識の〝本質〟について非常に明確な見解を得ることになるが、その詳細については最終章で述べることになる。

　このように二つの心的システムを想定して気付いたことがある。（※連想による）分析を行ってみると（※潜在的な思考の中で）友人Rをひどく貶んでいたのに、夢の中（※顕在的な内容）では彼にとてもやさしい気持ちを感じていたという矛盾とそっくりなことが、政治の世界ではよく見出されるのである。たとえば、みじんも権力を損ねたくない支配者と、活発な世論とが対立しているとしよう。大衆は、自分たちが気に入らないひとりの官吏に腹を立てて、彼の罷免を求めている。支配者は、自分が大衆に配慮する必要などないと誇示するだけのために、この官吏に勲章を与えるだろう。同じように、意識への通行管理をする我らが第二のお役所システムは、第一のシステムが望みを叶えるためにRにオツムの弱い者という烙印を押そうとするからこそ、却って、Rを溢れんばかりの過剰なやさしさで〝飾りたてる〟のである（※この検閲による「感情の反転」は第6章Fで再び論じられる。その中で、この夢に立ち戻り、「この〝やさしい気持ち〟は多分、子供時代に起源がある、とする。ほぼ同い年だった甥のジョンとのおじ／おい関係が自分の全ての友情や嫌悪の源になっていたから」と）。

ここで、当初の疑問に戻ることにしよう。すなわち、非常に苦痛な内容の夢がどうして望みを叶えることになるのか、である。もう我々には分かる。夢の内容（※顕在的な内容）が苦痛なものであっても、実はそれが歪曲によるもので、単に望み（※潜在的な思考）を偽装しているだけであるのなら、そういうことが起きうる。あるいは、夢が苦痛なものだと言っても、それは第二のシステムにとってのこと（※先の例で言えば「Rもオツムが弱い」ことにしてしまう如き）であって、第一のシステムにとって夢はあくまで望みを叶えるもの（※「自分には教授になる見込みがある」の類）である、と言っても良い。全ての夢が第一のシステムに由来する望みを叶える夢なのであって、第二のシステムは単に防衛的な、創造的でない役割を果たしているにすぎない。その結果（※顕在的な内容）だけを見ていたのでは、この現象を理解することはないだろう。これまで文献などで不思議がられていたことは、（※潜在的な思考に遡らないと）永久に分からないのである。

望みを叶えるという秘密の意味が夢にあることは、やはり、ひとつひとつの例で証明しなくてはなるまい。そこで私は幾つかの困惑するしかない内容の夢を取り上げて、それらを分析してみる。幾つかはヒステリー患者の夢で、詳しい状況説明や、時にはヒステリーの心的過程についての解説を要する。面倒なことではあるが、避けることはできない。

神経症患者を分析治療すると、先にも述べたように、決まって夢の話が出てくる。そのとき、私は、患者の症状を理解するのに役立てたその夢の説明を行うのだが、そのせいで、患者の批判を浴びることになる。実際、患者たちは、私が夢は全て望みを叶えるものだと言おうものなら、必ず、他の医者たちだってそこまでは言わないだろうと思えるほど容赦なく反対をする。以下に説明するのはその証拠として患者たちが持ち出した夢の数々である。

『スモークサーモンの夢』

「先生はいつも、夢は叶えられた望みなのだとおっしゃいますが」とひとりの聡明な女性患者が言った。「今日は全く逆の、私の望みが叶えられなかった夢のお話をしますね。先生は先生の理論とどう一致おさせになるのでしょう。夢はこんな具合でした」

夢

〈私は夕食会をしたかったのですが、食料庫には少しばかりのスモークサーモンがあるばかりです。買い物に行くことも考えますが、日曜の午後でお店は全部閉まっていると思い出します。それで、配達してくれるところに電話しようと思うのですが、電話は故障していました。というわけで、私は夕食会をするという私の望みを放棄するしかなかったんですの〉

私は、夢の意味は分析をしないと決定できないが、と言った上で、その夢が一見合理的で辻褄があっており、望みを叶えるのとは逆のように思える、と答えた。「しかし、この夢の元になったのはどんな材料なのでしょう？　ご存じの通り、夢のきっかけになるのは常にその前の日の経験なのです」

状況と分析

（※面接して夢判断する場合には、状況の聴取と夢の分析が同時に行われる。フロイト以後、夢の位置に症状を置いて、これが精神科面接の基本形になった。そこでは、夢のきっかけとなった前日の出来事に相当するものが発症のきっかけとなった出来事であり、その聴取が面接治療の最初の一歩となる）

患者の夫は正直で働き者の食肉卸業者だったが、夢の前日、「かなり太ってきたので体重減らしをしようと思っている」と彼女に言ったのだとか。「早起きして体操を行い、食事制限を守り、なかんずく食事の招待にはもう応じないというのはどうだろうね」とも。

彼女は笑いながら話を続けた。「ところで、夫が行きつけの店で出会った絵描きに、こんな表情豊かな顔は見たことがない、是非肖像画を描かせて欲しいと言われたそうなんです。だけど、夫はいつものドライな口調で、「大層有り難いお話だが、絵描きさんにとっては、私の顔を全部描くよりきれいな娘のお尻をちょこっと描いた方がよいでしょうに」（原注：Dem Maler sitzen. 文字通りには、絵描きのために座る。モデルになるという意味の慣用句。※画家のあなたには、私なんぞよりきれいなモデルが必要でしょうに、と言うのに、自分の顔と、椅子に座るモデルの尻を重ねた一種のオヤジギャグ）と返事をしたんですって」

「私、今、夫に首ったけで、いっぱいからかってしまうんです。キャビアをくれないでねって頼んだこともありますわ」

「それはどういう意味です？」と私は尋ねた。

すると、彼女が説明するに、自分は毎朝キャビア・ゼンメル（※ゼンメルはオーストリア地方の皮の堅い小型パン）を食べたいものだと思っていたが、それはやっぱり贅沢と諦めていた。もちろん夫に頼めば直ぐに叶えてくれるだろう。だから、逆に買わないように頼んだわけで、そうすればからかい続けられる、と言うのである。

これはひどく辻褄の合わない話だ。こんな満足の行かない説明には、普通、本人も認識していない動機が隠れているものだ。これには、ベルネーム（※1840-1919 フランス北部のナンシー大学医科教授。開業医リエボーの催眠治療を認め、共に研究を進めた。フロイトは１８８９年にふたりを訪ねて診療や実験を見学している）の催眠患者のことが思い出される。その患者は催眠下に指示された作業を、覚醒後に行い、なぜそれをしたのかと尋ねられても、「なぜだか分かりません」と正直に答えないで、明らかに変な理由をでっちあげてしまう。疑いもなく、それと似たことが私の患者とキャビアについても起きている。ここで気がつくのは、彼女の話が、望みがあれもこれも叶えられないように、となっていることだ。毎朝キャビアを食べることは諦める、夢の中では夕食会を催せない。しかし、何故彼女はこれほどまでに、叶えられない望みばかりを持つのだろうか。

(※不可思議な点について整理すると、そこから新たに別の疑問が生じるが、それを「宿題」として頭の隅に置いたまま面接を先に進める、という技法を明確に意識して始めたのもフロイト)

彼女が夢に関して思いついた説明は満足の行くものではないので、私は別の連想を求める。彼女は、ひとつの〝抵抗〟(※Widerstand《ヴィーダーシュタントゥ》 精神分析用語。症状の解明に抗おうとすること)を克服するのに、それだけの時間を要したかのごとく、ちょっと間をあけてから、夢の前日に、女友達を訪問したことを話し出した。実は、夫がその人のことをいつも誉めるので、ちょっと嫉妬を感じているのだと言う。ただ、幸いなことに、夫は体型としてはふくよかな女性が好みだったが、その女性は痩せっぽちだった。訪問した時も、相手の女性は、もっと太りたいという話をした。そして「今度、いつお招き下さる? お宅のお食事は、いつも素晴らしいんですから」。

ようやく夢の意味がはっきりした。夕食に呼んで欲しいと言われた時、患者は頭のどこかで、「そうね、多分……あなたをお招きしたら、あなたは宅で思う存分食べて、太って、今まで以上に夫の気に入られるようにおなりだわ。私はもう夕食会を催さない方がよさそう」と考えたのだろう。それで夢は患者に、材料がないから夕食会は開けないと告げて、彼女の望みを叶えたのだ。パーティーの食事で太るというのは、夫が痩せるために夕食の招待を断ると決めたことがヒントになっている。

あと欠けているのはひとつ。「夢に出てきたスモークサーモンについては、何か思い付きますか」と尋ねてみると、「あ、その友人の好物がスモークサーモンなんでした」。たまたま私もその女性のことは知っていた。患者が贅沢なキャビアを我慢しているように、その女性は高価な鮭を我慢しているのだった。

望みの同一化、症状の同一化

実は、この夢については、もうひとつ別の細かい解釈をすることができる。その解釈は、これまで行ってきた解釈と矛盾なく重なり合い、夢や他の精神病理症状が一般的に示す、意味の二重性の見事な例になる。

患者の友人は太りたがっていた。友人のこの望みが実現しないのが患者の望みであるから、夢の中で望みが叶うということで言えば、友人が太れないという夢を患者が見たとしてもおかしくはない。しかし、実際に患者が見た夢では、望みが叶わないのは友人ではなく自分だということになっている。立場が入れ替わっているのである。そこで、彼女が友人と同一化（※Identifizierung《イデンティフィツィールング》 日常語だが後に精神分析用語）していたとすると、また別の解釈の可能性が生まれるのである（※患者が〝叶えられない望みばかりを持つ〟のは何故かという、頭の隅に置いてあった「宿題」が解決し、患者理解が深まる）。彼女は、覚醒時にも、同一化していた。つまり患者は、友人が（スモークサーモンを食べたいという）望みを我慢しているように、自分もわざわざ自分の望み（キャビア・ゼンメル）を満たさないでいたのである。

ここで、同一化そのものの説明をしなくてはなるまい。同一化はヒステリー症状が発現する上で極めて重要な役割を果たす仕組みのひとつで、患者たちは他人と同一化することで、その人たちの経験までも自分の症状として表現してしまう。いわば、患者たちは皆のために苦しみ、芝居で言えば、全ての役をひとりで演じ切ることになる。

こう言うと、反対意見が出て、それはヒステリーの模倣というよく知られた現象ではないか。ヒステリーの人には印象に残った他人の症状を片っ端から模倣できる能力があり、要は共感した内容を自分の行動で再現するのだ、と言われるかもしれない。しかしながら、そういう反論は、ヒステリー性の模倣がどのような道筋で展開するかを言っているだけで、そもそも、そのヒステリー性の模倣が、いかなる心的過程によるものであるかを説明していない。ヒステリー性の模倣は、普通、人々が想像するよりもかなり複雑で、次に示すように、本質は無意識的な推論なのである。

病院勤めの医者が痙攣患者を受け持っている場合、ある朝、同じ病棟で別の患者がそっくりの発作を起こしたと知っても、彼は驚かないだろう。ただ、「見て真似たんだね。心的感染というやつだ」と独り言をいうだけ。事実その通りなのだが、この心的な感染は大なり小なり次のような具合に起きるのである。患者たちは、医者以上に、お互いの病状をよく知っている。回診が終わるまでには、それを横目で見ていた患者たちの間で、誰々さんに今日発作があったのは家から来た手紙のせいだとか、例の恋愛問題が再燃したためだとかと知れ渡り、同情が掻き立てられている。そして、無意識のうちに次のような推論が行われる。その出来事が理由であの人にあの発作が起きたのなら、私だって発作を起こすだろう。だって私にも同じくらい辛いことがあるんだから、と。もし、この推論が意識的なものであれば、自分にも発作が起きるのではないかという不安が生じるだけである。しかし、推論は、実際には意識ではなく、無意識のうちに行われるから、恐れていた症状がそのまま自分の身に生じる。言い換えると、同一化とは単なる模倣ではなくて、同じ病因が自分にもあるという主張に基づく同化なのである。同一化による〝私だって同じ〞という表現どおり、確かに、双方の無意識の中には共通するものが元々あるのである。

同一化は、ヒステリーでは性的な共通性を表現するのにもっともよく用いられる。ヒステリー患者が症状で同一化してみせるのは、多くの場合、過去に性的な関係にあった人物か、その人と性的な関係のあった人物である。日常語はその辺りを考慮に入れてか、恋人たちを〝一心同体〞と呼ぶ。ヒステリーの人は、夢の中であれ空想の中であれ、性的な関係を想像するだけで同一化できる。現実にそういう関係がある必要はない。

さて、『スモークサーモンの夢』を見た女性患者は、夢の中で、友人の立場になって、同じ症状（叶えられないでいる望み）を創りだして同一化している。なんのことはない。嫉妬心がヒステリーと同じ仕組みで表現されているだけだった（ちなみに、彼女自身、友人への嫉妬自体がいわれのないものだと承知していた）。そして、夢で彼女が友人の立場に身を置いていることについては、患者が、夫に誉められるのは本来私であるべきなのに、友人がその立場を占めていると思い、自分こそ、その立場に立ちたいものだと願っていたから、と説明できるだろう。

歪曲の具体例
別の患者の夢1

夢では、ひとつの望みが叶えられないことが、他の望みが叶えられることになる。この図式が簡単に見てとれる症例がある。

私が、患者の中でも最も頭の回る人に、如何に望みが夢の中で叶えられるかと説明をしたら、次の日、彼女は、姑と一緒に田舎へ避暑に行く夢を見たと報告した。彼女は夏を姑の傍らで過ごすのが嫌だったのだが、幸運にも、姑の避暑先からずっと離れた田舎に家を借りる目処が立ったばかりだったのである。だから、これは、彼女の望みを叶えるこの現実をいわば帳消しにするような夢なわけで、だとすれば、私の説が間違っていたことになる。

しかし、この夢の本当の望みは、私が間違っていると証明することだった。同じ頃、私は精神分析を行った結果から、かつて彼女には〝発病のきっかけ〟となった重要な出来事があったはずと確信していたが、彼女は、そんな出来事は思い当たらないと、強く否定していた。しかし、まもなく私が正しかったことが分かり、患者も、あんなことが起きなかったら良かったのにと思いはじめていたのである。患者は、この〝きっかけ〟に関して私に間違っていて欲しかったのだろう。そしてその望みは、姑と同じ田舎で避暑をする夢によって、ほら先生の学説は間違っていますよとばかりに、別の形で叶えられたのである。

また別の夢2

やはり、私の説が間違っていると言わんばかりの小さい夢を、分析を行わず、推論だけで解釈した事がある。

ギムナジウム（※ユダヤ人が多く住んでいたウィーンのレオポルトシュタトゥ地区に１８６４年に新設。現在はジクムント・フロイト・ギムナジウム）時代の八年間（※1866-73）の同級生で弁護士になっていた友人が私の講義に来て、夢は望みを叶えるという新奇な話を聴いたあと、家に帰って夢を見た。「それは、望みを叶えるどころか、全ての訴訟に負けたという夢だったよ」と、その後、わざわざ言いに来たのだが、それに対して私は「全ての訴訟に勝てる人なんていないよ」とその場限りのことを言って終わりにしたが、実はこう考えていた。「八年も僕がクラスの首席で、君は真ん中辺りをうろついていたんだから、少年時代を通して、こいつ、いつか大へまをしないかな、と望んでいたとしてもおかしくない」と。

『甥が棺に横たわっている夢』（※第６章Ｆに補足がある）

ある若い女性患者が、やはり私の理論に対する反論として語ったのは、ちょっと暗い夢だった。「姉にカールという息子がいるのをご存知だと思いますが、姉は、私がまだ一緒に暮らしておりました頃、長男のオトーを亡くしました。オトーは私のお気に入りで、ほとんど私が育てたようなものです。私は弟のカールも好きですけど、亡くなったオトーほどではありません。さて、昨晩、私は夢で、目の前にカールが亡くなっているのを見ました」〈彼は小さな棺に、手を組んで寝かされていました。周りには、ロウソクが立っていて。小さなオトーの時とまるで同じでした〉「オトーが亡くなったときには、私はとても悲しかったのですが……で、これはどういう意味だとお考えになられますか。先生は私のことをご存知です。私は、姉が手元に残っているたったひとりの子供を失うことを望むほど酷い人間でしょうか？　それとも、私が大好きだったオトーの代わりにカールが死んでいたらと思っている。そういうことなのですか？」

私は、後の方の解釈は、ま、問題外だと言ってやった。そして、少し考えてから、彼女に正しい夢の解釈を話してやると、彼女もそれに納得した。私にそれが出来たのは、この人の生活史を詳しく知っていたからである。

この女性は幼い頃に両親を亡くし、ずっと年の離れた姉の家で育てられたのだが、そこを訪ねてくる姉の友人知人たちの中に彼女の心に潰《つい》える事のない印象を残した男性がいた。表立って話に出ることはないものの、そのうちには結婚ということになりそうだったが、その幸福は姉によって、はっきりとした説明もないまま阻まれ、実現しなかったのである。破綻の後、その男性が姉の家を訪ねて来ることはなくなった。彼女はというと、愛情を小さなオトーに注いでいたが、その子が亡くなるとしばらくしてから、一人暮らしを始めた。しかし、彼女はその人への愛着を断ち切ることができなかった。自尊心から彼に近づくことができないものの、次々と現われる求婚者の誰にも愛を向けることはできなかったのである。彼女が忘れることができなかった人は文学者だった。彼がどこそこで講演をすると聞けば、彼女は必ず聴衆の中にいたし、また他の場所でも（遠くからでも）彼の姿を見る機会を逃すことはなかった。

実は、昨日、彼女は、その文学の教授が音楽会に行くので、自分も出かけて行って遠くから彼を一目見るつもりだ、と言っていた。そして、夜にこの夢を見、今日は面接でその話をしてから、その音楽会に出掛ける予定だった。というわけで、私が正しい解釈をするのは容易かったのである。

私は幼いオトーの死後に起きたことで何か思い浮ぶ出来事はありませんかと尋ねてみた。すると彼女は直ぐに「あります。教授は長い間うちにお出でにならなかったのですが、お葬式のときはいらして、オトーの棺の脇に立っておられました」それこそ、私が予想していた事だった。

（※質問は、同時に、相手に何事かを伝える。ここでフロイトは、いきなり自分が治療的な説明をするのではなく、質問することで、端緒となるエピソードを患者が自ら語るように促している。）

そこで私は次のように夢を解釈した。

「もし、もうひとり少年が亡くなったら、同じことがもう一度起きるでしょう。あなたはその日一日、お姉さんの家にいるでしょうし、教授も間違いなくお悔やみを言いに訪ねて来るでしょう。あなたは以前と同じ状況でもう一度彼に会うのです。夢が意味していることはすべて、彼にもう一度会いたいというあなたの望みなのです。あなたはその気持ちと闘ってきたのですけどね。今、あなたのバッグの中には今日の音楽会の切符が入っていることでしょうが、夢は、待ちきれないあなたのために、彼に会うのを、数時間早めてくれようとしたのです」

葬儀という状況設定のために、この夢では、彼に会いたいという望みがうまく誤魔化されている。ふつう葬儀の場では誰もが弔意で一杯で、愛については考えもしない。夢はかつての葬儀の雰囲気を忠実に再現している。そしてその折りにも、彼女は恐らく、自分が愛し世話をした甥の棺を前にしながら、長らく恋いこがれていた人に会えたうれしさを抑えることが出来なかったことだろう。

また別の患者の夢

別の女性患者が同じような夢を見たが、解釈の結論は全く違う。彼女は若い頃に活発なことで知られていて、治療中に連想をしていても、さもありなんという点が多々あるような人だった。

この女性の夢は長いもので、様々に展開する内に、自分の〈十五歳になる一人娘が死んでボール箱の中に横たわっているのを見た〉という。患者は、この夢の部分が、「夢の中で望みが叶えられる」という私の考えに対する反論になると思ったのだった。しかし、同時に彼女自身、このボール箱という点を検討してゆくと、別のことへ向かうかも知れないと薄々感じてもいた。

さて、分析が始まってみると、彼女は、夢を見る前の晩、パーティーの席で、「英語のボックスに相当するドイツ語がSchachtel《シャハテル》（ボール箱）、Loge《ロージェ》（劇場のボックス席）、Kasten《カスタン》（箱）、Ohrfeige《オールファイガ》（ビンタ）など様々ある」という話が出ていたことを思い出した。そして、同じ夢の他の部分について話しているうちに、英語のボックスがドイツ語のBüchse《ビュクサ》（小箱）と似ていること、そのBüchseが女性器の卑語だということに思い到ったのだった。従って、彼女が局所解剖学の知識に乏しいことを大目にみると、Schachtelの中に横たわる子供は子宮の中の胎児だと想定していいだろう。ここまでくると、彼女も最早、夢のイメージが彼女の望みに符合していると認めざるをえなくなった。かつて妊娠に気付いたとき、若い母親の常として、嬉しいという気持ちからはほど遠く、一度ならず、胎児が子宮の中で死んでしまったらと望んだことがあると思い出したのである。実際、夫と口論して怒りが収まらず、お腹の子供を殴るつもりで、拳で腹を打ったこともあったとか。というわけで、子供が死ぬというのは、十五年前の望みではあるが、ともあれ望みが夢の中で叶ったことに違いはなかったのである。余りにも遅ればせのことだったので、当初、そうと認識されなかったのは驚くことではない。この間、諸事情はあまりにも変わっていたのだから。

知人の夢

この夢は知り合いの聡明な法学者の見たもので、これまた私が性急に一般化した〝夢と望みに関する理論〟から私を引き戻してくれようという目的で私に語られたのである。

「夢の中で」と彼は報告した。

〈僕はひとりの女性の腕を取って我が家の前まで来る。そこにドアの閉まったままの馬車が止まっていて、ひとりの紳士が近づいてくると、警察官だと身分を明かし、ご同行願いたいと言う。僕は身辺整理をしたいので時間をくれるように頼む〉

「こういう夢なんだが、君は僕が逮捕されたがっているとでも思うのかな」

「もちろんそんなことはない」と私は認めた。「ところで、君は夢の中で自分が何の咎で逮捕されようとしているのか、分かっていたかい」

「嬰児殺しだと思う」（原注：当初の夢の報告が不完全で、後に、分析をする段に及んで、省かれていた部分が思い出される、というのはよくあることで、しかもその部分が夢判断の鍵となるのが普通である）

「嬰児殺しだって？　それは母親が生まれたばかりの子供に対して行う犯罪じゃないか」

「そうだね……」

「ところで、どういう状況でその夢を見たのだろう。その前の夜、何があった？」（※ここでも、〝嬰児殺し〟の件は「宿題」として脇におかれ、定石通り「きっかけ」が尋ねられる）

「言いたくないな。ちょっと微妙なことだから」

「いやあ、それは話してもらわないと、夢の解釈は放棄っていうことになる」

「……分かった。いいかい、その夜僕は家にいなくて、自分にとって大切な女性と一緒にいた。

で、朝目覚めたとき、もう一度したのだよ。その後、僕はまた眠りに落ちて、先ほどの夢を見た」

「その人は既婚者?」

「そう」

「それで、子供が出来るのを望まないわけだ」(※ここでフロイトは「宿題」に戻る)

「もちろん。そんなことになったら、僕たちのことがばれてしまう」

「ということは性交は普通のじゃない?」

「射精する前に抜くように気をつけてる」

「恐らく君はその夜、それを何回かやって、朝にもう一度したあとで、ちゃんとやれたかちょっと心配になったのだろう?」

「多分、その通り」

「それなら君の夢は望みを叶えたのだよ。夢で君は嬰児殺しをしたらしいことになっている。つまり、夢は子供ができることはないと保証してくれているのさ。丁度何日か前、僕たちは最近結婚が難しいものになっていると話していて、胎児の話題にもなったよね。(※精神科医と法学者である友人ふたりが世間話でこのような話をするというのが、如何にも世紀末のウィーン。1886年司法精神医学教授クラフト=エビング男爵 1840-1902 が著した『性の精神病理』はタイトルも章題もラテン語で書かれてあるような学術書であったが、「教養のある」ブルジョワ階級の間で評判を呼び大ベストセラーとなった。そして版を重ねるごとに分厚くなり、最終十二版では当初の約四倍の分量になった)。卵子と精子が出合うのを妨害するように性交するのは許されるのに、いったんそれらが出合って胎児が出来始めたら、どんな形でも邪魔してはいけない、それは犯罪だというのは不合理じゃないか、と。その続きで、僕たちは、中世の、厳密にはどの時点で魂が胎児に入るのかという論争のことも話したじゃないか。魂が入った時に胎児が人になるとすると、その時以降は「殺人」の概念が適用されるわけだから、時期の問題は重要だったわけだと。そういえば、君はきっとレナォ（※1802-50 オーストリアの詩人）の不気味な詩（原注：“Das tote Glück”「死んでいる幸福」）のことは知っているよね。あれでも、避妊は嬰児殺しと同じ扱いになっている」

「妙なことに、今朝、ふと、そのレナォのことが思い浮かんだ」

「夢の余韻という奴だ。ついでに、夢の中で、もうひとつ、小さな望みが叶えられていることを言っておこうか。〈君はひとりの女性の腕を取って君の家の前まで来る〉。実際には君が彼女の家にいるのに、夢では彼女を迎え入れている（※heimführen《ハイムフューレン》「家まで連れてくる」「結婚する」の二つの意味がある）わけだろう？　ところで、嬰児殺しの件がまだ済んでいない。君は、なんでまた、この〝女性の犯罪〟で咎められることになったと思う？」（※フロイトは「宿題」を設定したときから、この「質問」を目差して面接を進めている）。

「白状すると、何年か前に実際、嬰児殺しで咎められかねないことがあったんだよ。ある娘が身を守ろうとして堕胎をした。僕は堕胎の方には関与してないが、妊娠の方は僕のせいだったから、この一件が発覚しやしないかと、僕は、長い間、ひやひやしていたんだ」

「なるほど。そのせいもあって余計、ちゃんと避妊できたか心配だったわけだ」

この話を聞いた若い医師の夢

私の講義でこの夢の話を聞いたある若い医師は、強い印象を受けたらしくて、間もなく、話題は違うが、同様に刑罰を受けそうだという夢を見た。

ある日、彼は所得の申告をした。申告すべき収入は少なく、それをありのまま申告したのだった。そして、見た夢が、

〈知り合いが税務委員会の会合の後でやってきて、「他の人の申告書は全て疑問点なしとして承認されたが、君のだけは疑いが提起された。重い処罰が科せられるだろう」と言う〉

というものだった。この夢は杜撰で、自分が収入の多い医者と見られたいという願いが見え見えになっている。

これと似ているのは、かんしゃく持ちに求婚された娘の小話。あんな男と結婚しようものなら、何かある度にぶたれたりするに決まっているから断りなさい、とアドバイスされると、娘が応えて言うのに「ぶたれたら、その時に考えるわ」。結婚願望がとても強いと、誰もがこの結婚には付き物だという嫌な事態でも受け入れ、それどころか望みさえするというわけだ。

苦痛な夢も望みを叶えている

マゾヒズムが見させる夢

こういう一連の「一見望みに反する夢」の背後にあるのは、この私フロイトが間違っていればいいのにという望みである。こういう夢は、治療の中で患者が私に対して〝抵抗〟（※精神分析用語。症状の解明に抗おうとすること）を見せているときに頻繁に起きる。私が患者に夢が望みを叶

えるという話をすると、きわめて高い確率で誘発されるのである。これは、単に、私が間違っていることを望み、それを叶えるためだけのものだから、他の望みを犠牲にしてしまう。「一見望みに反する夢」を引き起こす理由は、もうひとつある。それは余りにも明らかな動機なので、この私も長い間、見過ごしていた。実際、多くの人に被虐的な要素があって、それは攻撃的な加虐性が逆転して生じるものであるが、人が身体的な苦痛ではなくて恥辱や苦悩に喜びを求めるときには、「観念的」マゾヒスト（※前出クラフト＝エビングによる造語）と呼ばれる。そういう人が一見望みに反する夢や嫌悪すべき夢をよく見る。そうした夢が彼らのマゾヒズム的な望みを叶えるからである。そのような夢をひとつ挙げよう。


ある若い男は、幼い頃、兄のことが大好きなのに、その兄に散々嫌な思いをさせていた。長じてそういうことをしなくなってから、三つの部分からなる夢を見た。

〈兄が自分をからかっている〉

〈ふたりの男がいちゃついている〉

〈自分が将来継承したいと思っていた事業を兄が売却してしまう〉

彼はとても滅入った気分で夢から覚めた。とはいえ、これは被虐的な望みを叶える夢であって、次のように翻訳する事ができる。「兄さんが事業を売り払って、昔僕から蒙《こうむ》った嫌な思いの仕返しをするのだったら、僕には当然の報いだ」。


以上の諸例から、苦痛な内容の夢も望みを叶えようとしていることに変わりないと、さしあたり、言っておいて良いだろう。もちろん、この問題はこれで終わりというわけではなく、後にまた検討される（※不安夢のこと。三段落後でも言及）。

さて、こういう夢の解釈の度に現われてくるのは、本人自身考えるのも嫌で、人に話すのをためらうような主題ばかりである。しかし、読者も、もう、それには理由があると承知されるだろう。ちなみに、解釈の際に感じるこういう不快感は、我々が普段、話すのも考えるのも嫌だと思う話題の不快感と同じものである。しかし、夢の場合、見るたびに不快になろうとも、そこには必ず〝望み〟がある。ただ、そんな望みが自分の中にあると認めたくないし、ましてや分析者などの他人に知られたくない。そういうことなのである。

他方、こういう夢がかくも歪曲され、その望みが、それと分からないまでに偽装されている理由は、夢本来の主題や望みが気に入らないから抑圧（※Verdrängung《フェアドゥレングンク》　前出。不快な考えを回避すること）しようとしたためだ、と結論づけても良いだろう。つまり、夢の歪曲は検閲の結果なのである。そして、このことを考慮に入れると、夢の本質に関する我々の定義を次のように改めるべきだろう。すなわち、夢とは禁圧（※unterdrücken《オンタドゥリュクン》　精神分析用語。否認すべき考えを意識に上らせないこと。第7章Eで詳しく説明される）された望み、あるいは抑圧された望みを偽装して叶えるものである、と。

しかし、いわゆる不安夢は種類が異なる。これも望みを叶える夢であることを含めて、詳細は後に（※第5章D、第7章D）説明するが、とりあえず今は、この不安自体が、〝神経症的な不安〟の理解がないと分からないことだけを言っておく。夢の中で感じる不安は、夢の内容のせいに見えるかも知れないが、解釈してみると、そうではない。それはちょうど恐怖症の不安と同じで、例えば、転落を恐れて窓辺に立つときに用心するのは当たり前だが、恐怖症では窓辺に近づくだけでパニックになる。なぜ不安がそれほどまでに強くなるのかは窓際の危険というだけでは説明されない。同じことが不安夢にも当てはまる。どちらの場合も、不安は、たまたまそこにある観念にハンダ付けされているようなもので、出所はまったく別なのである。

第5章　夢の材料と源泉

A　夢に出てくる最近の出来事や些細な出来事

私の経験によれば、夢は前日の経験をきっかけとしている。私自身の夢であれ他の人の夢であれ、必ず、そうなのである。そこで私は、夢を促したはずのその日の出来事について質問することから、夢解釈を始める。大抵、これが早道なのだ。以前に検討した『イルマの注射の夢』（第2章）や『ブロンド髭の叔父の夢』（第4章）の分析では、日中の出来事と夢の繋がりは明白で、今、付け加えるものは何もない。そこで、別の例を挙げて、その繋がりが一般的だということを示そうと思う。

『植物学モノグラフの夢』

夢

〈私はある植物についてのモノグラフ（※ひとつのテーマに絞られた短い専門書）を書いた。目の前にその本があって、私は今、折り込まれた彩色図版を捲っている。どの一冊にも、植物標本帳さ

ながらに、その植物の乾燥標本が綴じ込んである〉

分析

その日の朝、本屋の前を通りかかったら、ショーウィンドーに『シクラメン属』というタイトルの、明らかにモノグラフだと分かる本が陳列されていた。

シクラメンは妻のお気に入りの花で、買って帰れば彼女が喜ぶのは分かっているのだが、私はつい忘れることが多くて、それで気が咎めているところがある。忘れるというのは大抵、無意識の仕業で、そこからその人間の心の奥底が推し量れる。私は友人たちとの会合で、自分のこの話を引き合いに出して、話をしたことがある。（※これは後日、論文として発表。『日常生活の精神病理』1901年に所収）。

花を忘れるということで、今、L夫人の一件を思い出す。この若い夫人は、いつも誕生日に夫から花束を贈られていたが、あるとき、この愛の徴《しるし》がもらえないことがあって、泣き出してしまった。夫がやってきて、妻の涙の訳が分からず当惑していたら、妻がやっと「今日は私の誕生日」と言ったので、夫は自分のおでこをぱんと叩くと、「ごめん。すっかり忘れていた」と叫び、慌てて花を買いに出た。しかし、それで彼女の気持ちが慰められるはずはない。夫が花束を忘れたのは、もう以前のように自分を大切に思っていない証拠なのだから。実は、夢の二日前に私の妻がこのL夫人と出くわしていたのである。妻の話では、夫人は最近は調子が良いと言い、私の消息を尋ねたとのことだった。彼女は、数年前、私の患者だった。

話を植物学に戻すと、以前、私はコカという植物についてのモノグラフのようなものを書いていて、それがコラー博士（※1857-1944 眼科医）の目に留まり、彼がコカインの局所麻酔作用（※カエル、モルモット、自分、仲間の順に角膜で確認）を発見するきっかけになった。私は、本の中で、このアルカロイド（※「アルカリもどき」という意味で、植物由来の有機化合物の総称。コカインの他ニコチン、モルヒネなど）の利用可能性に言及していた。

それで思い出したのは、夢を見た次の朝にコカインを巡る空想が私の頭に浮かんでいたことだ。私は、夕方までこの夢の解釈をするためのまとまった時間がとれなかったので、他のことをしながら、時折、コカインについてとりとめなく考えていた。自分が緑内障になったらベルリンに行って、友人のフリースに眼科医を薦めてもらい、匿名で手術してもらおう。眼科医は、自分の患者が誰だか知らないまま、コカインの導入以来いかにこの手術が簡単になったか得意そうに話すことだろう。私は、自分がこの発見にちょっと寄与したことなどおくびにも出さず……。それにしても、医者が別の医者に診てもらうというのは何だかぶざまなことだな。いや、ベルリンの眼科医は私のことを知らないわけだから、私としては他の患者と同じように黙って支払いを済ませてくればいいだけか……。

こんなふうに空想していたことを思い出したら、これの背後にひとつの体験が隠れていたことに気が付いた。実は、コラー博士の発見から間もない頃、たまたま私の父が緑内障になり、友人のケニヒシュタイン博士（※1850-1924 コカインを他に先駆けて手術に使用した眼科医。ウィーンのユダヤ人社会で人望の厚い人だった）が執刀してくれた（※１８８５年）のだが、その時にコカイン局所麻酔を担当したのがコラー博士で、彼は「こうしてこの症例のおかげで、コカイン導入に関わった三人が一堂に会したわけですな」と言っていたのである。

このコカインの一件は……何日か前にも思い出していたのだった。ある教授のために弟子たちが刊行した記念論文集が送られてきて、それを見ていたら、研究室の業績一覧にK・コラーがコカインの麻酔作用を発見したと記されていたのである。

今、自分の夢が前の晩のことに繋がっていることに気がついた。私はケニヒシュタインを送って行きながら、その話となると私がいつも熱くなってしまうある事柄について話し込んでいた。彼のアパートの玄関ホールで立ったまま話していると、ゲルトナー教授（※1855-1937 病理学者。コラー博士のコカイン実験の最終被験者となった〝仲間〟）とその若い奥さんがやってきた。彼女のあでやかさに私は、「まあなんと華やかでいらっしゃることか」と誉めずにはいられなかった。このゲルトナー教授は今述べた記念論文集の執筆者のひとりだった。多分、その繋がりで記念論文集の件が思い出されたのだろう。そして、先ほど述べたL夫人の話も、花束とは別の文脈ながら、ケニヒシュタインとの会話に出てきたのだった。

夢の各々の要素について検討しておこう。

〈どの一冊にも、植物標本帳さながらに、その植物の乾燥標本が綴じ込んである〉

植物標本帳で学校時代（※前出レオポルトシュタトゥ・ギムナジウム）のことを思い出す。あるとき校長が上級生たちを呼び集めて、植物標本帳を渡し、点検してきれいにするように言った。本の虫がついた標本帳があったのだとか。先生は私には二、三の紙葉を渡しただけだった。私は当てにならないと思われていたのだろうが、その中に十字架植物（※今のアブラナ科）があった。私は植物学は余り得意ではなくて、植物学の予備試験（※高学年の時の試験。これとAbitur卒業試験を合わせた結果で大学入学資格が得られた）で植物の同定を求められて出来なかったが、あれも十字架植物だった。試験そのものは、理論的な知識のおかげで何とか助かったものの、そうでなかったら困ったことになっていた……ここで、連想がアーティチョークに移る。このキク科植物は、私の一番のお気に入りの花だ。妻は、私より親切な質で、市場に行くと、決まってこの花を買ってきてくれる。

〈目の前にその本があって、私は今……捲っている〉

これもあることに私を誘う。昨日、フリースがベルリンから手紙をくれて、「あなたの夢に関する本のことで頭が一杯になっています。私にはそれが〝目の前に〟あるのが見えています。〝私は今〟その頁を、〝捲っている〟のです」と。彼の千里眼的な才能が羨ましい。この本が完成していて目の前にあるのが、私にも見えていたら！

〈折り込まれた彩色図版〉

私は医学生の頃、概説書ではなく、専ら、項目毎に詳しいモノグラフで勉強したいものだと思っていた。そこで大してお金がないのに、なんとか学会講演集を手に入れては、その〝彩色図版〟に見入ったものだ。そして、自分はこんなふうに徹底的に勉強していると得意になっていた。そう言えば、その後、自分で論文を書くようになってから、私は図版も自分で描くようにしていたが、その中のひとつがはなはだ惨めな出来映えで、普段好意的な同僚にまでからかわれるということがあった。

これに関して、今、なぜだか分からないが、もっと前の記憶に戻ってゆく。あるとき、父が面白半分に、私と一番年上の妹（※アンナ）に彩色図版つきのペルシャ旅行記を渡して、破っていいと言った。これは教育上よろしくないことだ！　しかし、当時私は五歳、妹は三歳にもなっておらず、私達は有頂天になってその本をばらばらに、（アーティチョークの葉を一枚一枚もぎ取るみたいに、と言っておこう）引き裂いた。その頃の記憶で残っているのはこの一件だけである。

　大学生になると、書物の収集が私のお気に入りになって、私はこれにすっかりのめり込んでいた（この〝お気に入り〟という語は、先に、シクラメンやアーティチョークのところで顔を覗かせている）。そして私は〝本の虫〟になったわけだ（この言葉も植物標本帳の箇所に出てきている）。私は自分のことを顧みるようになって以来、自分の書物愛好が、子供時代に本をばらばらにして夢中になったあの日に遡ると考えている。いや、正確に言えば、あの子供時代の光景こそが〝隠蔽記憶〟（※Deckerinnerung《デケエァインナルンク》 フロイトは、幼児期のある出来事が、それ自体は大した意味もなさそうなのに、反復して鮮明に思い出されることに注目し、分析によって、こうした思い出が実は、ある種の経験や幻想を覆い隠していることを発見して、「覆いDecke《デケ》の記憶Erinnerung《エァインナルンク》」という名前を与えた。『日常生活の精神病理』に詳しい説明がある。フロイトはまた、夢も、隠蔽記憶と同様に、意識の背後に潜む特定の考えを反映していると考えた）であって、それが後に私の書物愛好へ繋がったと認識したのである。

　もちろん、情熱（Leidenschaften《ライダンシャフトゥン》）は苦悩（Leiden《ライダン》）の元、ということには割と早くから気づいていた。十七歳のとき（※フロイトがウィーン大学に入学した年）、本屋にかなりのツケが溜まって払えなくなった際に、父には、悪いことに使ったわけではありませんと言い訳したが、通用しなかったのである。

　ここでまた、ケニヒシュタインと夢の前夜にした会話のことを思い出した。あのときも、私が

〝お気に入り〟のことにのめり込み過ぎだということが話題になっていたのである。このように、私は、幾つもの場面でケニヒシュタイン博士との会話に思い至る。私の妻や私自身の花の好み、コカイン、医者が他の医者の患者になるややこしさ、モノグラフ好き、植物学を怠っていたこと。全てが、あの会話に繫がっていた。逆に言えば、こうした事柄の全てが、あの会話の様々な箇所からの発展だったのである。

そして、今、夢の意味も明らかになった。『イルマの注射の夢』（第2章）同様に、ここでも夢は、私を正当化してくれようとしている。イルマの夢で口火を切ったコカインのテーマを、あの夢を見てから今回の夢を見るまでの間に起きたケニヒシュタインとの会話を利用して、発展させているのである。確かに、私はコカインの使用を推奨したことで非難されたし、友人の死期を早めはしたが、しかし、その私は、緑内障の局所麻酔に途を開いたモノグラフの著者なのですよ、と。それは昔、ツケを溜めましたが勉強のためだったのですよ、と言い訳したのと似ている。だから私は許されるんです、とばかりに。

このように、この夢の中でも私の望みは叶えられているが、この章の目的は望みについて論じることではないから、これ以上の検討はしない（※この夢は第6章Aで再度、「圧縮」という現象に関して言及される）。夢の引き金になった前日の経験と夢の内容との関係という本題に戻ろう。

もし私が、夢の（※顕在的な）内容にしか注意を向けなかったら、この夢が日中の出来事と少し関係があったというだけの結論で終っていたことだろう。たまたま私が書店の窓に陳列されているのを見たモノグラフは、そのタイトル『シクラメン属』にちょっと興味を引かれはするものの、中身に関心を持つようなものではなかった。そして、夢の中で、私は植物学のモノグラフを書いて、それを広げて見ている。それだけの関連である。しかし、分析を進めると、同じ日の別の経験が夢の二つ目の源泉として、もっと高い心的な価値のあるものとして現われてきた。私は友人の眼科医ケニヒシュタインと、恐らく一時間は話し込んでいたと思う。私は、彼にも関わる幾つかの話をしているうちに、あれこれと思い出したことがあって、それで我ながら複雑な気持ちになっていた。しかし、その会話もゲルトナー夫妻が現われて宙ぶらりんのまま終ってしまった。

同じ日にあったこの二つの出来事は、互いにどう絡んでいて、夜の夢にどう繋がっていったのだろうか？

結びつけて、置き換える

夢に出てきたモノグラフの一件では、他の論者たちがよく指摘する「生活上の些細なことが夢に取り入れられる」傾向が確認できる。しかし他方、解釈のときの連想によって潜在的な思考が明らかになって、それまで予想だにしなかった重要な発見をするのである。夢は、これまたよく言われるように「単に日常生活の、無意味な残滓《ざんし》にしか関心がない」のではない。また、「覚醒時の心的生活は夢の中に続いて行かない」とか、それゆえに「夢は、下らない材料で心的活動を浪費している」といった主張も間違っている。本当はその反対で、日中に気になっていたことが夢の潜在的な思考に引き継がれ、そして我々は夢を見るのである。

それにしても、顕在的な内容としては、些細としか言いようのない昼間の出来事ばかりになるというのは、なぜなのか。これは恐らく、前章で調べた検閲による歪曲が生じているせいではないか。シクラメン属についてのモノグラフは、ケニヒシュタインとの会話を〝仄めかす〟ものになっているが、それは、『スモークサーモンの夢』で薫製の鮭が、それに目のない女友達の比喩になっているのと同じような仕組みだろう。ただ、『スモークサーモンの夢』の方で、仄めかすもの（スモークサーモン）と仄めかされるもの（薫製の鮭が好物の女友達）の関係は、初めから明らかだったが、『植物学モノグラフの夢』では、モノグラフを書店で見かけたのが朝でケニヒシュタインと会話をしたのが夕方という、同じ日に起きたという以上の繋がりが、当初は見出せなかった。

私が分析をしながら考えていたのは、仄めかしの関係は双方の内容の相互作用で生じてきたのではないかというものである。それで、先に分析したことを記述するとき、ふたつを結びつけていそうな仲介項を強調しておいた。もしケニヒシュタインとの会話からの影響がなければ、シクラメンのモノグラフから繋がってゆくのは、これが私の妻の好きな花だということと、あるいは、せいぜいL夫人が誕生日に花束をもらえなかった話くらいだろう。この程度の潜在的な思考では、夢を引き起こすのに充分だとは思われない。ハムレットにも、

殿。そんなことを言うだけのために、幽霊が墓から出てくる必要はありません。（原注：ホレイショの言葉。第一幕第五場）

とある。

しかし、分析を続けていると、私たちの会話を途切れさせたのがゲルトナー（庭師）という名前の人で、彼の妻が「華やか」だったことに気が付いたのだった。そして今、遅ればせながら思

いつくのは、私たちの会話で、フローラ（※花の女神）という美しい名前の患者のことがしばしば話に出たことである。こうしたいくつもの植物的な仲介項を経て、日中にモノグラフを見たという取るに足らない経験と、夜に刺激的な会話をしたという経験の二つが結びつく事態になったに違いない。そしてそこから、また別の繋がりが現われて来た。そのひとつがコカインで、これが、局所麻酔を行ったケニヒシュタイン博士と、私の書いたモノグラフとを結びつけたのは当然のことだったろう。この繋がりによって、第一（シクラメン属のモノグラフ）の経験の断片が第二（ケニヒシュタインとの会話）の経験を暗示するものとなり、二つの観念的な領域がひとつに融合されたのだった。

しかし、もしゲルトナー（庭師）教授と彼の「華やか」な様子の夫人に遭遇しなかったら？あるいは私達の話題になったのがフローラではなくアンナという名前だったら？　答えは簡単だ。こういう花の繋がりが存在しなかったら、ケニヒシュタインとの会話からモノグラフに至る他の繋がりが選ばれていただけのこと。こういう繋がりは簡単に幾らでも見つかるもので、日々、我々が楽しんでいる頓知やなぞなぞはすべてこの類いだ。しゃれの領域には限りがない。万が一、十分な繋がりを作り上げられなかったら？　そのときは趣の違った夢になる他はなかった。一日の内には取るに足らない様々な出来事が次々と現われては消えて行くから、そのひとつの印象が「モノグラフ」の代わりにケニヒシュタインとの会話の中身と繋がって、夢に現われて、「会話」を仄めかしたことだろう。しかし、実際には、そうはならなかった。

言い換えると、幾多の候補のうち、ケニヒシュタインとの会話を暗示するのに恐らく「モノグラフ」が最適だったということなのだ。人は決して、レスィンク（※1729-89 ドイツの詩人・思想家）の描く抜け目のないハンスちゃんのように「金持ちだけが、お金をたくさん持っている！」と、びっくりする必要はないのである。

そうは言っても、取るに足らない経験（※「モノグラフ」）ごときに重要な事柄（※「会話」）の代理を委ねる心的な過程があるというのは、疑わしい気がするかもしれない。しかし、それにすっきりとした説明をするのは後（第6章B「置き換え」）にまわして、今は、夢分析をする度に、こうした現象が幾度となく出現するので、そういう心的過程があるものとして受け入れるだけに留める（※と言いつつ、以下に少し説明をしている）。この過程というのは、心的なアクセント（※強調点）が仲介項を介して〝置き換え〟（※Verschiebung《フェアシーブンク》 精神分析用語。ある考えやイメージに向けられた関心が、連想的な繋がりによって別の考えやイメージに移ること）られてゆく、ということである。本来十分に〝備給〟（※besetzten《バゼッツン》 精神分析用語。エネルギーの充塡による「活性化」）されていない些細な出来事が、強く〝備給〟されている重要な事柄から、十分なエネルギーの供給を受けて（※これが〝置き換え〟のエネルギー的な説明）、意識に上ってくるようなのである。かような〝置き換え〟は驚くようなものではなくて、ごく普通に観察される。たとえば、ひとり暮らしをしている独身女性が動物に愛情を注ぐとか、独身男性が何かのコレクションに熱中するとか、兵士が色付きの布切れ（軍旗）を守るのに命を懸けるとか、恋愛をしていればほんの数秒握手の時間が延びただけで至福になるとか、あるいは『オセロ』の劇中のように、なくしたハンカチが怒りの暴発を招くとか……これらは全て、取るに足らないモノへ、心的な〝置き換え〟が行われた例である。

夢は統一体を作りたがる

さて、夢を誘発するに足る経験が二つ以上ある場合、夢はそれらをまとめてひとつにしてしまう。夢には統一体を作ろうとする強い傾向がある。例を挙げよう。

ある夏の午後、私は列車に乗り込もうとして、ふたりの知り合いに出会った。ひとりは社会的に有力な医師で、もうひとりは私の患家である上流家庭の人だったが、お互いの面識がなかったから、私はその場でふたりを紹介した。しかし、この二人の紳士は、長い旅の間、お互いに直接話をすることがなく、私は一方と話すと次はもう一方と、交互に相手をしなくてはならなかった。例えば、私が医師に、開業したばかりのある若い医者に患者を紹介してやってもらえないだろうかと頼むと、彼がそれに答えて、あれは良い医者だとは思うが、見栄えが良くないから上流階級の家庭には向かないと言い、私が、それだからこそ先生の推薦が必要なのですと言う。それから、私はもうひとりの旅の仲間に向かって、伯母さまのお具合は如何でしょうかなと尋ねる、といった具合。ちなみに、その伯母というのは私の患者の母親で、そのころ重病で床に伏せっていたのである。

その旅の夜に私が見た夢では、私が引き立ててくれるように頼んでやった若い友人が、上品な居間に立っていて、選り抜きの、私の知る限り最も立派で裕福な人々を全部集めたような聴衆を前に、洗練された調子で、旅の友の年とった伯母の弔辞を述べている。夢の中ではもう亡くなったことになっているが、正直に言うと、私はその婦人と上手くいっていなかった。ともあれ、私の夢は、日中の二つの印象の間に繋がりをつけて、ひとつの状況を作り上げたのである。これと似たような経験をたくさんしたが故に、私は、「夢は、その刺激となった出来事を総動員してひとつの統一体を作る」という命題を立てるのである。

単純無垢な夢などない

どんな夢に於いても、前日の、まだ一晩も経っていないような新鮮な体験が夢のきっかけになっている。それ以前の体験は、近い過去のものでも遠い過去のものでも、その前日の体験とどこかで繋がりがあるかぎり、夢に材料を提供する。しかし、それにしても、なぜ、かなり昔の出来事で、とっくに忘れていて、しかも重要とは思えない印象までが夢の要素になりうるのだろうか。

この疑問は、神経症の精神分析の知見から容易に解くことができる。（※強く備給されている）重要な素材（※のエネルギー）をさほど重要でもない素材に〝置き換え〟（※供給す）ることが、その出来事のあった過去にもう生じていて、以来記憶の中で（※十分に備給されたまま）固定されていた、と考えられるのである。もともと取るに足らないものだった印象も、置き換えによって心的に重要な価値を、一旦、引き受けたら、もう詰まらないものではなくなっている。本当に詰まらないものは、夢の中で再生されることはない。

「どうでもいい事が夢の引き金になることはなく、従って単純無垢な夢というのもない」。これが、掛け値なしに私の見解である。例外は、子供の見る夢や、夜間の知覚（※喉の渇きなど）に対する反応である短い夢。人がふつうに見る夢は、その重要な意味が端《はな》から明らかであるか、あるいは、歪曲されていて夢解釈を行って初めてその意味が分かるか、のどちらかである。夢は本来些細なことに係わらない。私たちは、些末なことで眠りを妨げられはしないのである。無害そうな夢も、しっかり解釈してみると無害どころではないと分かる。夢はしたたか、と言っても良いだろう。ここで、夢の歪曲が如何に作用しているかを示すために、ある若い女性の「単純無垢な夢」をいくつか取りあげて、分析しよう。この人は知的で洗練されているのに実に控えめな人だった。

控えめな女性の三つの夢

夢での会話は解釈の鍵になる

市場の夢

〈私は市場に行くのですが、着いたのが遅すぎて肉屋さんからも八百屋さんからも、何も買えないのです〉

どう見ても毒のない夢のようであるが、夢というものは決してそんなに甘くはない。私はもっと詳しく夢の話をしてくれるように言った。すると、

〈自分は、市場に行くのに、バスケットを持った女料理人を伴っていました。何か注文すると、肉屋が「それはもうない」と言い、「これも良いよ」と言いながら他のものを売ろうとするんです。で、それを断って、八百屋に行くと、そこのおばさんが変な黒いものの束を売りつけようとするので、私は「これは知らないものだわ。買いません」と言うんです〉

その夢と結びつく昼間の出来事は、といえば単純。彼女は本当に市場に行ったが、着いたのが遅くて、何も買わないで帰って来たのだという。まるで「肉屋はもう閉まっておりました」みた

いな話だなと思ってから、気が付いた。このフレーズは反対で、本当は「肉屋が開いておりました」と言い、俗に、男の服のあの部分がだらしなくなっていることではないか。夢を見た婦人がこの言葉を言ったわけではない。もしかすると、わざわざ避けたのかもしれない。ともあれ、夢の細部を調べることにしよう。夢の中に、単なる考えではなくて会話のコトバ（この違いははっきりしている）があったら、それは目覚めていたときの会話に由来しているはずだ。もちろん素材として取り扱われているので、断片的で、少々改変され、元の会話の文脈からは完全に引きはがされているだろう。それでも、会話のコトバは、夢解釈のよい糸口になる。（※会話のコトバについては第6章Dでまとめて説明され、今のこの症例にも言及される）

肉屋が言った〈それはもうない〉という言葉の由来は、というと、私自身である。数日前私は彼女に「幼少期の経験は、（記憶としては）もうない。しかし、分析治療中に〝転移〟（※Übertragung《イューバトゥラーグンク》 ここでは、心的なエネルギーが他の考えやイメージに移動するという意味）や夢という形で出てくるのです」と言ったのだった。となれば、私が肉屋なわけだし、彼女は、肉屋ならぬ私の売ろうとする見解、つまり幼い頃の考え方や感じ方が現在に〝転移〟するという話を拒絶し〈断って〉いるということになる。

それでは、彼女自身の夢の中での発言〈これは知らないものだわ。買いません〉は、何に由来するのだろうか。実は、彼女は夢の前日、女料理人の図々しい要求に対して「そんなことは知りません」（※ Das kenne Ich nicht.「これは知らないものだわ」と同じ文が出てきているが、das で強調して示すものが一方では野菜、他方では相手の要求と質の違うものなので、自ずと文意は異なっている）と言い、「弁えなさい」と付け足したのだった。夢では「弁えなさい」の部分を〝禁圧する〟（※前出。

抹消すること）傍ら、Das kenne Ich nicht. の部分は採用して、〝置き換え〟を生じさせている。もちろん、「弁えなさい」こそが、誰かが「肉屋を閉め忘れて」いるときに叫ばれるコトバだろうから、夢の言わんとするところには合っていたはずである。

　こんなふうに考えてよい証拠は八百屋のおばさんとのやり取りにある。八百屋で束で売られていた黒いものは、彼女が後に説明したところでは長細い形をしていたのだから、夢によってアスパラガスと黒大根が合成されたものに他なるまい。アスパラガスというのは説明不要（俗語で男根の意）だし、黒大根（Schwarzer Rettich《レティヒ》）の方も「黒いの引っ込め」（Schwarzer, rett' dich《レディヒ》）と同音で、性的なものに思える。

　この夢の解釈はここまで。今大切なのは、この夢が「単純無垢」どころか、意味深長だという点である。

ピアノの夢

　今の夢と対になる、また別の一見無害な夢。

〈夫が「ピアノを調律した方が良くないだろうか」と聞くので、自分は「無駄ですわ。どのみち、ハンマーヘッドだって直さなくてはならないんですから」と答える〉（※「ハンマーヘッド」以下の原文は neu beledert werden。beledern は das Leder《レーダ》 皮革を動詞化したものと思われる。フェルトの代用として、そこそこの音質が得られるからと、皮革を貼って倹約したのかも知れない。当時の市民階級でピアノが流行ったのはステイタス・シンボルとしてのことが大きかった）。

　これまた、前日に実際にあったことの再現の夢である。彼女の夫は彼女に実際そう尋ね、彼女もそういう趣旨の返答をしたのだった。しかし、彼女がその件をもういちど夢に見たことにはどういう意味があるのだろうか。

ピアノについて尋ねると、彼女はそれは「むかつくような〝箱〟」で「凄まじい音がする」と言い、「夫の結婚前からの持ち物です」と言う。しかし詳しく聞いてみると、話の鍵は〈無駄ですわ〉という言葉にあることが分かった。この夢の中の言葉は、その日、友人を訪ねた際に、上着を脱ぐように勧められて「ありがとう。でも脱ぐだけ無駄だわ。直ぐにおいとまするんだから」と断ったことに由来していた。この話で私が思い出したのは、前日の分析治療（※フロイトは連日、面接していた）の最中に、ボタンが外れているのに気付いた彼女が慌てて（※ボタンをかけ直すのではなく）急いで上着を摑んだことだった。そこで、「あれはあたかも〝ごらんにならないで下さい。見るだけ無駄です〟と言っているかのようでしたね。そういえば〝箱〟Kasten《カスタン》も音が胸郭Brustkasten《ブルストゥカスタン》に繋がります」と指摘すると、そこから患者の連想が進み、思春期ころ自分の体つきに不満を持ち始めたという話になったのである。小さな半球（乳房）がしばしば、仄めかしや夢の中で、大きな半球（臀部）の代わりとして表現されることを思い起こせば、この一件が、尻を巡って「むかつくような」「凄まじい音」という表現が当て嵌まるような幼い頃の体験にまで遡ると考えて良いだろう。

ロウソクの夢

〈自分はロウソク立てにロウソクを立てようとしていました。だけど、ロウソクは折れていてちゃんと立たないんです。同級生の娘たちが不器用ねと言います。でも、女の先生がそれは彼女の

せいではないのよと言ってくださるんです〉

これにも実際の出来事がある。昨日彼女は本当にロウソクを立てようとした。これは折れていなかった。それにしても、ここに用いられている象徴は見え見えである。ロウソクは、俗に女性器を刺激するためのモノと言われている。それが折れてちゃんと立たなかったというのであれば、男が不能だという意味、つまり〈それは彼女のせいではないのよ〉なのである。しかし、育ちの良いこの若い女性は、わいせつなことに疎いはずなのに、ロウソクのこんな使い方を知っていたのだろうか?

彼女が話すのに、ある時夫とライン川で船遊びをしていたら、大学生満載のボートとすれ違って、そのとき彼らが「スウェーデンの女王が、鎧戸を閉めてアポロ印のロウソクで……」と陽気に歌うというよりは叫んでいた、というのである。彼女は最後のところを聞き漏らした。もしかすると理解できなかっただけかも知れない。そこで夫が説明を求められる羽目になった。ともあれ、この歌詞の内容が、夢では、寄宿学校で鎧戸を閉めてロウソクを灯そうとしたときに不器用なことをしたという無害な話に取り替えられたのだった。

ところで、アポロと言えば、彼女は以前にも処女パラス(※アテーナーの別名)の夢を見ている。それも無邪気どころではない夢だった。

こうした「単純無垢」な夢で際立っているのは、性的な要素が検閲の動機になっているということである。これは重要な事柄であるが、今は脇へ置いて、先に進む。

B　夢の源としての幼児期の経験

幼児期の印象が元になっている夢

夢は、ときに、非常に幼い頃に受けた印象を再現する。それが本当かというと、なにしろ幼年期のことだから、証明できることは極めて少ない。

その数少ない例のひとつ。私の受講生のひとりは、自分の夢はどの夢も殆ど歪曲されていないと得意そうに言い、次のような話をした。家庭教師が乳母（彼が十一歳になるまで住み込んでいた）とベッドに入っている夢を見たのだが、場所の様子までありありと鮮明だったので兄に話してみると、兄は笑って、以前その通りのことがあったのだよと言ったのだとか。当時六歳だった兄は、その時、ふたりにビールで酔わせられていたが、それでも、はっきりと覚えていたのである。三歳だった弟（夢の報告者）は乳母の部屋に寝ていても邪魔とは思われなかったらしい。

幼年期に始まり、その後大人になってからも時々繰り返される、いわば多年生の（※植物に準えている）夢がある。私自身はこのタイプの夢を見たことはなく、聞いた話がひとつふたつあるのみ。

ある三十代の医者が話すに、黄色いライオンが子供時代からしょっちゅう夢に出現するので、細かいところまで説明できるほどだったという。ところが、ある日、この夢のライオンが陶器製の置物として目の前に現われた。母親によれば、その焼き物のライオンは彼が幼い頃に大のお気に入りだった玩具というのだが、彼自身はそのことをまったく覚えていなかった。

いろいろな夢の分析をしていると、時として、それまで想像すらしなかったような幼児体験が影響していたと分かって驚くこともある。「黄色いライオンの夢」を見た医師が、その種の、殊にかわいらしく、示唆に富む事例を教えてくれた。

彼は、ナンセン（※1861-1930 ノルウェーの海洋学者）の極地探検の本を読んだ夜に夢を見て、その中で自分が雪の荒野のただ中でこの大胆な探検家に座骨神経痛の電気治療をしてやったという。

この夢を分析しているとき、突然、彼は子供時代の逸話を思い出した。もしそれが出て来なかったら、この夢は理解出来ずに終っていただろう。三、四歳のころ、彼は、大人たちが探検旅行について話しているのを脇で熱心に聞いていたが、後で父親に、それは重症なのかと尋ねた。Reisen《ライズン》（旅）とReißen《ライスン》（痛み）とを間違えていたわけで、兄姉にはさんざんにからかわれた。それで、この恥ずかしい一件を忘れてしまうことがなかったのである。

『ブロンド髭の叔父の夢の続き』

夢の中で叶えられた望み自体が子供時代からのものだったという例もある。あたかもその望みを持った子供が生き続けているかのようで、不思議なものだ。その例として、前に取り上げた、友人Rが叔父だという『ブロンド髭の叔父の夢』（第4章「夢の歪曲」）の分析の続きを報告しておこうと思う。

先の分析では、員外教授になりたいという私の望みが夢の動機だと明らかになった。そして夢の中で友人Rに対して感じていたやさしい気持ちの方は、RやNを侮辱する夢の潜在的思考に異を唱え、本当はその反対だと言いたいために醸し出されたものだと説明した。しかし、それだけではどうもすっきり納得とはいかない。自身の見た夢なのだし、思うまま分析を続けてもよかろうと思って、連想を再開することにした。

覚醒時ならば、ふたりの同僚に対して私が下す判断は、夢とはまるで違ったものになる。だから、教授任命に関して彼らと運命を共にしたくないという望みからだけでRやNを侮辱したというのだと、現実と落差がありすぎる。逆に、彼らをそこまで侮辱しても教授と呼ばれたいというのであれば、私に自覚がなかっただけで病的な功名心があるということになるが、さすがにそれには思い当たるところがない。私のことをよく知っている人たちがどう判断するかにもよるが……。ふと、私に功名心はあったかもしれないと思う。もし、それが員外教授の肩書き以外のことであるならば。

あったのだとしたら、私にこの夢を見させたその功名心とはどんなものなのだろうか。ここで心に浮かぶのは、子供の頃にたびたび聞かされた話で、私の生まれたとき、ある年取った百姓女がやってきて、第一子を生んで喜んでいた母に、この子は偉大な男になるでしょうと予言してくれたのだとか。こうした予言はざらにあったに違いない。子供の将来に胸を弾ませる母親たちはたくさんいるのだし、現世で何事かを為す力を失って（※他所の子の）遠い未来に目を向けるしかない年寄りの百姓女も数多くいたのだから。そしてこの手の予言をして老人たちが損をするはずはなかった。しかし、こんなことが自分の功名心の源泉なのか？

それでまた思い出したのはもっと後の出来事。プラター公園（※ウィーンにある六百万平米の大公園。映画『第三の男』に出てくる大観覧車は１８９７年に完成）。近くにレストランがあって、両親は十一歳か十二歳になっていた私をよくそこに連れて行ってくれていた。ある夕方、気が付くと即興詩人がテーブルを渡り歩いている。両親に言われて、私が彼を呼びに行くと、彼は深々とお辞儀をし、お題を尋ねる前に、私のことを詩に詠んでくれ、それから霊感を受けたように、この子はいつの日にか大臣になるでしょうと宣言したものだった。こちらの予言の方は、私はいまでもよく覚えている。折しも市民内閣（※1867-70 オーストリア帝国が改変されて、オーストリア皇帝がハンガリー国王を兼ねる二重帝国になった後にオーストリア側に次々と成立した四つの内閣の総称。時期的にはフロイトが十一歳から十四歳くらいまでの政権。閣僚は主に自由党に属するブルジョワから選ばれていた。博士たちの内閣とも呼ばれる）の時代で、父が、ヘルプスト（※プラハ大学法学教授）、ギスクラ（※モラヴィア・ブリュン市の市長）、ウンガー（※ウィーン大学法学教授、二十四歳で改宗）、ベルガー（※著名な法廷弁護士）といった閣僚博士たちの肖像画を持ち帰り、うちではそれを飾ってロウソクを灯していたのである。大臣の中にはユダヤ人もいたので、ユダヤ系の優秀な子供たちは、自分も鞄の中に大臣職務ファイルを入れている気になったりした。そういう時代の気分のせいだと思うが、私も大学に入学する直前まで法科に登録しようかと考えていた。医師では閣僚になれない。

今初めて気が付いたのだが、夢は私を憂鬱な現在（※煽動政治家カール・ルエーガーの率いるキリスト教社会党が1895年の市議会選挙で多数派となり、ルエーガーを市長に選出した。皇帝はこれを裁可せず、州総督は議会を再三解散したが、選挙の度にキリスト教社会党が勝利し、ルエーガーは1897年、ついにウィーン市長となる。ちなみに党名は反ユダヤ反自由主義というほどの意味）から、あの希望に満ちた市民内閣時代に連れ戻して、全力で、〝当時の私の望み〟を叶えようとしているのである。夢の中で私は、ほぼ大臣になっている。二人の学識があって尊敬に値する同僚たちを、ひとりは間抜け、もうひとりは犯罪者であるかの如くに扱うなんて、これこそ大臣のすることだ。したがって、この夢は、閣下への徹底した復讐にもなっている。彼は私を員外教授に任命しない。そこで私は夢の中でお返しに彼に取って代わったのである。

『フロイトのローマの夢四編』

長年抱いている夢を叶える夢

別のケースで私が観察できたのは、夢を起こす望みは現在のものであっても、深いところに残る子供時代の記憶によって強化されている、ということである。私の念頭にあるのは、ローマを訪れたいという願いに基づいた私自身の一連の夢で、この願いは、これから先しばらくの間、夢で叶え続ける他はない。というのも、私が旅に出られそうな季節には、健康上の理由でローマ滞在を避けなくてはならないからである（※「季節」「健康上の理由」の詳細は不明。ローマに関する神経症的な不安があったと推測されている。1909年の原注には「私はその後、無理だと思っていた望みを叶えるのには、少しの勇気が必要なだけだと分かった」と記し、1925年の原注には「そしてそれ以来忠実なローマ巡礼者となった」と書いている）。
ある時の夢では、
〈私は客車の窓からテヴェーレ川やサンタンジェロの橋を眺めている。それから列車は動き始めて、そのとき、私は自分がそれまで一度も市内に足を踏み入れたことがなかったことに気がつく〉
その夢の景色は、前日に患者宅の居間の壁に掛けてあるのをちらと見た有名な版画だった。
また別の時の夢では、
〈誰かが丘に連れていってローマの景色を見せてくれる。霧にうっすらと包まれていて、しかも遠くだったのに、景色がはっきりと見えるので、私は驚く〉
この夢の潜在的な思考は、調べてみると実に豊富だったが、顕在的な内容からだけでも「遠くから約束の地をみる」（※旧約聖書申命記34章4　主はモーセに言われた。「これがあなたの子孫に与えると私がアブラハム、イサク、ヤコブに誓った土地である。私はあなたがそれを自分の目で見えるようにした。あなたはしかし、そこに渡って行くことはできない」）のテーマがはっきりと認められる。私が初めてそんなふうに霧に包まれた都市を見たのはリュベク（※バルト海に面するドイツの都市）だった。また丘はグライヒェンベルク（※オーストリア南東部の温泉地）がモデルになっている。
三つ目の夢では、
〈私はついにローマにやってきている。しかし、景色は全然街らしくなくてがっかりする。見えるのは小さな川の暗い水面と、片側の岸の黒い崖、そして反対側の、大きな白い花が咲いている牧草地ばかり。私は顔見知りのツカー氏を見つけて、街への道を聞くことにする〉

明らかに、私は覚醒時には見たことのない街を、夢の中で何とか見ようとしているのだ。夢の景色を部分毎に分けると、〈白い花〉は私の行ったことのある街、ラヴェンナ。ここは一時、首都としてローマを凌いでいた。かつて私たちは、ラヴェンナ外縁の湿地帯で、何とも美しい睡蓮が暗い水面に咲いているのを見たことがある。夢はそれを牧草地に生えさせて、我が国のアォスゼー（※前出。五月に水仙祭りが行われる）の水仙のように配したのだ。私達はラヴェンナで睡蓮を摘むのに大層苦労した。

水際の〈黒い崖〉で鮮明に思い出すのは、カールスバート（※１８１９年のメテルニヒによるカールスバート決議で有名なボヘミア西部の温泉地）に近い渓谷のこと。こんなふうに「カールスバート」の名前が出てきたおかげで、〈顔見知りのツカー氏〉に〈道を聞く〉部分のことも分かった。ふたつの愉快なユダヤ人を巡る逸話が、この夢を繰り出すのに関わっていたのだ。その手の笑い話には、結構深い意味があって、しかも辛口の処世の知恵も含まれており、私達は会話や文通をする際によく好んで引き合いに出す。ひとつ目は「体の話」で、ひとりの貧しいユダヤ人がカールスバート行きの特急に潜り込んだはいいが、車内検札の度に捕まっては放り出される。彼がそんな酷い目に遭っているときに、たまたま出くわした〈顔見知り〉に、どちらへ？と尋ねられて、彼が答えていわく、「カールスバートです。もし私の体が持てばの話ですが」。

これとちょっと似ているのが二つ目の話で、あるフランス語が全くできないユダヤ人に、パリに着いたなら先ずはリシュリュー通りへの道を（※フランス語で！）尋ねるといいと勧める話である。パリと言えば、これも私が長らく憧れていた街で、それだけに初めてパリの道を歩いたときには有頂天で、これが実現するくらいだから、他のどんな望みも叶うに違いないと思ったものだ。

ちなみに、ツカー氏に〈道を聞く〉は、ローマをも仄めかしている。なにしろ「全ての道はローマに通じる」のだから。

ところで、ツカーという名前（※Zucker　砂糖）自体がカールスバートを指し示しているのだった。私達医師は、糖尿病に苦しむ患者がいると、かの地での療養に送り出す。この夢を見る引き金になったのは、ベルリンの友人フリースが、イースターにプラハで会おうと提案してきたことだったが、私たちが会って話す予定の中に、砂糖や糖尿病の話題もあったのである。

この夢のすぐ後に見た四つ目の夢は、私をまたローマに連れて行ってくれた。

〈目の前に街角が見える。そこにたくさんのドイツ語のポスターが貼られているのに私は驚く〉

その前日、私はフリースに手紙を書いて、恐らくプラハはドイツ人が歩き回ったり滞在するのに快適な場所ではなかろうというようなことを予言的に言っていた（※この書簡の往復の後、ボヘミアではドイツ系住民を標的にする暴動が起きた。１８６７年にオーストリアとハンガリーが同君連合となって以来、オーストリア側に取り残されたスラブ系民族の自治運動が少しずつ激しくなっていた）。それで、夢は、プラハではなくローマで彼と待ち合わせをしたいという今の望みを表現しつつ、ドイツ主義的な考えに一時かぶれていた学生時代の、プラハでドイツ語がもっと許容されたらいいという気持ちを再現していることになる。

プラハと言えば、私はメーレン（※チェコ東部の地方。チェコ語ではモラヴァ）の小さな町で、スラブ系住民のまっただ中で生まれた。だから、幼い頃にはチェコ語を理解していたはずで、そのせいか、十七歳のときにふと聞いたチェコの童謡はすーっと頭に入り、今日でさえ、意味の分からないまま、歌うことができる（※音楽愛好からはほど遠く、当時ブルジョワ家庭には必ずあったピアノを自宅に置くことも断固拒否していたフロイトにしては珍しいこと)。というわけで、この夢も、私が幼いときに受けた印象との繋がりを示しているのである。

一番最近のイタリア旅行では、トラジメーノ湖(※イタリア中部の湖。ローマ時代にテヴェーレ川に繋がる運河が建設された)を通り、テヴェーレ川(※下ってローマに至る)を見、ローマまで80キロという地点で残念ながら引き返した。その後、来年はローマを経由せずにナポリへ行こうかと考えていて、突然、子供時代にこの永遠の都市ローマへの憧れがどれほど強かったかに気がついた。古典の授業で読んだに違いない文章が頭に浮かんだのだ。「ローマへ行こうかと考えて部屋の中を歩き回っていたのは、副校長ヴィンケルマン先生(※1717-68 美術史家。ギリシアの大理石彫刻は元々純白だったと唱えた。19世紀末にそれが間違いだったと判明)か、ハンニバル将軍か」。そうか、私が辿っていたのはハンニバルの足跡だったのだ。私はローマを見損なっていた。ハンニバルも、皆が首都に現われるだろうと予想しているときにカンパーニャ(※ナポリのある州)に歩を進めたのだった。こんなふうに類似していた。そもそもハンニバルは私の学校時代の大ヒーローで、この年頃の多くの子供たちと同様に、私はポエニ戦役ではローマ軍ではなくカルタゴ軍の味方だった。後に、私が、異民族の後裔であるとは如何なることなのかを知るようになり、また同級生たちの反セム感情に対して自分の態度をはっきりさせなくてはならなくなって、このセム族(※旧約聖書創世記10章に、ノアの方舟のノアに三人の息子がおり、そのセム、ハム、ヤペテから、諸民族が生まれたと記されている。ユダヤ人もカルタゴ人もセムの系統とされ、ゲルマン人はヤペテを祖とすると信じられていた)の将軍の姿が今まで以上に素晴らしいものになったのである。若かった私の目には、ハンニバルとローマはユダヤ教の頑強さとカトリック教会の組織力との対比を象徴するものに見えていたのだろう。それが思考としても感情としても私の中に定着したのは、その後、世の反セム運動が軽視できないほどのものになったからである。

ローマを訪れたいという望みは、夢の中で他の多くの望みを隠すと同時に象徴するものとなっていた。望みは、それがどの望みであれ、実現するにはカルタゴ人なみの辛抱強さとひたむきさが必要なわけだが、私の場合、今のところ、ローマに入城を果たせなかったハンニバルと同様、運命の手助けが得られていないというわけである（※フロイトは、本書刊行後二年ばかり経った1902年に交通に詳しい弟アレキサンダーとついにローマを訪れた。前注にある「少しの勇気」を得るのに、この夢の分析だけではまだ足りなかったということだろう）。

今、ふと、また別の子供時代の経験が蘇った。あ、これこそが、今日に至るまで、私の気分や夢のすべてに影響していたのだ。私が十歳か十二歳の頃、父は私を散歩に連れ出しては、世の中の物事について自分の考えを私に話して聞かせるようになった。ある時、父は、私の生まれた時代が父のときよりどれほど良くなっていることかと言って、次のような話をした。「若かった頃の話だが、君の生まれたあの街で、土曜日に、父さんは一張羅を来て真新しい毛皮の帽子を被って通りを歩いていた。すると、あるキリスト教徒がすれ違いざまに父さんの帽子をぬかるみの中に叩き落として、歩道を歩くんじゃない、ユダヤ人、と言ったものだ」。「で、お父さんはどうしたのです？」と私が尋ねると、父は穏やかに「車道に降りて帽子を拾ったさ」と答えたのだった。私はこれは、小さな私の手を握っている大きくて強い男にしては　まるで英雄らしからぬ話だ。私は不満で、ハミルカル・バルカスが息子のハンニバルに、家の祭壇の前で、ローマ人に復讐すると誓わせた話の方がずっといいと思った。そしてその時以来、ハンニバルが私の空想にしっかりと住みついたのである。
もちろん、このカルタゴの将軍への憧れはもっと前からあった。ということは、これまた〝転移〟（※ここでは、幼児期に重要だった人へ向けていた気持ちを、そうと自覚しないまま誰か別の人へ向けること）の問題なのかもしれない。私が初めて読んだ本の中に、ティエール（※1797-1877 フランスの王国首相、行政長官、共和国大統領などを歴任）の『執政政府と第一帝政の歴史』があった。私は、自分が木製の兵隊の平らな背中にその帝国元帥の名前を書いた小さなラベルを貼っていたことをよく覚えている。そして、同じころ、マセナ将軍、ユダヤ名でメナセ（※1758-1817 ナポレオンの軍団司令官）も大好きだった（１９３０年の原注：将軍のユダヤ出自は疑われている）。なにしろ、この将軍と私は誕生日が同じで、しかもきっかり百年の違い（※正確には九十八年）なのだ。ナポレオン本人もアルプス越えをしたのだし、だから皆、ハンニバルの後継ということになる。そして、こうまで英雄崇拝していたからには、さらに幼い頃に遡る出来事が何かあるはずで、それが何かと考えると、ひとつ年上の少年（※フロイトの甥ヨハン、イギリス名ジョン。異母兄エマヌエルの長男。最幼児期のライバルとして、今後、何度も登場する）のことだろう。三歳まで（※１８５９年、長兄の一家はイギリスに移住し、フロイトの一家はウィーンに出た）私は彼と仲良くしたり喧嘩したりして遊んでいたが、私の方が弱かったので、強い将軍たちへの憧れが生まれたのだろう。

このように、夢の分析に深く入って行けば行くほど、幼い時代の体験が夢の源泉として一役果たしていることに気が付くものである。

患者たちの夢

小児期の出来事は、普通夢の中では仄めかされているに過ぎず、分析を通して、潜在的な思考として取り出されて初めて光景として明らかになる。しかし、そういう例を挙げるだけでは説得力が足りない。子供時代の経験だと裏付ける証拠がないし、時代を遡れば遡るほど、それが本当に記憶に基づくのか怪しくなってしまう。実際にそのような小児期の経験が存在したと分かるのは、精神分析治療を行って、夢以外の問題とも矛盾なく繋がってからのことなのである。だから、そういう文脈から切り離した夢の分析だけで子供時代の経験に遡ってみても、読者にはぴんとこないだろう。しかも私は、夢判断の材料を片っ端から全部並べてお見せできる訳ではない。ここでは、そういう夢もあるということだけを報告しておこう。

整形外科施設の夢

〈大きな部屋にいて、そこにはありとあらゆる種類の機械があります。それは部屋というより、自分がこんなものかしらと想像する整形外科の施設のようです。フロイト先生が、時間がないから他の五人の人と一緒に治療を受けるようにとおっしゃる。だけど私は気が進まなくて、自分に割り当てられたベッドか何かに横になることはしないで、部屋の隅に立って、フロイト先生がそれは本当じゃないと言って下さるのを待っています。それで、他の人たちに「おばかだなあ」と笑われました。そして、自分はたくさんの小さな四角形を描いているようでした〉

この夢の前半は治療に関連していて、私への〝転移〟（※ここでは、幼児期に重要だった誰かへの気持ちや考えを無意識の内に担当の医師に向けること。これがその後、標準的な語法になった）で構成されている。後半の部分は、子供時代への言及を含んでいて、〈ベッド〉を介して、前半の話に繋がっている。

〈整形外科の施設〉というのは、私が以前、精神科治療の性質や期間を整形外科に準えて説明したことに遡る（※目に見えぬ心の病を「具体的」なイメージで患者に説明するために「捻挫」や「骨折」に喩えて説明する）。そして、治療を始めるに当って、今は十分な〈時間がない〉が、後には毎日丸一時間をとると約束したのだった。これが、患者の常に愛を渇望する面を刺激したのだろう。この特徴は、ヒステリーを発症しやすい人が子供の頃からもっているもので、患者の場合、六人きょうだいの末っ子で、〈他の五人〉の誰よりも父親のお気に入りだったのに、それでも、大好きなお父さんが自分だけに割いてくれる時間が足りない、もっともっと注意を向けて欲しいと思っていたのである。

〈それは本当じゃないと言って下さるのを待つ〉の由来は次の通り。ある日、仕立て屋の徒弟がドレスを届けに来て、彼女はその代金を払った。後で夫に、「もしあの徒弟さんがお金をなくしたら、あたしがまた払わなくちゃならないのかしら」と尋ねた。すると、夫はからかうように笑って、「それはそうだよ」と言った。それが夢の中では、〈他の人たちに「おばかだなあ」と笑われました〉となっている。彼女は夫に何度も同じ質問をして、夫が〈それは本当じゃないと言って下さるのを待って〉いたのだった。

この夢の潜在的思考にあるのは、金を余計に払うことは「本当か」ということ、つまり、先生が治療に二倍の時間をかけたら自分は二倍報酬を払うことになるのか、というケチくさい心配なのである。そして、一般に夢では、子供時代の不潔が〝汚い〟を媒介項にして（※体が汚い→金に汚いと）、ケチくさいことに置き換えられるから、〈自分に割り当てられたベッドに横にならず、部屋の隅に立っている〉とは、おねしょをした罰に隅っこに立たされているという子供時代の光景だということになる。しかも、兄弟たちには〈「おばかだなあ」と笑われました〉。

〈小さな四角形〉は患者の幼い姪に言及するものである。患者によれば、この姪は、（確か）九個の升目に数字を入れて、どの方向に足しても十五になる算術をやって見せてくれたのだという。

走って転ぶ夢

この人の夢は、どれも「急かされている」夢ばかりである。列車に乗り遅れないようにとか、間に合うようにあちらに着かなくちゃとか、いつも夢の中で何かに急かされている。

〈女友達を訪ねなくてはならない。母は、歩かずに、馬車を使うようにと言うが、自分は走って、それで何度も転ぶ〉

この夢の分析をしていると、「子供の追いかけっこ」Kinderhetzerei《キンダヘツェライ》をしていた記憶が連想されて出てきた。ウィーンっ子の言うHetz《ヘッ》の意味はご存じだろう（※走り回ること）。そして、この夢自体についても、子供たちが好きだった早口言葉Die Kuh rannte bis sie fiel（雌牛が転ぶまで走った）が思い出されたのである。患者が幼い女の子たちの無邪気なこの遊び文句を覚えていたのは、それが、無邪気どころでない言葉（※転ぶまで男に追い回される）の代わりになっていたからである（※本章Dの「満ち足りた感覚で空を飛ぶ夢、墜落の怖い夢」の箇所で、ブランコやシーソーについて、

「こうした活動のすべてを包括して、我々はhetzen《ヘッェン》（駆り立てる）と言う。この感覚は、飛ぶ夢・落ちる夢・バランスを失う夢などで繰り返されるが、子供時代には喜びだったものが、大人の夢では恐怖になる。しかし、どの母親も知っているように、本当は子供たちのhetzenもまた、しばしばもめ事や涙で終わることが多い」と記されている）。

通りで倒れ込む夢

〈自分は急いでお使いに出かけるが、グラーヴェン通り（※ウィーンの目抜き通り）で膝から崩れるように倒れ込む。たくさんの人たち、ことに御者たちが周りに集まってくるが、誰も助け起こしてくれない。そこで、自力で何度も立ち上がろうとするが、できない。最後には上手くいったのだろうか。家に送り届けてくれるはずの辻馬車に乗せられた。馬車の窓越しに何かがいっぱい入った買い物籠のようなものが投げ込まれる〉

〈膝から崩れるように倒れ込む〉は、馬が倒れたときの情景のようだ。競馬の話だろうか。彼女は若い頃に乗馬をしていた。もっと若い頃には、お馬さんだったというのもありうることだ（※in noch jüngeren wahrscheinlich auch Pferd. ハイハイしていたということか、あるいは、お馬になる遊びがあったのか。詳細不明）。

倒れるといえば、彼女が子供の頃、門番の十七歳の息子が、表でてんかん発作を起こして、荷馬車で運ばれて帰ってきたことがある。彼女はそれを直接見たわけではなくて、話を聞いただけだったが、てんかん発作とか「倒れる人」とかのイメージが彼女の想像力によって大きく膨らんで、その後、彼女自身のヒステリー発作の形態に影響を与えるまでになっていた。

さて、女性が転落する（fallen《ファラン》）夢を見るとき、それは紛うことなく「堕ちた女」（Gefallene《ゲファラナ》）という性的な意味を担っている。今の夢にも、この解釈が当て嵌まると言いうるのは、彼女が倒れたのがグラーヴェンだったからで、このウィーンの通りは売春婦たちが客待ちしながらたむろするので有名なのである。

〈買い物籠〉については幾つかの解釈が成り立つ。Korb《コルプ》（籠）には求愛求婚を拒絶するという比喩的な意味（※jm einen Korb geben　文字通りには、誰それに籠を与える。「ひじ鉄を食らわす」の意味）があり、実際、彼女はその籠を求婚者たちに向け、それが後には、自分に向けられた（※sich einen Korb holen「ひじ鉄を食らう」）のだった。振られたとき〈誰も助け起こしてくれなかった〉のは事実で、彼女はそれを屈辱的なことに感じていた。〈買い物籠〉はまた、彼女の精神分析で明らかになっていた空想を思い出させる。その空想の中で、彼女は自分より身分のずっと低い男と結婚していて、自ら市場に行かなくてはならないのだった。他方、〈買い物籠〉と言えば、使用人たちが持つ物だから、使用人そのものを表しているとも解釈できる。

夢の分析を続けていると、子供時代の記憶が次々と蘇った。患者が十二歳の頃、盗みをした料理人が〝ひざまずいて〟許しを乞うたが結局解雇されたとか、家の〝御者〟と関係を持った小間使いがいて、後にふたりは結婚したとか。夢の中の〈御者〉は、倒れた彼女に触ろうともしなかったのであるが。

〈窓（Fenster《フェンスタ》）越しに籠が投げ込まれた〉の説明がまだ残っている。これに関して彼女が思い出したのは避暑地での様々な出来事だった。荷物を鉄道便で送ったこと（Expedieren《エクスペディーレン》）、そしてFensterln《フェンスタルン》という（※求婚者が恋人の寝室の窓までよじ登っていって夜這いするというシュヴァルツヴァルト地方の）田舎の習慣のこと、ある殿方が窓越しにある婦人の部屋に青いスモモを投げ込んだこと、通りすがりの田舎者が窓から部屋を覗き込んだので妹が怖がったことなど。

それから、十歳の時からのぼんやりとした思い出が浮かび上がってきた。それは別荘で乳母が下男といちゃついているのを子供だった彼女がちらっと見たような気がするという話で、結局、この使用人達はふたりながらに荷物を送り出して（expedieren）放り出される（hinausgeworfen《ヒナオス・ゲヴォルフェン》）羽目になったのだった。夢では反対に荷物は放り込まれた（hineingeworfen《ヒナイン・ゲヴォルフェン》）ことになっている。ちなみに、召使いの荷物や鞄のことをウィーンでは蔑んで七個のスモモと称し、「七個のスモモを荷造りして出て行け」というふうに言う。


このように、精神科患者たちの夢をたくさん集めて分析していると、当の本人たちにとっても曖昧だったり、あるいは、あらかた忘れられていた子供時代の出来事に辿り着いて、しかも、それが三歳以前の記憶だったというようなことが多々ある。しかし、だからといって、そこから夢一般に当てはまる結論を導くのは良くない。と言うのも、これは神経症、ことにヒステリー患者たちの夢だから、そこに子供時代の光景があるといっても、その意味は、夢自体のものではなくて、神経症から来ているのかもしれないのである（※精神病者の場合、うつ病では夢でも思考力が低下しているし、統合失調症では夢にも思考奪取や途絶など思考障害が生じていて、こうした病的な特徴が内容に大きな影響を与えていることが多い。また、初期の認知症では、見る夢の中身も覚醒時の記憶と同様に昔の光景ばかりになるが、夢見そのものは最近の出来事がきっかけになっている）。

私が自分の夢を分析するのは、もちろん病気の治療のためではないが、同じように潜在的な思考の中で期せずして幼いときの光景に出くわすことがしばしばある。一連の夢が全て、子供時代のある経験の文脈にすっぽりと収まってしまうことさえある。

この節を結ぶにあたって私自身の一連の夢を物語って、最近のきっかけと、長らく忘れられていた子供時代の経験が、共に夢の源になっている様子を示そうと思う。

『トゥン伯爵の夢』

（※原著では、この夢は第6章Eにも半ば重複する形でかなりの分量が記述されていて、そちらにしか書いてない部分を併せ読まないとこの夢がよく分からないことになるので、本書ではここにひとつにまとめた形で訳出する）

前置き

私はアォスゼーへ休暇旅行に出掛けようと、（※例年のごとく1898年の夏、フロイトの家族は、このオーストリア・アルプスの保養地に長期の避暑に行っていた。フロイトは七月末、家族と再会して楽しい時間を過ごそうと、自分も休みを取って）馬車でウィーン西駅に向かった。プラットホームに行くと、先に出るイシュル（※皇帝フランツ・ヨゼフ1世が夏の離宮をおいていた保養地）行きの列車が止まっていた。そこへトゥン伯爵（※1850-1931 von Thun und Hohenstein 家の当主としての称号は侯爵。ちなみに、伯爵とは、江戸時代で言えば大名に相当するような領主としての実体を伴う爵位だった。1898－99年オーストリア首相）がやってきたのだが、皇帝に謁見するためにイシュルへ向かうつもりだったのだろう。雨が降っているのに無蓋馬車で乗りつけて、ローカル列車用の改札口の脇で降りると、伯爵と知らずに改札しようとした係員を、黙ったまま、手で払いのけるようにして入ってきた。

イシュル行きの列車が出発すると、私は駅員に待合室へ戻るように言われたが、少々やり取りをした末に、そのままプラットホームにいても良いことにしてもらった。そこで、時間潰しに辺りを見回して、チップを渡して良いコンパートメントを割り当ててもらおうというような輩が現われないだろうか、などと考えていた。そういう者がいたら、自分にも同じようにしてくれと言ってみよう。気が付くと、自分が何か口ずさんでいる。しばらくして、それが『フィガロの結婚』のアリアだと分かった（※科白だけでなくメロディーもだったとしたら、フロイトとしては珍しいこと。フロイトにとってオペラとは、なによりも物語だった）。

もし踊りをなさりたければ
伯爵様
ギターを
弾いて差し上げましょう
（※第一幕第二場第三曲）

周りの者はこの歌に気がつかなかっただろう。その晩、私は気分が高揚していた。給仕や運転手をからかったりもしたが、相手を怒らす程ではなかったと思いたい。プラットホームで自分の列車を待っていたときも、フィガロの科白や、コメディー・フランセーズで見たピエール・ボーマルシェ（※『フィガロの結婚』の原作者）の劇ふうの、ありとあらゆる大胆で革命的な想いが頭の中を巡っていた。貴族のお手柄っていうのは手間ひまかけてお生まれになることだろう（※この意味は後出）とか、貴族はアルマヴィーヴァ伯爵がスザンナに対して行使しようとした特権（※初夜権）のことばっかり考えているとか。あるいは、反対派のジャーナリストが、トゥン（Thun）伯爵は実行（Tun）《トゥン》どころか無為（Nichtstun）《ニヒツトゥン》だと言っていることとか。

だからと言って、私は伯爵の特権的な乗車の仕方を羨んでいたわけではない、本当に。なにしろ彼が何とか皇帝に話を聞いてもらおうと苦労しているというのに、私の方は休暇が始まったばかりで、本当のニヒツトゥン（※すべき義務がない）。楽しい休暇の計画が目白押しなのだ。

そこへ、ひとりの紳士がやってきた。これは医師試験を監督する政府代表で、その仕事ぶりから「政府のそばめ」というありがたーいあだ名を頂戴している人。彼は駅員に自分の官職名を言って、一等の半コンパートメント（※ベンチが一列。個室としての使用が多かった）を寄越せと要求し、それでその駅員が同僚に「どの部屋に入って頂いたもんだろうね」と相談するのが私にも聞こえた。特別待遇は明らか。私の方は一等料金を全額払っていたが（※官僚は料金半額）、コンパートメント（※ベンチが向かい合わせの二列。相席になる可能性あり）をあてがわれた。それはよいとして、これが廊下のない車両（※プラットホームから直接各コンパートメントに入る）だったから、夜トイレに行きたくなっても行きようがない。私は駅員に文句を言ってみたが、相手にされなかったので、仕返しのつもりで、旅行者が催したときのためにせめて床に穴を開けて置いたらいいじゃないかと言ってやった。で、実際、私は夜中の二時四十五分に尿意を催して目が覚めたのだが、そのとき、次のような夢を見ていた。

夢

第一の場面：群衆、学生集会。トゥン伯爵かターフェ伯爵（※1870-71、1879-93 の二回に亘りオーストリア首相。アイルランド貴族の末裔で、1882年、普通選挙法改定を断行し、チェコ人の選挙権を拡大した）が演説している。ドイツ人について何か話すように求められて（※ドイツ語系の人々は帝国内の他言語系の住民が自分たちと同等の権利を得ることに釈然としないものを感じていた）、彼らの好きな花はフキタンポポ（※タンポポに似た花をつけるキク科植物。葉がフキに似ている。薬用）だと侮るように言い、葉っぱの切れ端のようなものをボタン穴にさす。それは、実際にはしわくちゃになった葉脈だった。私は頭に来るが、私は頭に来る（フロイトは原注を付けて、この反復は一見うっかりミスのようだが、分析をしたら「この繰り返しには意味があった」のでそのまま残す、と書いている。しかし、その「意味」の記載はない）。そして、そういう自分にちょっと驚く。（それから、夢ははっきりしなくなる）

第二の場面：どうも大講堂（Aula）にいるらしい。出入り口が全部閉められている。逃げなくてはならない。なんとか、明らかに政府の備品と思しき茶と紫の中間色の家具で美しく整えられた部屋を幾つも通り抜け、ついに廊下へ出るが、そこに太った年配の家政婦が座っている。私は彼女と話をしたくないのだが、女は、明らかに私がここを通る資格があると思っているようで、ランプを持ってお供しましょうかと聞く。私は身振りか、あるいは言葉で、階段のところにいるように指示し、こんなふうに監視をすり抜けるなんて、我ながら上手くやっていると思う。それから私は階下に着いて、細い急な上り坂を見つけ、進んで行く。（また、はっきりしない断片が続く……）

第三の場面：（先に建物から脱出したように、今度は、街から出てゆくことが新しい課題らしい）。私は一頭立て四輪馬車にのっていて、御者に駅に行くように言う。御者が私のせいで疲れ果てたと文句を言うので、私は「君と一緒に線路を行くことなんかできっこないんだから」と言う。しかし何だか、本当なら列車で行く距離を、もう彼と一緒に来たみたいでもある。

第四の場面：どの駅も混んでいる。わたしはクレムス（※ドナウ川の景勝地ヴァハォ渓谷の中心的な町）へ行こうか、ツナイム（※モラヴィアの町）へ行こうかと迷っている（原注：どちらの町にも皇室宮殿はない）が、「皇帝の宮殿はそこのはずだ」と思ってグラーツ（※オーストリア第二の都市）かどこかに行くことにする。次に私は客車に乗っている。どうも市鉄（※１８８３年に蒸気機関トラムが導入されるまでは、１２０キロに及ぶ路線の殆どが鉄道馬車だった）の車両に似ている。私のボタン穴には、妙な具合に編んだ細長いものが挿してあり、それには何か堅い材料で出来た紫茶色のスミレの細工が付いていてとても目立つ。（ここで光景は途切れる）

第五の場面：私は再び駅の外にいるが、今度は年配の紳士と一緒だ。私は人目につかぬようにしようと考えるが、気が付くと、もうそうなっている。考えることとは経験することなのだ。男性は少なくとも片目が見えない振りをしている。私は男性用の溲瓶をあてがう。これは、今街で買ったのか、あるいはもう買ってあったのか、どちらかだ。私は看護師だから、盲目の彼にそのガラス容器を当ててやらなくてはならない。もし車掌が見ても、見て見ぬ振りをしてくれるだろう。この間、その紳士の姿勢や排尿している陰茎がはっきりと見えている。（ここで私は、尿意を催して目が覚めた）

解釈

この夢の全体に、１８４８年革命（※メテルニヒが辞任・亡命するに至った自由主義革命）当時の雰囲気がある。とは言っても、私（※１８５６年生まれ）の場合、１８９８年の記念祝典の際に五十年前の革命に思いを馳せただけだった。加えて、ヴァハォ渓谷に小旅行して、学生指導者フィシュホフ（※ユダヤ人医師にして48年革命の指導者）が隠遁したエマースドルフ（原注：のちに、私はフィシュホフの隠遁地がこのヴァハォのエマースドルフとは別なことを知った。※しかし、フロイトは本文を訂正していない。夢を解釈する際に出てきた連想をそのまま、勘違いも含めて、潜在的思考として記載する）に足を延ばしたことも関係しているだろう。夢の内容の幾つかの特徴は如何にもフィシュホフを思わせる。

ここで、わたしの連想は飛んで、イギリスの兄（※異母兄エマヌエル。１８３３年生まれ、フロイトが生まれる四年前に結婚）の家の話になる。兄はよくふざけて、テニソン卿の詩を引用（※該当する詩は見当たらない）して「五十年前には……」（fifty）と兄嫁をからかったが、その度に子供たちが「十五年前だよ」（fifteen）と訂正するのだった（※妻をからかった内容は不明）。

しかし、トゥン伯爵を見かけたことで惹起されたこうした諸々のイメージはイタリアの教会によくある飾りだけのファサード（※西側正面の外壁。ルネサンス期のイタリアでは会堂内部を暗示しない、別の意匠で造られることが多々あった）のようなものだ。背後の本体からは独立している。ついでながら、教会のファサードと違って、このイメージは穴だらけで、混乱しており、いたるところ内部が飛び出てきている。

さて、夢の第一の場面は幾つかの光景の継ぎはぎである。まず、伯爵の高慢そうな姿勢は私が十五歳だった時のギムナジウムの光景からコピーされている。私たちは無知で横暴だったドイツ語教師にいつか反抗してやろうと目論んでいた。その中心にいた友人は、このときイギリスのヘンリー8世（※在位 1509-47 ローマ教会に叛いた）を参考にし、以来人生の手本にするようになったとか。口火を切るのは私の役まわりで、討論が、オーストリアにとってドナウ川が重要かという（またもやヴァハォ渓谷だ！）話に及んだ時、それをきっかけにして反乱を起した。クラスにひとりだけいた貴族の子も仲間で、目立って背が高かったので「キリン」と綽名されていたが、彼はこの教師に詰め寄られても、つんと澄まして立っていた。ちょうど、夢の中の伯爵のように。

〈好きな花〉で思い出すのは、その日にガールフレンドにあげた蘭のこと。そして〈ボタン穴に〉さした〈しわくちゃになった葉脈〉ではジェリコのバラ（※中東原産。枯れても、雨が降ると水を吸って再び丸まった枝を広げて種を散布する）を思い出す。そしてシェイクスピアのバラ戦争（※1455-87 これを題材にシェイクスピアは16世紀末に『ヘンリー六世第1部』から『リチャード三世』までの四部作を書いた）の冒頭の場面のことも。これは、ヘンリー八世に言及したついでに思い出した。バラということからだと赤と白のカーネーションも遠くないと思ったら、対句がふたつ、割

り込むように思い出される。ひとつはドイツ語で、

「バラ、チューリップ、カーネーション

　全て花はしおれる」

もうひとつはスペイン語。

「イサベラちゃん、泣かないで

　花が色あせてしまうから」

スペイン語ということで、またフィガロに繋がる（※フィガロは前作『セヴィリアの理髪師』以来のタイトルロール）。

もういちどカーネーションに戻ると、ウィーンに住む我々にとって、白いカーネーションと言えば反ユダヤ主義の印。つまり、この夢の背景に、美しいザクセン地方（アンゲルザクセン）を列車で旅していた時に、反ユダヤ的な仕打ちを受けた（※詳細不明）ときの記憶があったわけだ。

赤いカーネーションの方は社会民主主義者（※１８８９年オーストリア社会民主労働党が結成される。１８９７年帝国議会に初めて議席を得る）の印である。それが夢の〈学生集会〉になっている。私の学生時代の極く早い頃、私の属していたドイツ系大学生の会で、哲学と自然科学の関係についての討論があった。当時私は唯物論的な理屈で凝り固まっていたので、出しゃばって、まるで一方的な見解を論じた。すると年上の学生が立ち上がった。動物界に因んだ名前のこの人（※ヴィクトル・アドラー　1852-1918　だとすると、その名アドラーが鷲の意味。ウィーン大学医学部卒。資産家ユダヤ人の子息だった）は、その後、人を導き、群衆を組織する能力を証明して見せる（※社会民主労働党を結成し党首となる。奇しくもフロイトが１８９１年から１９３８年まで居住し、診療することに

なるベルクガッセ19番地のアパートは、アドラーの住居の跡に建設されたものだった）のだが、立ち上がると私をたしなめて、「自分も若いときは豚を飼ってみたが、あとで悔いて父の家に戻ったよ」（※比喩的表現。「散々勝手なことを言って、のち後悔した」の意味）と言った。私は、夢の中同様に〈頭に来て〉、非常に荒っぽく（saugrob：文字通り Sau 雌豚＋ grob 野卑な）、「豚番だったと聞けば、あなたがそういう調子で演説するのも驚かない」とやり返したのだった。夢の中ではこれが反転して〈私は……ちょっと驚く〉になっている。それで会場は大騒ぎになって、発言を撤回しろという声が多く上がったが、私は頑張り通した。他方、私が侮辱した当の相手は分別のある人で、自分に向けられた挑戦には取り合わず、その件をそのままにしたのだった。

（※フロイトは、その後、人文科学でも自然科学でもないシステム論的な精神分析を創始するわけだが、政治的にも、アドラーの社会民主主義からも、市政を握るや現実路線に転じ実を挙げ人気を博した扇動政治家ルエーガーの一派からも「自由」な自由主義者であり続けた。）

残りの要素は、もっと深いところから来ているようだ。夢で伯爵が〈フキタンポポ〉と言ったのはどういう意味だったのだろう。私の連想の鎖は、フキタンポポ Huflattich《フーフラティヒ》―レタス Lattich《ラティヒ》―サラダ Salat《ザラートゥ》―欲張り Salathund《ザラートゥフントゥ》（自分が食べないサラダでも他の犬にやるのを惜しむ犬）と続く。侮辱の言葉もふんだんにありそうだ。同級生の「キリン Giraffe《ジラーファ》」から猿 Affe《アファ》へ、アドラーの言った「豚 Schwein《シュヴァイン》」や私の言った「荒っぽく」（雌豚 Sau《ザオ》）から犬 Hund《フントゥ》への連想。さらには、迂回路をひとつ経てロバ（Esel《エーゼアル》 俗語でとんま）にたどり着き、それがまた別の先生（※詳細不明）を嘲ることになる。もっといえば、Huflattich を翻訳すると（正しいかどうか自信はないが）、フランス語の pisse-en-lit《ピサンリ》（タンポポ、または寝小便）になるのではないだろうか。この語を私はゾラ（※

1840-1902）の『ジェルミナール』（※芽月、春のこと）で知ったが、あの話の中で、子供たちはサラダ用にこの草を摘んで帰るように言いつけられるのだった。そう言えば、フランス語で犬chien《シャン》はchier《シエ》（くそをたれる）と語頭の響きが同じだ（※この類いの語呂合わせは、日本の患者の日本語の夢にもしばしば現れる）。

　さて、『ジェルミナール』には、来る大革命とあれこれ関係のある部分が随所にあるのだが、フラトゥス flatus（※腸内ガス、放屁）として知られる興味深い屁放り競争のことが書かれている（原注：この記事は『ジェルミナール』ではなくて『土』の方だった。またフキタンポポ Huflattich と flatus と同じ文字が含まれていることに留意されたい）。で、今気が付いたのはこのフラトゥスへの連想の道筋が既に存在していたということで、〈好きな花〉に始まって、イサベラちゃんに捧げたスペイン語の二行詩、そこから同名のイサベラ女王を経て、スペインの歴史に至る。もうひとつの系列では、〈好きな花〉からバラ戦争のヘンリー6世を経てのイギリスの歴史。この二つが交差してアルマダの海戦（※１５８８年イングランド女王メアリー1世が死んだ後、メアリーの夫で共同王だったスペイン王フェリペ2世と、メアリーの異母妹で女王に就いたエリザベス1世との間で起こった戦い）になるわけだが、この時の戦勝記念にイギリスが鋳造したメダルの銘刻が Flavit et dissipati sunt（風が吹き、彼らは散った）だったのである（※ flatus も flavit も動詞 flare の変化形。フェリペ自身が「私は風や波に対して艦隊を送ったつもりはない」と言ったと伝えられているが、実際には嵐は大したことがなかったらしい）。ちなみに、この銘文は、いつか私がヒステリーに関する徹底した本を書くことが出来たなら、「治療法」の章の題名にでもしようかと、冗談半分に考えていたものである。

夢の第二場面に関しては、ここで詳細に分析すると、私自身が本物の検閲に掛かってしまう。私が夢の中で扮しているのは革命期のある主要人物で、彼は鷲Adler《アードラ》と妙なことをする一方で、便失禁を患っていたという。私は、この夢の元となったエピソードの数々を、さる宮廷顧問官（かつてのAula《アウラ》またはconsiliarius aulicus《コンスイリアリウス アウリクス》※本来は神聖ローマ帝国で最高裁判権を有したふたつの審級Instanz《インスタンツ》の一方、宮廷顧問会の一員。しかし、フロイトの時代には、一種の名誉職になっていた。夢に出てくる〈Aula〉の語はラテン語で宮廷、宮廷員、大会議室などの意味あり）から聞いたのだった。夢の中で私は〈逃げなくてはならない〉と思っているが、その聞いた話を詳しく書いたら、とうてい検閲から逃げ切れるものではない。

夢の中の一連の〈部屋〉Zimmer《ツィマ》は、私がちらっと見た大臣閣下用の貴賓客車に誘発されたものだろう。しかし、夢でよくあるように、これは女Frauenzimmer《フラォアンツィマ》（※女の部屋、転じて女。日本語の女房と同じ意味の変化）を意味している。〈年配の家政婦〉は、私をもてなしてくれ、たくさん素晴らしい話を聞かせてくれたある機転の利く女性のことで、私はそのお礼を述べなくてはならないのに、夢では家政婦にしてしまっている。〈ランプ〉の件はグリルパルツァー（※1791-1872 有名なオーストリア人劇作家）に基づいている。彼はまさに夢のような素敵な体験をし、それをギリシア神話の女神官へーローと青年レアンドロスの物語（『海の波、恋の波』１８３１年）に書き込んだのだった。

夢の第三の場面については、夢の前日にあったたまた別の出来事が関与している。

この日私は馬車を雇って、遠いドルンバハ（※ウィーンの区）へ行った。しかし、御者が道を知らないまま呑気にただ馬を走らせていることに気づいて、道を教えてやり、ちょっと嫌味を言ってやった。

しかし、その次の〈君と一緒に線路を行くことなんかできっこない〉は、私の弟（※十歳下のアレキサンダー。彼は大学に行かなかったものの、交通輸送システムの専門家となり、後に商科大学の教授、更には功あって宮廷顧問官にまでなった）に言ったことである。この年、私は彼と一緒にイタリアへ行くことを断っていた（※フロイトは前年までの三年間毎年この交通に詳しい弟をお供にイタリア旅行をしており、この年1898年もイースター休暇にアクイレイアへ行ったばかり）。彼がいつも私に〈文句を言う〉からだ。しかし、彼に言わせると、私と旅に出ると、あっちに行こうこっちに行こうと引きずり回されて〈疲れ果てる〉のだとか。

さて、その日の夕方、弟が駅まで私を送ってきてくれた。しかし、西駅の手前で、彼は、プルカースドルフ（※ウィーン郊外。ウィーン分離派の建築家ヨーゼフ・ホフマンの作品〝サナトリウム〟がある）行きの市鉄に乗るんだと馬車から降りてしまった。私は彼に、市鉄に乗らなくてもプルカースドルフには西部鉄道（※ウィーン西駅からザルツブルクまで1860年開通。アォスゼーやイシュルへもこの路線）でも行けるのだから、もう少し私と一緒にいたらいいじゃないかと言ったのだが。しかし、夢の中では〈本当なら列車で行く距離を、もう彼と一緒に来た〉とあべこべになっている。夢が錯綜してしまっているのは、「市鉄」と「馬車」を入れ替えたからだ。そして、そのために御者と弟を一緒くたにすることになった。

ただ、私には市鉄と馬車を一緒にする理由はない。なにかの意図で夢はこんな独特な形になったのだろう。例の〈家政婦〉として登場した女性がそこに関係している。

ある夕方、私は、この機知に富んでいていつも手厚くもてなしてくれる女性の家で、二つのなぞなぞを出された。しかし、私にはそれが解けなかった。パーティーの他の出席者たちはその答えを知っていて、私ひとりが解けなかったので、私はちょっとおばかな人物を演じるはめになった。そのなぞなぞというのが、Nachkommen《ナハ・コメン》 と Vorfahren《フォア・ファーレン》 という二つの言葉に掛かるもので、

ご主人の命令で
御者が行い、
誰もが持っていて
墓場で休んでいるものなあに。
（答え。Vorfahren ＝動詞で「先へ進める」、名詞で「祖先」）

紛らわしいことに、二つ目は前半が同一で、

ご主人の命令で
御者が行い、
誰もが持っているわけではなくて
揺りかごで眠っているものなあに。
（答え。Nachkommen ＝動詞で「後から来る」、名詞で「子孫」）

トゥン伯爵が威張って先に列車に乗る（vorfahren）のを見て、私がフィガロ風の皮肉屋になり、なにしろ貴族のお手柄っていうのは手間ひまかけてお生まれになる（後からきて nachkommen 貴族の子孫になる）ことだからねと思ったものだから、それで一対のなぞなぞが夢の中で働くことになり、貴族が御者となった。実際、我々中産階級の者には奇妙にしか思えないことながら、貴族

階級の人たちは自分たちが御者席に着いていると思いたがっていて、さしずめトゥン伯爵はオーストリアの「国家という馬車」を御しているつもりなのだ。

かつては御者のことを義兄弟（Schwager《シュヴァーガ》）とよぶ習わしだったので、夢の中で私の弟も御者にされたのだろう。もちろん、この夢の背後で考えられていたのは、「自分の祖先を得意に思うのは馬鹿げている。私はむしろ（得意に思ってもらえる）祖先になる方がいい」ということである。私は（祖先 Vorfahren になったから）御者に言いつけて馬車を〈本当なら列車で行く距離を〉もう走らせてしまった（vorhergefahren）というわけなのだ。

夢の第四の場面。〈グラーツ〉は、金回りが良くなった人が言う「グラーツは幾らだい？」という戯れ言に関連している。前夜からの高揚した気分が、そのまま夢の中に現われているのだ。〈紫茶色〉は第二の場面にも〈茶と紫の中間色〉として出てきているが、もともとは今回の旅のために新調したスーツケースの色である。夢では私のボタン穴にさしてある細長いものにも〈紫茶色〉のスミレの細工が付いていて〈とても目立つ〉ということになっているが、何か新しいもので人目を惹こうというのは如何にも子供じみたことだ。

そう言えば、子供のころの話がある。私自身はその光景を思い出せなくて、ただ聞かされたことを覚えているだけである。私は二歳ころまでときどきおねしょをしていて、それで叱られると、近場の大きな街Nへ行ってお父さんに新しい赤い綺麗なベッドを買ってあげるねと、父を慰めたのだという。これが夢の第五の場面に挿入された語句、溲瓶を〈今街で買ったのか、あるいはもう買ってあったのか、どちらかだ〉の由来である。子供時代の約束を夢で果したようなものだが、もとの約束自体からして、いかにも子供らしく話が大きいではないか。一般に、オシッコの話題は夢の中では重要である。ちなみに、神経症の精神分析からも、夜尿が野心と密接なつながりがあることが分かっている。

もうひとつ思い出した。家庭内のちょっとしたもめ事の話で、私は七歳か八歳だったろうが、この一件は今でもありありと覚えている。私は両親の寝室で用を足してはいけないことになっていたのに、ある夜寝る前に、しかも両親の目の前で、その禁を破った。父は私にお説教をし、「この子はろくな者にならんな」と言った。これが私の功名心にそうとう打撃を与えたに違いない。というのも、この場面をほのめかす話が繰り返し私の夢の中に出てきて、それがその都度、「ほら、私は実際には大した者になりましたよ」とばかりに何事かを成し遂げたり成功したりする結末になっていたのである。

第五の場面は、この子供時代の光景が材料になっている。もちろん仕返しに、今度は役割が反対になっている。つまり、〈年配の紳士〉というのは明らかに父で、〈片目が見えない〉というのも父の片側の目が緑内障だったことを示している。そして、今や、以前私が父の前でしたように、父が私の前で小便をしている。夢が父の目の件を持ち出したのは、私が大した者になったおかげで、お父さんは緑内障の手術の際にコカインを使ってもらえましたよねと、思い出させようとしているわけだ。また、お父さんは私に溲瓶を持っていてもらっていますよ、と嘲ってもいる。そのうえ、この事態はまるで自分のヒステリー理論さながらだと喜んでいる。〈考えることとは経験することなのだ〉という一文。ヒステリーの患者は、ありふれた材料を使って、途方もない空想を作り上げる。それはウィーンっ子にはおなじみの「グシュナス」(※カーニバル期間中に行なわれるウィーンの仮面舞踏会)の原理と似ている。最近の「グシュナスの夕べ」では男性用溲瓶で作られたルクレツィア・ボルジアの毒杯が展示されていたらしい(※ヴィクトール・ユーゴーの戯曲に基づく、この「天女の美貌」と放縦で知られたフェラーラー公妃の名を冠したオペラが1833年の初演以来、20世紀初頭までヨーロッパ各地で繰り返し演じられていた。ルクレツィアの指輪には暗殺用の毒が仕込めるようになっているという噂は生前からあった)。

二歳の時と七、八歳の時と、これらふたつの排尿の話は、ラブレーの『ガルガンチュワ物語』(※パリに出て来たガルガンチュワはノートルダーム大聖堂の塔に腰掛けて壮大な放尿をする)に通じるような、いかにも、この夢のもつ誇大妄想的な雰囲気にぴったりの思い出である。これらがアォスゼーへの旅に際して夢に入り込んだのは、ひとつの偶然が加わったためで、私は、自分のコンパートメントにトイレが付いていなかったので、旅の間中未然に目を覚ますように気をつけていて、実際、朝に私は生理的な欲求で目を覚ましたのだった。人はもしかすると、この尿意がそもそも、この一連の夢全体を引き起こしたと考えたいかも知れない。しかし、私としては、この夢が小便をしたいと思わせたのだと思う。いかなる欲求であれ、私が欲求によって睡眠を妨げられることはめったにないことであって、とりわけ、この夢で起されたような朝の三時十五分前などという時には、まずない。さらに言っておくと、今までもっと快適な状況で旅をしたときには、早く目覚めることはあっても、尿意を感じることはなかったのである。ま、この点は、どっちが正しいと決着をつけなくてはならないというものでもない。

C　身体的な夢の源泉

本章Aで述べた如く、夢を誘発するに足る経験がいくつかある場合、夢はそれらをひとまとめにしてしまう。夢には統一体を作ろうとする強い傾向があり、そのようにしてまとめ上げられた夢の中で、〝前日に経験したこと〟から生じた望みが叶えられる。その際、以前からの〝一見些細な経験〟も〝心的に重要な経験〟との接点があれば、夢の材料に使われる（※なぜ〝前日の経験〟なのか、なぜ〝些細な経験〟なのかに就いては最終第7章で説明される）。つまり、夢は、眠っているときに心の中に今現在の状況に関わっていることがあれば、その全てに対する反応として出現するのである。そして、その中味は、心的残滓や記憶痕跡を寄せ集めたものになる。

夢の材料となる経験の中で優先的な扱いを受けるのは、〝前日の出来事〟（本章A）や〝幼児時代の出来事〟（本章B）だが、さて、睡眠中に身体的な刺激が加わってきたときには、何が起きるだろうか。それを予想するのは難しいことではない。夢は依然として望みを叶え続けるだろう。夢の表現は身体感覚によって影響されるだろうが、その本質が変るはずがない。

その影響のいかんは、個人差が大きい。身体的な刺激と心的な要素との結びつき方、その人の普段からの眠り具合、そのときの眠りの深さによっては、目が覚めてしまうかもしれないし、逆に刺激が抑え込まれて眠りが続くかもしれない。あるいは刺激がそのまま夢の材料として夢に織り込まれてしまうこともあるが、その様子がまた人によって違う。

私自身はもともとよく眠る質で、滅多に途中で目を覚まさない。心的な動機があれば容易く夢を見るが、外的な刺激で夢を見たことはあまりない。ただ、ひとつの夢が、外的な刺激が如何に作用するものなのかを知る上でよい参考になりそうなので紹介する。

『灰色の馬に乗っている夢』

〈私は灰色の馬に怖々と、不器用に、しかもズレて乗っている。すると、同業のパネトゥ（※1857-90　第6章D『non vixit 彼は生きていなかったの夢』にも登場する学生時代からの優秀な友人）に会う。彼はローデン地（※オーストリア・チロル産の毛織物。軽くて暖かく、撥水性がある）のスーツを着て鞍に背筋を伸ばして座っており、なにやら私に文句を言う。多分私の座り方が悪いと言ってるのだろう。私の乗っている馬はとても利口で、私はだんだんいい気分になってくる。今、私は楽に座っていて、馬上でとても寛いでいる。鞍は一種のクッションで出来ていて、馬の首から臀までをすっかり覆っている。私は二台の荷馬車の間を手際よくすり抜ける。通りをしばらく進んでから方向転換し、初めは、道路に面した側の扉が開いている小さな礼拝堂の前で降りようとするが、結局そのまま進み続け、近くの別の礼拝堂まで行って、その前で馬を降りる。同じ通りにあるホテルまで乗って行くことも出来たわけだが、結局馬を引いて行くことにした。馬で乗り付けるのが恥ずかしいと思ったようだ。ホテルの前に給仕の少年が立っていて、一枚のメモを私に見せて、嘲笑う。そのメモを見つけたのは私なのだが。メモには、「何も食べないこと」とあり、またもうひとつ、不明瞭ながら「働かないこと」というようなことが書いてあって、その下に強調の線が二本引いてある。私はぼんやりと、今自分が外国の街にいて仕事はしていないのだと考

える〉

体の痛みが見させる夢

この夢が、痛みの刺激に影響されて、いや、刺激に強いられて生じたとは分からないだろう。実は前日、私は出来物で苦しめられていた。その出来物はどんどん膨らんで、最後には陰嚢の付け根でリンゴほどの大きさにまでなり、一歩踏み出すごとに激痛が走るのだった。しかも、熱が出て倦怠感があり、食欲もなくなったというのに、どうしても片付けなくてはならないことがあり、こうした一切合切で私は気力までなくしていた。医者としての務めを果たすどころではない。そこで私は、とりあえず気を紛らわそうと、こんな出来物があったのではやれる筈のないような活動をしているところを想像してみようとして、それが乗馬だったのである。そして夢がまさにそれをさせてくれている。つまり、それこそが私の苦痛を否定するのに、想像力が思いつくかぎりベストだったのである。私は乗馬は出来なくて、普段はその夢を見ることもない。馬に跨がったことは一度だけあるが、そのときは鞍も着けてなくて、楽しいとは思わなかった。しかし、この夢の中で、私はあたかも陰部に出来物などないかのごとくに騎乗している。いや正確には、出来物がないことを望んでいるから、そうした夢をみているのだ。夢の中の鞍は、その描写からすると、寝る前に貼った湿布のようだ。私は多分、これのおかげで最初の何時間かは、不快な感じを覚えなかったのだろう。しかし、その後、痛みを感じ始めて、目が覚めそうになったら、夢が現われて慰めてくれた。「眠り続けなさい。あなたは目覚めやしない。出来物などないのです。あなたは馬に乗っているでしょう。その場所に出来物があれば、誰も馬になんか乗れないのですから」。本当に夢は上手くやってのけた。痛みを紛らわせてくれて、私は眠り続けた。

私の夢が、かように現実にそぐわない主張をして、出来物を「ないことにする」のは、子供を亡くした母親や財産を失った商人たちが現実を否認して幻覚妄想じみた状態に陥るのと同じ振るまいなわけだが、夢はそれだけでは満足しない。夢は更に、私の痛みの感覚や、その痛みを否認するのに用いたイメージと合うように、私の心の中にあった素材を動員して夢の状況を描き出したのである。たとえば私は〈灰色〉の馬に乗っているが、それはまさしく、ごく最近パネトゥと田舎で会ったときに彼が着ていた服と同じ塩胡椒色だった。私は、香辛料の多い食品が私の出来物の原因だと担当医に言われていたのである（※むしろ、細菌感染だったと思われる）。糖分のとり過ぎと言われるよりはまだましなのだが。

パネトゥは、最近、ある女性患者の担当を私と交替していて、それで偉そうにしている（※sich aufs hohe Roß setzen　文字通りには、馬上で〈背筋を伸ばして〉いる）。この患者の治療に、私はちょっとした離れ技 Kunststück《クンストゥシトゥク》 を使おう（夢の中では私は、曲馬師 Kunstreiter《クンストゥライタ》 のように、〈ズレて〉騎乗している）としたが、患者の方が、さながら日曜騎手（※日曜ドライバーの原形）を乗せた牝馬のごとくしたたかで、私をいいように振り回したのだった。というわけで、馬は女性患者を意味していて〈とても利口〉。〈私は楽に座っていて……とても寛いでいる〉というのは、パネトゥが私に取って代わるまでは、私が患者宅でそうしていたのである。そして、この街の偉い医者たちの中で珍しく私に好意的な人が、最近、その患家のことで「私はあなたが鞍にしっかり座っている（※ fest im Sattel sitzen　俗語で「しっかり地位を保っている」）と思っていました」と私に言ったのだった。ともあれ、出来物の痛みを堪えて一日に八から十時間、精神療法を行うのは、これまた〝離れ技〟と言うべきことだろう。しかし、体調が完璧でないときに、こういう難しい仕事を長時間に及んで行うのが不可能なのは承知している。そして、夢は、そうなったときの事態についても知らせてくれていたのである。給仕が見せる〈メモ〉は、神経衰弱（※今のうつ病）の患者が自分の症状を書いて医者に見せる紙片のような体裁だったが、そこには私がこの先〈働けない。食べられない〉だろうと書いてあるのだった。

　更に分析を行うと連想が進んで、幼かった頃に、私と私より一歳上で今はイギリスに住んでいる甥（※異母兄の長男ジョン）との間であった喧嘩の場面（※詳細不明）に到った。夢は私のイタリア旅行からもちょっと材料を採り上げていて、夢に出てくる通りはヴェローナやシエナの景色から作られている。更にもっと徹底的に分析をすると、この夢の潜在的な思考に性的な要素もいくつか見つかった。ひとつは、イタリア旅行の経験のない女性患者が報告した夢で、gegen《ゲーゲン》 Italien《イタリアン》「イタリアへ向かって」という言葉がGenitalien《ゲニタリアン》「性器」の意味だったという一件。また、私がパネトゥの前に行っていた患家との繋がり（※詳細不明）。そして私の出来物は陰部にあったのである。

夢は、外的な刺激で目が覚めるのを防いでくれる

　外的な刺激で眠りを妨げられることがないようにしてくれた、もうひとつの夢を紹介しよう（※この夢の話は１９１４年に書き加えられた）。

　それは、ある真夏の朝、チロルの避暑地での出来事だったが、私は目覚めて、自分が夢を見て

いたことに気がついた。

〈法王が亡くなった〉

この短く、視覚的ではない夢は分析しようがない。なにしろ、私が覚えているのは、これだけだったのだから。しかし、その午前中に、妻が「朝早くに鐘がひどく打ち鳴らされていたのをお聞きになりましたか」と尋ねた。私は鐘に気付いていなかったが、この偶然の一言で夢の意味が分かった。何日か前に、私は新聞で猊下《げいか》（※レオ13世。在位 1878-1903 人々に教会と社会の協調を求め、１８９１年には回勅レールム・ノヴァールムを出して労働者の権利を擁護するなど、ローマ教会の姿勢を、前任ピウス９世以来の市民革命に敵対する立場から転換した）のお加減が悪いというようなことを読んでいた。それで、敬虔なチロル人たちが鐘を撞いて人々を目覚めさせようとしたとき、私は、何事か？　と驚く代わりに、夢の中で推論したのである。その結果、鐘が鳴っていても私はそのまま眠り続けることができたというわけ。

心は睡眠中、いわゆる神経刺激に対しては、それが強かろうと、重要だろうと、可能な限り注意を払わない。しかし、そうも行かなくなると、夢を使って刺激自体をなかったことにする。今のチロルの夢では、〈法王が亡くなった〉という夢ひとつで、鐘の音は聞こえなくなっていた。先に挙げた『灰色の馬に乗っている夢』では出来物がなかったことにされた。また、第３章の、寝ている間に顎の冷却器具を投げ捨てた婦人は、夢の中で自分の痛みをカール・マイヤーさんなる他人に転嫁するという珍しいやり方を取った。

夢は睡眠の保護者

刺激を無視することも、元からなかったことにもできないというときには、刺激と折り合いをつけて、夢の中に織り込もうとする。第3章の、私がエトルリアの壺に入った水を飲んだ夢がその一例で、この場合、喉が渇いたという身体的な刺激が明らかに唯一の夢の源であり、その渇きを癒したいという望みが唯一の夢の動機となっていた。本章Bの『トゥン伯爵の夢』では、身体的な欲求（尿意）が、それ自体は偶然生じただけのものであるのに、連想の経路を経て、〃抑圧された〃（※不快ゆえに回避されていた）強力な心の動き（子供時代の記憶）と結びつく有様が示されている。第3章の寝坊した若い医者は、下宿のおばさんが病院へ行かなくてはならないでしょうと声をかけると、この声という刺激に反応して病院のベッドで寝ている夢を見て、「もう病院にいるのなら、これから出掛けて行く必要はないわけだ」と言って、また眠り続けたのだった。彼の夢は単に刺激を夢に織り込むだけではなかった。彼の言葉自体がはっきりと示しているように、睡眠の安楽を求めている。いや、全ての夢が大なり小なり、睡眠の安楽を求めて、刺激が元々存在しなかったことにしたり、あるいは刺激を夢の中に織り込んだりしている、とも言いうる。その意味でも、夢は睡眠の保護者である。阻害者ではない。眠りたいという欲求は、常に夢形成の動機になる。そして良く出来た夢はどれも、この望みが叶ったものなのである。

ところで、身体的な刺激があっても覚醒せず、夢を見続けるというのはどういう仕組みによるものなのだろうか。それは多分、覚醒しないで済むように、別途〃その刺激に対応する望み〃を探し出してきて、それを充足する夢が作られるのだと考えられる。それは、前に検討した（本章

A）〝前日に気になった出来事〟が検閲を避けるために、手頃な接点を見出せる〝些細な出来事〟の記憶と結びつくのと同じようなことだろう。

その限りでは、身体的な要素が夢の内容を支配していると色々な論者が言っているのは正しい。極端な場合には、夢を作るというだけのために、現在の状況と特に関係のない望みが掘り起こされ、その望みを叶えるべく夢が描き出される。この場合、探し出されてくる望みは、身体的な感覚があるが故に叶えたい望みだということになる。その目的に使えるのなら、辛かろうが恥ずかしかろうがどんな素材でも構わない。心は、叶えると気分の悪くなるような望みですら利用する。それは一見矛盾のようだが、二つの心的システムとその間の検閲のあり方を考慮すれば、説明が付く。

以前（第4章）見たように、無意識的な第一システムには〝抑圧された望み〟verdrängte《フェアドゥレンクタ》 Wünsche《ヴュンシァ》があり、検閲を行う第二システムは、その望みが意識に〝入城〟して、叶うのを挫折させようとするのだった。挫折と言っても、ひとつの望みがかつて存在していたのに、その後破壊されたというような時間経過を意味するものではない。抑圧 Verdrängung《フェアドゥレングンク》の考え方では、そのような〝抑圧された望み〟は阻止されるだけで、無意識の中に存在し続けている。コトバはこのあたりの事情を上手に表現していて、そのような衝動を〝抑圧〟すなわち〝下方に押さえ込む〟（※unterdrücken = unter《オンタ》+drücken《ドゥリュクン》）と言う（※ここでフロイトは、Unterdrückung《オンタドゥリュクンク》禁圧とVerdrängung抑圧を区別せず、如何にもフロイトらしく元の日常語に戻って、ざっくりと同じ意味のように説明している）。そんなふうに普段は抑圧されている望みが、何かの拍子に検問を突破して夢の中で叶えられることがあって、その時には突破された第二システムの側から不快感が生じる。一言添えておくと、もし睡眠中に身体刺激による不快な感覚が生じていたら、その不快感を隠れ蓑として(※あたかもその不快感が、検閲がすでに破られた結果であるかのように見せかけて、検問をすり抜け)、本来なら抑圧されたはずの望みが叶えられることがある。

次に、身体刺激がさほど強くない場合を考えてみると、こういう刺激が夢形成に果たす役割は、日中から積み残されている〝些細な経験〟の印象の使われ方と同様だと推測される。つまり、もし心的な夢の源泉と結びつくのであれば、夢形成の過程に引き込まれるだろう、ということである。それらは、あたかも安くて容易に手に入る材料みたいなもので、用途が自ずから限られるような高価な素材とはちがって、必要とあればどこにでも引っ張り出されるのである。芸術後援者が貴石(たとえばオニックス)を芸術家に渡して、これで作品を作るようにと言う場合、石の大きさ、色、そして模様が、どんな肖像、光景を表すべきかを決定するわけだが、たくさんある材料(たとえば大理石だの砂岩)を使う場合には、芸術家は自分のアイデアをひたすら求めればよい。身体刺激が弱い場合に見る夢の内容が、夢毎・夜毎に違っていて、どれもこれも同じような中身というふうにならないのは、このせいだと思われる。

身体的な夢の源泉を巡る議論の最後に、私の見解を説明するのに最適だと思われる自験例を紹介しよう。

『三段ずつ階段を上がる夢』

状況

ある日私は、抑止の感覚について考えていた。動けないとか、何かをやり遂げられないとかという感覚は、よく夢に出現する。どうやら不安と密接に関わっているようだが、一体、どんな意味があるのだろうか、と頭を捻っていたのである。そして、その夜、次のような夢をみた。

夢

〈私は、かなりだらしない服装のまま、一階の住居から上の階に行く。三段ずつ上がって行って、自分がこんなにも敏捷なのが嬉しい。突然、ひとりの女中が階段を下りてくるのを見て、恥ずかしくなり、急ごうとするが、この時、抑止の感覚が起きて、その場に釘付けになり、動くに動けない〉

分析

夢の状況は日々の現実から採られている。私の家はウィーンの集合住宅で、外階段で繋がった二つのアパートメントを使っている。中二階（※当時多くの賃貸住宅で、建築基準の階数制限を回避するため、階数に勘定されない中二階を作ることが多かった）にあるのが私の診療室と書斎で、その一階上が居住スペース。階下で夜遅く仕事を終えると、私はこの外階段を通って寝室へ行く（※

建物の内階段は住民全員の共用)。夢の前夜も、私はカラー、ネクタイ、カフスを外して、その近道を上っていたのだった。夢では、漠然としているものの、実際より服装が乱れている。私がひとまたぎで幾つかの段を上るのはいつものことだが、夢は、それをわざわざ描写することで私の望みの一片を叶えている。このように楽々と階段が上れるのは心臓の状態が良い証拠だと安心させてくれているのである。空を飛ぶ夢が良い例だが、夢の中ではいとも簡単に完璧な運動が可能になる。そして、今、これが夢の後半に出てくる抑止の感覚と、実に巧みなコントラストを作っているのである。

ただ、夢の階段自体はうちのとは違っている。しばらくはどこの階段だか分からなかったが、降りてくる人の見当がついたら、場所も分かった。その人は、私が日に二度往診に行って注射をしている老婦人宅の女中で、階段もその家の、私が毎日二回上り降りする階段とそっくりだった。

さて、いかにしてその階段と女性が私の夢に入り込んだものか? 〈だらしない服装〉で〈恥ずかしい〉というのは、疑いもなく、性的な感覚だろう。しかし、その女中は私より年上で、魅力的というのからはほど遠かった。

こうしたことを考えていて思いついたことがある。毎朝、この家を訪問すべく階段を上っていると、私はいつも、なぜか咳払いをする。そして痰が階段の上に落ちる。この建物の階段室には痰壺が置いてなくて、私はいつも、もし階段を綺麗にしておきたければ、人に咳払いを我慢しろというのではなく、痰壺を設置すべきだと思っていた(※この無茶な言い分に対して、当時のウィーンではこれがブルジョワの常識だったなどと、後にお弟子筋が弁護したこともあるが、そんな〝常識〟はなかったし、なによりここの文脈にそぐわない。ここの文章には、むしろ、わざとやっていながら空とぼけているようなニュアンスがある)。しかし、ここの掃除婦は年配で、愛想が悪かったが綺麗好きで、痰壺に関しても私とは考えが違うようだった。彼女はよく見張っていて、私が痰を落とそうものなら、聞こえよがしに文句を言い、それからの数日間は、出会っても碌に挨拶をしなかった。そして夢を見た日の日中、患者宅の女中が掃除婦の側についたのである。私がいつものように往診を終えて急いで帰ろうとすると、女中は玄関ホールで近寄ってきて、「今日寝室にお入りになる前に、せめて履物の泥を拭って下されば良かったのですけど。先生の長靴のせいで赤いカーペットがすっかり汚れてしまいました」と言った。このこと以外に、階段と女中が私の夢に出しゃばる筋合いはなかっただろうと思う。

私が階段を駆け上るのと、階段で痰を吐くこととの間には、密接な繋がりがある。一般に心臓疾患と咽頭炎はともに煙草を吸うことへの罰だと考えられていて、そのせいで私は妻にも評判が良くない。つまり、どちらの家でも評判が良くない(※と承知の上でやり続けているのは何故か)わけで、それで、夢は二つの家をひとつにまとめているのである。

夢自体のこれ以上の解釈は、次節Dで、〝きちんと服を着ていない〟ことの意味を説明する中で行う。夢の中の〝動けない〟感覚については、寝ているから体動がないのだというような説明では不十分である。なにしろこの夢で、私は、ちょっと前に、素早く階段を駆け上っているのである。今は、〝動けない〟感覚も、夢自体の文脈で必要に応じて生じるものだと述べるだけにしておこう。その感覚自体の意味は、後で(第6章C)再び触れることになる。

D　典型夢

（※典型夢は、もともと原書初版で第6章「夢の仕事」末尾に数頁記載されているだけだった。その後、版を重ねる毎に加筆され、第5章に挿入されたり、第6章に節として別建てにされたりと紆余曲折を経て、最終八版では、第5章と第6章の両方に半ば重複する形で記載されるに至っている。第6章の方は、S. Fischer 版本文588頁中、50頁の分量を占めていて、他の研究者の結論の紹介に始まり、王・女王、杖、傘、箱……といった主に性器・性交・同性愛などの象徴の列挙、症例、分類、討論と、ほぼ独立した書籍なみの構成になっている。そこには原書初版に触発されたアーネスト・ジョーンズ、カール・アブラハム、オトー・ランクなど高弟による報告や討論が含まれており、また症例は性の観念に囚われた世紀末ウィーン・ブルジョワのいかにもの症例が並べられていて、いずれも歴史的興味は尽きない。しかし、本訳書では、その大部分を割愛して、症例三点を本節末にサンプルとして紹介するにとどめる。またふたつの章で重複する論究は表現の分かり易い方を採り、重複しない部分については、そのほとんどをここに吸収する形で収録する）

典型的だからこそ解釈が難しい

夢の解釈において、連想は欠かせない。殊に他人の夢の場合、その人自身が背景的な出来事を自由に連想してくれないと事が始まらない。人が夢を見るやり方には、それぞれ独自のものがあるから、夢の話だけを聞かされても何のことだか、ということになる（※自分の夢でも、素直に〝自由〟に連想するのに慣れる必要がある）。ただ、誰もが同じように見る典型夢というのがあって、それだと、それはこういうことだろうと意味を推測することができる。更に言えば、そういう典型的な夢は、誰の夢も起源を同じくしていると考えられ、それゆえに、夢の成り立ちについて知ることが多いと思われる。

そういうわけで、典型夢をぜひ充分に解釈してみたいと思うのだが、そういう夢に限って、見る人の連想が乏しく、しかも大抵、中身がぼやけていて、解釈の助けにならない。

これがどうしてなのかというと、典型夢において、いわば慣用句ともいうべき象徴が大きな働きをしているからである。その象徴は多義的で曖昧なことが多い。それはあたかも中国の文章のようで、前後左右の文脈によらないと、その時々の意味が明らかにならない。従って、夢を見た人自身が連想をしようにも、その要素と結びつく個人的な記憶を引き出しづらいのである。

同様な問題が、夢を解釈しようとする我々の側にも生じる。もし我々が諸象徴を充分に理解していなければ、勝手な解釈に終ってしまうだろう。そうならないためには、意味の明確な事例の検討を重ねて、知識を深めておかなくてはならない。

夢は様々な思考や願望をひとつの内容に凝縮していて、本来、行き過ぎた解釈を許しかねないものであるが、典型夢の場合は、そこにさらに象徴の多義性が加わる。そのように言えば、解釈の難しさが理解されるだろう。我々としては、夢の顕在的な内容の中に象徴がないか常に気に留めておいて、もしあったら、夢を見た本人の自由連想に依拠しつつも、それで足りないところを我々の象徴理解によって補うという総合技術を駆使しなくてはならない。

裸で恥ずかしい夢

裸こそが望み

先ず取り上げるのは、前節Cの『三段ずつ階段を上がる夢』のように、裸で恥ずかしくて、逃げるか隠れるかしたいのに動けない、という典型夢である。恥ずかしく思うことと〝運動抑制〟で身動きがとれないこと、このふたつが典型夢の条件である。私が思うに、読者の大半が一度や二度はこの状況に陥る夢を見た経験があるのではなかろうか。（※ここでは〝裸で恥ずかしい〟だけが取り上げられる。今ひとつの条件〝運動抑制〟については、本章では説明されず、第6章C「関係性の表現」の節で『私に盗みの嫌疑が掛かっている夢』とともに取り上げられる。そしてそれに先立って、第6章Aで、「行動抑制は葛藤の表現である。露出の典型夢では、裸を露出したい・隠したいという葛藤を表している」と端的に述べられる）

普通、「裸だった」と言っても、どの程度の裸なのか、どの程度服を着ていたのかは明らかでない。「私はシャツしか着ていませんでした」と言っても、夢の光景としてははっきりそうなわけではない。そもそも「私はシャツかパンツだけを着ていました」と曖昧に述べられることが多い。そして、「服がひどく乱れていました」と言っても、詳しく聞いてみると、それで恥ずかしがることもなかろうと思える程度だったりするのである。軍人だと、裸そのものではなく、軍装規定に抵触しているだけだったり。「私は剣を帯びずに街にいて、士官たちがこっちへ来るのを見ています」「カラーを着けていませんでした」「チェック柄の平服ズボンを穿いていました」と、そんなものなのである。

恥ずかしく思うのは、殆どの場合、見知らぬ人の前でのことなのだが、その相手の顔が、これまたはっきりしない。そしてその相手に自分の服のことで苦情を言われるわけではなく、それどころか、気付かれさえしない。相手はまるで無関心な様子で、厳粛で硬い表情をしている。

夢の主人公（夢見る人）が恥ずかしくて困惑している（※A）一方で、相手は無関心（※b）というのは、いかにも夢らしい矛盾である。主人公の感じ方と調和するためには、相手がびっくりして見つめるとか、嘲笑するとか、憤慨するとか（※B）でなくてはならない。私が考えるに、本人に裸になりたいという望みがある（※a）のではないか。それが夢の中で叶えられているだけだから、相手の不快だという反応が生じない（※Bにならない）のだろう。そして、望みが叶ったのに恥しい（※A）というのは歪曲によるもので、そのために、組み合わせが（※A-bと）変になっているのだと思われる（※場合の数は四つあって、今のA-b以外に、A-B本人は恥ずかしい相手もびっくり、a-b本人は平然としており相手も気に留めない、a-B本人は平然としているが相手は当惑している、がある。フロイトが説明しているのは、夢の中の出来事でもなければ大人の場合本来A-Bのはずだし、裸になりたいという自分の望みが夢の中で叶っているだけなら、相手の反応はなくa-bであってしかるべきだが、夢の形成過程で歪曲されてa→Aとなったためにa-b→A-bに変じた、ということ。ちなみに、本人が恥ずかしいと思っていないa-Bとa-bは典型夢の条件を満たさない）。

裸の夢は、部分的に歪曲されている（※a→A）ので、裸こそが望みなのだと、ちゃんと理解されることがない。例えばアンデルセンの『皇帝の新しい服』（※1837年。邦訳『裸の王様』）のおかげで我々の知るところとなったスペイン民話がそうである。ちなみに、この話は最近フルダの『魔除け』（※1893年）で詩的に用いられている。

アンデルセンの話では、ふたりのペテン師が皇帝のために高価な布を織って服を仕立てたことにし、それは善良忠実な者にしか見えないと言うのである。ある日皇帝がこの見えない服を着て出掛けると、人々はみな、この試金石のような織物を畏れて、皇帝が裸なのに気付かないふり（※B→b）をする。

いかにも私達の夢が歪曲される前の状況（※a-b）のようではないか。この民話は、恐らく、裸になりたいという夢から刺激を受けて、「見えない服」なるものを発明したのだろう。そうすることで記憶の底にある、人前で裸になりたいという幼児的願望に文字通り〝装い〟を与えている、と我々には無理なく推測できる。

裸を促すペテン師は夢そのものであり、裸になった皇帝は夢を見る人。童話は（※夢の歪曲さながらに）裸を恥ずかしいことだと道徳的に物語っているが、それでも、抑圧され禁じられた望みが微かに伝わってくる。

露出の夢は「楽園」への回帰願望

こういう夢が、ごく幼い頃の記憶に基づいていることは間違いない。私たちは小さいとき、ちゃんと服を着ていなくても平気で家族や乳母、女中、お客などの前にいられた。その時私たちは裸が少しも恥ずかしくなかったのである（童話で「だけど、王様は何も着ていないよ」と大声で言えたのは小さい子だった）。子供は少し大きくなってからでも、裸になって、恥ずかしいどころか大はしゃぎすることがある。彼らが笑い、飛び回り、自分の裸の体を叩いたりしていると、母親か誰かが「ま、なんてこと。そんなことをしてはいけません」とたしなめる。実際、子供というのは割と頻繁に露出したがるものだ。どんな田舎を歩いていても、二、三歳の子が、通行人にご挨拶のつもりか、長シャツの前をまくり上げて見せるのに出くわすだろう。私の患者の一人は、八歳のときの光景をはっきりと覚えていて、寝る前に寝間着のシャツだけになって踊りながら、隣の妹の部屋に行こうとして、使用人に止められたのだとか。(※子供のころは、a－B本人は平然とし相手が困惑)。

神経症者の病歴を聞いていると、小さい頃、異性の子供に自分の裸をみせていたという話がよく出てくる。また妄想症の患者の、服を着たり脱いだりするところを人に見られているという妄想も、こういう子供時代の経験から生じている(※原型はa－Bだが、自分の裸を覗き見る相手の、自分を圧倒する存在が妄想的に確信されている。主客は逆転し、相手は困惑Bどころか自分の裸に関心を持ち、自分は受け身になって、見せたい気持ちaが背景にしりぞく)。そして露出症となると、小児的な性的倒錯の段階に留まったまま大人(※a－B相手の困惑を愉しむ)になって、幼児期の衝動が症状にまでなっているのである。

振り返ってみると、恥のない子供時代は楽園のようであるが、そもそもパラダイスというもの自体が幼年期についての集団的なファンタジーに他ならない。だからこそエデンの園で人間(※アダムとイヴ、あるいは子供)は裸で恥ずかしくなかったのだが、時が来て(※知恵の果物を食べ、あるいは成長して)恥と恐れが生じ、楽園から追放されて、性的な生活と文化的な活動が始まるのだ。夢のみが我々を毎夜、あの楽園に連れ戻してくれる。恐らく、このもっとも幼い時期(三歳の誕生日頃までの「先史」期)に得た印象は、その内容にかかわらず、再現されることを望むのだろう。だからこそ、本人が困惑しようが裸の夢は、そういう望みを叶えることになる。言い換えると、裸の夢は露出を望む夢なのである。

本人の困惑は、本来抑圧によって却下された内容が夢に現れているために生じた第二の、検閲する方のシステムの反応である（※ここの過程は第7章で丁寧に説明される）。そして、この困惑なしに、裸の光景を夢に表現することはできない。

さて、露出する夢の中心にあるのは、〝自分の姿〟と〝乱れた服装〟である。しかし、自分の姿と言っても、それは幼児期のではなく現在の自分の姿だ。そして乱れた服装は、子供時代以降の様々なだらしない身なりの記憶が重なったものだ。おまけに検閲までが関与している。だから具体的に尋ねても判然としないのである。そして、自分の裸を見る相手が登場する。ただし、子供のときに自分の裸を見せた相手が夢に出てくるという例を、私はひとつも知らない。夢は、単なる思い出ではないのである。ましてや、子供時代に我々が性的関心を向けた人が夢に出てくることもない。事情はヒステリーや強迫神経症の症状でも同じで、それは注目に値するだろう。唯一パラノイア（妄想症）の患者のみが、自分の裸を見ていた者に言及し、姿は見えなくても確かにそこにいるのだと、病的に断言するのである。

夢が挿入するのは、まるで反対の「私の裸を気にも留めない見知らぬ人（たち）」（※b）である。彼らはかつて私たちが裸を見せた人たち（※B）とは対極的な存在であるが、それは、彼らが夢の望みとは対極にいる（※裸を見せたい人ではない）からである。ところで、この「見知らぬ人（たち）」は、他の様々な文脈でも夢に登場するが、いつも実際の望みの対極にいるが故に「秘密」を孕んでいる（※フロイトは、この箇所に注を付け、夢の中に登場する「家族全員」にも同様の意味があると述べている。この「秘密」については第6章Aで再び取り上げて、そこでは近親相姦的願望の存在が示唆されている。ちなみに、日常会話でこれに似ているのは、「みんな知っている」「みんなそう言う」の「みんな」で、特定の誰のことでもないこの「みんな」にも必ず隠された意味がある）。幼児期の状況が病的に再現されている妄想症にも、対極への移動が認められる。彼は監視されていると訴えるが、その監視している者が誰かとなると、「見知らぬ人（たち）」になり、奇妙なほど誰だかはっきりしないのである。

我々の典型的な夢と、民話（※スペイン民話）や他の詩文（※アンデルセン、フルダ）とがお互いに切り離されたものではなく、その間に繋がりがあることは、勿論、偶然ではない。そして、詩人は、ときに、その洞察力によって自分が普段用いている、夢から文学への変換という作業を分析的に理解する。いや、詩人は、詩から夢という反対の方向を辿っているのかもしれない。ある友人が、ゴットフリート・ケラー（※1819-90 スイスの作家）の自伝的小説『緑のハインリヒ』の一節を私に教えてくれた。

「レー君。オデュッセウスが裸で泥にまみれてナウシカアやその友達の前に出てくる話がありますね。私は、そのときのとびきり辛い真理の含まれた状況を君にも経験してもらいたいと望むわけではありません。しかし、君は、そもそも人がいかにしてそんな状況を経験するものか、知りたいのではないでしょうか。このオデュッセウスを例にして、しっかり考えてみましょう。君が故国（※幼年時代のパラダイス）から離れ、慣れ親しんだもの一切と別れて、異邦人の間（※大人の社会）をさまよっているとします。君が、多くのことを見、経験していたなら、そして、苦労し悲しく貧しく、誰からも見捨てられていると感じていたなら、君は、ある夜、故国に近づいている夢を見ることでしょう。君は、故郷がこの上なく綺麗な色に輝いているのを見、そしてやさしく麗しく愛しい人たちが迎えにやってくるのを見るでしょう。しかし、その時突然、君は自分がぼろをまとい、裸同然で、埃まみれで歩いていたことに気が付くのです。言いようのない恥ずかしさと恐れに君は打ちのめされ、身を覆うか姿を隠すかしようとして、そして、そこで汗まみれになって目ざめるのです。これこそ、人が地を歩くようになって以来、痛ましく嵐に翻弄された人たちの見てきた夢（※裸で恥ずかしい典型夢）です。ホメロスは人間の内奥にある永遠の本質からオデュッセウスの境遇を抽出してみせたのです」

詩人や物語作者は、人類永遠の、心の内奥の本質を、読者の内に呼び起こそうとするわけだが、その心の本質とは、「先史時代」と言うべき幼児期の心の動きに由来するものである。子供時代の望み（※裸になること）は許されず抑圧されているが、故郷を失ってさまよう者の意識に上り、非難されようのない望み（※たとえば望郷）の背後に潜り込む。このことはナウシカアの伝説としてなら客観的に理解されるのだが、さて夢となると、不安夢（※詳細は第7章D）になる他はない。

ようやく例の『三段ずつ階段を上がる夢』の説明に取りかかることが出来るところに来た。あの夢は露出の夢だったから、子供時代の経験にまで遡ることが出来るはずである。カーペットを汚したと私に文句を言った患家の女中が、いかにして、夢の中で〝私の裸を気に留めない人〟の位置を占めたのか。それが分かってこそ、夢の説明が出来る。ところで、精神分析では、時間の近さは意味の近さに翻訳できる。二つの考えが関連がなさそうでも連続していれば、ひとつの範疇を形作っているのである。文字aと並んで文字bが配置されていればab（※アプ「〜から」の意）というひとつの音節になるように。夢も同様に、ひと繋がりの中にある夢は同じ文脈に属するようだ。実は、この『階段の夢』は一連の夢から拾い上げたもので、私は他の夢も解釈していて、よく分っている。それらの夢はどれも、私を離乳前から二歳半まで世話してくれたばあやの記憶に基づいていた。その人のことはぼんやりと覚えていたのであるが、最近母に聞いてみたところ（※フロイトはこの夢を解釈するために、母親に「ばあや」のことを尋ねた）では、ばあやは年を取り醜かったが、とても頭が回って有能だったらしい。しかし、私の夢から考えてみるに、彼女はいつも慈しんでくれたわけではなくて、綺麗にしておくように言いつけても私の聞き分けがないと、きつい言葉で叱っていたようだ。つまり、患家の女中は、私に言いつけを守らせ続けようと、夢の中にまで出てきて、私の「記憶の先史時代」のばあやを再現していたのだった。ところで、幼かった私は、ひどく叱られることがあっても、彼女のことが好きだったに違いない。（※この「ばあや」は、フロイト宅での窃盗が露呈して逮捕された。フロイトは、フリース宛の手紙で、母からこの話を聞いたら「幼児期のシーンが強烈に描き出され、はっきり目に見えたものです。当時、ばあやが突然自分の前から消えたことは、子供ながらに無関心ではいられなかったのでしょう」と書いている。こういうことであればこそ、わざと階段を汚していたように思えたフロイトの行動も、「ばあや」に対する気持ちを患者宅の女中に〝転移〟して「甘え」ていたから、と推論してもよいだろう）。

愛する者が死ぬ夢

すなわち、死を望んでいる

愛する親族（親兄弟、子や孫など）が死んだという夢がある。これも典型夢である。しかしこれは最初に、二つに区別しておくのがよい。ひとつは、夢の中で哀悼の気持ちがまったく生じていない場合で、その結果、目が覚めてから自分には悲しみの感情が欠けているのかと驚くことになる。もうひとつは、夢の中で深く悲しんで、眠っていながら熱い涙を流す場合である。

最初の群は、典型夢ではない。それらを分析すると、そこに別の意味があり、別の望みを隠すために親族の死を持ち出しているだけだと分かる。例えば、姉の一人息子の棺が自分の前にあるという叔母の夢（第4章『甥が棺に横たわっている夢』※第6章Fでも言及）は、彼女が幼い甥の死を願っているという意味ではなくて、彼女がかつて愛した人と、以前、別の甥の遺体の傍で久しぶりに再会したように、もう一度会いたいという夢だった。この望みこそが、夢の本当の中身であって、それ故にまた、悲しみを感じるはずがなかったのである。ここで留意すべきは、夢の中で経験される感情は表に現れた夢の（顕在的な）内容ではなく、隠された（潜在的な）思考に属していること、そして、その感情は、イメージや考えが受けるような歪曲の影響を被らないことである。

愛する親族の死で痛切な感情が経験される夢は、これとは全く違う。こちらは、その中身が示すとおり、当のその人に死んで欲しいという望みを意味している、と言うと、読者も、またこの類いの夢を見た人々も反感を持つだろう。そこで、私としては可能な限り広い基礎の上に立って証明に骨を折らなくてはならない。

これまで見てきたように、夢の中で叶えられたものとして表現される望みは必ずしも今の現実に関連したものではない。それは通り過ぎた過去の、古びてすり切れた望みがいくつも重なり合い、しかも抑圧されていたような代物かも知れない。しかし、今、夢の中に上ってきたからには、我々としては、それも生き続けてきた望みのひとつだと認めなくてはならない。それらは、人が死んだというような意味では死んでいない。血をすするとたちまち息を吹き返す『オデュッセイア』の亡霊（※第十一巻。オデュッセウスが神聖な場所に穴を掘り、蜜、甘い葡萄酒、そして水を注ぎ、その上に白い挽き割り麦を振りかけて誓願し、祈禱をした後に羊を捕らえてその首を切り落とすと、黒々とした血が流れたところへ、亡者たちの霊が幽冥界の底から集まってきた）のようなものなのである。『娘が死んでボール箱の中に横たわっている夢』（第4章）で叶えられていたのは十五年も前の望みだったが、それが今になって姿を現したのだった。ちなみに、あの望みも幼い頃の記憶に基づいていた。夢を見た婦人は、いつとは正確に言えないものの、幼い頃に母親から聞いた話を思い出した。それによると、母親は彼女を身ごもっているときに重い不機嫌症（※現在の「うつ病」）に陥って、お腹の子が死んでくれればいいと切に願ったという。結局、婦人は自分が大人になって妊娠したとき、母親の例に倣ったというわけなのだった。

誰かが父母、兄弟あるいは姉妹の死んだ夢を見て痛切な思いをしているとして、私はそのことをもって、その人が身近な人たちの死を、今、願っているなどとは言わない。夢の理論はそれほど短絡的ではなくて、夢見る人が子供の頃のいつかに彼らの死を願ったことがあると結論づけるだけなのである。しかし、このように言ったところで、恐らく、人々の不満を和らげることにはならないのではないかと思う。というのも、不満を唱える人々は、現在は当然のこと、過去にだって、そんなことを考えた筈はないと強く信じているからである。そこで私としては、現在手に入る証拠によって、とうの昔に失われた「幼年時代の心的生活」を復元してみせなくてはならない。

子供は兄弟姉妹の死を望む

子供たちの兄弟姉妹との関係から見て行こう。まず第一に、これが愛情溢れた関係だと端から想定する理由はないと私は思う。大人になってからの兄弟姉妹間の不和は誰もが見聞きすることであるが、しばしばそれは幼い頃に始まっていて、ずっと続いてきたと分かる。もちろん多くの人が兄弟のことを好いていて、お互いに助け合うが、それは少し大きくなって以降のことで、ごくごく幼い頃には絶えず互いに敵意をもって暮らしていたのである。年上の子は年下の子を虐め、悪口を言い、おもちゃを取り上げたりする。弟や妹は兄や姉に手向かいできぬまま、無力感に苛まれ悔しい思いをしながら年上の子を羨み、畏れている。子供というのは、全く利己的なもので、自分の欲求が絶対とばかり、情け容赦なくそれを満足させようとする。当然、他の子が競争相手となるが、その始まりが自分の兄弟姉妹というわけだ。しかし、私達は、だからと言ってそれを「悪い子」だとは言わない。「困った子」だと言う。もちろん、子供たちには責任というものがない。それは我々自身の判断でも、法的にもそうなのである。そして、それが正しい。しかし、この小さな利己主義者の内にも利他の精神や道徳心が目覚めるのであって、マイナートゥ（※1833-92 アルツハイマー病などで近年注目されている〝マイネルト〟基底核と呼ばれる神経細胞群の発見で有名な神経病理学者。フロイトはウィーン第一総合病院でマイナートゥの助手だった）の言う「第二の自分」(ein《アイン》 sekundäres《ゼクンデレス》 Ich《イヒ》) が「第一（の自分）」(das《ダス》 primäre《プリメレ》) を覆ってその働きを阻止すると期待できるのである（※「第二の自分」の方が不定冠詞になっていて、養育過程で個々様々に形成されることを示している。この二つの対が、フロイトの「上の自分」〈Über《イューバー》-Ich《イヒ》 超自我〉と「自分」〈Ich《イヒ》 自我〉のヒントとなったと思われる。マイナートゥは純粋に脳の機能として考えていたわけだが、それはフロイトの概念にもそこはかとなく引き継がれている）。むろん、道徳心は一斉に生じるものではないし、モラルのない幼年時代がどれほど続くかには個人差がある。道徳心が育ち損なうととかく「変質」（退化）という言葉を使われるが（※当時、パドヴァ大学精神科教授ロンブローゾ 1835-1909 が多数の頭蓋骨の計測や病理解剖に基づいて主張した「犯罪者は人類の進化から落ちこぼれた変質者である」という1876年刊『犯罪者論』が、ヨーロッパ中で長きにわたって大論争を巻き起こしていた）、本質は発達の停止なのである。最初の性格（※第一の自分、自我）は後の発達によって覆われていても、ヒステリーを発症すると、部分的に表面化することがあり、実際、「ヒステリー性格」と「困った子」とは、お互いにとてもよく似ている。他方、強迫神経症に関係するのは、覆い被さった道徳心（※第二の自分、超自我）の方で、これが目を覚ました最初の性格に重石となってのしかかるのである。

三歳かそこらの小さな子供たちが新しい弟や妹に対してどんな態度をとるか、観察してみるととても興味深い。それまで一人っ子だった子供が、コウノトリ（※正確にはシュバシコウ）がまた子供をひとり連れてきたと聞かされる。すると新しく来た子をじっくり見てからきっぱりと、「コウノトリがまた連れて行けばいいのに」と言うのである。

私の知り合いの婦人は、今でこそ四歳年下の妹とたいそうな仲良しであるが、昔、妹が生まれたと知らされて、「私の赤いお帽子はあげないわよ」と言ったそうだ。弟妹への敵意を自覚するのはずっと後のことであっても、敵意そのものは、もう、生じているのである。

もちろん正常な状況では、新しく生まれた赤ん坊に対する態度は、子供の年齢によって変わってくる。充分に年が離れていれば、姉になった子の、無力な赤ん坊に対する母性本能はちゃんと働き出すだろう。

大人たちはぼんやりしているが、弟妹に対する敵意はかなり一般的である。そして、高じると兄弟姉妹が死ぬ夢をみる。たとえば女性患者の分析をしていると、そういう夢が必ず出てくる。ある婦人患者に、治療上必要だと思ってこの件の説明をしたところ、彼女はそんな夢は一度も見たことがありませんと言って私を驚かせた。唯一の例外かと思ったが、しかし、その話し合いがきっかけで、彼女はある夢を思い出した。それは、四歳の末っ子だったとき以来繰り返し繰り返し見てきた夢だった。

〈たくさんの子供たち。自分の兄や姉やいとこたちで、野原を走り回っている。急にみんなに羽が生えて、飛び立って、誰もいなくなってしまう〉

彼女自身にはこの夢がどんな意味なのか分っていなかった。しかし、私たちには苦もなく、これが兄や姉たち全員が死んでしまう夢の、ほとんど検閲を受けていない原初的な形だと分かる。ここで、あえて分析を加えると、〈たくさんの子供たち〉になっているのは、自分の兄姉だけでなく一組のいとこの兄弟も彼女と一緒に育てられていたからだ。そのなかのひとりが実際に死んだとき、彼女はまだ四歳になっていなかったが、恐らく誰か大人に「子供は死ぬとどうなるの?」とでも尋ねてみたのだろう。その答えが「羽が生えて天使になるのだよ」だったに違いない。そのせいで、兄弟たちに天使のような羽が生えることになったのである。そしてここが大事なところだが、夢の中で他の子供たちは飛んで行ってしまって、みんなを天使にした彼女だけが残るのである。

同じ「死ぬ」というコトバを使っても、それで何を考えているかというと、子供と我々大人との間に共通点は殆どない。子供は、墓の中で朽ち、凍てつき、終わりの来ない夜を過ごす恐ろしさなどは考えもしない。しかし大人たちは、その永遠の虚無を想像するだに耐え難いので、死後の国についての神話にすがるのである。それに対して子供たちは、死の恐怖と無縁だからこそ、「もう一回やってみろ。そしたら、お前はあのフランツみたいに死ぬんだぞ」と言って、他の子供を脅したりできるのである。こんな言葉を聞けば、もちろん母親たちはぞっとするが、それは、多分、全ての子が子供時代を生き延びるとは限らないという事実（※当時ヨーロッパでは乳幼児死亡率だけでも30％）を思い出すからだろう。しかし、子供というのは、八歳になっても、自然史博物館（※１８８９年開館）の見学から帰って来て「お母さん、大好き。お母さんが死んだら、剥製にして、部屋のここに置いておくね。そうしたら、いつでもお母さんを見られるでしょう」と言ったりするものだ。かように、子供たちの思う〝死〟は、我々大人とは違うのである。

子供は人が死ぬ前に苦しむ様子を目にすることが普通ない。だから、誰それが死んだと聞いても「いなくなった」というふうにしか理解しない。旅行にでかけたのか、疎遠になったのか、命が尽きたのか……その区別がない。子供のごく幼い「先史時代」に乳母に暇が出され、そのすぐ後に母親が死んだというようなケースを分析してみると、二つの出来事が記憶の中でひとつに融合していることが分かる。子供は、そこにいない者のことはさほど気にしない。母親が夏に数週間留守をして、帰宅したのちに留守番の者に聞いてみると「お母さんのことは一度もおっしゃいませんでした」と言われて、がっかりしたというような話はよくある。母親が本当に「誰もその境から帰ったことのない未知の国」（※『ハムレット』第三幕第一場）へ旅立っても、初めのうちは母親のことを忘れてしまったかのように見える。子供たちが、亡くなった人を思い出し始めるのは、しばらくしてからのことなのである。

こういうわけであるから、他の子がいなければいいのにと思えば、子供は、その願いを、いとも簡単にその子の死という形で夢にするのである。死の意味は大人とは違うが、夢の中で望みを叶えるという点は大人と変わるところがない。

子供は親の死を望む

それでは、親の死を望むというのは如何に説明されるのだろう。きょうだいの死を望むのが、きょうだいをライバル視する子供の利己主義によって説明できるとしても、両親は子供にとって愛や欲求充足の源であり、単なる利己主義ということからだけでも生きていてもらったほうが良いのではないか。

ところで、経験的にはっきりしているのは、親が死ぬといっても、夢の殆どで死ぬのは同性の親だということである。男の子は父親の死の夢、女の子は母親の死の夢を見る。これが法則だとまで言うことは出来ないが、この傾向はあまりにもはっきりしている。そこで、ここにはなにか一般的な意味がありはしないかと考えてみると、性的な偏愛が幼いときから現われていることに気づく。つまり大雑把に言うと、あたかも少年は父を、少女は母をライバルと見て、そのライバルを排除するのが得だとばかりに夢を見ている。そのように思えるのである。

まず、父／息子の関係を考えてみよう。私たちは十戒の教えを聖なるものと認めていることになっていて、私の見るところ、そのせいで我々の現実認識が鈍くなっている。第四の掟（※「父母を敬え」。キリスト教の旧約では第五の掟）を本当は大して気に留めていないのに、自分は守っているかのような顔をしている。しかし、社会の最上層から最下層まで両親への敬愛は、他に利害や関心事があれば二の次にされるのが普通ではなかろうか。

古代社会は神話や伝説を通して、いかに、父親が絶対的な権力を持ち、それを容赦なく振うかを、私たちに伝えている。クロノスは、イノシシが仔を食う（※という話自体が伝説らしい）ように、息子を食う。父親が暴虐であればこそ、自分の後釜に座るはずの息子は敵となり、息子の方は、早くその父を亡き者にして自分が支配権を得ようと焦らざるをえない。ゼウスは父親を去勢して、父に取って代わって支配者となる。

今日の我々市民階級（※当時の「市民」とは、「納税」によって市政に責任を負い、あるいは「教養」によって「言論の自由」を生かすことのできる者のこと。ブルジョワ。ちなみに言論の自由とは当局の〝検閲〟を受けない自由）でも、息子に自分の人生を決めることを許さず、独立するのに必要な元手を与えない父親が珍しくない。これでは本来のライバル関係が助長されるばかりではないか。父親が死んだとき、息子は悲しみを脇において、ついに手にした自由を喜ぶ。そんな姿を、医者は仕事を通してしばしば目撃するものである。父親たちは、すっかり古くさくなった家長権の名残に、まだ必死にしがみつく傾向がある。どんな作家だって、イプセン（※1828-1906）のように、父と息子の間の時代がかった闘争（※１８８４年『野鴨』のことか）をプロットの前面に押し出せば、成功間違いなしだろう。

母親と娘の葛藤は、娘が大きくなって、母親が自分の監視役をしていると気付くときに起きる。娘は性的な自由に憧れるようになり、他方、母親の方は、娘の成熟に気付いて、自分に性的な欲求を諦める時が来たと思い知らされるのである（※母娘の葛藤の記述はこれしかない。フロイトの時代の「市民」にとって、家族は女子供と一括されており、息子だけが将来の男として注意を向けられていたことを反映しているのだろう。ちなみに、この時代、幼い息子に少女の服を着せるのが市民階級で流行った）。

こういう親子の関係は誰の目にも明らかである。しかし、それだけでは人が親の死の夢を見る説明にはならない。こうした夢は、長らく親を敬愛していて、その気持ちが神聖不可侵にまでなっている人でさえ見るのである。だから、これまで見てきたようなことと考え合わせて、夢で親の死を願うことも幼児期の極々早い時期に由来するだろうと推測するのである。

性的な願望の芽生えも、原初的なものとして性的願望に含めて良いとすれば、その「性的な願望」が目覚めるのは非常に早い時期で、その際、女の子の愛情は父へ、男の子の愛情は母親に向けられる。そのため、男の子にとって父親が、女の子にとっては母親が競争相手になる。そして、この種の対抗心からいかに容易く相手の死を望むことになるのかは、先に兄弟姉妹の場合で説明した通りである（※幼児にとって「死」とは単なる不在だということ）。

むろん親の方も性的な選択をしていて、父親は幼い娘を甘やかすし、母親は小さい息子の味方をする。これが自然な傾向であるが、親ともなれば、性差の魔法に目を曇らされることなく子供たちを育てようと努めるには努める。しかし、子供の方では、親の好みを察知していて、同性の親に反発する傾向がある。子供にとって、大人に愛されるというのは、愛されて満足というだけのことではなく、色々と自分の言う通りにして貰えるという意味なのである。それゆえに、子供は自分の「性的願望」に従うだけでなく、それに照応する親の選択傾向を強化しようとする。

こうした子供の傾向はとかく見過ごされがちだが、それでも少し大きくなってくると、誰の目にもはっきりとしてくる。私の知り合いの八歳の少女は、母親が人に呼ばれて食卓から離れると、待ってましたとばかりに、「さ、私がママよ。カール、もう少しお野菜は如何？　どうぞお取り下さいね」などと言ったものだ。また、特に賢く活発な四歳の少女の場合、その心理は透けて見えるほどで、ある時、次のように、はっきりと言ってのけた。「ママはもうどこか行っていいわ。そしたらパパは私と結婚するの。そして私が奥さんになるんだわ」。しかし、子供時代というのは、こういう望みがあろうとも、それはそれとして、ママが大好きということと齟齬を来さないものだ。

小さな男の子の場合、父親がいない間は母親のベッドで寝ることを許されても、父親が帰宅するなり子供部屋に戻されて、お母さんほど好きではない誰か（※乳母、子守り女中）と寝ることになっていたりすると、お父さんさえいなければ、ずっと大好きなママの傍にいられるのに、という望みを持つに決まっている。そして、その望みを成就するひとつが、父親の死である。というのも、子供が経験で学んでいるのは、「死んだ」人は、例えばおじいちゃんのように、いつも不在で、ずっとずっと戻ってこないからである。

このように小さな子供たちを観察していると、先ほどの、子供たちはライバルである父か母を排除する夢を見ているという解釈は外れていないように思える。そして、大人の神経症患者に精神分析をすると、この解釈にさらに確信が得られる。患者たちは、彼らの夢が望みを叶えていると解釈せざるを得ないような状況の話をするのである。

親の死を望む夢

ある日、私の婦人患者が打ちひしがれて涙ぐんでいた。彼女が言うのに「もう親戚には会いたくありません。私を見て、恐ろしい奴だと思うに違いありませんから」。それから、いきなり、ある夢を思い出したと話した。四歳のときに見た夢だが、その意味は分からないと言う。〈Luchs《ルオクス》（ヤマネコ）かFuchs《フォクス》（キツネ）かが屋根の上を歩いています。何かが落ちます。私自身が落ちたのかもしれません。それから、母さんが死んで家から担ぎ出されていくんです〉

ここまで話して、患者はまた悲しげに泣くのだった。この夢は母親の死を望む幼児の願望そのものだし、この夢のせいで親戚中から恐ろしい奴だと思われている気がするのだろうと、私が教えると、彼女はすぐに夢の素材を説明し始めた。とても小さかったとき、自分が浮浪児たちに「山猫の目」と馬鹿にされたこと。三歳のとき、母親の頭上に屋根瓦が落ちてきて、たくさん血が流れたこと。

また別の機会に、私はある娘を担当した。病気の始まりの頃は錯乱と混迷の状態にあったが、そのさなかに、患者は異様なほどの母親に対する敵意を示し、母親がベッドに近づこうものなら、殴り掛かり悪態をつくのだった。しかし、そんな時にも、かなり年の離れた姉にはやさしく従順なのである。その後、意識が清明となり、睡眠障害を伴う抑うつ状態となった。この時期に私が治療を始め、夢の分析を行ったのである。その夢の多くが大なり小なり母親の死を内容としていた。例えばある夢で、患者は年配の婦人の葬儀に出席していた。また別の夢では、自分と姉が喪服を着てテーブルについていた。こういう夢の意味に疑うところはない。患者は、病状が少し改善すると、今度はヒステリー性の恐怖症を起した。中でも患者にとって苦痛だったのは、お母さんに何事かが起きたのではないかという恐怖心だった。患者はどこにいても急いで家に帰り、母親がまだ生きているのをこの目で確かめなくてはいられなかった。

この症例では、ひとつの観念的な刺激に対して心的なシステムが様々な反応の仕方をしていて、それは、あたかも同じコトバが幾つかの言語に翻訳されているかのようである。患者の混迷状態を、私は、正常ならば抑制されているはずの第一システム（無意識）が、第二のシステム（意識に上るものを検閲）を凌駕している状況だと理解する（※詳細な説明は第7章）のだが、最初の混迷錯乱の時期には、患者の無意識的な母親への敵意が行動として表現されていたのである。そして、病状が沈静化し混乱が治まると検閲の法則が回復され、夢をみるという領域内だけで、その敵意の展開が許されて母の死を望む気持ちが叶えられたのだったろう。正常化がさらに進むと、母親が無事か心配する気持ちが、ヒステリー性の反作用ないしは防衛現象（※Abwehrerscheinung《アブヴェーアシャイヌンク》 後にこの「現象」の仕組みが究明・整理されてAbwehrmechanismen《アブヴェーアメカニスマン》 防衛機制という精神分析用語となる）として現われ、それが過剰になったのである。一般にヒステリーの若い女性たちは母親を過剰に気遣うが、この症例は、それがなぜなのかを教えてくれているように思う。

さらに別の例では、〝無意識の働き〟がよく理解できた。ある青年は強迫神経症のため殆ど生活らしい生活が出来ない状態だった。外へ行きたくても、自分が通りがかりの人を片端から殺してしまうのではないかと気がかりで家から出られなかったのである。暇があると彼はアリバイ作りをしていたが、それは街で殺人があって告発されたときに備えるためだった。言うまでもないことながら、彼は道徳的な人で、教養もあった。私は彼に分析治療を行い、結局それで完治に向かったのであるが、その過程で、彼の大変な強迫観念が厳格だった父親に対する殺害衝動によるものだと分かった。この衝動は、七歳のときに一度意識に上ったことがあり、彼自身それに大変驚いたのであるが、もちろん、その由来はさらに前の幼児期に遡るものだった。そして年月が経って彼が三十一歳の時、この父親は酷い病気の末に亡くなったが、患者はそのときから強迫観念に襲われるようになったのである。自分のように、実の父親を山の頂から谷底へ突き落としたいと願ったことのある人間なら縁のない人の命などなんとも思わないだろうと思えたから、彼は当然のように自分で自分を幽閉したのだった（※父が実際に死んだので、〝無意識の中で〟患者の幼い頃からの願望が成就した事になり、大人になっていた患者は自分のそういう攻撃性に戦慄して、それが今後赤の他人に及ばないようにした、ということ）。

私のかなり広汎な経験によれば、神経症患者の幼児期に親たちが果たす役割は大きい。片方の親を愛し片方を嫌うことが、その時期の子供の心的興奮の主なものであり、それがのちに神経症の症状発現の元となる。しかしながら、私は神経症者が他の健康であり続ける子供たちと比べて、この点に於いて特異だとは思っていない。神経症者だけが固有な傾向を作り出すとは思えないのである。実際、正常な子供も多少は親に対してこのような愛と憎しみを向けていることが観察されるわけで、神経症の場合には、それが拡大され目につき易くなっているということだろう。

エディプス王の話

古代から、この見解を支持するかのごとき伝説が知られている。エディプス王の伝説とソフォクレスによる同名の戯曲である。テーバイの王ライオスと后イオカステの間に生まれたエディプスが生後直ぐに捨てられたのは、生まれてくる息子がやがて父を殺すだろうという神託のせいだった。エディプスは人に拾われ、他国の宮廷で王子として育つが、自分の素姓を知るべく神託を求めると、父を殺し母を娶《めと》ることになるから生まれ故郷を去れと告げられ、その土地を生まれ故郷だと信じていたエディプスは国を離れる。そして、途中偶然に出会ったライオスと諍《いさか》いを起し、殺してしまう。その後、エディプスがテーバイの城門まで来ると、スフィンクスが道を塞いでおり、その謎を解くと、テーバイの人々は喜び、エディプスを王位に就けて、イオカステとめあわせる。こうして神託の予言は成就した。後に疫病が流行ったとき、人々が神託を求めると、ライオスの殺害者を追放すれば疫病が止むという。しかし、殺害者はどこにいるのか?

戯曲では、精神分析さながらの展開のなかで、一部始終が明らかになるのであるが、それを知ったエディプスは、知らずして犯した罪とはいえ、そのおぞましさに自らの目を潰し、本当の生まれ故郷を去るのである。

彼の運命が古代のギリシア人と同様に我々の心を捉えるのは、彼の運命が我々の運命でもあるからだ。我々にも生まれる前から同じ呪いがかけられている。最初の性的な興奮を母親に向け、最初の憎悪を父親に向けるのが我々の宿命であることを、我々は自分の見る夢で知る。しかし、エディプスよりも我々が幸運なのは、神経症にならない限り、幼児期を過ぎると、こうした母や父への感情から解き放たれるからだ。そして、我々にとって太古とも言うべき幼児期の、あの欲望を満たす者エディプスを舞台の上に見る時、我々は、これまで我々自身の欲望を押さえ込んできた抑圧の力の全てを動員して縮み上がり、後ずさりするのである。

エディプスの伝説が、それ自体、太古の夢に取材したものである証拠がソフォクレスの悲劇の本文にある。エディプスが、真実を知らぬまま神託の言葉に憂えているとき、イオカステが彼を慰めて言う。

「大勢の者が、母親と寝る夢を見たものです。しかし、そんなことを全く気にかけない者が、人生を軽々と担って行くのです」（第五幕）

エディプス伝説は、母と性交する夢、父が死ぬ夢という典型的な夢の一対に対する反応が空想にまでなったものである。今日こうした典型夢を見て多くの人が嫌悪感を持つのと同様、伝説は恐怖と自罰を内容に取り込んでいる。

ハムレットの話

さて、エディプス王の物語と同じ土壌に根ざすのは、もうひとつの偉大な悲劇、シェイクスピアの『ハムレット』である。しかし、同じ素材を扱ってもやり方は違っている。心的な生活が時代と共にまるで変わってしまっていて、人類の感情生活における抑圧に大きな進歩があったことは明らかである。『エディプス』の物語では、子供の幻想は露骨で、夢の中と同様に、そのまま叶えられてしまっている。他方、『ハムレット』では、子供の幻想は抑圧されていて、神経症の症例で事実を掘り起こす時と同様に、抑圧を蒙《こうむ》った結果を通して、ようやくその存在が知られるばかりなのである。興味深いことに、主人公ハムレットの性格は最後まで闇に包まれていて、そのことがまた物語の圧倒的な悲劇的効果に調和している。物語はハムレットが自分に課せられた復讐を先延ばしする度に進展するのだが、彼がなぜ何度も躊躇するのかという点は説明されない。そもそもハムレットは優柔不断どころか果敢に行動する質の人間であって、壁掛けの背後で立ち聞きする者をさっと刺し殺し、また、いかにもルネサンス期の貴族らしく泰然と、自分の命を狙う二人の廷臣を死に追いやる。そんな彼がなぜ、父の霊が求める任務を達成する段になると躊躇してしまうか？　何が彼を妨げているのか？　それが問題となる。

ハムレットは何だってやってのけるようでも、自分の父親を廃して母の隣に座った叔父だけは殺せない。彼の抑圧された幼児期の願望を実現してみせた男への復讐だけは出来ないのである。ここでは、彼を復讐に駆り立てるはずの憤怒が、自分にも罪があるという自己嫌悪、良心の呵責に取って代わられている。もちろん、今、私は主人公の無意識に留まっているものを意識的なものであるかのように翻訳しているわけで、もし誰かがもっと簡単に、ハムレットはヒステリーだと言うなら、私としてはそれを認めるしかない。

実際、ハムレットは、後にオフィリアとの会話の中で性への嫌悪を漏らしている。この嫌悪感は作者シェイクスピア自身の中で増大して行って、彼は後に『アテネのタイモン』を書くことになる。我々が『ハムレット』の中で出会うものは作者の心的生活である。私はゲーオア・ブランデス（※1842-1927 デンマークの美学者、批評家。シェイクスピア研究で有名）が１８９６年に出したシェイクスピアの伝記から、この劇がシェイクスピアの父親が死んだ直後（１６０１年）に書かれたと知った。つまり、喪の最中、すなわち父親に対する幼児期の感情が再生された興奮の最中のことだったのではないか。ちなみに、シェイクスピアの夭逝した息子はハムネットという名前で、ハムレットと事実上同じ名前である。『ハムレット』では息子と両親の関係が扱われているが、少し後に書かれた『マクベス』では子供のいない人間が主題となっている。

真に詩的な作品であっても、あらゆる神経症状同様に、その動機はひとつとは限らず、従って、ふたつ以上の解釈が可能なはずである。実は夢もそうで、繰り返すうちに、少しずつ深いレベルで解釈し直す事ができるようになり、しかもその作業こそが当該の夢を十分に理解するのに必要なのである。ここで私が行ったのは、夢ならぬ劇作の作者の心を動かした刺激のうち一番底にあるものを解釈しようとしたにすぎない。

典型夢の苦痛と不安夢の不安

愛するものが死ぬという典型夢では、抑圧された望みによって形成された考えがあらゆる検閲をすり抜け、そのまま夢に移行している。これは、夢としては異常な事態であって、そういうことが起きているからには、何か特別な事情があるに違いない。私が見つけたのは以下のごときふたつの要因である。

第一に、人が、こんな望みは自分には無縁で、「夢にも思ったことがない」と思い込んでいる場合。「夢にも思わないこと」であれば、夢の検閲だって、そんな望みが「夢に紛れ込んでくる」などという途方もない事態が起きるとは思いもせず、そうした事態に対する準備も整っているはずがない。それは、ちょうどソロン（※古代アテナイの立法者）の法が父親殺しに対する罰則を用意していなかったのと同じである。第二には、日中、何か「大切な人の命」を気遣うような出来事があったという場合。「大切な（はずの）人の命（が無くなること）」を願うという思ってもいなかったはずの望みが、「大切な人」「命」というふたつのキーワードを同じくするその日中の出来事と結びつき、それを仮面にして夢に入り込むことがありうるのである。

ここで、この典型夢と不安夢の関係に少し言及しておこう。愛する者が死ぬ典型夢に伴う苦痛な感情は、抑圧された望みが検閲と歪曲をすり抜ける際に、（※通常検閲によって行われる苦痛の除去がないから）生じるものである。他方不安夢の不安は、恐怖症同様に元々内在する神経症的な不安である。恐怖症の患者が時々の状況をその不安にハンダ付けする（第4章）のと同じ具合に、夢の内容が元々の不安に結びつけられて、その不安に紛れて、抑圧された望みが（※夢を対象にする）検閲をすり抜けるのである。不安夢の仕組みについては第7章Dで詳しく論じる。

夢のエゴイズム

先に小児の心にあるエゴイズムについて話したが、夢もまた完全に自己中心的で、たとえ偽装していようと必ず、「大好きな自分」を登場させる。つまり、夢が叶える望みは、この「自分」の望みなのである。この説明をするために、一見、そうではなさそうな例を分析してみよう。

四歳にもならない子のロースト・ビーフの夢

〈大きな皿があって、そこにロースト・ビーフと添え物の野菜が載っている。と突然、その肉は丸ごと、切り分けられもせずに、飲み込まれてしまう。食べた人のことは、見ていない〉

この子の夢で、たっぷりの肉料理を食べたのは、誰だったのだろうか。その答えは、昼間の出来事にある。この子はそれまでの何日か、医者の指示でミルク食を与えられていた。しかも、夢を見る前の晩は、悪い子をした罰で、その晩ご飯すら抜きにされて寝床に追いやられたのである。この子は以前にも断食療法を受けたことがあって、そのときは健気にやりとげていた。この度も、食べ物は何ももらえないとちゃんと分かっていて、おなかがすいたというようなことは何も言わなかった。躾の効果というやつだ。それがこの夢に表現されていて、彼は、自分自身がテーブルに着いたりといった、普通なら空腹な子供たちが夢の中でするようなことをしない（第3章六七ページ、うちの小さなアンナの苺の夢を参照）。つまりこの夢には歪曲が少し認められるのである。しかし、疑うまでもなく、その贅沢な焼き肉の食事に欲望を向けていたのは彼自身に他ならない。しかし、自分には食事が禁じられていたから、その人物は不明とされているのである。

バセドー氏病の目をしたオトーの夢

〈友人オトーの具合が悪そうだ。土色の顔をして、目が飛び出ている〉

オトーは我が家の家庭医で、何年もうちの子供たちを見守ってくれている。病気のときに上手に治してくれるばかりか、いろいろな折りにプレゼントを持ってきてくれる。というわけで、私は彼に大変借りがある。私が上記の夢を見る前の日も、彼はうちに来たのだが、そのとき妻は彼が大変疲れ切った様子をしていたと言った。これはその夜見た夢で、その中で、彼はバセドー氏病の徴候を見せている。

私の夢解釈や法則を認めない人ならば、この夢が友人の健康に対する私の気遣いであり、その心配が夢に表現されていると理解するだろう。それが当っていれば、夢は望みを叶えるという私の主張は当て嵌まらないし、夢は利己的だという主張も間違っていることになる。しかし、ではなぜバセドー氏病なのか。現実のオトーにはその徴候が微塵もないのである。

分析してみると、六年前のある出来事が連想されて出てくる。そのとき私はR教授たちと一緒に、真っ暗闇の中を数時間、避暑地からNの森を通り抜けて馬車を走らせていた。御者は酒気を少々帯びていて、そのせいでか、我々は馬車ごと崖下に投げ出された。皆が無傷で脱出できたのは幸運だった。しかし、近場の宿屋で一夜を明かさなくてはならなくなった。宿屋では誰もがたいそう同情してくれた。そこにたまたまL男爵もいて、まがうことなくバセドー氏病の徴候（夢の中のオトーと同じように、土色の顔と眼球突出。甲状腺の肥大はなかった）を呈していたが、「して欲しい事があれば何なりと」と申し出てくれた。そこで、R教授がいつもの調子で「ひとつだけです。寝間着を貸して頂けますか」と言った。すると、この貴族は「残念ながら、それは出来ませんな」と言って部屋から出て行ったのである。

この分析をしているときに、医者のバセドー氏の他にもうひとり、有名な教育者にもそういう名前の人がいたと思いついた。しかし、すっかり目が覚めた今、これが正しいか自信がない（※確かに、有名な教育者にバセドーという人 1724-90 がいた。子供たちの教育に心を砕いていたフロイトは教育法についても幅広く読んでいたから、この、子供と会話し遊ぶことを重視した指導法を始め、新しい学校を設立したバセドー氏の名前が頭に残っていたものと思われる）。

さて、私はオトーに、もし私に何かあったら、その時には、子供たちの身体面の躾にも気をつけてくれるように頼んであった。ことに思春期に（それで、寝るときには寝間着に着替えなくてはならないという話になる）。夢の中でオトーにＬ男爵と同じ症状があるのに気づくことで、私は「自分に万が一のことが起こっても、実際にはオトーは何もしてくれないのではないか。あのときのＬ男爵と同様に」と言おうとしている。明らかに、この夢は利己的なのである。

ところで、アーネスト・ジョーンズ（※1879-1958イギリスの精神科医。フロイトの弟子）がアメリカ人の聴衆に夢の利己主義を説明したときのこと、ひとりの教養ある婦人が「オーストリア人の夢についてあれこれと仰るのはかまいませんけど、あなたにはアメリカ人の夢について論じる資格はありません。実際、私の夢はどれも利他的なものばかりなのですから」と言ったのだとか。私としては「夢は利己的だ」という命題を誤解しないで欲しいと言っておきたい。そもそも前意識（※精神分析用語。普段は無意識だが何かの拍子に意識に上る記憶や知識が存在する領域。詳しくは第7章Ｂ、Ｆ）にあるものは全て夢の中に、つまり顕在的な内容にも潜在的な思考にも現われうるのだから、利他的な考えだって現われうる。同様に慈しみの感情、あるいは愛情も、それが無意識の中に存在していれば、夢に出てくる。私が言っているのは、分析をすると、覚醒時には克服されていたはずの利己的な傾向が夢の中にまだあると気づく。そういうことなのである。

さて、このバセドー氏病の夢のどこに望みを叶えるところがあるだろうか。夢の中でオトーはこの難病に罹っていることにされているが、夢の望みは彼への仕返しではない。夢の中でオトーを（バセドー氏病にして）Ｌ男爵と一緒にする一方で、私自身は自分をＲ教授と一緒にしている。というのも、私はオトーに頼み事をし、ＲはＬ男爵に頼み事をしていたのだから。そしてここがポイントなのだ。普段、私は、自分をＲ教授に準えてみるほど大それたことは思いもしない。しかし、考えてみれば、彼は大学の外で自分のキャリアを積んでいて……私と同じだ。そして、彼は晩年になって教授のタイトルを手にしたのだが、ずっと前からそれに相応しい人だった。やれやれ。私はまたもや教授の称号を欲しがっているということか。「晩年になってから」という点も、望みの一片だろう。というのも、これは、うちの子供たちが思春期を通り過ぎるのを自分の目で見られるほど、私が長生きすることを意味しているのだから。

試験の夢

典型夢は大雑把に二種類に分けられる。いつも同じ意味を持つものと、内容が似ているようでも意味が違うものとである。前者の一例として、試験の夢について説明を行おう。

落ちた試験の夢は見ない

ギムナジウムに行って卒業試験（マトゥラ）を受けた者は誰しも、試験に失敗して最終学年を繰り返さなくてはならなくなったという嫌な夢に取り憑かれる。学位を持っている者だと、博士口頭試問に失敗して非難されるという似たような夢を見る。彼らは眠りながらも、自分はもう医者として働いているとか、大学の私講師になっているとか、もう上級官吏になっているとか呟いて、むなしく抗弁するのである。これらの夢は、我々が子供時代にいけないことをして受けた罰の、いつまでも消えない記憶の再現であって、その記憶が学業の厳しい二つの節目に、「怒りの日なり、その日こそは」（※最後の審判を歌ったレクイエムの詞）として我々の心の奥深くで呼び覚まされるのである。ちなみに神経症者の「試験恐怖」もまた、子供時代の不安によって強められている。

学校を卒業した今、親や家庭教師・学校の教師たちのように私たちに罰を与えようとする者はもういない。代わって、人生の容赦ない因果の連鎖が私たちの教育を引き受けていて、それで今、何かを遂行出来るか心配なときとか、何かに責任の重圧を感じるときとかに、卒業試験や口頭試問の夢を見るのである。あの試験のときには、どんなに準備していても、みんな、怖じ気づいたのだから。

試験夢について、さる学術集会でひとりの医者がよいヒントになる話をしていた。彼が言うのに、概して、合格した者だけが卒業試験の夢を見て、不合格だった者は見ない。翌日に責任ある任務を控えていて、それに失敗すれば面目を失うというようなときに、夢が過去の試験の例を探し出してきて、あのときも心配が杞憂に過ぎなかったと、安心させてくれているらしい、と言うのである。となれば、と彼は説明した。「だって、僕はもう医者になっているじゃないか」といった夢の中の反駁も、本当は反駁ではなくて、それ自体、夢が提供する慰めであって、「明日のことを思い煩うな。卒業試験の前にどれほど心配だったか思い出してごらん。しかし何事もなくて、もう君は医者（あるいは何であれ）になっているじゃないか」と夢が言ってくれているのも同じこと。我々が夢のせいにしている心配は、昼間の別の出来事の名残だろう、というのが彼の説だった。

この考え方は、自分の夢や他人の夢で確かめたところ、その数は十分とは言えないが、妥当なもののように思える。たとえば、私は法医学の口頭試問で失敗したが、これが夢の中で私を苛んだことは一度もない。他方、植物学、動物学、科学の試験の夢は何度も見たが、実際には、どの試験も、自信がないまま受けたのに、運が良かったせいもあって、酷い目に遭わずに済んでいたのである。ギムナジウム時代のことでは、歴史の試験が定期的に夢に出てくるが、私がこの試験に受かったのは、全くもって、親切な先生のおかげだった。先生は、私が答案用紙の真ん中の問題に爪で印を付けて、ここの採点はお手柔らかにとお願いしておくと、それを見逃さないでいてくれた。私の患者で卒業試験を最初受けず、後日受けて合格したものの、次の士官任用試験には失敗して士官になれなかった人がいるが、彼がしばしば見る夢は卒業試験の方で、士官試験の夢は一度も見たことがないという。

試験の夢については、もっとたくさんの例を集めなくてはならない気がしている。最近私は、「僕はもう医者になっているじゃないか」といった反駁には、上記の医者の言う「慰め」だけではなく、自己非難のニュアンスもあると確信している。人は夢の中で「僕は結構いい年になって、人生経験もかなりあるのに、まだ、こんな下らない子供じみたことに拘わっているのか」と言っているのではないか。慰めにこういう自己非難が混じっていると考えた方が、試験夢の潜在的な思考に相応しい気がするのである。そして、「下らない子供じみたこと」となれば、これまた、子供時代に叱られた性的な行為の反復と何か関係があるかもしれない。

〝いつも同じ意味を持つ典型夢〟としては、列車に間に合わない夢も、試験の夢の仲間になる。「旅立ち」は、その正体がよく知られているように死の象徴のひとつである。だから、列車に乗り遅れる夢は、自分が死ぬのではないかという不安に対して、「心配することはない。君は旅立ちはしない（死なない）」と安心させてくれている、ということなのである。ちょうど試験の夢が「心配することはない。君は以前の試験の時と同様に、今度だって大丈夫」と安心させてくれるように。これらの夢が、一見難しいのは、心配が慰め表現とセットになっているからに他ならない。

満ち足りた感覚で空を飛ぶ夢、墜落の怖い夢

典型夢の第二群には、人が飛行したり、墜落したり、あるいは泳いだりする夢がある。これらの夢にどんな意味があるのかを、一般的に言うことはできない。意味は、夢毎に異なっているのである。ある場合には、主として本人の連想に基づいて解釈せねばならず、また別の場合には、類型的な解釈が必要となる。ただ、いずれにせよ、そこに含まれている感情だけは、いつも同じ源から出ている。

私自身は、飛行・墜落の夢を見たことがなく、知っているのは精神分析の中で聞いた患者の話ばかりだが、それは小児期に受けた印象の反復で、子供たちの大好きな遊びと関係があるようだ。親たちは、腕を伸ばして子供を支え、部屋の中を走り回って空を飛ばせたり、膝に乗せて揺らしておいて急に片足を伸ばして落ちるようにしたり、あるいは、高い高いをしておいて急に手を離すふりをしたりする。そういうとき子供たちは喜んで声を上げ、飽きもせずにもっともっととねだる。殊にちょっぴり恐怖や目眩の要素があるときにはその喜びは大きい（※フロイトはカイヨ

ワの1958年『遊びと人間』に先んじて、遊びにおける目眩感覚の重要性に気がついていた)。その経験が、それから何年も経って、夢の中で繰り返されるわけだが、もう自分を支えてくれる手はなく、我々は自由に滑空したり急降下したりする。小さな子供たちがブランコやシーソーを好むのも同じことだ。そしてサーカスの妙技を見ると、もう一度幼い頃の記憶が新たになるのである。

少年のヒステリー発作がそういう妙技ばかりで構成されていることがあり、彼らは実に見事にやってのける。こういった本来無邪気な遊びが性的な感情を呼び起こすことも珍しくない。神経症とは無縁な、ある若い医者が次のような話をしてくれた。「子供の頃、ブランコに乗って、下ってゆく瞬間に、陰部に独特の感じがしたものです。あまり気持ちよいものではありませんでしたが、やはり一種の快感だったと言わざるを得ません」と。

こうした活動のすべてを包括して、我々はhetzen《ヘツェン》(狩りたてる、駆り立てる)と言う。この感覚は、飛ぶ夢・落ちる夢・バランスを失う夢などで繰り返されるが、子供時代には喜びだったものが、大人の夢では恐怖になる。しかし、どの母親も知っているように、本当は子供たちのヘツェンもまた、しばしばもめ事や涙で終ることが多いものだ。

墜落夢が小児期の経験と繋がりがあることは確実なものだと思われるが、人が人生を歩んで行く間に、様々な意味がこれらの記憶に結びついてくるので、そのような夢は一見類型的なようでも、個人個人によって違う意味を持つのだと思われる。私はいつの日にか、良い例を注意深く分析することで、この夢の理解をもっと深めたいと思っている。神経症の患者からはこの種の夢の話をよく聞くが、全部が全部、完全に分析できるわけではないし、その夢の隠された一番奥の意図にまでたどり着けるわけでもない。神経症を形作るのに作用し、症状が治りそうになると活発になる心的な力（※抑圧）が、夢の徹底的な解釈、すなわち最後の謎に至るまでの解釈を邪魔するのである（詳細は第7章）。

性的な材料の象徴的表現

夢が性的な象徴を使っている例を示しておこう。それによって、一般に、夢の象徴性に目を瞑っていたのでは解釈が不可能になると分かるだろうし、いかに多くの場合そのような象徴が反論の余地なく押し迫ってくるかも分かるだろう。しかし同時に警告しておきたいのは、夢を解釈するときに象徴を過大評価してはならないということで、例えば、象徴を翻訳するだけで解釈したことにしたり、夢見る本人の連想を使う技法を放棄したりしてはいけない。象徴の翻訳と連想の活用は、補い合う一対の手順である。そして、実践的にも理論的にも夢見た人の言う連想を重視する技法がやはり主で、象徴翻訳の類いは補助なのである（※こうしたフロイトの警告は後世、必ずしも守られたとは言えない）。

帽子は男性器の象徴――広場恐怖症の若い夫人の夢

〈私は夏に通りを歩いていますが、少し変な形をした麦わら帽を被っています。真ん中が上に折れ曲がっていて、両脇は下がっていて……（ここで説明が渋り気味になる）、片方がよけいに低いのです。私は楽しい気分で、自信があって、そして若い士官の一群とすれ違いながら、あなた方の誰一人として私に害を加えることなんてできないことよ、と心の中で言うんです〉

彼女は夢の中の帽子についてなんの連想も思いつかなかったから、私は「その帽子は、恐らく真ん中が持ち上がって両側が垂れ下がっている男性器のことでしょうよ」と言ってみた。帽子が男のことだというのは奇妙かもしれないが、結婚することを俗に「帽子の下にはいる」と言うではないか！　彼女は両脇のふたつの下がり具合が違うと言っていたが、そういう細かい点こそが本当は解釈の手がかりなのである。しかし、私は、自分の話を続けた。「もしあなたにそのように素晴らしい性器を持つ夫がいたら、士官たちのことを恐れる必要は何もないわけです」。私がこう言ったのは、普段、彼女は誘惑される空想のせいで付き添いがなければ外出出来なかったからである。彼女の不安のいわれについて、私は今まで別の材料で繰り返し同じような説明をしていた。

するど彼女は帽子の話を撤回して、両側が垂れ下がっているなんて言いませんと主張した。私が、確かにそう聞いたと言うと、彼女はしばらく黙っていたが、いかにも勇気を奮ってという感じで口を開いた。「夫の睾丸の一方だけが下がっているんですが、それはどういうことなのでしょう。どの男の人でもそうなのでしょうか」。彼女にも帽子の話の奇妙な細部の意味がはっきりとしたわけである。

実は、この夢の話を聞いたときには、私はすでに帽子の象徴するものについてすっかり馴染んでいた。また、これほど明確ではない他の患者の話から、私は帽子がときには女性器を象徴することがあると推測している。

建物・階段・坑道は性器の象徴――父親コンプレックスの若い男の夢

〈自分は父親と一緒に歩いている。ロトゥンドゥ（Rotunde 円形ドーム）が見えるので、それがプラター公園（※ここに1873年万国博覧会のシンボルとしてロトゥンドゥが建てられた。1937年焼失）だと分かる。ロトゥンドゥの前面に小さな玄関が張り出していて、そこに気球が係留されてある。しかし、この気球はぐんにゃりしている。父が「これは何をするものなんだ？」と尋ねる。自分もよく分からぬまま、父になんとか説明をする。それから二人で中庭に入ると、そこに大きなトタン板が寝かせてある。父は辺りを見まわして、人がいないのを確かめると、その大きな断片をもぎ取ろうとする。自分は父に「管理人に頼めば良いだけですよ。そうすれば欲しいだけもらえます」と言う。この中庭から階段を下ってゆくと縦坑に繋がっていて、坑道の両脇には革製安楽椅子のような詰め物がしてある。坑道の行き当たりは長細い平面になっていて、そこからまた新しい縦坑が始まっている〉

この夢を見たのは治療困難なタイプの患者で、分析に大して抵抗を示さないようなのに、あるところから先になるとまるで接近不能になる人だった。しかし、夢の解釈となると、彼はほとんど私の助けを借りずにやってのけた。彼が言うのに、「ロトゥンドゥは私の性器です。その前にある気球は私の陰茎で、それがぐんにゃりしているのでちょっと悩んでいるんです」。

これを補足すると、丸いロトゥンドゥは彼の尻である。子供は尻を性器だと思っている。そして、小さな玄関は陰囊ということになるだろう。夢の中で、彼の父親は気球を指して「これは何をするものなんだ？」と尋ねている。つまり、父が息子に陰茎の用途を尋ねているのである。しかし、話は逆のはずだ。この夢で考えられていることは「自分がお父さんにそう尋ねてみたかった」という願望か、いやむしろ「もしもお父さんにそう尋ねていたら……」と次の文章を導く条件文と理解されるべきだろう。

トタン板が広げられている中庭は象徴的な読みをすべき部分ではない。これは商売の敷地の描写なのである。父親が商うのは本当は別の物質だが、私が守秘義務から、その物質を「トタン板」とした。それ以外は、元の夢を改変していない。患者は、父の会社に入って、父が怪しい商売のやり方をしているのに気がついて不満をもっていた。そこで、潜在的な思考が、〃もしお父さんに尋ねていたら〃という先の条件文に続いて、「お父さんはお客を騙すように僕を騙したに違いない」と言っているのである。

父親の不誠実な商いを表現するのに使われた〈もぎ取る〉abreißen《アプ・ライスン》という言葉について、患者自身は、自慰という意味だと説明をした。この語は確かに色々な夢でそういう意味になっている（※第6章C『花を通しての夢』で原注として herunterreißen《ヘアオンタ・ライスン》「引きはがす」は自慰の意味だとある。この語は俗語で「抜く」）が、この夢では、本来密かに行われるはずのこと（※トタンをもぎ取る、自慰）を、父があけっぴろげに行おうとするところに力点がある。こういう真反対の形で表現するのは、自分が質問をするのではなく父に質問をさせるという逆転と同じ型の表現方法である。

縦坑については彼は迷うことなく、「柔らかい詰め物をされたその壁」とは膣のことだと解釈した。ここでもひとつ補っておくと、そこを下るというのは、上るのと同様に性交を表現している。

最初の縦坑の次に細長い水平の場所があって、その先に新たな縦坑があるという細部に関しては、また彼自身が説明した。彼は、以前は普通に性交できていたが、現在は出来なくなっている。それで、現在のこの治療が上手くいってまた出来るようになるのを望んでいる、と言うのである。この夢は終わりの方が不明瞭になっている。夢の後半から別の話題になっていると考えるのが妥当だろう。その話題は、父の商売、父の不正行為、第一の縦坑（膣）が暗示していて、これらはすべて母親との繋がりに向かっているのである。

窓台は胸の膨らみ、洋梨は乳房――三十五歳の男が四歳のときに見たと言う夢

〈父の遺言執行人である公証人（父親は彼が三歳のときに亡くなった）が二つの大きな白い洋梨（※カイザービルネ種）を持ってきて、そのひとつを食べさせてくれた。もうひとつは居間の窓台に置いてある〉

目が覚めると彼は夢に見たことは本当のことだと思って、母親にしつこく二つ目の梨をねだった。窓台の上に置いてあるんだよ、と彼が言うと母親は笑った。

公証人は陽気な老人で、患者によれば、実際に一度梨を持ってきてくれたことがあったように思うとのこと。窓台も夢に見たとおりの物が家にあった。他のことは何も思い浮かばないが、もしかすると母が最近夢の話をしたことが関係あるかもしれない。それは、母の頭に二羽の鳥がとまっていて、いつ飛び去るのかしらと思っていても飛び去らず、一羽は口のところに来て口を吸う、という夢だ。

患者がろくに連想を思いつかないので、ここは代わりに象徴によって解釈を試みてもよいだろう。二つの梨は彼を育んだ母親の乳房である（一般にリンゴや梨は乳房の象徴）。家は人体の象徴だから、窓台は家の出っ張り、つまり胸の膨らみ。四歳だった彼が目を覚ました時の現実感は正しい。というのも母親は実際（通常の離乳期を超えて長い間）彼に乳を与えていたのだから、まだおっぱいを貰えるかもしれないと思ったのである。夢を翻訳すると、お母さん、前みたいにもう一度おっぱいを（見せて）頂戴、ということになる。前に飲んだことが最初の梨を食べたことで表現され、もう一度というところが二つ目が欲しいと表現されている。夢では行為の時間的反復は通常対象物の数で表される（※この規則は童話にも当てはまる。三回オオカミに出会ったこぶたは『さんびきのこぶた』と描かれる）。

象徴の使用が四歳児に既に見られたというのは目を引くことではあるが、これが例外というわけではなく、むしろそういうものなのだ。人は、最初から象徴使用をするのである。

人がどれくらい早くから象徴表現をするのかは、現在二十七歳の女性が問わず語りに話した思い出から分かるだろう。彼女が三歳の時、子守が彼女と十一ヶ月年下の弟、そして二人の間の年齢だった従妹を連れて散歩に出る前に、三人に「おしっこ」をさせた。彼女は一番年長だったので便座に坐り、あとの二人は溲瓶を使った。彼女が従妹に「あなたも蝦蟇口なの？　ウォルターは小さなソーセージで、私は蝦蟇口なんだけど」と尋ねると、従妹は「私も蝦蟇口よ」と答えた。子守がこれを聞いて嗤い、（あとで）この会話を伝えたものだから、お母様に厳しく叱られた、と言うのである。

第6章　夢の仕事

夢を読み解く重要なポイントは

旧来、夢の解釈と言えば、覚えている夢の中身（顕在的内容）から意味を引き出そうというものだった。しかし、我々の方法で分かったのは、自由な連想によって明らかになる潜在的な夢の思考というものがあり、夢という現象を解明するには、夢の顕在的な内容ではなくて、この潜在的な思考を調べなくてはならないということだった。そこで次に課題となるのは、潜在的な思考と顕在的な内容が如何なる関連を持っていて、どのようにして前者が後者となるのかという過程を研究することである。

潜在的な思考と顕在的な内容はひとつのことを別々の言語で表現しているようなもので、（あるいは、特定の顕在的な内容は、該当する潜在的な思考の別バージョンのようなもので）、この二つを比べるのは、ある言語の文字や文法を学ぶのに翻訳文を参照するようなことである。潜在的思考（※翻訳文に相当）を理解することは容易い。他方、夢の顕在的内容（※原文に相当）はあたかもヒエログリフ（※古代エジプトの神聖絵文字）の巻物のようで、ひと文字ひと文字、潜在的思考の言葉と照合しなくてはならない。もし個々の絵文字の意味ではなしに、いきなり絵の全体を読み解こうとすれば、当然どこかに迷い込んでしまうだろう。夢を判じ絵（レブス）と考えてみてもよい。たとえば家がひとつ描かれてある。その屋根にはボートが載っている。次に文字がひとつ書かれ、それから人がひとり走っているが、頭がなくて、その代わりに省略記号が書いてある……。こんな絵は馬鹿げている！　と言うことはたやすい。ボートは屋根には載らないし、頭のない人間は走れない。しかも人が家より大きいだなんて。もしこれがなにかの景色だとしたら、自然にはあるはずのない文字があるのも変だ。しかし、判じ絵を判じるためには、こんな文句を言い募らないで、ひとつひとつの形象を、ある繫がりが見えてくるように、音節か単語に置き換えなくてはならない。そのようにして置き換えた言葉を連ねてみると、もう、意味がないどころか、実に美しく意味の深い詩が現われる（※「屋根にボートの判じ絵」の、その「詩」は記載されていない）。

夢はそんな判じ絵のようなものなのに、夢解釈の先達ときたら夢を普通の絵画のように扱い、その結果、夢は意味も価値もないものにされてしまったのである。

A　圧縮

潜在的思考が圧縮されて夢の顕在的な内容になる

量が多いのは必ず、潜在的な夢思考

夢の潜在的思考と顕在的内容を較べてみて最初に分かるのは、そのふたつの間で大掛かりな圧縮が行われていることである。実際の夢が簡単で曖昧でつまらなくても、その夢で考えられていることは広範囲で豊富である。夢自体は文字にするとノート半頁にしかならなくても、その夢の

思考を説明する解釈（※自由連想によって明らかになる夢の意味）は、その六倍八倍十二倍もの分量になる。その比率は夢毎に違う。しかし、その比率が逆転することはない。それなのに、一般に、顕在的な夢内容が材料の全てだと思われていて、圧縮は過小評価される。実際には、分析を進めると背後に隠れている考えが次々と明らかになるものだ。以前指摘したように、夢を解釈し尽くすことはできなくて、たとえ、これで全部だろうと満足してみたところで、まだほかの意味が残っている可能性がある。そういうわけで、圧縮比は厳密には決められないが、潜在的な思考と顕在的な内容の量の違いは確かで、従って、夢が形成されるときに心的な材料がかなり〝圧縮されている〟という結論になるのである。

一般に、夜の間にたくさん夢を見ていたのに、後になると、その殆どを忘れてしまったという気がするものである。だから、我々が思い出すのは全体のほんの一部であって、もし全部を思い出すことができれば、夢が元々考えていた内容と同じ位の量になるだろう、と考える事も出来る。これは部分的には正しい。夢は目覚めた直後に最も忠実に思い出され、それから夕方に向かうに従って記憶が飛び飛びになる。また、我々は覚醒直後にも、その時に思い出せるよりもっとたくさん夢を見たという感覚を持つ。これもよく知られていることだが、実は、それは錯覚で、その由来については後に（第7章A）述べることになる。ひとつ言っておくと、〝夢が圧縮されている〟と想定しても、それは夢が忘却されるということではない。忘却どころか、夢の断片なら、誰しもたくさん覚えているではないか。

また別の疑いを持つ向きもあろう。分析の際には、顕在的な内容のひとつひとつに対して膨大な連想が引き出されてくるが、そもそも、この連想の全てが果たして夢の潜在的な思考なのか、と言うわけである。本当に、この連想の全てが睡眠中に考えられていたものなのか、夢の形成に参加していたものなのか。むしろ、夢の形成とは無縁なものが、分析中に思い付かれただけではないのか。

確かに、連想は分析のときに初めて起きる。しかし、初めて連想が生じたと言っても、それは潜在的な思考のなかで（※たとえばXという経路で）結びついていた考え（※A）と考え（※B）の間に、今、もうひとつ別の繋がり（※連想によるYという経路）が見い出せたということなのである。新しい連想（※Y）は（※ずっと明快な）ショートカットのようなもので、（※AとBの間に）元々繋がり（※X）が存在していなければ生じようがない。分析で見つかる考えは、一見、夢の形成と無縁のようであっても、そこから連鎖を辿って行くと、必ず夢の顕在的な内容に表現されている考えに到達する。そして、その考えは、夢全体の意味を知るのに不可欠なのに、連想の連鎖を辿らない限り到達できないものなのである。この観点で、『植物学モノグラフの夢』（第5章A）を見て頂くと、如何に、潜在的な思考が〝圧縮されて〟顕在的な内容として表現されているか分かるだろう。

夢の潜在的思考と顕在的内容

さて、問題は、いかにしてその〝圧縮〟が起きるか、ということである。

夢の潜在的思考のほんの一部しか顕在的内容に現われないことを鑑みると、圧縮は省略によって行われているのだろうと推定できる。つまり夢の顕在的内容は潜在的思考の正確な投影図ではなくて、実に大雑把な略図というわけだ。もちろん、これは、直ぐに明らかになるように、不十分な見解である。しかし、これをさしあたりの足掛かりとして、その先を考えてみよう。もし、夢の潜在的思考のうち、ほんの少しの要素だけが顕在的な内容に到達するのであるなら、その要素はどんなふうに選択されているのだろうか？

この答えを得るためには、圧縮を通り抜けた後の要素に注意を向けるのがよい。私が、著しい圧縮のみられる『植物学モノグラフの夢』から得た結論は、次のようなものである。

ひとつの顕在的内容の要素は幾つもの潜在的な思考によって多重的に規定されるだけでなく、個々の潜在的思考がまた幾つもの顕在的な内容を形作る要素で表現されている。夢が形成される過程は、選挙区ごとに代議士が選ばれるような具合にはなっていない。つまり、一群の潜在的思考を代表するひとつの顕在的内容が作られ、次の一群の潜在的思考からまた別の顕在的内容が作られるということはないのである（※ここで前提となっているのは当時のウィーン市議会議員選挙。１８６１年に定まった新しい選挙法で、納税額別の三つの選挙人団がそれぞれ四十名の議員を選挙区ごとに選出することになった。ちなみに、このとき有権者は合計でも人口の３・５％程度だったので、以後、選挙権の拡大が行われた）。実際には、夢の〝潜在的思考の全体〟が推敲され、その過程で強く支持された要素が顕在的内容に入る資格を得るのである。従って、この過程は scrutin《スクリュタン》 du《デュ》 liste《リスト》 に見立てることが出来るかもしれない（※正確には scrutin de《ドゥ》 liste　１８８５年制定のフランス第三共和国の、これまた新しい選挙制度。各県一区の大選挙区制で、各会派の候補者名簿に対して投票が行われ、名簿上位者から当選）。どんな夢を解析しても、私はいつも同じ基本原則を見出す。すなわち、どの顕在的内容の要素（※当選者）も〝潜在的思考の全体〟（※候補者名簿）から作り出されていて、いくつもの潜在的思考（※名簿にある全ての候補者）と繋がりをもっているようなのである。

次に、夢の顕在的内容と潜在的思考との相互関係がよく認められる例を紹介しよう。これは私が治療している閉所恐怖の男性患者が見た夢である。この珍しくも天真爛漫な夢になぜ私が次のようなタイトルを付けたかは、直ぐにお分かり頂けることだろう。

『素敵な夢』または『サフォの夢』

〈馬車で大勢の人々と一緒にX通りを進んでいる。と、飯屋（※Einkehrwirtshaus《アインケールヴィアツハォス》は街道筋などにある食堂兼宿屋。たいていは馬を繋いでおくための中庭つき）がある。その敷地で劇が演じられていて、自分はある時は観衆で、ある時は俳優になっている。芝居が終わると皆出かけるので着替えなくてはならない。階上の者は階下の者の支度ができていないので自分たちが降りて行けないと苛立っていて、諍いが起きる。兄は階上に自分は階下にいる。こんなふうにせき立てられて、自分は兄に腹を立てている。……（この辺りは不鮮明）。実際には、到着したときにはもう誰がどの階と決められていた。それから自分はひとりでX通りを街に向かって上り始めるが、足が重い。とても疲れて、動けなくなりそうだ。中年の男が一緒に歩いていて、イタリア王の悪口を言う。坂を上り切ると、歩みはずっと楽になる〉（※イタリア王。サルディーニャ王ヴィットリーオ・エマヌエーレ2世 1820-78 かその子ウンベルト１世 1844-1900 のことだと思われる。サルディーニャ王国軍はフランス帝国軍と連合して、１８５９年のソルフェリーノの戦いでオーストリア帝国軍に勝利した。その結果、１８６１年オーストリアにヴェネツィア以外のロンバルディア・ヴェネトを割譲させ、またイタリアへの不干渉を約束させて、イタリ

ア王国の礎を築いた）

上り坂の大変さがありありと感じられていたので、彼は目覚めた後、しばらく、これが夢なのか現実なのか分からなかった、と言う。それで、私は、いつものやり方とは違うが、この上り坂の部分から解釈を始めることにした。

患者が夢で見、そして恐らく夢を見ながら実際にも感じていたはずの難儀、坂を上るときに息を切らしたことというのは、何年か前に彼が実際に起した症状で、当時は他の症状と合わせて、結核と診断されていた（本当は、ヒステリー性の偽装だったろう）。

この種の行動抑制は葛藤の表現である。露出の典型夢（※第5章D）では、裸を露出したい・隠したいという葛藤を表していたが、ここでも、何らかの葛藤を表現する便利な道具になっていると考えられる。

ところで、この夢には、坂の上りが初めのうち大変で、登り切ると楽になったという特徴がある。私が彼の話を聞きながら思い出していたのは（※患者だけでなく、医者もまた連想することが解釈には重要）、アルフォンス・ドーデの『サフォ』（※1884年）の見事な導入部のことで、若い男が年上の愛人（※かつて、ギリシア詩人サフォの彫像のモデルとして名を馳せた娼婦）を抱えて階段を上ってゆくのだが、彼女が羽根のように軽いのは初めの内だけ、上るにつれて次第に重荷になるのだった。この場面のこの感覚がふたりの関係を暗示していて、それを描くことでドーデは若者たちに、卑しい出自、怪しい過去の女たちに傾倒してはならないと警告しているのである。

私がこれを連想したのは、患者が最近ある女優と恋愛し、そして破局に至ったことを知っていたからである。もちろん、この私の連想がそのまま患者に受け入れられると思っていたわけではない。夢では最初の上りが大変で上り切ると楽になるのだが、『サフォ』は〝その逆〟だからである。しかし、驚いたことに、患者は、私の話を聞くと、それは前の晩に見た芝居の中身ともぴったり合っていると言った。

芝居は『ウィーンを巡る』という題で、ちゃんとした家柄の娘が売春婦に転落し、上流社会の人々との関係を梃子に「上って行く」ものの、最後にはまた「落ちぶれる」という話だった。この芝居の話をしていて、彼がまた思い出したのは数年前に見た別の芝居のことで、その題は『一段一段』といい、ポスターに階段が描かれていたという。

X通りというのは、彼が最近までちょっとややこしい関係をもっていた女優の家のある通りだった。その通りに飯屋はない。しかし、近場に、その女性と一夏を過ごした小さなホテルがあった。ホテルを引き払うとき、彼は御者に「シラミにたかられなかったのがせめてものこと」と言った（彼はシラミ恐怖症だった）。すると、御者は、「誰があんなところに泊りますかね？　ありゃホテルなんかじゃなくて、田舎の飯屋（※後出 Einkehr《アインケール》 Wirt Haus《ヴィアトゥハオス》 三語の合成語）ですぜ」

この話をしてから、彼が直ぐに思い出したのは次の一節だった。

不思議なほど穏やかな主人のもと、
そこに私は最近客となった。

ウーラント（※1787-1862 ドイツの詩人）のこの詩（『放浪の歌』8 Einkehr 宿屋）に出てくる主人 Wirt《ヴィアトゥ》 というのは、実際には、リンゴの木のことである。そして、ここからまた連想が働いて、彼は別の一節を思い出した（ゲーテ『ファウスト』第一幕二十一場、ヴァルプルギスの夜）。

ファウスト（若い娘と踊りながら）
かつて素晴らしい夢をみた
リンゴの木があって
二つの美しい実が輝いていて
魅せられて、僕は登って行った。

美女
リンゴとくればあんたたちは、
エデン以来大好きよね。
私は嬉しくてたまらない
私の果樹園にもそれがなっているなんて。

リンゴの木や実が何を意味しているのか。疑問の余地は微塵もない。青年が女優の魅力の中でもとりわけ気に入っていたのは、その素敵な胸だったのだ。

というわけで、夢の「上り坂」から（※『サフォ』の導入部、前の日に見た「落ちぶれて行く」芝居、数年前に見た『一段一段』という芝居の階段のポスターを経て）女優に至る繋がりも、夢の「X通りの飯屋」から（※X通りのホテルのことを「田舎の飯屋」と言った御者のコトバ、ウーラントの詩「宿屋」に出てくる主人＝リンゴ、『ファウスト』のリンゴを経て）乳房に至る繋がりも、共に、最近別れた愛人を仄めかしていることになる。

口には出せない潜在的な望み

さて、夢の中には、患者の兄も登場しているのだった。兄は階上にいるが、彼自身は階下。しかし、私が知っているのは、実際は〝その逆〟だということで、彼の兄は没落したが、患者の方は社会的な地位を保っている。しかし、夢の話をしていて彼は「自分は一階（parterre《パルテア》）だった」とは言わなかった。それではあまりにも露骨だからだろう。というのも、財産も地位も失った人のことを parterre つまり「落ちぶれた」と言うのだから。

〝その逆〟と言えば、また『サフォ』がヒントになる。『サフォ』では男が自分の愛人を抱えていたが、これを逆さまにしてみると、女が男を抱えている話になる。つまり夢の潜在的思考では、乳母が重い乳飲み子を何とか運んでいるのではないか。考えてみれば、先ほどの乳房の件も、女優の胸からさらに遡って、彼が子供時代に受けた印象に到るはずで、当然それは彼の乳母と関係があるだろう。そして子供にとって乳母の胸は飯屋（Einkehrwirtshaus 食堂兼宿屋）のようなものなのである。

さて、ドーデがサフォという名前を選んだのがレスビアンと無縁ではない（※サフォの出身地がレスボス島）のと同様に、患者が夢の中で「上」と「下」で人々が何やら行っているという夢をみたのは、彼の性的な空想のせいであり、彼の神経症と関連がある。しかし、夢の解釈からは、そこに描き出されていることが空想であって現実の記憶ではない、と示すことまではできない。夢の解釈は夢の潜在思考を扱うが、それが現実かどうかは、別の（※患者の生活史や神経症治療による）判断に委ねられている。ただし、現実か空想かということは、夢など心的形成物にとっては、さほど価値に違いがあるわけではない（※空想も心的には現実と変わりなく本人に影響を及ぼすということ）。

〈大勢の人々と一緒に〉という部分は、前に露出夢に登場する見物人の箇所（第5章D）で説明した「見知らぬ人（たち）」同様に、自分の側に何かの〝秘密〟があることを示している。〈兄〉の登場は子供時代の光景（※〈兄は階上に自分は階下〉にいて、何かをしているということから、幼年期の遊びに連想が繫がり、その時期の母親を巡ってのライバル関係）に遡ることだろう。そして、さらには、大人になってからの恋の〝ライバル〟たちの出現をも表現しているに違いない。〈イタリア王の悪口を言う〉男のエピソードは、最近実際にあった、ある些細な体験に由来しているが、身分の低い者が上流社会に割り込もうとしている世相（※キリスト教社会党が大躍進し、頭領のルエーガーが皇帝の不裁可を乗り越え1897年に市長に就任できたのも、新たに選挙権を得た〝身分の低い者〟を反自由主義・反ユダヤ主義で煽動したのが功を奏したからだった）と関連している。しかし、他方、ここの箇所はまた、まるでドーデばりに、乳飲み子は〝大それたこと〟を考えてはならない、と訓戒を垂れているようでもある（※ここにフロイトは注を付けて、この患者の場合、母が「乳母役を務めた」事実が分かった、と述べている。当時のブルジョワ階級で母親が自分の子に母乳を与えるのは尋常ではなかった。近親相姦忌避のような感覚が漠然と共有されていたと思われる。フロイトは、ここで念を押すかのように、女好きの別の青年が、子供のとき乳房を銜えさせてくれた乳母が美人だったから、「チャンスを生かせなかったのが残念」と言っていたと書いて、「同じような残念さが、この夢の源であることは間違いない」と結論づけている。前述の〝秘密〟も母を巡っての〝ライバル関係〟も、このことへの言及）。

夢の形成に於ける圧縮についての次の例は、私が精神分析治療を行っているある夫人の夢である。患者の酷い不安状態に伴う形で、夢には性的な材料が豊富に含まれていて、そのことに気づいて患者は驚くと同時に恐れもしたのだった。解釈がまだ完了していないせいで、繋がりが分かっていない部分があり、この報告はまとまっていない。悪しからず。

『コガネムシの夢』

〈コガネムシ(※"五月甲虫"。コガネムシと似ているが別の亜科)を箱の中に二匹入れておいたんだ、と思い出す。自由にしてやろう。そうしないと、窒息してしまう。箱を開けてみると、コガネムシたちが弱っている。一匹はようやく開いた窓から飛んで行ったものの、もう一匹は、誰かに言われて窓を閉めたときに、押しつぶしてしまう。(嫌な気分)〉

患者の連想

「今夫は旅行に出ていて、その間、十四歳の娘が脇のベッドで寝ています。昨夜、娘が水差しに蛾が落ちていると教えてくれたのに、取り出し忘れていて、朝見ると死んでいました。可哀想なことをしました。それから、寝るときに読んだ本に、男の子たちが猫を沸騰したお湯に放り込んで、猫が悶え苦しむという話がありました」

このふたつの出来事それ自体には大した意味がないが、夢の誘因となっている。

その後の連想でも、動物虐待のテーマが心から去らず、患者は、何年も前、避暑地で娘が残酷なことを次々とやるので参ったという話を始めた。「蝶のコレクションをするから蝶を殺すヒ素を頂戴と言ったり、蛾が体にピンを刺されたまま部屋の中をしばらく飛び回ったりということがありました。また別の時には、サナギになるまで飼うと言っていたのに、イモムシを餓死させたんです。この子は幼いときにもコガネムシや蝶々の羽根をむしることがよくありました。だけど、今はまるで対照的。そんな残酷なことは、話を聞いただけで震え上がってしまうでしょう。すっかり心根のやさしい子になったのです」

それから、患者は、この「まるで対照的」ということに関心を移して、エリオットの長編小説『アダム・ビード』（※1859年）に容貌と性格の不一致が描かれていたのを思い出した。美しくも見栄っぱりで愚かな娘と、不細工だが心の清らかな娘。間抜けな小娘を誘惑する貴族と、清廉で行いの正しい労働者。「こういう見かけと中身の違いって、誰にも分からないですよね？性欲に苛まれていても、外見からは分かりませんよね？」

それから彼女が思い出したのは、娘が蝶のコレクションを始めた年、その地域がコガネムシの大量発生に見舞われたということ。あちこちで子供たちが狂ったようにコガネムシをたたき落としては潰したりしていた。ある男がコガネムシの羽根をむしり取って、胴体を食うのを見たこともある。コガネムシ（※五月甲虫）の五月ということで言えば、彼女自身五月生まれで、結婚したのも五月だった。式の三日後、彼女は実家の両親に、自分がどれほど幸せかという手紙を書いたのだが、本当はちっとも幸せではなかったのだとか。

夢を見る前夜はというと、古い手紙を引っ張りだしてきて、真面目な手紙や滑稽な手紙を家族に読んで聞かせたりしたらしい。その中に、娘時代にピアノ教師の寄越したご機嫌取りの手紙や求婚してきたある貴族からの馬鹿馬鹿しい手紙もあったという。(原注：これが夢の本当の誘因である。※『アダム・ビード』が連想されたのも、そこに「小娘を誘惑する貴族」が出てくるせい)「娘のひとりがモーパッサンの、子供に良くない本に手を出したんです(原注：若い娘には「毒」という意味だろう)。私のせいだと思いますわ」(原注：患者自身、若い頃、その手の本に読み耽っていた)。それから患者は、娘がヒ素を頂戴と言った一件に関して、『ル・ナバブ』(※1877年ドーデ作)でモラの公爵が若さを取り戻すのに使ったヒ素の丸薬のことを思い出した。

コガネムシを〈自由にしてやろう〉という夢の部分で患者が連想したのは『魔笛』の一節だった(※第一幕、ザラストロが囚われのパミーナに歌う)。

お前に愛を強いることはしないが、
さりとて、お前を自由の身にもしない。

〈コガネムシ〉については、『ケートヒェン』(※フォン・クライスト 1777-1811 の戯曲『ハイルブロンの少女ケートヒェン』1808年一部刊行)の次の一節が連想された。

あなたは、まるでコガネムシのように、私に恋している
(原注：連想は、さらに同じ詩人の1806年刊行『ペンテジレーア』に到る。愛する人への残忍な仕打ちがテーマである)

そして連想は、『タンホイザー』(リヒャルト・ワグナーのオペラで1845年初演)の一節に到った。

お前は邪な欲望に満たされて……

これは『魔笛』と『ケートヒェン』を繋ぐものだろう。

コガネムシに圧縮された性的願望

彼女はいつも留守がちな夫のことを心配しながら暮らしている。旅行中の彼に何事かが「起きる」のではないかという恐れ。そのことが、色々な白昼夢に顔を覗かせている。以前の精神分析で、彼女は、自分に無意識ながら、夫が「年寄りじみていること」への不満があることに気づいていた。

さて、この夢の数日前、患者は何か用事をしていて、突然、夫に「首を吊れ」と命令する言葉が頭に浮かんで仰天したと言う。そこで前後の話を聞いてみると、その数時間ほど前に、首を吊るとひどく勃起するという記事を何かで読んでいたと明らかになった。つまり、夫の勃起を望む気持ちが、とんでもない形をとって、抑圧を回避して出現したのだった。「首を吊れ」とは、「どんなことをしてでも勃起しろ」ということだったわけである。『ル・ナバブ』に出てくるジェンキンス博士がモラの公爵に処方するヒ素錠も勃起の媚薬だった。しかし、聞いてみると、患者は、もっとも強力な媚薬カンタリジン（※甲虫類から1810年に分離された有機化合物）が、コガネムシの一種スペイン蠅（※甲虫。蠅ではない。体内にカンタリジンを含み、粉末を摂取すると尿道充血を起すが、それが性的興奮と取り違えられて媚薬として用いられた）を〈押しつぶして〉作られることを知っていた。

これが夢の目差しているところだったのである。

夢には〈窓〉が出てくるが、これの開け閉めでいつも夫と言い争いになっていた。彼女は窓を開けて寝るのが好きだったのに、夫は閉めているのがよかったのだ。夢の〈弱っている〉とは、彼女が受診するに至った主症状のことである。

以上の夢は分析をやり尽くしたケースではないので、ここで以前詳しく説明した夢を取り上げて、夢の顕在的な中身が多様な決まり方をしていることを示そうと思う。取り上げるのは『イルマの注射の夢』（第2章）である。この例を用いると、夢が形成されるに際して、圧縮の仕事に幾つかの手段が用いられていることを容易に理解して頂けると思う。

『イルマの注射の夢』における圧縮

夢に出現するのが一人でも

夢の中のイルマは実際と同じ姿をしており、初めのうちは彼女自身を表現していた。しかし、私が窓際で診察しようとしたときに彼女がとった姿勢は別の女性についての記憶から採られていて、それは分析で明らかになったように、私がイルマの代わりに患者にしたいと思っていたイルマの友人なのである。更に夢が進むにつれて、イルマの姿は変わらないのに、その意味は次々と変わってくる。

夢のイルマにはジフテリア偽膜がある。これはうちの長女がこの病気になって私達がとても心配したことを思い出させるが、この背後には、長女と同じマティルダという名前の中毒死した患者が隠れている。他方、娘を媒介にして、イルマはその姿のまま、さらに小児病院の外来で診たひとりの子供患者になる。そして、あのときの診察風景から同僚たちの資質の差が言及される。

診察で口を開くように言っても嫌がる点で、夢のイルマはまた別の女性（※綺麗な住み込み家庭教師）を表現する。そして同様に、歯が悪いからと頑として口を開けたがらない私の妻をも表現している。さらに分析で分かったのは、イルマの口中の病変が他の多くの人たちへの言及になっていることだった。

イルマ以外の人々は、誰ひとりとして夢の中に姿を現わしていない。みんな夢のイルマの背後に隠れている。イルマは集合的なイメージになっていて、それだけに矛盾した特徴をもっている。イルマは圧縮の過程で消えた人々の代表であり、これらの人々の特徴が、片っ端からイルマのものにされている。

夢の中のドクトールMもまた、別のタイプの集合的な人物である。複数の人物の特徴をまぜこぜにして、ひとつのイメージが仕立て上げられている。彼は現実のMの名前を持ち、Mのように話し振る舞うが、その身体的特徴や病気は私の長兄のものだ。ただ青白い顔という特徴は、現実のふたりに共通している事柄であって、逆に言えば、この特徴はふたりを同時に表現していることになる。ちなみに、私の『ブロンド髭の叔父の夢』（第4章）に出てくるR博士も同じように混ぜこぜにされている人物である。ただ、混合のやり方が違っていて、ちょうどガルトンの合成肖像写真（※チャールズ・ダーウィンのいとこ。犯罪者の特徴を見出すために顔写真を重ねて露出する作業を試みた）のように、共通する特徴は強調され、異なる特徴は相殺される。『叔父の夢』では、ブロンド髭が強調されていた。かように、R博士やドクトールMのような混ぜこぜの人物やイルマのような代表的な人物を作ることが、夢の圧縮の主な工程のひとつなのである。『イルマの夢』に出てくる「ディゼンテリー（赤痢）」も重層的である。ひとつには、音が「ディフテリー」と似ていなくはないし、またひとつには私がヒステリーの患者を中東に送り出したら、あちらで赤痢と誤診された出来事とも繋がっている。

圧縮のまた別の興味深い例は、夢でひとこと言及されている「プロピレン」Propylen だ。分析のときにもう少しこの語に注意を向けていたら、それが「プロピレエン」Propyläen と音が似ていることに気づいて、私は驚いたに違いない。プロピレエンはアテネばかりでなくミュンヘンにもある（※ミュンヘンの市門。本来、アテネのアクロポリスなどに見られる古代ギリシアの門建築の様式のこと）。私はあの街を、一年前に訪れて、当時重病だった友人フリースを見舞ったのだった。つまりフリースのことを、トリメチルアミン（※正確にはトリメチルエチレン）だけでなくプロピレンによっても言及していたわけだ。

潜在的思考にあったアミレン（※炭素5水素10の化合物。ペンテンの古称。ただし、第2章では炭素5水素11の「アミル」と述べられている）が顕在的な夢ではプロピレン（※炭素3水素6。現在はプロペン）に置き換えられていた。この過程をはっきりさせるために整理すると、一方にオトーを巡る一群の考えがあり、他方にフリースに関わる一群の考えがある。オトーは私を理解せず、私の治療が間違っていると言わんばかりで、しかも彼のくれたのがアミレンの臭い酒（※第2章では「フーゼル」とある。これはアミレンではなく、アミルアルコールを主成分とする安酒）で、それが夢を見るきっかけになったのである。他方、フリースは、対照的に私を理解してくれ、私を正しいと言い、トリメチルアミンが性の化学物質だという説を教えてくれた。

この夢は、私を不愉快にさせた人たちに対して別の人を、いわば敵に当たるための援軍のように繰り出してくれるのだが、「オトーのくれたフーゼル酒に私が〝アミレン〟を嗅ぎ付けプロピル製剤を連想した」というオトーの系列に対しては、「私がフリースを見舞ったミュンヘンのプロピレエンは化学物質の〝プロピレン〟に音が似ている」というフリースの系列が覆いかぶさり、圧縮が生じてアミレンがプロピレンによって表現されることになったのである。

コトバや名前の圧縮

夢の中の奇妙なコトバたち

夢の圧縮がどのようなものか、一番分かり易いのは言葉や名前の場合である。夢の中のコトバはしばしばモノのように扱われ、その結果、夢は滑稽な語や奇妙な語を創り出す。

ある女性患者のポレンタの夢

〈私たち夫婦は、田舎のお祭りに行っている。私は「これはマイストルミュツ (Maistollmütz) になるわ」と言う〉

夢の中で彼女はぼんやりと、これはポレンタ（※トウモロコシ粉の粥）みたいなものかなと感じていたという。Maistollmütz は分解すると、Mais《マイス》「トウモロコシ」、toll《トル》「狂った」、mannstoll《マンストル》「男狂い」、Olmütz《オルミュツ》（※チェコの都市オロモウツ）になるが、尋ねてみると、そのどれもが食事のときの話題に出ていた語だった。Mais という語だけでも、折しも1898年に開催されていたフランツ・ヨゼフ1世即位五十年記念博覧会のこと、Maißen《マイセン》製の鳥形陶磁器のこと、Olmütz へ旅行に行った親戚のイギリス人 Miss 某のこと、ウンザリという意味のユダヤ俗語 mies のことなどといった色々な話題との繋がりがあった。そして、この合成語の他の音節部分も、同様に、色々な話と関連があったのである。

ある若い男の電信機の夢

前の晩遅く、訪問者がドアベルをならして名刺を置いて行った。その夜にこの夢をみた。

〈ある商人が夜遅くまで、室内電信機 Zimmertelegraph《ツィマテレグラフ》の調整が終るのを待っている。彼は立ち去るが、その後も電信機は打電音がしては休み、また鳴るということを繰り返した。使用人が彼を呼びに行くと、彼は「普段は tutelrein《トゥテルライン》な人がこれくらいのことにも対処できないなんて不思議じゃないか」と言う〉

夢を誘発した些細な出来事（夜中の来訪者、ドアベル）は、ごらんの通り、夢のひとつの要素（夜遅くまで続く電信器の打電音）にしか関与していない。夢の出来事がともかくも意味を持つのは、それが少年時代のある経験と結びつくからだ。子供だった彼は寝ぼけてコップの水を零し、それが電信ケーブルにかかって、ひっきりなしに打電音が鳴る事態になった（※1836年にモールスとヴェイルによる電信システムが開発され、ほぼ三十年で世界中に電信網が張り巡らされた）。彼の父親は、そのせいで眠れなかった。というわけで、彼の中では、音が鳴り続けることはケーブルが濡れたこと、ひいては水が垂れていることを現しているのだった。「tutelrein」の語は三様に分解され、夢の潜在的な三つの思考を表現しようとしている。Tutel《トウテール》「後見」は、俗語で女性の胸を意味する。これは、もしかするとTüttel《トュテル》「乳首」かもしれない。そして接尾語rein《ライン》「清潔な」は室内電信機Zimmertelegraphの最初の部分と組み合わさってzimmerrein《ツィマライン》（※犬などのトイレットトレーニングが出来ていること）となり、これまた床を濡らす濡らさないに関係している。そして、実は夢を見た男の家族の名とも音が似ているのである。

夢で言葉が変形される有様は、パラノイアやヒステリー、強迫症で行われる語新作（※精神医学用語。個人的な新語形成）ととてもよく似ている。子供たちは、ときに言葉をモノのように扱って、新しい単語や人工的な構文を作ることがあるが、同じことが夢や神経症でも行われるのである。

夢における無意味な語形成を分析すると、夢の仕事で行われている圧縮をよく示すことができる。ここでとりあげたのが少しだからと言って、こうした例がめったになく、例外的なものだと結論づけないで頂きたい。それどころか、非常に高い頻度で起きているのである。夢解釈は単独で行われるよりも、むしろ精神分析治療に付随して行われるので、語の圧縮例が取り出されて記録されたり報告されたりすることが少ないだけなのである。

『Autodidasker《アォトディダスカ》の夢』

あるとき、私は二つの断片からなる夢をみた。初めの断片は、

〈Autodidasker〉

という新造語ひとつだけ。しかし、わたしはそれをはっきりと覚えている。これは、分解すると簡単にAutor《アオトア》（著者）Autodidakt《アオトディダクトゥ》（独習者）になり、そしてLasker《ラスカー》（という人名）が思い付かれるが、これはさらにLassalle《ラサール》（人名）へと繋がる。

まず「著者」といえばダーヴィド（※1859-1906 十四歳の時にチフスにかかり、視力と聴力に重い障害が残ったが、大学に進学し、雑誌編集者・作家として活躍した）のことだと思う。彼は弟（※アレキサンダー）の知人で、私と同じ町（※メーレンのフライベルク）の出身であるが、私はこの著名な作家の本を何冊か妻に渡していたのだった。

ある夜、妻がその一冊の話をした。本の中に出てくる、豊かな才能が放蕩によって浪費される痛ましく悲しい物語が胸に堪えたと言う。それで、そのあと私たちは、うちの子供たちにどんな才能が垣間みられるかという話に及んだ。また、妻が、この本を読んだら、うちの男の子たちの将来が心配になったと言うので、私は彼女を慰めて、そういう危険こそが教育で避けられるものなのだと述べた。

しかし、その後で、私は、妻が心配したことをもう一度考え、思いを巡らせた。私は弟から聞いていた作者の結婚についての見解（※作家自身は障害を乗り越えて三十二歳で結婚し、一女をもうける）を思い出したわけだが、そのせいで、私の考えは側副路を通って夢の中で描写されるに至ったのだろう。この側副路というのは、私たちの親しい婦人が嫁いで行ったブレスラォ（※ポーランド西部の街。現在はウロツワフ）に繋がっていた。女のせいで破滅するというのが私の心配の核だったが、その実例がブレスラォにあって、この町のラスカーという男は女にうつされた梅毒で死に（※フレミングによるペニシリンの発見は１９２８年。梅毒の治療はまだ未来のことだった）、同じくラサールは女を巡る決闘で命を失った。つまりこのふたりは女による破滅の二つのタイプを体現しているのである。これを一言で言うと「女を探せ」（※父デュマの長編探偵小説、１８６４年『パリのモヒカン族』でパリ警視庁長官ジャッカルの吐く決め科白がこの cherchez la femme。事件の陰に女ありという意味）という話になろう。そして女を探せと言えば、意味は異なるが、弟アレキサンダーが未婚だという話になる。彼の呼び名アレックス（Alex）は並べ替えると（※Lex-A と）ラスカーに似た音になり、それで私の夢の思考はブレスラォを経由したのだろう。

　このように、名前や音節で遊んでいるようでも、そこには弟に幸せな家庭生活を築いて欲しいという私の願いがある。私の夢は、画家を主人公にしたエミール・ゾラ（※Émile Zola）の小説『制作』（※１８８６年）をヒントにしたに違いない。この本の中で、作者はしばしば Sandoz《サンドス》という名前で登場して自分や自分の家族の安らぎについて述べている。恐らく彼は次のようにして名前を変化させたのだろう。Zola を、子供たちがよくやるように反対向きに読んで Aloz とし、これだけでは分かり易すぎるので、Al を、同じ音節で始まる名前 Alex(s)ander の第3音節 sand と取り替えて Sand・oz。私の夢の Autodidasker も似たようにして作られている（※La・sker の La に替えて Autodidakt の kt を除いた部分を当てて Autodida・sker)。

二者択一を描写する夢

さて、夢の第二の断片は、

〈次にN教授に会ったら「先日病状のことでご相談した患者は、先生が推察なさったように単な

る神経症でした」と言わなくてはならない〉

という内容だった。これは何日か前に実際にぼんやりと考えていたことで、それがそのまま夢に入ったのである。

その患者というのは、私の勤務医時代の終り頃に、診察を受けにやってきた人だったが、そのとき私には診断がつかなかった。患者の訴えからすれば脊髄障害なのだが、その症候がない（※診断は患者の〝訴え〟「Symptom」と医者が確認出来る〝証拠〟「Zeichen」が揃って初めて成り立つ）。神経症と診断すれば問題はなくなるのだが、私が神経症には欠かせないと考える性的病歴（※これが当時のフロイトにとっての〝証拠〟）を聞いても、患者はないと強く主張するのだった。

私は困惑して、誰もが尊敬し権威を認めているN教授に助言を求めた。彼は耳を傾けてくれ、君の疑問は正しいと言い、そして「経過観察を続けるといい。おそらく神経症だろう」と言った。しかし、教授は神経症の成り立ちについて私と見解を異にしていたから、私としては却って懐疑的になったのだった。

数日後、私は患者に自分の手には余るから別の医者に行くようにと勧めた。すると驚いたことに、患者はとても恥ずかしかったので嘘をついていましたと言って許しを乞い、私が想像していた通りの性的な原因を打ち明けたのだった。私はホッとしつつも、また同時に恥ずかしく感じた。N教授は、病歴に惑わされることなく、正しく事態を見抜いていた（※恐らく、Symptom だけあって、確認できる身体的 Zeichen がないのが神経症だと考えていたのだろう）。そこで私は、次に会ったら、あなたが正しく私が間違っていましたと言おうと決めていたのだった。

というわけで、夢の中で私は自分が言わなくてはならなかったことを言ったのである。しかし、自分が間違っていたと認めることが、一体、夢で叶えるべき望みになるのだろうか。なるのである。

N教授はブレスラォやその町の男と結婚した女性の家族と繋がりがあった。しかし、彼が夢に登場するのは、それだけのせいではない。

N教授は、私が相談した症例の話が終ると、話題を個人的なことに変えた。「君は、今、子供が何人いるのかね？」「六人です」彼は憂慮の表情で丁寧に頷くと、「女の子かね、それとも男の子？」「三人ずつです。私の誇りであり宝でもあります」「うん。ただ気をつけないとね。女の子は問題がないだろう。しかし、男の子には後々、教育上問題が起きるものだよ」。私は、今のところはとても素直に育っていますと答えた。

当然ながら、私にとって、うちの男の子たちに関するこの第二の診断は、先ほどの診断と同じく嬉しいものではなかった。そして、このふたつは相前後して起きたことだったので、ひと繋がりのものとして私の心に刻まれたのだろう。そういうわけで、夢に出てきた神経症患者の一件は、男の子の養育を巡るN教授との会話の表現でもあったのである。後者は殊にダーヴィドの本を読んだせいで妻が心配し始めたことと密接に関わっているから、夢の潜在的な思考としてはこちらの方が本題だろう。こうして、男の子たちの教育に関してN教授が言ったことが正しいかも知れないという不安とともに、そんな私の心配自体が間違っていて欲しいという私の願いが、夢の中に入り込む道を見出したのである。

ちなみに、不安と願い。私の判断が正しかったのか間違っていたのか。女で失敗するのは身体的なこと（ラスカーの梅毒）なのか精神的なこと（ラサールの決闘）なのか。この夢は、様々な二者択一を描写している。

B　置き換え

（※Verschiebung《フェアシーブンク》「ずらすこと」という日常語の転用。後に精神分析用語となって〝心的なアクセントの位置〟が〝心的なエネルギー〟と共に、他の考えやイメージに移動するという概念で用いられるようになり、「置き換え」と訳される。しかし、本書では、先ず夢の要素に関して〝心的アクセントの位置〟が移動する方にこのVerschiebungが当てられ、〝心的エネルギー〟が移動する面を強調する場合にはÜbertragung《イューバトゥラーグンク》「移すこと」という別の日常語を転用して、使い分けている。

Übertragungも後に精神分析用語となり「転移」と訳される。本書でも先へ行くと〝ある人に向けていた気持ちを無意識に他の人やモノに振り向ける〟という広く知られる意味で使われる。その現象にも〝心的エネルギー〟の移動を見るからだが、その際のエネルギー移動自体についてもフロイトはÜbertragungと言う。かようにこのÜbertragung「移すこと・転移」は夢要素のエネルギー移動、人に対する気持の移動、その際のエネルギー移動と三様の用い方がされているので、紛らわしいと思われる場合には、その都度注を付ける。またVerschiebung「ずらすこと・置き換え」の説明は原書で本節および本章Dの二ヶ所に分かれて記述されているが、この語の意味をはっきりさせるために、この節に纏める）

中心の置き換え

夢の圧縮の例を集めて検討していると、ひとつの重要なことに気付く。それは、中心的なテーマとして夢の顕在的内容に現われている要素が、時として、潜在的な思考では中心的ではないことである。逆に、潜在的思考で本質的な事項が顕在的な夢に現われているとは限らない。そして、顕在的な夢の中身が潜在的な中心とは別のものの周りに配置されているのである。

これを前節（※本章A）で圧縮の例として挙げた三例で見てみよう。『植物学モノグラフの夢』（※第5章A初出）で、夢の顕在的なテーマは明らかに「植物学」であるが、分析によって明らかになった潜在的な思考で専ら問題となっていたのは、ひとつは同僚間の濃厚な付き合いによる入り組んだ関係や葛藤であり、もうひとつは、私が趣味に浪費していることに対する非難だった。このどちらにも「植物学」の要素はなくて、強いて言えば、植物学は私の好きな科目だったことがないという点、つまり対立項目として緩く結びついているに過ぎない。

『サフォの夢』（※『素敵な夢』）では、顕在的内容の焦点は「上ったり降りたり」や「上にいる、下にいる」にあるが、潜在的思考の中心は下層階級の人との性関係の危険性にあるのだった。潜在的思考の単なる一要素が不相応に顕在的な内容に入り込んでいるようなのである。

同様に『コガネムシの夢』の潜在的な思考の中心は性と残酷さの関連にあった。残酷な要素は顕在的な内容に登場するものの、元とは違った関連性の中に置かれ、性との結びつきはない。本来の文脈から切り離されることで、別のものに変形されているのである。

もうひとつ例を挙げると『ブロンド髭の叔父の夢』（※第4章）でも、顕在的な夢の中心的な話題だったブロンドの髭は潜在的には大して意味がなくて、潜在的思考の核をなす誇大妄想症的な欲望とは何の繋がりもなかった。

これらの例と全く対照的なのが、『イルマの注射の夢』（第2章）で、各要素は、潜在的思考で占めていた地位を、顕在的な夢でも充分に保っているように見える。

なぜ置き換えが起きるのか

潜在的思考と顕在的内容の意味がずれている夢がある、というのは驚きである。潜在的な思考でスポットライトを浴びていた重要な要素が、夢が形成される過程の中で、大した価値がないもののように扱われて、元々はずっと価値の低かった他の要素に取って代わられる。これは、どういうことなのだろうか。

考えられるのは、夢の仕事が行なわれる際に、一方で重要な要素から価値が剝ぎ取られ、他方で、その要素と何らかの繫がりを持ってはいても重要でない要素が見つけ出されて、それに新たな価値が与えられ、夢の中に出てくるようにされているのではないかということである。もしそういうことなら、夢が作られるときに、個々の要素に「心的強度の転移や置き換え」(※前注のごとく、「転移」は心的エネルギーの移動、「置き換え」は心的アクセント位置の移動)が起きているわけで、その結果、夢の潜在的思考と顕在的内容の間にテキストの違いが生じることになる。今、想定している過程は、夢の仕事としては最も重要なことで、特別に「夢の置き換え」(※ここでは、心的エネルギーの移動に伴う心的アクセント位置の移動)と呼ぶに値するだろう。「夢の置き換え」と「圧縮」はいわば二人の現場監督のようなもので、夢の形成は主に彼らの働きによるのである(※しかし、先に見た『イルマの注射の夢』のように置き換えの乏しい例があることから、フロイトは後に、置き換えの有無によって、夢を分類してみている)。

さて、置き換えの結果、顕在的な夢はもはや潜在的思考の中核と同じものには見えず、単に無意識の中にある願いを変形・歪曲して映し出すだけのものになっている。ところで、先に見たように（※第4章）、夢の歪曲は、心的な力（※言論人とも言うべき第一のシステム）の作った望みにたいして、心的な当局（※お役所とも言うべき第二のシステム）が検閲を執行し、望みが意識に上る（※入城する）ことを許可する代わりに、望みに対して改変を課すことであった。「夢の置き換え」もそのような歪曲を行う主な手段のひとつだと考えられる。「犯人は、それで利益を得た者だ」（Is fecit, cui profuit. ※セネカ『メディア』に由来するラテン語の法廷用語。正しくはCui prodest scelus, is fecit. 略してCui prodest?「誰が利益を得たのか?」と用いられる）の通り、「夢の置き換え」の原因は、検閲すなわち心的防衛に違いないだろう。

絵画的な表現への置き換え（視覚表現化）

今述べた置き換えは、〝ひとつの考え〟が〝他の考え〟に置き換わることだった。しかし、分析をしていると、また違った置き換えがあることに気づく。ここで生じている置き換えは〝表現のされ方〟に関してで、その結果、ある考えに本来とは〝別の表現のされ方〟が与えられるのである（※さらに、次節Cでは、合成・同一視に関して〝人物間の共通点〟の「置き換え」が説明される）。夢の形成に際してこの〝表現のされ方〟に置き換えが起きるということは、理論的に興味深いだけでなく、夢が空想的で不条理なみかけをしていることにも光を当てるに違いない。この置き換えは、一般に、潜在的な思考が無彩色で抽象的な場合、その表現がより絵画的で具体的なものに取って代わられるという方向で働く。この取り替えの利点や目的は明らかだろう。絵画的であるほど夢の表現に向いている。ただ、それで抽象的な考えの充分な代用になるかというと、ちょうど新聞の政治的論説が挿絵画家に手渡されるようなもので、なかなか困難なはずである。しかし、そのような取り替えが成功したときの利点は大きい。表現困難なものが表現可能となり、従って圧縮や検閲も行い易くなるからである。例を挙げよう。

『オペラの夢』

夢は、抽象的な考えを強引にでも具体化する

知り合いの婦人の見た夢である。

〈オペラに来ている。演目はワグナーで朝の八時十五分前まで続いた。平土間の前部にも後部にもテーブルが設えてあって、人々が飲んだり食べたりしている。そんな席のひとつに、新婚旅行から帰ったばかりの従兄弟が若い妻と一緒に座っている。彼女の隣には貴族がひとり座っていて、噂によれば、若い妻がまるで帽子でも持って帰るように、おおっぴらに新婚旅行から連れて帰ってきたらしい。正面最前列の真ん中に高い塔があって、天辺に鉄の柵で囲われた壇がある。そこにハンス・リヒター（※1843-1916 当時の大指揮者。ワグナーの助手を勤めた）の風貌の指揮者がいる。彼は絶え間なく柵の内側を歩き回り、恐ろしいほど汗をかいて、その場所から塔の下に配置されたオーケストラを指揮している。自分はボックス席に女友達と座っている。妹が、こんなに長く続くなんて知らなくて、さぞかし冷え切っているでしょうと、下の平土間から大きな石炭の塊を渡そうとする。（あたかも、こんなに演奏が長いんだから、ボックス席に暖房が入っていてしかるべきだとばかりに）〉

この夢の〝状況〟はよく分かるが、内容はかなり荒唐無稽だ。平土間のど真ん中に塔があって、その天辺から指揮者がオーケストラを指揮している！　しかも、妹が石炭の塊を渡してくる！　私は患者に連想を尋ねることはしなかった。彼女のことを良く知っていて、もう解釈できていたからだ。彼女はある音楽家のことが好きだったが、その人は早くに精神病になって大成しなかった。桟敷席にある塔を〝文字通り〟に捉えると、彼女が会いたいと願っていた音楽家がハンス・リヒターの位置にいて、オーケストラの楽員の上に塔のように聳《そび》えているわけだ。この塔は「並列の複合体」であって、一方では、塔の高さが男の才能を意味し、他方では、塔の天辺の柵が、その中を動物（音楽家の名字は「Wolf」オオカミ）のように動き回っている男の最終的な幽閉の運命を物語っている。つまり、この二つが複合して Narrenturm（※Narrenhaus《ナランハオス》瘋狂院＋Turm《トアム》塔）とでも言うべきものになっているのである。

こうして、この夢の表現の仕方が分かったら、二つ目の荒唐無稽さ、妹が手渡してきた石炭の塊の件も「並列の複合体」だと考えて解くことが出来る。

彼女も彼女の女友達（私はこの人のことも知っている）も sitzenbleiben《ズィツェンブライベン》（※座ったままでいる、嫁に行き遅れるの意）だった。そのふたりに、まだ結婚の見込みのある妹が「こんなに長くなるなんて知らなくて」と石炭を手渡してきた。何が長くなるのかは夢に出てこない。これが普通の話であれば、当然それは演奏が、のはずだが、なにしろ多義的な夢の話なので、仮に「彼女やその友達が夫を見つけるのに」としておく。

そういえば、夢は、平土間のテーブルに着いている従兄弟の新妻の開けっぴろげな情事について言及しているのだった。患者の秘められた愛とこの開けっぴろげな愛、患者の情熱の炎と若い夫人の冷たさの対比。ちなみに[redacted]ところに立っている人」という表現は、才能の高かった音楽家と身分の高い情人との対比を媒介する[redacted]る。

ここで思い出されるのが、

どんな火も石炭も
熱く燃えることはない
人知れず、
秘められた愛ほどには

という衆知の俗謡で、これで妹が石炭を差し出しながら言った〈こんなに長く続く〉とは姉の「秘められた愛」だったと分かるのである。

こうして、潜在的な思考を顕在的な内容に変えるに当たって、「圧縮」や「中心の置き換え」に加えて、第三の要因とも呼ぶべき「具体的イメージへの置き換え」があることがはっきりした。夢は、どんな材料で何が表現できるかと考慮するのだが、大抵は視覚的イメージを用いる。表現すべき夢の潜在的な思考から四方八方に広がる連想の中で、視覚的に表現出来そうなものを見つけて（※心的エネルギーを）「転移」するのである。夢の仕事は、「秘められた愛」といった抽象的な考えを、それがいかに大切なものであっても、「石炭」といった目に見える言語形式に鋳直すことを厭わない。たとえ、その形式が尋常でなくても、ともかく具体的な表現が可能となり、抽象的表現による閉塞状態から解放されるのなら、それでよしとするのである。そして、このように思考の中身が別の形式に注ぎ込まれる際に、圧縮が働き易いのは確かだろう。

抽象的なことを具象的に表現すると言えば、教育のある人々が普段、機知に富んだ洒落、引用句、歌、格言などを駆使することを考えると、夢に於いても、その種の偽装手段が頻繁に用いられているのではないかと期待できる。例えば、普通に「キャベツ」と「人参」を対にして慣用句にする（※「Wie Kraut und Rüben durcheinander liegen」キャベツと人参のように辺りに散らばっている）ごとく、夢にも、色々な野菜満載の荷車が出てきて「てんやわんや」という意味になるといったことがあるのではないか。しかし、案に相違して、これが出てくる夢の話は一度しか聞いたことがない（原注：それで、私はこの仮説に自信がなくなってきている）。誰にも馴染みのある仄めかしや言葉の入れ替えは、概して、あまり夢で用いられないようなのである。そして用いられるとしても、夢に特徴的なものはなく、広く神経症や伝説、習慣に共通するいわゆる象徴ばかりである。

ただし、多義的な表現のせいで夢が、結果として、語呂合わせに似たものとなっているケースはある。『イルマの注射の夢』（第2章）で〝口を開く〟というコトバは、口腔内の診察のために文字通り口を開くことと、ちゃんと自分のことを話すことと二つを意味していた。「圧縮」によって、ふたつの考えがひとつの言葉で表現されているのである。

ともあれ、抽象的なためにそのままだと夢に入れるのが難しい思考も、絵画的な言語に変換されると、この新しい表現が具体的であるだけに他の夢材料と接点を持って夢の中にすっきりと収まる。そして、他の材料との相互関係で、それ自体の輪郭も明確になるのである。ただ、ひとつの考えを絵画的に表現出来たとしても、直ちに、その次にどんな考えを如何に表現すべきかが問題になるだろう。いや、これは、もしかすると、詩人が詩を作るときのように、最初から次に来る表現のことを考えに入れながら、ひとつ目の表現がなされているのかも知れない。韻文では、第二行目で、それ自体のちゃんとした意味を表現しつつ、同時に、第一行と韻を踏まなくてはならないが、良い詩に限って韻を踏むことはあまり意識されぬまま、（※始めから）二つの考えが相互に誘導しあってまとまった言語的な表現となり、それから少し手直しされて韻が整えられるのである。あれと同じようなことが起きているのではないだろうか。

C　関係性の表現　（※原題：夢の表現手段）

夢には、潜在的な思考を構成する要素間にある論理的な関係を直接表現する手立てがない。しかし、その代わり、幾つかの手段で、その関係を暗示するだろう。以下、そのひとつひとつを挙げて行こう。

論理的な関連のある素材は、同時に起きた出来事として表わされる

まず、夢は複数の素材間に何らかの関連があれば、それを同時に起きたこと、つまりひとつの状況、ひとつの出来事として表現する。それはちょうど、絵描きが、一群の哲学者や詩人たちを全員、アテネの学園（※ラファエル画『アテナイの学堂』１５１０年頃）あるいはパルナスス山の絵に描き込んでしまうのとよく似ている。描かれた人々は、決して同じ部屋や山の上に集まること

はなかったのだが、思想的にはひとつの仲間なのである。

この表現方法を、夢は細部に至るまで採り続ける。もし顕在的内容の中で二つの要素が近接していたら、潜在的な思考の中で、その要素に対応するふたつの考えの間には必ず特別な内的関連がある。それは綴りの規則と似ている。aとbがabと近接していればひとつの音節として「アプ」と発音され「〜から」という意味になるし、aとbが離れていて、間に空白があれば、aは前の語の末尾でありbは次の語の冒頭のひと文字だろう。同様に、夢もまるで関係のない部品が恣意的に結びつけられているのではなくて、その部品同士は潜在的な思考の中で密接に関係しているのである。

割り込みは条件の従属節

夢の情景が続いていて、それがふいに「なにか場面が変わったかのようで、あれやこれやがそこで起きたのです」と表現されることがある。そしてまもなく元の主題に戻る。このように割り込む事柄は「もし……だったら」とか「……するときに」といった条件の従属節のようなもので、それが本文に挿入されているのである。潜在的思考にそのような条件がある場合、顕在的には同時に起きる事柄として表現される、と言ってもよい。

因果関係が序論の夢と本論の夢として表現される

「こういうことだったので、これこれのことが起きなくてはならなかった」というような因果関係がある場合、まず従属節的な夢で原因を示し、次に主節的な夢を加えて結果を述べる。大小の順番が入れ替わることもあるが、その場合でも、大きな部分の方が主節に相当する。

私の患者が提供してくれた、例を紹介しよう。

『花を通しての夢』

この夢で性的な象徴として解釈されるべき箇所には全て傍点を付しておく。この美しい夢はいったん解釈されると、本人に嫌われてしまった。

序章の夢

〈自分は台所へ行って、ふたりの女中が「これっぽちの食事」をまだ済ませていないと言って叱る。台所にはおびただしい数の食器類があって、水を切るために伏せて、至る所に山積みにされている〉

後からの補足

〈ふたりの女中は水を汲みに、家の際か中庭にまで達している川へ入って行く〉

この序章の夢は両親の家について述べている。台所での会話は、恐らく、母親がよくそう言うのを聞いていたのだろう。山積みの食器類は、同じ建物で営んでいた慎ましい瀬戸物屋に由来している。補足の部分は父親への言及で、彼はしょっちゅう女中たちに手を出していた。父が重い病気になったのは、ちょうど家の近くの川が氾濫したときのことだった。

序章の夢の背後で考えられているのは、「私はこんなみすぼらしい惨めな家の出身だ」ということである。だから、本来ならば、「私は（※小商いをする）下層の出身なので、私の人生はかくかくしかじか」と単純に本編に続いて行くはずなのだが、夢はそこをひとひねりしてしまう。

夢の本編（原注：彼女の経歴）

〈自分は高いところ（原注：高い出自——序章をひっくり返した望み）から、不思議な形をした手すりというか、格子状の柵（原注：二つの場所の混合構成物。ひとつは兄とよく遊んだ実家の屋根裏部屋の格子窓。この兄は後に彼女の空想の対象となる。もうひとつは、彼女をよくからかっていた伯父の農場の柵）のようなものを伝って降りてくる。ここは実際に上り下りするための場所ではないので足場が悪く、怖い思いをする。それでも、嬉しいことに、服はどこにも引っかからず、恥ずかしい恰好にもならずに降りてこられた（原注：伯父の農場で寝相が悪くて肌を曝すことが多かったという記憶の丁度反対の望み）。

降りるとき大きな枝を一本持っている。それは枝というより木のようで、赤い花がぎっしりと付いていて、小枝が四方に広がっている。これは桜の花だわ。見たところは八重の椿のようだけど、椿は木には咲かないわけだし……（※と夢の中で考えている。もちろん、椿は常緑樹）。

枝は最初は一本だったが、突然二本になり、それからまた一本になる（原注：彼女の空想に出てくる人の数に言及している)。地面に降り立つと、枝の下の方の花がもう落ちている。そして下男が同じような木を梳《す》いている(彼女はわざわざこういう言い方をした)。枝から苔のように垂れ下がったふさふさの髪の毛を、木片で梳いているのだ。他の男たちがそれと同じような枝を庭から切り取ってきて通りに放り投げる。そこらに散らばった枝を、人々が取ってゆく。こんなことをしていいの? 自分も一本取っていいの? (原注:自慰していいの? ※herunterreißen「引きはがす」は俗語で「抜く」)と尋ねる。庭に知り合いの若い外国人の男が立っている。自分はその男のところへ行って、この枝を自分の庭に移植することは可能か尋ねる(原注:枝はこの夢でずっと男性器を表現しているが、加えてAst「枝」は彼女の苗字をはっきりと示している)。彼が抱きしめてくるので、それに抗って、何を考えているの、そんな風に抱きつくことが許されるのと聞く。すると彼は何も悪いことじゃないし、許されることだという(原注:夫婦生活の用心に言及している。以下も同様※詳細不明)。彼はそれから、別の庭に連れて行って植え方を見せてあげようと言ってから、「そうでなくとも土地が三メートル(後に患者は平方メートルと言い直した)か三尋《ひろ》足りない」と、何やらよく分からないことを言う。どうやらそれはお返しに何かを要求していて、私の庭での弁済を求めているか、法をかいくぐって私を傷つけずに利益を上げようとしているか、どちらかのようだ。彼が何かを実際に見せてくれたかどうかは、はっきりしない〉

この、象徴的な要素がたくさん出てくる夢は「自叙伝的」と言って良いかもしれない。こういう夢は精神分析をやっていると頻繁に出てくるが、それ以外の場合には恐らく稀だろう。

さて、患者が、花の咲いた枝を手にしている光景から連想したのはマリア(彼女自身の名前がマリアだった）に受胎告知する天使が百合を手にしている絵の場面（※例えばフラ・アンジェリコやレオナルド・ダ・ビンチ）と、通りが緑の枝で飾られている中を白衣の娘たちが聖体行列（※16世紀反宗教革命時代に始まったカトリックのデモンストレーション）で歩いて行く光景だった。そういうことなら、花の咲いた枝は純潔を意味しているに違いない。しかし、夢の花は赤く、形は椿のようだった。まるで『椿姫』（※１８４８年、小デュマによる小説。ヴェルディによるオペラは１８５３年）のようだ。椿姫は普段は白い椿を身につけているが、月経のときには赤い椿を身につける。

この夢は、何とか純潔を守って人生を送ることができたという喜びを表現している（※患者の連想の記述が少ないために詳細不明）が、反面、たとえば花が落ちるという箇所などで、その反対の（幼年期の話だろうが）性的な罪を犯したという思いも透けて見えている。

先に、夢が大小二つの不均等な部分に分かれているとき、その各々がいわば序論・本論として因果関係を表現すると述べたが、そうでないこともある。ひとつの事柄が別々の観点から表現されているだけという場合があるし、また、別々のところから出てきた二つの夢が、内容的に交差して、一方の夢の中心的な内容が他方の夢の暗示になっているという場合がある。しかし、二つの部分が原因結果になっている場合には、今の夢の例の如く短い「因」と長い「果」が相前後して出てくる。

因果関係の表現にはもうひとつ別のタイプもある。さほど長くない夢の場合、人なり物なりが別の姿に変化することで表現されることがあるのだ。ただし、それは、ものが入れ替わるのではなくて、ひとつのものの姿が変わるところが見られなくてはならない。

しかし、正直に言うと、因果関係がはっきりと表現されていることは少なく、大半の夢で、因果は次々と登場してくる要素の中に埋もれてしまっている。

「これかあれか」は、「これもあれも」と表現される

夢は「これかあれか」という二者択一を表現できない。代わりに選択肢であるはずのものをひとつの文脈に放り込んで、ただの並列にしてしまう。これがよく現われているのが『イルマの注射の夢』である。潜在的な思考が言いたかったのは「イルマの苦痛が続いていることに私の責任はない。非難されるべきはイルマ自身で、問題は彼女が私の〝解決策〟（※治癒に繋がる解釈）を受け入れようとしないこと〝か〟、彼女の性生活が、私にはどうしてやりようもない不幸な状況にあること〝か〟、彼女の痛みがヒステリー性ではなくて器質的だということ〝か〟である」ということだったろう。しかし、夢は相互に背反することなど斟酌しないで、この三つを並べて顕在的内容として表現し、あたかも同時に可能なことであるかのようにしてしまった。〝か〟というのは、あくまでも、私が理解するために夢の潜在的な思考の文脈に挿入したものなのである。

この私の操作と似たようなことが、人が自分の夢について語るときに生じる。例えば「庭か部屋でした」といった具合に〝か〟を用いようとするのである。しかし、夢の顕在的な内容として実際に見たのは、〝そして〟を用いて並列された「庭そして部屋だった」はず。ただ、その通りに言うと曖昧になるから、人は〝か〟を用いて、話を明確にしたくなるのである。こういう場合にはむしろ、〝か〟を用いて報告されたものを一旦〝そして〟にしてみるとよい（※夢の顕在的な

内容がより正確に再現される)。
例えば、イタリアに滞在しているフリースがなかなか連絡先を知らせて来ないとき、私はアドレスを知らせる電報を受け取る夢を見た。電文は電報用紙テープに青色で印刷されていた。最初の単語はにじんでいて、

via(経由)か Villa(邸宅)か、もしかすると Casa(家)だと思えた。

二つ目ははっきりしていて Sezerno

この二つ目の単語から私はイタリア人の名前をいくつか思い浮かべるが、この言葉の由来を考えていると、以前我々が語源ということについて話し合ったことを思い出す。他方、こんなにも長い間住所を秘密(segreto)にされたので、私がイライラしていることをも表現していると思う。最初の単語の方は、三つの候補をひとつずつ検討してみたら果たして、それぞれが全く別の思考に到る出発点だった。夢は、異なる三つのことを並べて同時に表現しようとしたのだろうが、私が記録しようとしたとき〝か〟を用いたために、かえって不明瞭になっていたのである。

また、私が父の葬儀(※1896年。本書第二版序言に「私はこの本が、父を喪うという私の人生で最も重大な出来事に対する反応であると知った」と記している)の前夜に見た夢では、駅の待ち合い室に貼ってある禁煙の掲示みたいな紙切れに書かれているメッセージがはっきりしなくて、

両目(Augen《アオゲン》)を閉じてください。

あるいは、

片目(Auge《アオガ》)を閉じてください。

と書いてあるようだった。こういう場合私は次のような形に整理することにしている。

両目を
閉じてください
片目を

どちらの文にもそれ自体の意味があって、夢解釈では個別の途へと進む。私は葬儀を出来るだけ簡素なものにしたが、それは亡くなった父の考えを知っていたからである。しかし、家族の他の者たちはそんな清教徒ふうの簡素さに賛成しなかった。彼らは弔問客の前で恥をかくと言うのだ。それで夢は、人々に片目を瞑るように、つまりご寛容を（bei etw ein Auge zudrücken）とお願いしている（※両目の方は、原文にはない。恐らく、「jm die Augen zudrücken」死者の目を閉じてやる）。

場合によっては、夢が同じ大きさの二つの部分に分かれて、選択肢として表現できなかったものを描き出していることがある。

同一視と合成

似ていること、一致していること、共通していることは、夢ではひとつのこととして表現される。それは、すでに夢の中に登場している人物や場所との同一視（※Identifizierung《イデンティフィツィールンク》　ここでは日常語。後にこれは、人格形成を説明する精神分析用語となる。「同一化」とも）による場合と、いくつかの要素を混ぜて新しいものを合成する場合とがある。

人物の同一視、合成

同一視とは、何らかの共通点を持つ人々をひとりに代表させることである。他の人たちは夢の中に登場しない。代表者が全員分の人間関係や状況に関わる。

人物の〝合成〟では、それぞれの人の特徴が結合されて、新しい合成された人物像が出来上がる。これには様々なやり方がある。名前は我々の知っている人のものであるのに、見た目は別の人だとか、見た目そのものが色々な人の特徴を混ぜ合わせて作り上げられているとか。見た目ではなくて、身振り、言うこと、居る状況からもうひとり別の人がいると分かる場合もあって、そうなると同一視と合成の境目ははっきりしなくなってくる。もちろん、そういう合成人物を作り損なう場合もあって、そういうときには、夢の場面はおおかたが特定のひとりだけの話になり、他の本当はもっと重要な人物の方は脇役として、そこにいるだけの存在になってしまう。そういう脇役は、ヒエログリフの、発音はされず他の文字の意味を明らかにするためにのみ存在する限定詞のようなものである。

ふたりの人物をひとつにしている理由は往々にして夢の中に表現されない。いや、そもそも同一視や人物合成は、そのような説明を省くために行われる、と言えるのである。「Aは私に敵意を持っている、しかしBもそうなのです」と言う代わりに、夢では、AとBを合成するか、Bが行いそうな振る舞いをAにさせる。このようにして出来上がった人物は夢の中で私と新たな関係を作るわけだが、夢解釈の折には、AにもBにも当てはまる状況があれば、そこに、ふたりの人物に共通すること、つまり私に対する敵意を挿入して考えればよいということになる。

「圧縮・検閲・置き換え」との関係

同一視や人物合成によって、圧縮が実現する。たとえば、あるひとりの人との関係を取り上げようとすれば、その人との入り組んだ関係を全部描写しなくてはならない。しかし、ここに、別の人で肝腎のところだけ共通する関係を持っている別の人物を登場させれば、複雑な関係の方は叙述せずに済んでしまう。

同一視によって検閲・抵抗を避けることもできる。ある人物に検閲の対象となる問題があるとして、その問題と部分的にしか繋がりのない第二の人物を探し出してきて、ふたりの特徴を併せ持つ合成人物を作り上げると、この新しい人物は、検閲に引っかからず、夢に出てくる資格を得るのである。言い換えれば、圧縮することで検閲の要求に応えていることにもなる。

逆に、ふたりに共通なことが何かしら夢に表現されていたら、これをヒントにして、検閲に掛かれば許されなかったはずの別の共通点が他にあると考えて、それを探すことができる。言ってみれば、ここでは共通点に「置き換え」(※Verschiebung《フェアシーブンク》 第6章B)が起きているのである。夢にどうでもいいような共通点で合成された人物が出てきたら、潜在的思考の中に、別の、重要な共通点があると推定すべきだ、ということである。

このように、同一視や合成は、夢の中で色々な目的を果たしている。それは先ず、ふたりの人に共通する特徴を強調することであり、第二に、置き換えられた特徴の存在を示すことである。

そしてもうひとつ。何か共通点があって欲しいという「望み」を表現することもある。この望みは、ふたりに互換性があることを望むわけで、このことも夢では同一視によって実現されるのである。たとえば、『イルマの注射の夢』で、私はイルマを他の患者と取り替えたい、その女性の方が私の患者であったらと望んだ。この望みが考慮されて、夢では、ひとりのイルマと呼ばれる人物が現れたものの、彼女は、診察に際してもうひとりの患者だけが見せていた姿勢を取ったのである。

『ブロンド髭の叔父の夢の続き』（※第5章）では、そのような取り替え自体が話の中心になっていた。私は自分を大臣と同一視して、大臣が行うように同僚を扱い判断したのである。

夢の主人公は常に「わたし」

どんな夢に於いても主人公は夢を見る当人である。私の知るところ、これに例外はない。夢は文字通り自己中心的なのである。夢に登場するのが「わたし」ではなく見知らぬ他人だけであるように思える場合でも、私は自信を持って、「わたし」が同一視の仕組みによってその他人の陰に隠れているとし、そこに「わたし」を付け加えて考えることができる。逆に「わたし」だけが夢に登場しているような場合でも、状況から他の人物が、これまた「わたし」の背後に同一視によって隠れていると分かることがある。そして、その人物には現実の私との共通の特徴があると考えて、それを「わたし」にも当てはめることを忘れてはならない。またべつの場合には、「わたし」に並行して他の人が現われて、それが同一視の働きからして、「わたし」そのものだったと分かることもある。そのときには、その他人に付されているイメージが、本当は「わたし」のイメージなのだが、検閲には受け入れ難いのだと考えなくてはならない。

こういうわけで、「わたし」は、ある時はそのままの姿で、またある時は他人との同一視によって、様々な形で登場する。同一視が幾つか重なると、膨大な思考材料の圧縮が可能になる。「わたし」が夢の中に何度も、色々に姿を変えて現われても、それは驚くほどのことではない。覚醒時に、「わたし」(※かつての自分)がどれほど健康な子供だったかと「わたし」(※現在の私)が考える……という具合に、様々な時間、場所、関連で「わたし」が登場するのと、変わりはないのである。

場所の同一視

固有名詞で述べられている場所がどのような同一視の結果であるかを解明することは容易い。というのも、場所の場合は、人物の同一視に関与してくる「わたし」が入り込んでこないからである。私の『ローマの夢四編』(※第5章B四編目)では、私がいる場所はローマのはずなのに、街頭にたくさんのドイツ語ポスターが貼られているので、夢の中の私は驚いていた。しかし、分析してみれば、このポスターの件は私のかつての望みを実現していて、私には直ちにプラハという名前が心に浮かぶ。今はもう過去のものになっていることだが、若い頃、私はドイツ愛国主義に凝り固まっていて、プラハがドイツ語圏になると良いと思っていたのである。他方、この夢を見たとき、私はフリースとプラハで会うことになっていたが、本当はローマで会いたかった。つまり会う場所としてプラハとローマを取り替えたかったのである。これは、過去と現在の〝私の望み〟という共通点を媒介にローマとプラハの同一視が起きたと説明することができるだろう。

合成

要素を混合して合成することは、本来知覚の対象とはなり得ないものを導入して夢を幻想的にする手法としては群を抜いている。この心的過程は、覚醒時に我々がケンタウロスや竜を思い描くのと大して変わりはない。違いがあるとすれば、覚醒時には、結果、つまりこれから作ろうと思う新たな物のイメージが重要なのに対して、夢では、素材、つまり潜在的な思考要素同士の共通点が合成の出来映えを左右するという点である。

夢には合成の例がたくさんある。これまでも幾つかの夢で例を示したが、もう少し加えよう。

先程紹介した『花を通しての夢』では、患者の人生が、合成された花を通して語られていた。夢の中の「わたし」は花の付いた枝をもっているが、それは同時に無垢(※マリア)と性的な罪深さ(※椿姫)を表しているのだった。花が枝に付いている様子から、患者はこれは桜だと思う。しかし、ひとつひとつの花は椿のようだし、全体としては見慣れない植物という印象なのである。この合成に与っている要素の共通点は、潜在的な思考から明らかになる。花の付いた枝は贈り物、つまり子供のときのサクランボ、大きくなってからの椿の枝を暗示していて、それを貰った彼女は相手に愛想良くしたか、愛想良くするように求められたかなのだろう。「見慣れない植物」は、各地を旅行していたある自然研究者を暗示している。彼は、そういう植物の絵を描いて彼女を喜ばせようとしたのだった(※面接でこういう連想が語られたのだと思われる)。

別の例を挙げると、ある少女は、兄がキャビアをごちそうすると約束してくれたらその直後に、その兄の足がキャビアの黒いつぶつぶで覆われている夢を見た。幼い頃、足が赤い発疹で覆われた記憶がキャビアの粒と結びついて、「兄からもらう（うつされる）もの」というあたらしい概念が作られたのである。体の部分は、この兄の足のごとく、一般的に夢ではモノとして取り扱われる。

対立関係の表現

葛藤、矛盾

潜在的思考にある「葛藤」や「矛盾」は顕在的な内容では無視される。夢には「否」という概念がないようなのである。顕在的に表現される時、相反する概念は、いくつかまとめられて、ひとつのもので多義的に表現されたり、あるいは反対概念で代用されたりするので、それが本当はプラスの意味なのかマイナスの意味なのか、話が先に進まないと分からないことがある。

先に言及した『花を通しての夢』で、自分の持つ花の咲いた小枝から患者が連想したのは、受胎告知の絵で天使の持つ白い百合や聖体行列する乙女たちの白い衣だったが、枝の花自体は、「椿姫」が月経時に身に着けるのと同じ赤い椿だった。この不条理は白と赤、無垢と奔放が同時に表現されたためのものである。また、分析すれば分かるように（※前注の如く説明はない）、この夢の表面にあるのは、汚れない人生を送ってきたことの喜びである。しかし深層には、（恐らく子供時代に）純潔に反する罪を犯したことへの自己非難がある。そういう正反対の事柄が同じ花という要素によって表現されているのである。

ちなみに、ゲーテの『水車小屋の娘』中の「乙女の花」でも、花の咲いた枝が純潔とその逆を同時に表現している。

今、夢は葛藤・矛盾を無視し、「否」の概念を持たないように見えると言ったが、対立概念の一方が他方と同一視されて表現されると言ってもよい。

運動抑制は反対の表明

夢で「身動きがとれない」こと、それで恐怖に近い感じがすることはよくある。立ち去りたいのに動けない。何かをしたいのに邪魔ばかりが入る。列車が出発しようとしているのに、追いつけない（第5章D）。侮辱されて仕返しに手を挙げたいのにその手がどうしても動かない等々。この感覚については先に露出夢（第5章C『三段ずつ階段を上がる夢』、及び同D典型夢の条件）に関して触れただけだったので、ここで説明を足しておこう。

安易に考えれば、睡眠中は体が動かないのだからそういう感覚になる、ということになろうが、もしそうならば「どうして身動きがとれない夢をしょっちゅう見ないのか」と重ねて問わねばならない。眠っているときにいつもこの感覚が起きるわけではなく、何かの折りにだけ呼び起こされるとすれば、この感覚自体になにか表現上の意味があり、潜在的な思考に、そのときにその表現をする必要性があったのだと考えなくてはならない。

何事も為す事が出来ないということは、感覚としてだけではなく、夢の内容としても起きる。そういうケースは、殊に、夢のこの現象の役割を教えてくれるように思われる。そこで簡略ながら私自身の夢を述べて、調べてみよう。

『私に盗みの嫌疑が掛かっている夢』

〈場所は私設の診療所と他の幾つかの施設の混じったところ。使用人がやってきて私に検査に来るように言う。私は、何かが紛失して、それを自分が着服したと疑われて検査が行われると知っている（分析してみて、この「検査」にはもうひとつ意味があることに気づいた。医学的な検査、すなわち診察である）。私には、自分が無実なこと、その施設で顧問医の地位にあることが分かっているから、落ち着いてその使用人について行く。部屋のドアのところで別の使用人が出迎えて、私を指さしながら「この方をお連れしたのか。この方はちゃんとした人だ」と言う。それから、私はひとりで大きな部屋に入るが、そこには色々な機械があって、私は罪の種類によって処罰の仕方の違う地獄の様子を思い出す。ひとつの装置に括りつけられているのは私の同僚で、いつもなら私のことを気遣ってくれる人だが、今はこちらを見ようともしない。それから、私はもう行っていいと言われる。ところが自分の帽子が見当たらず、どうしても出て行けない〉

この夢は、私が正直な男だと認められて、退出できると言っている。ということは、恐らく、潜在的な思考の中にその反対の材料が山とあるに違いない。退出を許されたというのは赦免の徴であるのに、どうしても出て行けないのは、明らかに、抑圧されていた反対の材料が自らを主張しているからだ。私が自分の帽子を見つけられないのは、「やはり、お前は正直者じゃない」という意味なのである。夢で〝何かが出来ない〟というのは異議の申し立てである。

夢に「否」という概念はないが、このように運動抑制が「否」を状況として表現することがある。

何かができないことが、状況としてだけではなく、〝感覚〟として生じることもある。その場合、否定はもっと力強く、ある意志に対抗する意志として表現される。〝運動抑制の感覚〟は意志のぶつかり合いの表現なのである。睡眠中の運動麻痺が夢見の心的過程の基本的な条件のひとつだということについては後ほど取り扱うが、運動(筋肉)系に沿って伝達されるインパルス(※神経活動電位)が意志と呼ばれるものに他ならない。我々が睡眠中にこのインパルスの抑制を確かに感じられる(※体を動かそうとしても、動かない)という事実を考えれば、この意志の神経学的図式に於いて、意志とそれに対抗する「否」(※の意志)とがどういう関係にあるかすっきりと理解されると思われる。

逆さま、反転

潜在的な思考の中にあるもう一種の対立関係は、「逆さま」と概念化することが出来るだろう。これは奇妙で機知に富んでいると言いたくなるようなやり方で顕在的な夢に表現される。「逆さま」のまま夢に出すのではなくて、すでに形成されている他の内容を後から逆さまにするのである。例を示した方が分かり易いだろう。

『素敵な夢』(※本章A)の分析では、ドーデの『サフォ』を参考にして、上りの様子が逆さまになっていることに気がついたのだった。坂を上るとき、小説では(※通常の場合も)最初が「楽」で、後になるに従って「苦」になる。ところが、夢では初めが「苦」で後に「楽」と逆さまである。夢では兄弟の境遇も逆さまになっていて、没落した兄が「上」にいて、社会的な体面を保ち続けている本人が「下」と表現されている。つまり、潜在的思考の中には、いつも、ふつうとは逆さまなものが存在するということで、ふつうは小説の主人公のように男が愛人を抱き運ぶものであるなら、夢を見た青年は、逆さまに、自分が（乳母に）抱っこされていたいという（子供っぽい）幻想を持っていると推察できるのである。

反転とは反対のものに姿を変えることで、これは夢の得意な表現技法のひとつである。反転は、先ず第一に、潜在的な思考のある要素に抗して、願望を叶えるのに使われる。覚醒時に嫌なことを思い出して「もし、そうじゃなくて反対だったら」と思うのは普通の反応であるが、夢では反転が生じて、表現すべき材料を歪曲し、検閲の必要がないほど理解不能なものにしてしまうのである。そこで、夢がまったく不可解なときに、内容のある部分を反転させて（元に戻して）みると全てがたちどころにはっきりする、ということがよくある。

内容の反転だけでなく、順序・時間の反転も見過ごすわけにはいかない。ごくありふれたやり方は、出来事の結果とか、考えた結論とかを夢の冒頭に持ってきて、出来事の原因だの、考えの前提だのを後に回す。こうした夢の歪曲の仕方を知らないと、夢解釈をしようとしても当惑するばかり、ということになる。

実際多くの場合、夢の意味は、話の関連を考えながら何度も内容を反転させてようやく摑める。例えば、ひとりの若い強迫神経症の患者の夢に「帰宅が遅すぎることで父に叱られた」という言葉が出てきたが、これは、精神分析治療を行ったときに彼が思い出した話から、逆に「自分が父に腹を立てていた」ことに違いないと思われた。彼にとって、父はいつも帰宅が「早すぎた」。出来れば父にはもう二度と帰って来て欲しくなかったのだろう。これは父の死を願うことと同一である（第5章D）。実は、子供の頃、彼は、父親が長らく不在だったとき、ある人に性的な悪戯をやりかけて、「お父様が帰ってらっしゃるのを待ってなさい」と脅されたのだった。

夢の明瞭性

夢の鮮明さにはかなりの幅があって、現実以上に（と言う根拠はないが）明瞭であると思えるほどの明確さから、腹立たしいまでの不明瞭さに到るまで様々である。しかも、不明確な夢は「束の間」だった気がし、鮮明な夢だと長い間見ていた感じがする。夢の材料のどういう状態から、こういう鮮明度の違いが生じるのだろうか。

望みを叶えるための要素は強く表現される。そして、夢分析をしてみると、要素が鮮明なほど、そこから延びて行く連想の連鎖は多く見つかるから、最も鮮明な要素とは他の要素を最も良く代表する要素なのだと分かる。この経験を理論的に言い換えると、「ある夢の要素が形成されるに当たって多くの圧縮を受けると、その要素の鮮明度は強くなる」。望みを叶えるための要素は、多くの圧縮を受ける要素だから、この公式になるのである。

ところで、個々の要素の鮮明度の問題を、夢の部分あるいは全体の鮮明さと混同してはならない。要素の鮮明度とは〝ぼやけていない〟ことであるが、部分や全体の鮮明さとなると、それは〝辻褄が合う〟ことである。このことについては後（※本章G「二次的加工」）で詳しく論じる。

さて、夢の鮮明さについて我々が目覚めたときに抱く感想は、夢の構成のされ方とほとんど関係がない。驚くことに、鮮明だった不鮮明だったという印象自体が夢の素材の一側面ということがあるのである。

例えば、あるとき私の見た夢は、よく構成され欠けるところがなく明瞭だったから、私は目覚めたばかりで頭がまだはっきりしていないときには、これは圧縮や置き換えの過程を経ていない「睡眠中の空想」とでも言うべき新しいタイプの夢だと考えた。しかし、あとで詳しく検討してみると、この珍しいはずの夢にも他と同様に構成上の割れ目や裂け目が見つかって、結局この範疇を立てることはやめにした。この夢は簡単に言うと、私が長い間探求してきた両性性欲に関する難しい理論を友人フリースに説明しているというものだった。夢の中で、この理論（それ自体は夢に出てこない）は明晰で完璧に思えたが、それは、そうあって欲しいという私の願望を叶えようという夢の仕事によるものだった。そして、この夢の仕事はまた、目覚めたばかりの時の思考にも影響を及ぼした。いや正確に言うと、私はまだすっかり目覚めてはおらず、夢もまだ続いているのに、私は（※「理論が明晰だ完璧だ」という夢の内容を）夢自体に対する「評価」のように思ったのである。私は、既に見終わった夢を評価したつもりだったが、実は、その評価自体が夢の一部、しかも本質的な一部だったわけである。

これと対をなすような（※明晰でないという印象の）夢の話を、患者から聞いたことがある。

訳が分からない夢

訳が分からないこと自体が解釈のヒント

ある患者が、分析治療に必要なのに、「あまりにもはっきりしないし、訳が分からないから」と言って、夢の話をしようとしなかった。「自分の話は当てにならない」と何度も言いながら結局話したのは、夢の中で「ある人物を見たが、それが夫なのか父なのか分からない」「そもそも、誰が実際には父なのか分からない感じだった」ということだった。彼女はこれに引き続いて二つ目の夢の断片を見ていて、そこに「堆肥桶」Misttrügerl《ミストゥリューゲアル》が出てきたのが印象的だと言う。そして、それで思い出したのは、「嫁入りして間もない頃、ある日、よく訪ねてくる若い親戚の男がいる席で、冗談交じりに、あとは新しい堆肥桶を手に入れるだけだわ、と言ったら、次の日に桶がひとつ届けられて、そこに鈴蘭が一杯植え込まれていた」ということだった。

夢の断片Misttrügerl自体は「私の赤ちゃんではない」Nicht auf meinem eigenen Mist gewachsen（※「自分が考えたことではない」。ここは文字通りの意味「私の堆肥で育ったのではない」から）という決まり文句を表現している。これは少女時代に聞いたある女中を巡る話の名残だった。分析を終わりまで進めて分かったことに、その女中は妊娠を告白したものの、子供の「父親が誰なのか」判然としなかったのである（原注：ヒステリーの随伴症状として、生理が止まり、気が塞ぐことがある。それがこの患者の主訴だった）。つまり、潜在的な思考の一部「女中にはお腹の子の父親が誰だか分からない」が、覚醒時の思考に溢れ出して、「あまりにもはっきりしないし、訳が分からない」

と夢全体に下された判断として表現されたのだった。

このように患者が自分の夢を語るときに、この種の注釈を付けることはままあって、それは一見大したことでなさそうでも、分析してみると夢で見た何かを巧妙に隠していたのだと分かることもある。

例えば、ある人が夢の一部について「ここは拭い取られています」と言ったが、分析をしてみたら、それは子供時代に人が排便後尻を拭いている様子に耳をそばだてていた記憶の名残だった。

別のある若い男が自分の見たはっきりした夢の話をした。

〈ある夜、避暑地のホテルで間違った部屋番号を言われて他人の部屋に入ってしまったら、ちょうど老夫人とふたりの令嬢が寝ようとして服を脱いでいるところだった〉

ここで彼は、「そこから夢に切れ目があって、何かが欠けていたんですが」と説明し、〈その部屋には男がいて、自分を放り出そうとするので、もみ合いになって〉、夢が終わったと言うのだった。彼は、この夢が確かに幼年時代の空想を暗示していると思うのだが、どんな意図のどんな中身の空想だったのか、よく思い出せないと言う。しかし、結局彼が探していた内容は、夢の一部が欠落していると言った彼自身の言葉で既に補われていたのである。「切れ目」とは寝ようとしていた女性たちの陰部のこと。それを「何かが欠けている」と描写したのは、彼が、幼い頃、女性の陰部に興味津々で、女性にも男性器が付いていると如何にも幼児的に考えていたからだった。

また別の人が語った夢の話も非常に似た形を取っている。
〈K嬢に付き添って市民庭園のレストランへ行く……〉（※市民庭園Volksgarten《フォルクスガルトゥン》はリンク通りに面した大公園。バラ園で有名）
そこから夢は〝ちょっと曖昧〟になり、しばらく〝途切れ〟て、
〈売春宿の応接間にいる。二、三人の女が見えるが、ひとりはシミーズとズロース姿だった〉
（※共に当時の女性の下着）

連想

Ｋ嬢は以前の上司の娘で、妹のような感じだった。話をする機会はたいしてなかったが、一度だけゆっくりと話すことがあって、「お互いの性別を確認するかのような……僕は男で君は女だと言わんばかりの話をしました」。
市民庭園のレストランには一度だけ、義兄の妹と一緒に行ったことがあったが、その娘に彼は特別な関心を持っていなかった。また別の機会に、三人の婦人のお供をしてそのレストランの入り口まで行ったが、それは義兄の妹、義妹、そして自分の妹と皆、妹筋だったわけで、関心云々とは無縁だった。売春宿はめったに行かない場所で、生涯で二回か三回行っただけ。

解釈

彼が子供の頃、好奇心に駆られて〝ちょっと曖昧〟な箇所、つまり七歳年下の妹の陰部を〝途

切れ〞途切れに、つまり時折調べてみたことがあるのではないかと尋ねてみた。するとそれから何日かして、彼は確かに昔そういう悪さをしたと思い出したのである。

一晩の内に見る夢は、こういう〝不明瞭な部分〞も含めて、全て同一の文脈の中にある。幾つかの断片に分かれていたら、その断片の数、そしてグループになっていたら、その数などにも意味があって、全て潜在的な思考がそこに現れていると見なして良い。従って、同じ夜に次から次へと夢をみたら、解釈するに当たって、その色々な夢は色々な材料を使って同じことを言っているのかもしれないと心得ておかなくてはならない。そして、大抵、初めの方の夢は歪曲が酷く控え目な表現になっており、後になるほど大胆で明確な描写になっている。

第2章で言及した、ファラオが雌牛の夢と穀物の穂の夢を見て、ヨセフがそれを解釈したという旧約聖書（※創世記41章）に出てくる話も、この種類の話である。フラウィウス・ヨセフスの『ユダヤ古代史』（※西暦95年ころ）第二巻第五、六章には、もっと詳しく書かれている。ファラオは「最初の夢のあと、わしは嫌な気分で目が覚めて、一体これはどういう意味なのだろうかと考えた。しかし、その内にまた眠って、もっと奇妙な第二の夢を見て、わしは更に恐怖と混乱に陥ったのだ」と言う。するとヨセフは「王よ、ご覧遊ばされた夢は見かけは二つのようでありますが、実は二つとも同じ意味なのでございます」と言うのだった。

D　夢における計算と会話

夢における数字や計算

夢に出てくる数字や計算は、夢の仕事が潜在的な素材をどんな仕組みで如何に扱うかを見るのに便利である。そして夢の中の数字といえば、迷信ではことに予言的なものとして重視するわけで、その妥当性も兼ねて、この種の夢を二、三、私のコレクションから紹介してみよう。

時は金なりの夢

〈自分は何かの支払いをしたいのだが、娘がバッグから3フローリンと65クロイツァー取り出す。それで娘に「何をしているの。21クロイツァーしか掛からないのに」と言う〉（※フローリンは15世紀フィレンツェ以来の西ヨーロッパの標準金貨。1フローリン貨は金1／40オンス、約0・78グラム含有）

この夢の断片については連想をしてもらわなくても、彼女の状況を知っている私には理解できる。夫人は娘をウィーンの学校に入れている外国人で、娘がウィーンにいる間は私の治療を続けられるのだった。あと三週間で娘の学校は終わりになり、それとともに治療も終わる予定だった。それが、夢の前日、女校長に、お嬢さんを次の年も通わせたらどうでしょうと言われたのだった。患者は、その後、このことを考え続けていたはずで、校長の言うようにすれば、自分も治療をもう一年続けられると考えたのだろう。これが夢の言っていることで、３６５は一年の日数で、21は学校が終るまでの三週間の日数（治療の実日数は同じではない）に相当する。この時間を示す数字が、夢では「時は金なり」とばかりに金額に変換されているだけのことで、それ以上の深い意味は表現されていない。３６５クロイツァーは３フローリン65クロイツァーで間違いない（※１８５７年以来通貨に十進法採用）が、もう一年延長したときの治療費や学費が21クロイツァーと今学年末までの金額になっているのは、夢が患者のそういう望みを叶えているのである。

三席で１フローリン50クロイツァーの夢

〈夫と劇場に座っている。平土間の片側はまったくの空席。夫が言うのに、エリーゼと彼女の婚約者も来たがっていたが、三席で１フローリン50クロイツァーという悪い席しかないと言われて断ったのだとか。自分は、それで世の終わりというわけでもあるまいに、と考える〉

この〈１フローリン50クロイツァー〉という数字は前日の些細な出来事に由来している。夫の妹が兄（患者の夫）から１５０フローリンをもらって、すぐにそれで装身具を買ってしまった。これが１フローリン50クロイツァーの百倍だという点に注目しておこう。それでは劇場の座席の〈三〉は？　繋がりのある話はひとつしかない。婚約したエリーゼは年齢のわりに結婚年数の長い彼女より三ヶ月だけ若かったのだ。それでは〈平土間の片側がまったくの空席だった〉のは？　患者に、これで何を連想するか尋ねてみると、夫が彼女をからかう種になった小さな出来事が思い出された。彼女はその週の芝居の広告を見て、ぜひ行こうと思い、用心のために数日前に予約料まで払って切符を確保しておいた。しかし劇場に着いてみると、客席の半分が空で、そんなに急ぐ必要はなかったのである。

この夢を潜在的な思考に置き換えてみよう。「あんなに早く結婚して、私、ばかみたい。そんなに急ぐ必要はなかったんだわ。エリーゼをみれば分かるとおり、私は今からでも夫を見つけられるくらい若いんだし。それに、義妹みたいに買い急ぎしなければ、百倍も素晴らしいの（装身具、夫）を見つけられたわ。持参金が三人分くらいはあったんだから」。

この夢では数字の意味も一貫性も、前の外国人の夢とは比べものにならぬほど変化している。歪曲がこのように広範囲に行われているのは、この表現形に至るまでに潜在的な思考が非常に大きな抵抗を乗り越えなくてはならなかったからだろう。この夢に、二人の人間が三つの席を取らなくてはならないなどという不条理な要素があることも見過ごすわけにはいかない。ここから、夢の不条理を如何に解釈するかという領域（※次節E）に入るわけだが、今は、二人の女性の誕生日が三ヶ月違いだったという数字の三が、上手い具合に使われて、夢が必要としている「ばかみたい」というナンセンスを作り出していることに注目しておこう。「あんなに早く結婚して、私、ばかみたい」という考えが強調されているのである。妹が現実にもらった１５０フローリンという額が夢では席料の1フローリン50クロイツァーと減らされているのは、抑圧された思考の中で、彼女が夫（の資力）を見くびっていることを物語っている。

お幾つでしたっけの夢

〈自分は、かつて知り合いだったB家の居間に座っている。「私にマリーさんを下さらなかったのはどうかしていましたね」と言い、その後で当の娘に向かって「で、今、幾つにおなりです

か」「私は1882年の生まれです」「じゃ、二十八なわけですか」〉

ある男性がこの夢を見たのは１８９８年のことだから、ひどい計算間違いだということになる。これほどに計算が出来ないのでは進行麻痺並みと言う他はないが、脳の病気ではないとしたら、なにか説明をしなくてはならないだろう。ところで、この患者は見かけた女性のことでいつも頭が一杯というタイプだった。彼は、この数ヶ月というもの、診察の順番が彼の次だった若い女性について何かと私に尋ねる傍ら、彼女本人には愛想よく接していた。そして彼はその人が二十八歳くらいだろうと想像していたのである。夢の計算結果の二十八の由来についてはこれくらいしか材料がない。１８８２の方は、これは彼が結婚した年である。

ところで彼はまた、うちのメイドたちとも口を利こうとしていた。ふたりとももう若くはないし、単にどちらかが彼にドアを開けてやるだけの関わりだった。しかし、彼は、このふたりが特別親しくしてくれないと見てとると、ふたりが自分を年配の「おじさん」くらいに思っているのだ、と自分に言い聞かせたのだった。

以上の例から分かるように、夢は正しかろうが間違っていようが、計算なるものを全くしない。行うのは、ただ、潜在的な思考に含まれている数字をかき集めてきて計算の形にして、描写し損なった潜在的な材料を仄めかすだけなのである。

会話のことば

会話のことばも、数字と同様に、夢の意図を表現するための材料として扱われる。しかし、夢の仕事は会話を一から創造することはできない。分析をしてみると、現実に話され聞かれたコトバの断片を潜在的な思考の中から取り出してきて、それを自由に加工しているのだと分かる。文脈からもぎ取ったり、分解したり、一部だけを残して他を捨てたり。あるいは、勝手に繋ぎ合わせたり。従って、ひとつのまとまった会話のようでも、三つ四つの異なった会話部分の寄せ集めだったりするのである。こうした素材の再利用に加えて、個々のコトバが元々持っていた意味を無視して、字句を変えずに別の意味にしてしまうこともある。そして夢の中の会話には、明確で簡潔な部分と、接着剤として加えられているだけの部分がある。多分、接着剤の部分は、ちょうど我々が、文字や音節が欠けていても、それを補って読むように、補足されたものであるに違いない。つまり、夢の中の会話は礫岩のような構造をしていて、様々な質の塊が凝固した接合物質で繋ぎ合わされているのである。

しかし厳密に言うと、このことは実際の科白にしか当てはまらない。聞く話すの感覚を伴わない文字だけの会話は、覚醒時に頭の中に浮かぶ会話同様、単なる考えであって、何の変容も加えられずに夢に入っている。

科白のある夢については以前にも分析したことがあるが、それは他の目的のためだったので、ここで改めて、会話の例としてあげると、『控えめな女性の〝市場の夢〟』（第5章A「些細な出来事」）で、「それはもうない」という肉屋の言葉は、患者が私（フロイト）をその肉屋と同一視するのに役立っている。彼女は、肉屋ならぬ私の売ろうとする見解、「幼少期の経験は、（記憶としては）もうない。しかし、分析治療中に転移や夢という形で出てくるのです」を拒絶したかったのである。他方、患者が八百屋相手に言った「これは知らないものだわ。買いません」という言葉は夢を一見たわいもないものにする働きをしている。実際には、患者は夢の前日に女料理人の理不尽な要求を突っぱねて「そんなことは知りません。（※自分の立場を）弁えなさい」と叱ったのだが、夢は差し障りのない前半の部分の Das kenne Ich nicht だけを取り込み、それに後半部分を暗示させ、夢の底流となっている性的な幻想を匂わせるにとどめているのである。

　これと似たある男の夢をひとつ挙げておく。この手の夢はよくある。

〈広い中庭で死体が焼かれている。自分は「もう退散しよう（weggehen《ヴェークゲーエン》）、耐えられない」というようなことを言う（言葉ははっきりしない）。それから二人の肉屋の少年たちに出会って「美味かったかい」と聞くと、ひとりが答えて「いやー、よかなかった（nöt gut war's）」と、それがまるで人間の肉だったかのように言う〉

　この夢のきっかけは大したことではない。夕食後、彼は妻と共に、親切だが魅力的（※appetitlich《アペティートゥリヒ》「おいしそう」が本義）とはいえない隣人を訪ねたのだった。その接待好きの老婦人は丁度夕食中で、彼らにも何か食べるように強く勧めた（nötigt《ネーティクトゥ》）（男たちの間では、これに似た性的な意味の合成語がふざけてよく使われる。※詳細は不明。nötigen《ネーティグン》には古い用法として「強姦する」の意味がある）。彼は、おなかがすいていないと断るが、相手は「お食べなさいよ。それくらいすぐにさばけますよ（weggehen）」とか何とか言う。そこで彼は食べるはめになり「おいしいですね」とお世辞を言ったりもしたのだが、妻とふたりになったら、「あんなの見るのもご免だ（Das kann ich nicht sehen.）」と文句を言った。この言葉は夢の中に現われはしなかったが、料理だけではなく、しつこい老婦人のことでもあったのである。（※「広い中庭」「肉屋の少年たち」など、説明を聞きたいところだが省略されている）

次に私自身の見たはっきりした夢を紹介しよう。これは非常に明確な科白を中心に展開していて学ぶところが多かった。

『non《ノン》 vixit《ヴィクスィトゥ》 彼は生きていなかったの夢』

ひとつ目の夢

〈私は夜、ブリュケ教授の研究室にいた。ノックする音が聞こえ、ドアを開けると、フライシュル教授（故人）が何人もの見知らぬ人たちと一緒に部屋に入ってきて、二言三言話した後で席についた〉

二つ目の夢

〈フリースが七月に連絡もくれずにウィーンにやってきていた。私は、彼がパネトゥ（故人）と通りで話しているところに出くわして、一緒にどこかへ行く。友人ふたりは小さいテーブルに向かい合って座り、私はせまい端に座った。フリースは彼の妹の話をしていて「四十五分のうちに死んだ」と言い、それから「それが閾値《いきち》なんだ」というようなことを言うが、パネトゥは話を理解しない。フリースは私の方を向いて、パネトゥに自分のことをどれほど話してあるのかと尋ねる。それで、私は気持ちが高ぶって、パネトゥは生きていないから何も分からないと告げたい気になる。しかしそう言う代わりに、私はNon vixit（生きていなかった）と言ってしまい、すぐに自分の間違いに気づく。私がパネトゥを見つめていると、彼の顔色はみるみる悪くなり、輪郭がぼやけ、目は病的に青味を帯びて……とうとう消えてしまう。私はこれを見てやたらと嬉しくなる。フライシュルも幻で幽霊にすぎなかったんだと分かって、あのような人は人が望む限り存在しているだけで、他人の望みいかんで取り除くことも可能なのだと考える〉

好き！　でも殺したい！

この見事な夢には、夢ならではの不思議な性質がたくさん現われている。夢を見ながら自己批判していること（私は「生きていない」Non《ノン》 vivit《ヴィヴィトゥ》と言わずに「生きていなかった」Non vixitと言ってしまった自分の間違いに気づいている）。死んでいる（と夢自体がはっきり述べている）人物と構わず交際していること。馬鹿馬鹿しい結論に到達するばかりか、それで大いに満足していることなど。これらは徹底的な謎解きを待っているわけだが、もう私は夢の中で大切な友人たちを手酷く扱っている。だから、これ以上何かをする気にはなれない。しかし、誤摩化し誤摩化しで適当にやったところで、夢の意味を台無しにしてしまうだけだし、とりあえずここは幾つかの要素を取り上げてしっかりと解釈し、それで良しとしよう。残りはまた後に（本章F「夢の中の感情」で）行う。

夢は私がパネトゥを消滅させる場面が中心になっている。私が見つめていると、彼の目は妙な青色になって、それから彼自身が消えて行くのである。この光景は、明らかに私の実体験のコピーだ。かつて私は生理学研究所の実験係で、勤務は早朝からだったが、度々学生実験室に遅刻した。それがブリュケ先生（※1819-92 生理学者）の知るところとなり、ある日、彼は時間丁度にやってきて、私を待っていたのである。先生が私に言ったのは短く要点をついたものだったが、問題はその言葉ではなかった。私は彼の恐ろしい青い目に圧倒され、見詰められて消え入りそうになった。丁度夢の中のパネトゥ（※1857-90 第5章C『灰色の馬に乗っている夢』にも登場。学生時代からの友人で、ブリュケの研究所でもフロイトの同僚だった。小腸〝パネート〟細胞の発見者）と同じことになったわけだが、有り難いことに夢は私を見詰める側にしてくれたのである。大先生は高齢になっても美しい目をされていた。あの目を覚えていて、そして先生が激怒されたときの様子を見たことのある者ならば誰でも、あの若造があの時に味わった気持ちに同情してくれることだろう。

長い間私は、夢の中で私が言った non vixit（当然、研究所では私が「まともに生きていなかった」わけだが）の由来が分からないでいたが、そのうち、この二語のラテン語がかくも明確なのは、それが話し言葉ではなくて、文字の言葉だったからだと気がついた。で、直ちにそれが何に由来しているのか分かった。ホフブルク（※ウィーン中心部の宮殿）にある皇帝ヨゼフ像の台座に次のような美しい銘が刻まれてある。

Saluti patriae vixit　祖国の幸福のために生きた

non diu sed totus　長くはなかったが、充分に

（※フロイトは、碑文にはpatraiaeではなくpublicaeとなっていると注をつけている。patria《パトゥリア》もpublica《プブリカ》も共に近代ラテン語では「祖国」の意味だが、前者は古代ギリシア語で「父祖」、後者は古代ラテン語で「民衆」と語源的なニュアンスの違いがある）

夢は、腹を立てて「彼はその件についてなにも言えない。生きていないのだから」と言いたかったので、とりあえず、この碑文からnonとvixitを取り出してきたわけだ。となると、この夢の二、三日前に大学の回廊でフライシュル（※1846-91 ブリュケの弟子。神経活動電位や脳波の発見者。三十四歳でウィーン大学教授となる。死体解剖中に怪我をした親指が化膿して切除に到る。その痛みにモルヒネやヘロインを用いる内に中毒となり、同情したフロイトがコカインで代替するよう勧めたところ、却ってそれをきっかけに更に重篤なモルヒネ中毒となり死亡）の記念像除幕式があったことを思い出さないわけにはいかない。あの日、大学の回廊で、私は久しぶりにブリュケの記念像に再会した。それで、無意識のうちに、友人パネトゥは才能があったのにこの回廊に記念像を建ててもらえなかった、と悲しく考えていたに違いない。彼も科学に身を捧げたのに、死ぬのが早すぎた。そこで夢の中で、私は彼のために像を建てたのである。我が友パネトゥの名前は碑文の主と同じくヨゼフだった。

しかし、夢解釈としては、夢に必要な「生きてはいない」（non vivit 現在形）を皇帝ヨゼフの記念碑から得られたnon vixit（過去形）で置き換えたことの説明がまだできていない。他の要素が寄与してこそ、これが可能になったはず。私は今、夢でパネトゥと出会ったときにふたつの思考の流れがあったことに注意を払わなくてはならない気がする。ひとつは敵意ひとつは好意で、前者が表面に出ていて、後者が隠れているが、共に紛れもなく同じ言葉 non vixit に表現されている。彼の学問への貢献ゆえに私は彼の記念像を建てたいと思い、他方、彼は邪な望みを持つがゆえに（※これは本章Fに記載。フライシュルとパネトゥの関係がそこで詳しく述べられる）、私は彼を滅ぼすのだ。

今書いたこの一行は妙に響きが良い。これには何かモデルがあるに違いないという気がする。そして、それにしても、かような好意と敵意が並列して起きるなどということがあるのだろうか？ 同じ人物に対するふたつの反応が併置されていて、そのいずれもがもっともな上に、お互いの邪魔立てをしないなんて……ひとつしかない。シェイクスピアの『ジュリアス・シーザー』の中でブルータスが行う弁明である。あれは読者に深い感慨を起させずには済まない。「シーザーが私を愛してくれたので、私は彼のために泣く。シーザーが幸福だったので、私は喜ぶ。彼が勇敢だったので、私は彼を称える。しかし、彼が権力を求めたので、私は彼を殺した」（第三幕二場）

これは私が夢に見い出した思考と同じ文構造で、同じ対比の仕方ではないか。ということは、私は夢の中でブルータスを演じているのである。この驚くべき繋がりの証拠が夢の中身で確認出来るとすれば、それはこれかも知れない。〈フリースが七月に……ウィーンにやってきていた〉。これは現実に基づいていない。私の知る限り、彼が七月にウィーンにいたことは一度もない。しかし、七月（Juli《ユーリ》）はジュリアス・シーザー（ユリウス・カエサル）の名にちなんでいるのだから、私の求めているもの、つまり私がブルータスの役割を果たしているということをほのめかしているのではないだろうか（原注：おまけに Caesar カエサルの名前に由来する Kaiser は皇帝）。

ついでながら、私は実際にブルータスを演じたことがある。子供の観衆を前にして、シラーの詩に基づく「ブルータスとシーザー」をやった。私は当時十四歳で、ひとつ年上の甥ジョンが相手役だった。彼は久しぶりにイギリスから来ていて……私のもっとも幼い頃の遊び友達が出現したわけだから、彼は私にとって過去の〈幽霊〉のようなものだったと言える。私が三歳の誕生日を迎えるまで、私達はいつも一緒で、お互いが大好きで、そして絶えず喧嘩もしたが、すでに述べたように、この子供時代の関係が、後々私が同年代の者と付き合うたびに私の気持ちを支配したのだった。あのとき以来、ジョンはいわば変身を繰り返していたようなもので、新しい友達と出会うたびに、私の無意識の中で固定し消せないものとなっていた彼の本性の様々な面が、今はこれ次はこれとばかりに、その新しい人たちの上に、現れたのだった（※〝転移〟の一般的な意味）。

時にジョンは私に酷いことをして、それで私はこの暴君に対して勇気を示してみせたに違いない。後に何度も聞かされた話では、父（彼にとっては祖父）に「なんでジョンを叩くんだ」とこっぴどく叱られたとき、二歳にもなっていなかった私は「ぶたれたから、ぶった」と短く弁明したという。この子供時代の情景が non《ノン》 vivit《ヴィヴィトウ》「生きていない」を non《ノン》 vixit《ヴィクスィトウ》「生きていなかった」に変えた当のものだったにちがいない。というのも、子供は幼少期の終わり頃になると、「打つ」schlagen《シュラーグン》と言う代わりに「殴る」wichsen《ヴィクスン》と言うようになるが、夢というのは、この語の音がラテン語幹の vix《ヴィクス》に通じるということを平気で利用したりするのだから。それから、パネトゥに対するいわれなき敵意が、ジョンとの入り組んだ子供時代の関係に由来しているのも疑いようがない。彼は私よりずっと優れていて、だからこそ、私の幼友達ジョンの改訂版となり得たのだった。

先に述べたように、この夢にはまた後で（本章F）戻ることになる。

E　荒唐無稽な夢——夢における知的な働き

見かけだけの荒唐無稽さ

これまで夢解釈をする中で、しばしば夢の荒唐無稽さ（※ Absurdität　不合理。ラテン語 absurdus「調子の外れた」から転じて「不調和な、ばかげた、意味のない」。日本語では不合理な物事に直面した時の印象によって、不条理、荒唐無稽さ、馬鹿馬鹿しさ、ナンセンスなど様々に訳し分けられる）に遭遇してきた。それが何に由来し、何を意味するのか。その検討をこれ以上、延ばすわけにはいかない。幾つかの例を挙げるが、意味を詳しく調べると、荒唐無稽さは見かけだけのことだと分かるだろう。

六年前に父を亡くした男性の夢

〈父が大きな事故に遭った。乗っていた夜行列車が脱線し、座席が蛇腹のように圧し潰され、父の頭が斜めに挟まっている。それから、父がベッドに横たわっているのが見える。左眉の縁に傷が縦に走っている。父が事故に遭ったというのは不思議な感じがする（「だって、父はとっくに死んでいるのですから」と患者は夢の報告をしながら話した）。父の目はとても澄んでいた〉

患者は、夢の二日前に、注文してあった父の胸像の出来映えを見に行っていた。〈事故に遭った〉(※verunglücken《フェアオングリュクン》は「事故に遭う」「物事が上手くゆかない」)と彼が思ったのはその胸像の出来が良くなかったせいなのだ。彫刻家は彼の父に会ったことがなくて、彼が渡した写真をもとに作っていた。そして夢の前日、この孝行息子は老僕をアトリエへやって、やはり、大理石の頭部の額の幅が狭すぎやしないか見させていたのだった。

この話に続いて、患者は、色々と思い出した。

父にはひとつ癖があって、仕事上の心配があったり、家族に困ったことがあったりすると、こめかみを両手で押さえるのだった。それは、あたかも頭が横に膨らまないように押さえつけているかのようだった……。

自分が四歳の頃、装塡してあったピストルが暴発して父の目がまっ黒になった(〈父の目はとても澄んでいた〉の反対)ところに居合わせたことがある……。

父は生前、考え込んだり悲しんだりすると、夢で傷があったのと同じ場所に、深い縦皺を作ったものだった(この皺が夢では傷に置き換わっている)。傷と言えば、自分が娘の写真を撮ったときのこと。乾板が手から滑り落ちて、拾い上げたらヒビが入っていて、それが縦皺のように娘の額を垂直に走って眉毛に達していた。これを見たとき、虫の知らせを受けたような気がしてならなかった。というのも、母の写った乾板が割れたら、翌日に母が亡くなるということがあったから。

このように、すでに亡くなっている父が怪我をしたというこの夢の馬鹿馬鹿しさは、人そのものとその人の像とを区別しない我々の普段のモノの言い方をそのまま映像に再現したせいで、不条理に思えただけだった。実際、我々は、胸像や写真を見て、「お父さんそのものだよね」などと言う。この夢の馬鹿馬鹿しさは単なる見せかけで、夢の中味として必要なことではなかったのである。となれば、この一例だけで敢えて言ってしまうと、この種の荒唐無稽さは、「これ位はいいだろう」と、わざとなされる表現法なのかもしれない。

二つ目もよく似ているが、私自身の夢である(私は父を1896年に亡くした)。

『父が死後にマジャール人を政治的に統一した夢』

〈父は死後、マジャール人(※ハンガリー人)の間である政治的な役割を果たし、彼らを政治的に統一した。ぼんやりと情景が見える。議会のようなところにたくさんの人がいる。ひとりの男が一脚か二脚の椅子の上に立っていて、他の人々が彼を取り囲んでいる。私は、父が死の床でガリバルディ(※1807-82 イタリア統一に功のあった軍人)そっくりに見えたことを思い出し、あの兆しが事実になったのだと嬉しい気持ちになる……(まだ夢は続くが忘れてしまった)〉

これはかなり馬鹿馬鹿しい。この夢を見たのは、ハンガリーが〝議事妨害〟のせいで無秩序に陥っていた(※ホランツキーが個人的な憎悪に駆られて政敵バンフィ首相の議案をことごとく妨害。二人の決闘に至った)のを、セール・カールマーンが(※1899年、首相に就任し「二月二十三日協定」を示して)やっと収拾した頃のことだった。ふつう、夢の視覚的表現は、ほぼ現寸大という印象になるものだが、この夢の光景は小さく不鮮明。というのも、この夢の場面は、絵入りオーストリア史の木版挿絵を再現したものなのである。それは、マリア・テレジアがプレスブルクの神聖ローマ帝国議会(※正確にはハンガリー身分制議会)で演説し(※1741年)、群衆から「我らが王のために死のう」の声が上がったあの有名な光景（※しかしハンガリー女王に即位できたのは数ヶ月の交渉の末のこと）だった。その絵のマリア・テレジアと同じように、夢の中で父は人々に囲まれている。しかし、父は椅子（Stuhl《シュトゥール》）に立っていたわけで、要は裁判官（※Stuhlrichter《シュトゥールリヒタ》　ハンガリーの地方法官）だった（これが〈彼らを政治的に統一〉に結びつくのは「Wir werden keinen Richter brauchen」で文字通りには「裁判官はいらないよ」。「自分たちで始末をつける」という決まり文句）。〈父が死の床でガリバルディそっくりに見えた〉というのは周りにいた者全員がそう思ったことで、死後の体温上昇によって頬がどんどん赤みを増し……我々は思わずゲーテの「彼の背後には、実体のない光に浸かって、我々全てを隷属させる共通の運命が横たわる」の詩句（原注：１８０５年、友人シラーの告別式に献げられた『鐘の歌』の一節）を詠唱したのだった。このように我々の想念が高揚したのは、我々もいずれこの「共通の運命」を迎えなくてはならないことへの準備のようなものだった。

さて、父の体温が〝死後に〟上がったことが、夢の〈父の死後〉という言葉に対応している。父がもっとも苦しんだのは、最後の二、三週間の完全腸閉塞（※Obstruktion《オブストラクツィオーン》　妨害または〝議事妨害〟の意味もある）だった。

このことから連想したのは、様々な失礼な思い出である。同年輩の友人で、ギムナジウム在学中に父親を亡くした人がいた。それに心を痛めて、私は彼の友達になろうとしたのだが、その彼があるとき彼の親戚の心痛について軽蔑するような調子で話をした。その女性の父親が通りで亡くなって家に運び込まれたとき、遺体の服を脱がして分かったことに、死ぬ瞬間あるいは死後に排便（※Stuhlentleerung　これはStuhl《シュトゥール》「椅子」「室内便器」とEntleerung《エントゥレーランク》「空にすること」の合成語。医者はふつうに便のことをStuhlと言うが、「便器」からの転用）していた。で、その女性は、小事とは言えこの不快な出来事を苦痛に思い、そのせいで父の思い出までも台無しにされたように思ったという。

ここに至って、夢の叶えようとしている望みに出くわす。人は「親には、死後、自分たちの前で清く偉大でいて（dastehen《ダシュテーニン》立っていて）ほしい」と願うものだ、と気がつけば、この夢の馬鹿馬鹿しさは霧散してしまう。そもそもこの夢が馬鹿馬鹿しく思えたのは、普通の会話の中なら気にしないでいられる程度の多少変な言い回しが、夢の中に全く忠実に再現されているせいなのである。

しかし、そうは言っても、馬鹿馬鹿しい内容に見えることが、実は、意図的なもので、わざわざそうしてあるという印象もまた、ぬぐい去ることは出来ない。（※この夢の末尾〈まだ夢は続くが忘れてしまった〉の中味が後で思い出されて、本節末で説明される）

馬鹿馬鹿しさの理由

夢の中に亡くなった人が出てきて、生きているかのように行動し、我々と触れ合うということは、頻繁にあることだ。そういう夢に出合うと、人はやたらと驚いて、色々とおかしな説明をしては、夢の世界についての無知をさらけ出すことになる。しかし、夢は別に荒唐無稽でも何でもない。我々は「もしお父さんがまだ生きていたら、何と言うだろうか？」と考える。夢は、この「もし」を、現実的なひとつの状況のように表現するだけなのである。

例えば、祖父にたくさんの遺産を残してもらったある若者が、散財を人に咎められたときに夢を見て、祖父が生き返って説明しろと言いにくる。彼は、「おじいさんは本当は死んでいますよ」と夢の中で異議を唱えるのだが、これは、もう祖父が自分の散財の件で腹を立てることはないと自分を慰めているか、あるいは、腹は立てても文句をつけにくるまでのことはしないと自分を安心させているかだけのことなのである。

亡くなった縁者が出てくる夢の荒唐無稽さは、遺産を散財したこの孫の見た夢のような人を小馬鹿にした話であるとは限らない。極度に否認されている事柄、そんなことは考えもつかないと言いたくなるような抑圧された観念（※息子が父の死を望むこと）を表していることがあるのである。この種の夢を読み解くには、夢は望みと現実の間に線引きをしないということを思い出さなくてはならない。

例えば、病気の父親をよく世話をし、その父親が亡くなった時に嘆き苦しんだ人が、まもなく次のような不合理な夢を見た。

〈父が以前と同じように自分と話をしている。亡くなったというのに、父自身はそのことに気がついていない〉

この夢は、〈亡くなったというのに〉の前に「息子が望んだために」と一言補えば意味が通る。父を看病している間、息子はしばしば、父親のことを思いやって「死がこの苦しみに終わりをもたらしますように」と願った。しかし、この思いやりですら、いざ父が亡くなって悲しみに浸っていると、無意識の内に、自分が父の死を望んだからこそ父の寿命が縮まった気がして、それ故に自分の汚点となるのである。幼少期に抱いていた父に対する敵意が参照されて、その汚点となったものが夢に表現されるのであるが、潜在的な思考の一部（※敵意）と夢を引き起こした出来事（※思いやり）との間で、かくも違いがあったからこそ、夢はこんな馬鹿馬鹿しい形を取らざるを得なかったのである。

それにしても、夢がわざわざ馬鹿馬鹿しいものになるのは、潜在的に「それはナンセンスだ」という判断があって、批判し嘲る気持ちから無意識的な思考が展開するからだろう。それゆえ、馬鹿馬鹿しさは夢の中で異議申し立ての表現となる。夢は矛盾を表現するのに、素材に関して潜在的な思考と顕在的な内容の関係を反転させたり、あるいは運動抑制の感覚を動員することがある（※ともに本章C）。しかし、夢の馬鹿馬鹿しさを単に「反対」を唱えているだけと解してはならない。むしろ、そこには、反対を唱えつつ同時にナンセンスを嘲り、場合によっては笑いのめしたいという気分がある。潜在的な思考にあるそういう気分が、馬鹿馬鹿しい夢という顕在的な形式で表現されているのである。

実は、我々は既に、荒唐無稽な夢のこうした性質をはっきり示す例に出合っている。ワグナーの上演で指揮者は塔の天辺にいて、演奏も朝の八時十五分前まで続くという例の『オペラの夢』（本章B）である。あの夢は、「世の中は狂っている」と言っているのである。何事につけ、それを得るに相応しい人は得られず、相応しくない人が得る。なんと不合理なことかという気持ちで、彼女は、自分が好きだった音楽家は才能があったのに精神病になってしまい、もう自分には結婚の見込みがないのに、従兄弟の妻は結婚していながら開けっぴろげに他の男と情事に耽っていると考えていたのだった。

死んだ父の夢とは——フロイトの場合

本節のはじめに荒唐無稽な夢の例として死んだ父親の夢を二つ挙げたが、実は、それには理由があった。この種の夢には、荒唐無稽な夢を作り上げる条件が典型的に揃っているのである。父親の権威は早くから子供に批判精神を養う。父から何か厳格に言われるたびに、子供の方は気持ちの負担を和らげるために、父に何か弱点がないか探そうとする。ところが、その父が死んでしまうと、我々は父を大切に思い、その気持ちによって夢の検閲を強化して、父親にたいする批判を抑圧して意識に上らせないようにするのである。

しかし、次に紹介する荒唐無稽な夢は、私の父についての話だが、ちょっと趣を異にしている。

『市役所から支払い請求の手紙が来る夢』

〈私は生まれ故郷の市役所から手紙を受け取る。それは私が1851年に事故で入院したときの費用を払えというものだった。これを見て私は笑う。1851年に私はまだ生まれていない。手紙が関係しているとすれば父のことだろう。この年には祖父ももう亡くなっていた。私は隣の部屋に行って横たわっている父にその話をする。と、驚いたことに、父は1851年にいちど酔っぱらって牢獄に入れられたか、あるいは保護留置された記憶があると言う。それは父がT家に勤めているときのことで……「お父さんが酒を飲んでいたのですか？　そしてその直ぐ後に結婚したのですか?」と私は聞く。計算してみると、自分はやっぱり1856年の生まれだった。しか

し、父の一件の直ぐ後のことだった気もしてくる〉

実は、この夢で父は前景の人物に過ぎなくて、話は別の人物についてのことだ。一般に夢で誰かに対して反抗しているなら、その人の背後に父親が隠れているものなのだが、この例では逆さまになっている。父が前景にいて、その背後に別の誰かがいる。私にとって神聖とも言うべき父を、夢がかくもぞんざいに取り扱うことができるのは、本当は父の話ではないという了解があるからである。

このことは、何がきっかけでこの夢が生じたかを知ればよく分かる。この夢が生じたのは、私の先生で、完全無欠の判断で知られたマイナートゥ（※前出。フロイトは1881年にドクトールの称号を得て1882年にブリュケの生理学研究所を辞め、1883年からウィーン総合病院のマイナートゥの精神科クリニックで働き始めた）が以前に私のことを批判していた、と人づてに聞いたときのことだった。彼が、ある患者があと「数年」私のところで精神分析を受けなくてはならないと知って、「よくもまあ、我慢していられるものだ」とあざ笑っていたというのである。

夢の最初の数行で見え隠れしているのは、しばらくの間マイナートゥが、父の代わりに援助してくれていた（※夢では〈費用を払う〉ということである。マイナートゥは当初私を贔屓してくれ、私も彼を尊敬し、彼の歩んで来た途を歩もうとしていた。しかし、間もなく彼は私を敵視するようになり、私たちの関係は崩壊しはじめた。そしてその時、私が気がついたのは、自分が今経験しているのは父子が不和の際に感じるのと同じ感覚だということだった。

私の治療がのろいという咎は、この患者にまつわる話を超えて、後に述べるように他のことへ広がる話なので、私は夢の潜在的な思考で激しく反論しているのである。じゃ、もっと早く治せる医者がいるのですか？　こういう病状は普通は治らなくて、生涯続くものだと分かっているのですか？　一生の長さに比べて、四年や五年がどれほどのものなのです？　治療して患者の生活はずっと改善しているのですよ。患者は、治療が終わったら直ぐ結婚しようと思っているほどなんです……。

この夢から不条理な印象を受けるのは、色々な領域に由来する文章が次々と脈絡もなしに置かれているせいである。例えば〈私は隣の部屋に行って……〉に始まる文はそれまでの話題から離れて、私が勝手に決めた婚約のことを父に報告に行った状況を忠実に再現している。この一文は、あのとき年老いた父が見せた気高く無私な態度を私に思い出させようとしていて、その態度をマイナートゥの振る舞いと対比させようとしているのである。そして、かように父が立派な人だと示されているが故に、夢は父を笑い者に出来た。それこそ検閲の一般的な性質であって、禁止項目に関して真実を述べることは許されないが、真実ではないことについては発言が許される。

次の〈父は1851年にいちど酔っぱらって牢獄に入れられたか、あるいは保護留置された記憶があると言う〉は、現実の父とは無関係な話である。夢で父が覆い隠しているのはマイナートゥで、彼が若いときにクロロフォルム依存症で精神科の病院に入ったという話を、私は本人から聞いて知っている。この続きで思い出すのは、臨終の彼を見舞ったときのことだ。ご気分はいかがですかと尋ねると、彼は長々と自分の病状を説明してから、最後に「君も知ってのとおり、僕は男性ヒステリーの第一級の患者だったわけだ」と言ったのである。かつて、私たちは、男性ヒステリーのあるなし（彼はそんなものはないと言った）を巡って誌上論争を繰り広げたことがあった（※パリのシャルコーの所から戻ったのち、１８８６年10月にフロイトは男性ヒステリーについて医師会で報告を行い物議をかもした。なお同年４月に開業し、９月には結婚していた）から、このマイナートゥの言葉を聞いて私は驚き、そして満足したが、ともあれ、彼はかくも長い間頑固に反対してきたことを最後に認めたのだった。

夢で、マイナートゥのことを父が覆い隠しているのは、二人の間に似たところがあるからではない。それは「私（の治療）がのろい」からはじまる連想が行き着く潜在的な思考の簡潔な表現なのである。その思考は「もし私がお偉いさんの子、つまり教授か宮中顧問官 Hofrat《ホーフラートゥ》 の息子だったら、私の出世は〝もっと早かった〟だろう」である（※マイナートゥは教授にして宮中顧問官だった）。夢の中で、父は（※マイナートゥに取って代わることで）教授・宮中顧問官になった（※のだから、私が出世に関しても治療に関しても「のろい」はずはない）。

さて、はっきり言明されているだけに煩わしく感じるのは年号の不合理である。１８５１年も１８５６年も違いがなく、その差分には意味がないと言わんばかりではないか。しかし、それこそがまさしく夢が表現しようとした事柄だった。数年というのは私がマイナートゥから支援を受けていた年数（※フロイトがマイナートゥのクリニックに籍があった期間自体は三年弱）であり、私が婚約者を待たせた年月だった（※フロイトはブリュケの助手に採用されたら結婚するつもりだったが、その見込みがないと悟って研究所を辞めたと伝えられている）。そして、偶然にも、夢はいつもこういう〝偶然〟を喜んで利用するわけだが、それは私の大切な患者を完治まで待たせる年数でもあったのだ。「数年がどうしたというんです」と潜在的思考は尋ねている。「思い煩うようなことではありません。私にはたくさん時間があって、あなたが信じたくなかった男性ヒステリーの存在が結局は本当だったように、私は患者の治療でも成功するでしょう」

しかしながら、年号から世紀部分を取り去った51という数字は、また別個の、しかも反対の意味（※私には時間があまりないかも知れない）を担っている。だからこそ夢に何回か出現しているのである。51は男の厄年である。私の同僚たちが何人かこの年齢で突然に亡くなっている。その中には、永年待ち続けて教授に任命されたと思ったら数日で亡くなった人もいる（※当時、フロイトは四十歳代）。

やはり数字遊びをする私のまた別の夢。

『M氏がゲーテから論難される夢』

〈知り合いのM氏が、こともあろうにゲーテその人から論難された。それは誰もが不当だと思うほど手酷いものだった。M氏はもちろん打ちのめされ、食事の席で嘆く。それでも、この個人的な一件でゲーテを尊敬する彼の気持ちは損なわれなかった。ただ、私には時間的にこの話があり得ないように思われたので、少し光を当ててみようとする。ゲーテは1832年に死んでいる。Mに対する論難はそれよりも前のはず。ということは、Mは相当に若かったに違いない。彼が十八歳だったというのが妥当だと思える。しかし、私には今年が何年なのか分からなくて、それで計算の全体が曖昧になってしまう。論難の中味はゲーテの良く知られたエッセー『自然』に収め

られている〉

この夢の馬鹿馬鹿しさは、直ぐに説明出来る。私は最近、夕食会で知り合いになったM氏にその弟を診察するように頼まれた。M氏の話からすると、患者は進行麻痺（※梅毒）の精神症状を示し始めているようだった。その推測は当たっていて、診察の時、患者は唐突に自分の兄が「若い頃おいたをした」と暴露話を始めて、兄を当惑させた。私は患者に誕生日を尋ね、そこからいろいろな出来事までの年数を計算させて、かれの障害の程度を調べた。結果はというと、まだそれほど酷くはなかった。

夢の中では私が進行麻痺のように振る舞っていて、しかも自分で〈今年が何年なのか分からない〉と自覚している。

夢の他の部分も、由来ははっきりしている。医学雑誌を編集している知人が、私のベルリンの友人フリースの近刊について〈手酷い〉書評を雑誌に掲載したが、担当した評者というのが〈相当に若くて〉、ろくな判断力のない人だった。私は自分にひとこと言う資格があると思って、編集者に文句を言った。彼はこの書評を採用したことは遺憾に思うと言った。しかし、それ以上のことを約束しなかった。私は直ちにこの雑誌との関係を絶ったが、その通知の中で、このことで個人的な〈気持ちは損なわれない〉ようにしたいと強調しておいた。

第三の出所は、ある女性患者から丁度その頃聞いた話で、彼女の弟が最近発病し、発作の度に狂躁的に〈自然〉（Natur《ナトゥーア》）という語を繰り返し叫ぶのだという。医者たちは、この叫びはゲーテのエッセーを読みすぎたせいだと言い、これ以上自然哲学を勉強しないようにと指示したという。

私は、「自然」という言葉は性的な意味だろうと思った。教育のない人でもそのようにこのコトバを使う（この不幸な患者は、その後、自分の陰部を切り取ったというから、私は間違ってはいなかったように思う）。〈十八歳〉というのはその人が発作を起したときの年齢である。

ひとつ付け加えておくと、かくも厳しく批判された友人の本（また別の評者は「人は著者が狂っているのか自分が狂っているのかと思うことだろう」とまで書いた）は、〃人生の時間的な関係〃を扱っていて、ゲーテの人生の長さもある生物学的に重要な年数の倍数だと論じている。従って、夢の中で私が自分を友人の立場に置いて、〈時間的に……少し光を当ててみよう〉としていることは明白である。しかし、私はまた、進行麻痺の患者のように振る舞い、夢は不条理の中を転がり回る。言い換えると、潜在的な思考は、皮肉っぽく「もちろん（natürlich《ナトゥーアリヒ》）彼は愚か者、狂人さ。で諸君は天才、物事を弁えている。しかし、その反対かも知れんだろう」と言っているのだ。そしてこういう逆転こそが、夢の中でたっぷり表現されている事柄であって、ゲーテが若者を攻撃するなんて荒唐無稽な話だし、今日では逆にどこかの青二才が不滅のゲーテを攻撃しかねない。また私は進行麻痺らしい患者に彼の生年から計算をさせたが、夢の中ではその私がゲーテの没年から数えていて、これも逆さまである。

以前（※第5章D）私は、どんな夢も利己的な性格を持っていると言った。そのとおりだとすると、この夢が扱っている友人フリースの学説は本当は私自身の主張で、彼の立場も実は自分の立場であると説明しなくてはならない。しかし、目覚めてから考えてみると、私がそこまでの信念をもっているとは思えない。他方「自然！」と叫ぶ十八歳の患者について、私が彼の主治医とは違う解釈をしてみたのは、神経症の原因が性的なものだと考えているからで、そのせいで私は他の殆ど全ての医者と正面から衝突せざるを得なくなっている。私は「自分も、友人同様に、辛辣な批評家たちと向かい合うことになるだろう。いや、もうある程度はそうなっているのだ」と言いうるのである。となると、潜在的な思考における「彼」を「我々」と言い換えることができる。「もちろん、我々は愚か者、狂人さ。で諸君は天才、物事を弁えている。しかし、その反対かも知れんだろう」

夢はゲーテの比類なく美しい小エッセーに言及している。このことが、私に mea res agitur（肝心なのは自分のこと）をしっかりと思い出させる。私は、ギムナジウムを卒業したとき、まだ将来を決めかねていたが、ある公開講義でこのエッセーの朗読を聞いたのがきっかけで、自然科学を学ぼうと決心したのだった。

次に挙げる例では、序の夢に「わたし」は登場しない。しかし、それでも、利己的な夢なのである。その理由は本編の分析で明らかになる。また、本編には馬鹿馬鹿しく理解不能な語新作（※精神医学用語）があるが、その意味も明らかにされるだろう。

『M教授が「私の息子、あの近視が」と言う夢』

序の夢

〈知り合いのM教授が大学で、「私の息子、あの近視が」と言う〉

その後に短い会話が続くのだが、それからまた夢断片があって、私自身と息子たちが登場する。

夢の本編

〈ローマの町に何かが起こって、子供たちを退避させなくてはならず、それが実行された。それから場面は、古代に建造された二重の市門（夢の中で私はそれがシエナのローマ門だと気が付いている）の前に移る。私は噴水の縁に座っていて、とても気分が沈み、泣きそうになっている。女門番（※Wärterin「子守り」とも読める）あるいは尼僧が二人の男の子を連れて出てきて、父親に渡すが、それは私ではない。子供の内、大きい方は明らかにうちの長男だ。私にはもうひとりの子の顔は見えない。子供たちを連れてきた女性がお別れのキスをしてと言う。彼女の鼻は赤い。男の子はキスをしたがらないが、別れるときに握手をしながら彼女に「Auf Geseres」と言う。私たち父親（の両方または片方）には「Auf Ungeseres」と言うが、私には、この言い方が良い気がする〉

この夢は劇場で見た『新しいゲットー』という芝居に刺激されて色々と考えたことに基づいている。ユダヤ人問題、すなわち母国を与えられない子供たちの将来のこと、子供たちが自由に好きなところで暮らせるように教育してやりたいということ、こうしたことがこの夢の背景に認められる（原注：〈子供たちを退避させなくてはならず、それが実行された〉という部分は、かつて私が子供だった頃に似たような出来事が実際にあり、歪曲はされているが、また今、子供を他国に移住させることのできた親戚を私が羨んでいる、ということである。※この「似たような出来事」とは、１８５９年、一説には60年に自分たちの一家がウィーンへ移住し、母違いの兄エマヌエル一家がイギリスへ渡ったこと。「今羨んでいること」とは妹アンナと夫エリ・ベルナイス、その子供たちが１８９２年にニューヨークへ移住したこと)。

そして「バビロンの流れのほとりに座り、(シオンを思って)私たちは泣いた」(※旧約聖書詩篇１３７篇1節)のような場面。シエナはローマ同様に、美しい噴水で有名だ。健康上の理由で私はローマに行けないので(※第5章B)夢の中で自分の知っている場所を憧れのローマの代わりにせざるを得ないわけだ。シエナのローマ門の傍で、我々は灯を煌々と灯した大きな建物を見たことがある。それはマニコーミオつまり癲狂院(※精神科病院の古語)だという話だった。そして、この夢を見る少し前には、あるユダヤ人がやっと手に入れた国立癲狂院での職を失ったという話を聞いたのだった。

興味深いのは「Auf Geseres」という言葉だ。これは、状況からして、「さようなら」Auf《アオフ・》 Wiedersehen《ヴィーダーゼーエン》のことだろう。そしてまったく無意味な反対語のAuf Ungeseresという言葉。聖書学者たちに教わったところでは、Geseresは真性のヘブライ語で、goiserという動詞の派生語だが、「課せられた苦悩、破滅の元」という意味らしい。俗語では「泣きの涙」という意味になる。「Ungeseres」はまったくの新造語で、目を引くものの、何のことだか分からない。しかし、夢は最後にちょっとコメントを付けて、Ungeseresの方がGeseresよりも好もしいと言っている。ここから、キャビアを連想する。キャビアは塩漬けでない(ungesalzene《アンゲザルツェヌ》)方が塩漬け(gesalzene《ゲザルツェヌ》)よりも値が高い。そして「大衆にキャビア」(※豚に真珠の意。『ハムレット』第二幕第二場)、「気高き情熱」(※オーストリアの軍人・作家アイレンホフ 1733-1819 の戯曲から、高価な品への情熱の意)と連想が続いて、妻のことが冗談半分に思い出される。彼女は私より若いのだから、私は彼女に子供たちの将来を託したい。そして連想は、うちのもうひとりの家政担当者、働き者の子守に及ぶ。そう言えば、夢で女門番（あるいは尼僧）として描かれているのは彼女だった。

しかし、まだ塩漬けあり・なしとGeseres-Ungeseresとの繋がりがもうひとつよく分からない。媒介しているのはパン種（酵母）のあり・なしかもしれないと思う。出エジプトに際して、イスラエルの民はパンの練り粉（パン生地）を発酵させる時間がなかったので、それを忘れぬために今日に至るまでイースターには発酵させていないパンを食べる（※過ぎ越しの祭り。イースターはキリストの復活を祝うものだが、たまたまキリストの処刑が過ぎ越しの時期だった。それで、ヨーロッパのユダヤ人たちは、イースター休暇に過ぎ越しを祝っていた）。

それで思い出したのは、イースター休暇の終わりにフリースと、二人とも不案内のブレスラォ（※ポーランド西部の町）の通りを散策していたときのことだ。小さな女の子が道を聞いてきたが知らないので、私はごめんねと謝り、友人の方を向いて「この子も、将来、人生の道を聞くときには、誰がしかるべき相手なのか見抜けるといいね」と言った。そしてそのすぐ後で、看板を見つけたが、そこには「ヘロデ博士。診療時間は……」とあり、私は「（※幼児を虐殺したとされるヘロデ大王と同じ名前なので）小児科医でないといいな」と言った。私の友人はというと、身体の左右対称の意義について見解を述べていたが、「もし我々も、ツィクロプ（※Zyklop　ギリシア神話のひとつ目の巨人キュクロプス）のようにおでこの真ん中に目がひとつあるだけだったら……」と話を続けた。これが導入夢の中で教授が「私の息子、あの近視（※Myopミオプ。ツィクロプと共通の語尾opは「眼」の意味）が……」と発言したことに繋がっていたのである。これでようやく、Geseres の由来に近づいた。

M教授の息子は今や一廉《ひとかど》の思索家だが、何年も前、彼がまだ「勉強机」に向かっていたころ、目の感染症にかかり、医者に予断を許さぬと言われるほどの状態になった。その医者の意見では、片目だけならばさほどの心配はないが、別の目にまで広がるようだと重篤になる、ということだった。病気は後遺症もなく治った。しかし、間もなく、今度はその別の方の目に症状が現われた。子供の母親は震え上がって、直ちにその医者を田舎の別荘に呼んだ。しかし医者は前とは言い分を変えて（※母親にはそう思えた）、「何をめそめそして（Geseres）いるんです？」と母親を叱りつけた。「片方が良くなったんだから、別の目も良くなりますよ」。果たして、そうなったのである。

そして最後に、私との繋がり。M教授の息子が学ぶのに使った最初の「勉強机」は、夫人の好意でお下がりとしてうちの長男のものになったが、子供が近視になったり姿勢が曲がったりしないように作られていたのである。この点からも、夢の〈近視〉（その背景にツィクロプがいる）の話や、フリースの身体の左右対称の話に繋がっていたのである。

発達の偏りといえば、姿勢の傾きに限らず知的な発達の偏りも心配になりうる。しかし、あの荒唐無稽な夢本編の光景は、まさにそんな心配は無用だと言っているかのようである。夢の中の子は女性に Auf Geseres と言う一方で、我々別の側にはまるでバランスを取ろうとするかのように Auf Ungeseres と叫ぶ。彼は、あたかも、左右対称性に配慮するかのように振る舞っているのである。

時に夢は馬鹿馬鹿しさを装う

夢は、馬鹿げているとしか思えないときほど、深い意味をもっている。いつの時代でも、何か言わなくてはならないが、それを言えば身に危険が及ぶという事態になると、誰もが鈴付き帽の宮廷道化師さながらに振る舞ったものだ。禁句を向けられた権力者が我慢できるのは、笑っていられればこそ。耳に不愉快なはずの話でも馬鹿馬鹿しいと思えば許せてしまう。これは夢も同じで、（※国王となった叔父と王妃である母の手前）愚か者のふりをする舞台上の王子のように振る舞う。ハムレットは自分のことを誤魔化して、

「私が狂うのは北北西の風（※復讐心を隠さねばならぬ）のときだけ。南風（※それ以外のとき）なら、鷺と鷹の区別はつく」（※第二幕第二場）と一見訳の分からぬことを言うが、これはまるで夢の言いそうな表現の仕方ではないか。

夢の潜在的な思考は、少なくとも健全な心の場合、決して荒唐無稽ではない。それなのに不合理な夢が作られるのは、潜在的な思考の中に非難・愚弄・嘲笑（※耳に不愉快な話）がある場合に、それを表現する様式が不合理（※道化の馬鹿馬鹿しさ）だからである。夢そのものが不合理に働いているわけではない。夢の仕事の仕方は四つあり（※「圧縮」本章A、「中心の置き換え」本章B、「絵画的な表現への置き換え」本章B、「二次的加工」本章G）、それらを使って潜在的思考を翻訳するだけなのである。

夢の中の判断、覚醒時の夢に対する意見・気分はすべて夢の一部

同じようなことが、夢を見ている最中の判断についても言いうる。夢を見ながらその内容を批

判し事実の認定をしているように思え、また個々の要素に驚き、説明を試み、一連の議論をしているように思えること（①）が多々ある。しかし、それらは夢とは別の知的な活動ではなくて、それ自体が潜在的思考の素材から作られた完成品で、それが顕在的な夢内容に出現しているだけなのである。同様に、覚醒した後に、その夢について思うこと（②）も、そのときに生じる気分（③）も、多くが夢そのものであって、解釈の対象になる。

夢を見ている最中になされる判断も夢の一部に他ならないこと①

まず、意見が述べられ、判断が下されても、それが夢を見ている間だけのことで、覚醒時までは続いてゆかない場合をみよう。先に挙げた『M氏がゲーテから論難される夢』には、たくさんの判断行為が含まれているように思える。〈私には時間的にこの話があり得ないように思われた……〉。この一節はゲーテが私の知り合いの若者を論難するなどというナンセンスなことは「あり得ない」と批判的に反応している。〈彼が十八歳だったというのが妥当だと思える〉という結論に到る節は、ちょっとオツムの弱い者の計算のようではあるが、ともあれ計算であるには間違いない。しかし、結局は〈私には今年が何年なのか分からない〉と、夢の中で不確かになってしまう。

これらの判断行為は、初めは夢の中で別途行われたものであるかに見えたが、分析してみると、その言葉遣いの特徴から、それ自体が解釈の対象となるべきものだと分かった。それと共に、すべての馬鹿馬鹿しさが消滅したのである。たとえば、〈私には時間的に……少し光を当ててみようとする〉という文言は、私が、実際に人生の時間的な関係を研究していた友人の立場に立とうとしているとも読め、そうなると、この文章は先行するナンセンスに対する単なる評定ではないということになる。この文に挿入された〈あり得ないように思われた〉という部分は、その直ぐ後に出てくる〈妥当だと思える〉と対をなしている。これらは、弟の病歴を語った婦人に私が説明したときに使ったのとほぼ同じ言葉で、私は、「私の見るところ、弟さんが自然自然と叫ぶのがゲーテを読み過ぎたせいだというのは〈あり得ないように思われます〉。むしろ、あなたもご存じの性的な意味だという方が〈妥当だと思われますね〉」と言ったのである。ちなみにこの判断がなされたのは、夢の中ではなくて、現実の中でのことで、それが後々まで覚えておかれて夢に使われたのだった。

十八という数は、夢の中では〈彼が十八歳だったというのが妥当だと思える〉とナンセンスな判断に取り込まれているが、もともとは、婦人の弟が十八歳のときに最初の発作を起こしたという文脈の名残である。私は、この事実から、彼が性的な問題を抱えているはずだと判断したのだった。最後に、〈私には……分からなくて、それで計算の全体が曖昧になってしまう〉という部分で、私と進行麻痺の患者との同一視が示されているが、実際にM氏の弟を診察した際には、患者のこの症状を元に診断の見当をつけたのだった。

夢の中に出てくる判断についても、当初設定したルール（第2章『イルマの注射の夢』参照）が当てはまり、（※内容とそれに対する判断という）夢の構成要素どうしの繋がりは単なる見かけ上のこととして脇に置き、要素ひとつひとつの由来を辿らなくてはならない。夢を調べるためには、夢としての集合体をバラバラにして、元々の要素に還元すべきなのである。他方、夢の仕事のおかげで、全体の辻褄が合うように上手く見せかけられていることがある。夢として一旦作られたものに対する、この二次的な処理については、後（本章G「二次的加工」）で、夢形成に働く第四の要因として説明することになる。

次の夢では、冒頭に、夢の主題に対して不審に思う気持ちがはっきりと述べられている。

『老ブリュケ教授の命令で自分を解剖する夢』

〈老ブリュケ教授が私に何か課題を出したに違いない。それは〝奇妙なことに〟私自身の下半身を標本にすることらしく、私は自分の骨盤と両脚を解剖室で目にするが、それらが自分から失われている感覚はなくて、恐怖感もない。ルイーゼ・Nが脇に立っていて、私と一緒に働いている。骨盤は、中身が取り除いてあるので、上から見たり下から見たりできるが、そのふたつの映像は入り混じっている。分厚い肉色の固まりがある（痔だと思う）。錫箔のようなものがその上を覆っていて、注意深くつまみ上げなくてはならない。

それから私は自分の両脚を取り戻して、街に出掛けるが、（疲れているので）辻馬車を雇う。驚いたことに、ある建物の玄関扉が開き、馬車はそこを通り抜けて通路を進む。そのうち通路は終わって、結局、また外にでるのだった（原注に「私の住んでいるアパートの入り口ホールの様子」とある。※フロイトのアパート全体の玄関は、馬車に乗ったまま土間に入れるようにした伝統的な設計を模していて、通りに面した大きな両開きの扉を入ると、かなり広い土間が広がっていて、壁際に各戸へ行くための階段があり、奥の正面は中庭に出る）。

最後に、私は、私の荷物を担いだアルプスのガイドを伴って、様々に変化する風景を見ながらハイキングする。彼は、ある区間は、脚が疲れたろうと私を背負ってくれた。途中に沼地があって我々は端の方を歩く。人々が地面に座っている。その中にアメリカ・インディアンかジプシー（※近年日本では、ネイティヴ・アメリカン、ロマと言い換える）のような少女がひとりいる。その少し前、私はこの滑りやすい地面を自力で歩いていて、標本作製の後だというのに一歩一歩たやすく歩けるのが自分でも不思議だった。ようやく我々は木小屋に到達するが、その奥の窓が開いていて、ガイドは私を座らせると、用意してきてあった厚板を二枚窓枠の上に置いて、その窓から深い谷を越えて行けるような橋にした。私は今になって自分の脚のことがとても心配になった。しかし、谷を渡るかと思えばそうではない。ふたりの大人が小屋の壁際の木製ベンチに横たわり、子供がふたりその脇で眠っている。どうやら、厚板ではなく、この子供たちが、向こうへ渡してくれるようだ。私はドキドキして目が覚めた〉

夢がどれほど多くのことを圧縮しているかを一度でも実感した人は、この夢を分析するには何頁も必要になるとたやすく想像がつくだろう。しかし今は、冒頭の〈奇妙なことに〉という挿入句の存在で知る〝夢の中で不審に思う気持ち〟の一例としてこの夢を挙げるに止める。

何がこの夢の引き金になったのかを見てみよう。それは夢の中で私の作業を手助けしてくれていたルイーゼ・Nの訪問を受けたことだった。「何か読むものを貸して下さい」と言われて、私はライダー・ハガード（※1856-1925）の『彼女』（※１８８７年。何度も映画化された）を差し出しながら、「奇妙な本ですが、隠れた意味がたくさんあります」と言い、さらに「永遠の女性性、感情の不滅……」と説明しかけると、彼女は私を遮って、「その本はもう読みました。先生ご自身の本はありませんか」「いや、不滅と言えるようなものはまだ書いていません」「じゃあ、いつ出版なさるんです？　その、私達も読むことが出来るとおっしゃる、先生のいわゆる〝究極の説明〟のご本は？」と彼女は幾分挑発的に聞いてきた。ここに至って私は、彼女が誰か他の者の意見を代弁しているように感じて、口を閉ざした。そして、たかが夢についての本であっても、公衆の前に出すとなると、大変な克己を要するものだなと考えていた。

出版することで、私は私事を多く晒さなくてはならない。人は「知り得る最上のことを、少年たちに教えてはならない」（※『ファウスト』中のメフィストフェレスの科白）のだ。夢の中では、私自身の体を標本として切断するというのが私に与えられた課題だったが、それは夢の話をするのに伴う自己分析のことだろう。老ブリュケ教授がここに登場しているのは正しくて、私は、研究生活のごく初期にさえ、発見したことをなかなか公にせず、教授から強く促されてようやく論文にしたものだった。

ルイーゼ・Nとの会話からあれこれと考えが発展した筈だが、それは深く潜行してしまって今は意識に上ってこない。ライダー・ハガードの『彼女』に言及したときに呼び覚まされたテーマで注意が逸らされてしまったのである。

ともあれ、この本と、同じくハガードによる『世界の心臓』（※１８９５年）こそが、例の判断〈奇妙なこと〉が当てはまるものである。夢の多くの要素も、この二冊の幻想的な小説に由来している。担がれて進まなくてはならない沼地、渡らなくてはならない深い谷やそこを渡るために用意されてある厚板は『彼女』から採られている。アメリカ・インディアン（※むしろインディオ）、少女、木小屋は『世界の心臓』に由来する。どちらの小説でもガイドは女性で、同じように危険な旅に出る。

〈脚の疲れ〉は、私の記録によれば、夢を見たころ私が実際に感じていたものだ。恐らくその頃、倦怠感や「自分の脚はどれほど持つのだろうか」という心配があったのだろう。『彼女』は、ガイドが自分や他の人のために不死を手に入れるどころか、神秘的な地下の炎の中で死ぬ場面で終わる。紛れもなく、この種の不安が夢の中にも渦巻いている。木小屋は疑いもなく棺であり墓だろう。しかし、夢は、墓に入るという嫌なことを表現するに当たって、実に巧みに、私の望みに添うようにしてくれた。

私は一度墓に入ったことがある。それはオルヴィエト（※イタリア中部の丘上の街）近郊のエトルリアの墓で、もう空になっていたが、もともとは、その細長い墓室の壁際にある二つの石のベンチにそれぞれ一体の骸骨が置かれていたのだ。夢ではこの様子がそのまま、ベンチが石から木に代わって、木小屋の内部の景色になっている。夢が言っているのは「墓に入ることになったら、エトルリアの（現世再現の）墓になさいませ」ということのようで、この置き換えによって、この上なく憂鬱な予想を希望に変えているのである。ただ残念なことに、次節（本章F「感情」）で述べるように、夢が自由に反転できるのは感情に伴う考えだけで、感情それ自体を反転することは出来ない。その結果、私は〈ドキドキして目が覚めた〉わけだが、その直前には、父親たち（※ベンチの上で死んでいる大人たち）が失敗した（※深い谷を渡る）ことを子供たち（※眠っている）が成し遂げるかもしれないという考えが強く示されている。この考えもまた、主人公の同一性が二千年にわたり世代を通して保たれ続けるというこの奇妙な小説を参照して、生まれたのだろう。

覚醒後に夢について持つ意見も夢の一部だということ②

顕著な例は前にも紹介した『訳が分からない夢』(本章C)である。この夢を見た患者は、治療に必要なのに、「あまりにもはっきりしないし、訳が分からないから」と言って、なかなか夢の話をしようとしなかった。しかし、散々促すと、「夢の中の誰が実際には父なのか分からない感じだった」と言い、もうひとつ、夢の断片を見ていたと話した。そこに「堆肥桶」(Mistrügerl)が出てきていたのである。

この堆肥桶は、彼女が嫁入りして間もない頃に冗談交じりに、新しい堆肥桶を手に入れなくちゃ、と言ったら、次の日に鈴蘭が一杯植え込まれた桶がひとつ届けられたという事実に基づいていたが、夢としては「私の赤ちゃんではない」(※ Nicht auf meinem eigenen Mist gewachsen　文字通りには「私の堆肥で育ったのではない」)という決まり文句を表現していた。この夢は、彼女が少女時代に聞いたある女中を巡る話の名残で、その女中は妊娠を告白したものの、〈誰が父親なのか〉判然としなかった。つまり、この夢では、潜在的な思考の一部「女中にはお腹の子の父親が分からない」が、覚醒時の思考に溢れ出して、「あまりにもはっきりしないし、訳が分からない」と夢全体に下された判断として表現されたのだった。

似たようなケース。私の患者が夢をみたが、彼が面白いと思ったのは、目覚めたときに自分が「これは先生にお話ししなくては」と思わず独り言を言ったからだ。分析してみると、それは治療期間中に始まった情事をはっきりと仄めかしていて、患者はそのことを決して私に〝話すまい〟と決めていたのだった（原注：精神分析治療中に見る夢の中で、「これは先生にお話ししなくては」と決心するのは、その夢を報告することに大きな抵抗があることを物語っている。そして、夢の中味自体は、ふつう、きれいさっぱり忘れられてしまう）。

見た夢を思い出すときに生じる感情も、多くが潜在的な思考に伴うものだということ③

私自身の経験。

『パネトゥと一緒に病院へ行く夢』

〈私は同僚のパネトゥと一緒に病院へ向って歩いている。途中で家々や庭のある地区を通る。この地区のことは〝以前幾つかの夢で見た〟という気がする。私はその辺りを良く知らない。パネトゥが道を指し示してくれる。その道の角を曲がると、レストラン（屋内。屋外ではない）に至り、そこで私はドニ夫人のことを尋ねる。すると、裏の小部屋に三人の子と一緒に住んでいると聞かされる。私がそちらへ向かっていると、〝うちの幼い娘ふたり〟が誰だか分からない人物と一緒にいるのに出くわす。私はしばらくそこに彼らと佇んでいたが、二人を連れて立ち去る。子供たちをあんなところに置き去りにしたことで妻に文句を言いたい気持ちになる〉

私は目覚めたとき、この夢を分析すれば人がよく「この夢は以前にも見たことがある」と言うのがどういうことか分かる気がして、実に満足した気分だった。しかし、実際にやってみると、何も分からなかった。分かったのはただ、その満足感も夢の潜在的な思考に属していたということである。

私は、分析に値する夢を見たと思って満足したのではなく、〝結婚して子供たちを授かったことに満足していた〟のだった。パネトゥはしばらくの間人生を共に歩んだ人（※大学時代からの友人でブリュケの研究所でも同僚だった）で、後に、社会的にも経済的にも私をはるかに凌駕した（※1886年、大学の講師に就任）が、結婚しても子供がなかった。この夢を見たきっかけは、次の日が長男マーティンの誕生日だということだった。そして、どうやらこの子には文筆の才能があるようなのである。

もうひとつのきっかけは、前日、新聞でDona A…y夫人（これが夢のドニ夫人になった。※Don(a A…)y）の死亡広告を見たことだった。この女性は産褥で亡くなったらしいが、妻によれば、その人の産婆は妻が〈うちの幼い娘ふたり〉を生んだときと同じ人だったとか。そして実は、少し前に、英語の小説を読んでいて、ドナという名前があるのだと知ったばかりだったのである。

本節の始めに紹介した『父が死後にマジャール人を政治的に統一した夢』を見たときも、私は同じように満足感で目覚めたのだった。私は、この満足感は、夢の最後の部分、〈私は、父が死の床でガリバルディそっくりに見えたことを思い出し、あの兆しが事実になったのだと嬉しい気持ちになる……〉に伴った気分の続きだろうと思っていた。そしてあの夢の話は〈まだ夢は続くが忘れてしまった〉で終っていた。しかし改めて分析してみると、その失われていた部分が蘇った。それはうちの次男のことだったのである。私は彼に歴史上の人物クロムウェルの名前オリヴァーをつけていたが、それはその人物に、少年時代、ことにイギリスに滞在してからというもの惹き付けられていたためである。次男が生まれるまでの一年、私は次が男の子ならこの名前にしようと心に決めていたので、新生児にこの名前を贈ることができたとき（※１８９１年）私は実に〝満足〟したのだった。

ここで容易く見てとれるのは、父親たる私の誇大な願望が禁圧（※意識から不都合なものを消去すること）されて、私の頭の中で息子に転移（※無意識な欲望がある特定の人に関する現実だと思われること）されているということである（※「息子に大人物になって欲しい」と自分が〝無意識に〟望んだだけなのに、「息子はすでに大人物の名前を持っている」と〝彼の現実〟のごとく思うこと）。大それた望みは実人生では禁圧されなくてはならないが、こんなふうに子供の名前で現実化してしまうというのも、確かに、ひとつの対処の仕方と言えるだろう。

さて、次男がこの夢の文脈に収まる理由は、この子が、友人の話に出てくる女性の父親のようにシーツを汚した（赤ん坊だって瀕死の人だって許されると思う）からだった。この関連では、Stuhlrichter《シュトゥールリヒタ》（裁判官）という言葉がStuhl《シュトゥール》（椅子または排便）を仄めかすということや、人は、親には、死後、自分たちの前で清く偉大でいて（dastehen《ダシュテーエン》立っていて）ほしいという夢の願いについては、先に行ったこの夢の分析を参照のこと。

もう十分だろう。これ以上例を引いても、すでに分かったことの確認にしかならない。要は、夢見の最中の判断と言っても、潜在的思考にあるお手本を反復しているだけ、ということである。

判断に見えるものは普通、前後構わず無理に嵌め込まれた語句に過ぎない。しかし時として、本節の幾つかの例の如く、その使われ方が実に見事で、つい夢の中で別の独立した思考が起こっているのかと思ってしまうことがある。そこで我々としては、そのように各領域の要素を混合して一貫した意味のある全体を作ろうとする働き（本章G「改訂作業」）に目を向けたいところであるが、その前に取り急ぎ、残されたもうひとつの領域である感情表出を調べ、潜在的な思考の感情と比較をしておこうと思う。

F　夢の中の感情

（※原題は「Affekt《アフェクトゥ》」情動。過去の生々しい感情を伴う記憶が、ヒステリー症状発現の引き金となることから、フロイトは感情を欲動エネルギーの質的な表現と考え、心理学用語からAffektの語を借用した。しかし、第7章で心的エネルギーの考察を行うまでは、この語が日常語の「感情」Gefühl《ゲフュール》とほぼ同じ意味で用いられており、その範囲も「激烈な感情」を示すAffektから、漠然とした「気分」Stimmung《シュティムンク》まで広いし、しかも、フロイト自身が元の心理学用語には囚われていないので、当面「感情」と訳す）

夢について、人々がいつも驚いてきたのは、覚醒時と異なって、表出される内容と感情がちぐはぐなことだった。しかし、この謎は、夢を分析して顕在的な内容から潜在的な思考に視点を移してみると、直ぐに氷解する。潜在的思考の方は置き換え（本章B）によって歪曲され変化するが、感情の方は、潜在的な思考に伴っていたときのまま夢に出現し、変っていないのである。だから、分析で潜在的思考の内容を復元すれば、それは感情と一致し、驚くことがなくなる。

言い換えると、感情は潜在的な思考に戻るときの道しるべになる。このことは夢よりも神経症の方ではっきりしている。神経症でも表出される感情は、質的には常に真正である。しかし強度が、神経症的な注意の集中如何で、大きくなることがある。ヒステリー患者が詰まらないことに恐怖心を抱いては自ら不思議に思い、強迫神経症患者が些細なことで自分を咎めては我ながら不可解と思うとき、どちらの場合も、彼らは「詰まらぬこと」、「些細なこと」の方が本当だと考えるから間違うのである。精神分析が彼らに見せるのは、「恐怖心」や「自分を咎める」気持ちの方が正しいということである。精神分析は、患者がそういう真の感情を過小評価せず、あるがままに認めるように手助けし、本来、感情に見合ったものであったのに抑圧されて他のものに置き換えられてしまった考えを探し出すのである。

観念的な内容からすると表出されていて当然な感情が夢に現れていないケース

三頭のライオンの夢

〈砂漠で三頭のライオンを見る。一頭は笑っている。自分は怖い気がしなかった。しかし、そのあとで逃げ出したに違いない。というのも木に登ろうとしているから。しかし木の上にはもう、フランス語教師をしている従姉妹がいた〉

分析をしたところ、この夢の引き金になったのは、取るに足らないことで、英語の宿題の一文「たてがみはライオンの飾りです」だったと分かった。それとは別に彼女が思いだしたのは、父親が髭を蓄えていて、それがたてがみのように顔を縁取っていたこと。英語教師の名がライアンズ先生（Miss Lyons）だったこと。そして、友人がカール・レーヴェ（※Johann Carl Loewe 1796-1869 ドイツの音楽家。Loewe は Löwe ライオンの別綴）のバラードを送ってきた（※１８９５年に円盤形レコードをかける蓄音機〝グラモフォン〟製造販売会社が設立されたばかりだった）。というわけで、ライオンが三頭になった。どうして怖がる必要があるだろう。

それからまた彼女が思い出したのはある物語で、それは、ひとりの黒人が仲間を煽動して謀反を起こし、猟犬に追われたものの、木に登って助かるという話だった。さらに彼女は幾つかの記憶の断片を機嫌良く話した。そのひとつは、風刺週刊誌 Fliegende Blätter《フリーゲンダ ブラタ》（※1845-1944 ミュンヘンにて刊行）に掲載されていたライオンの捕まえ方の記事で「砂漠を篩にかけると、ライオンが残ります」。もうひとつは実に愉快だが、上品とは到底言えない話で、ある役人が、なぜ上司に取り入ろうとしないのかと聞かれて答えるに、「忍び寄ってもみたのですが、〈上にはもう〉先輩が〈いた〉のです」。

さらに、夢を見た日に、夫の上司の訪問を受けていたと知れば完璧に理解できる。その人は彼女の手の甲にキスをするなど礼儀正しく振る舞ったので、彼女は、彼が大物（ein sehr großes Tier ※文字通りには「とても大きな獣」）で、母国の首都では「社交界のライオン」と看做されていたと知っていたが、〈怖い気がしなかった〉のである。言い換えると、そのライオンは、『真夏の夜の夢』（※シェイクスピア）で建具屋スナッグが変装するライオンみたいなものだった。

夢の中に出てきたライオンたちが悉くこうしたものであればこそ、恐れる必要はまるでない。

第４章で取りあげた『甥が棺に横たわっている夢』を見た女性は、姉の幼い息子が死んで棺に入っているのを見ても痛みも悲しみも（と強調しておこう）感じなかった。分析で明らかになったのは、かつて愛した男にもう一度会いたいという彼女の願いを夢が歪曲によって偽装しているに過ぎず、感情は、その偽装のほうではなくて、望みのほうに合わせてあったという次第。それで、悲嘆の出る幕がなかったのである。

感情の抑制

以上のように、感情は潜在的な思考に伴っていたときの姿で夢に出現するのであるが、その際、元々の潜在的な思考に取って代わった顕在的な内容と多少の繋がりを残していることもあるし、あるいは元の潜在的思考とは全く無縁な別の顕在的内容に上手く嵌っていることもある。この後者の状況は、「判断」のあり方と似ている。先に検討した（※本章E）ように、潜在的な思考の中で重要な判断が行われていれば、顕在的な夢でも判断が行われるが、大抵それは全く別の題材を扱っているのだった。そして、この「置き換え」が、反対物への置き換えの原理（本章B）に従っていることが珍しくない。感情についても、似たようなことがある。その例として、私が徹底的に分析した私自身の夢を挙げよう。

海辺の城、または朝食船の夢

〈海辺の城。しかし、この城は後になると、海辺ではなくて、海に至る狭い運河に面している。司令官はP氏。私は彼と一緒に三つ窓のある広間に立っている。広間の前方には銃眼付きの狭間のような胸壁が張りだしている。私は義勇士官としてここの守備隊に配属されている。戦時なので、我々は敵艦の襲来を恐れている。P氏は逃走しようと企んでいる。彼は私に指示して、恐れていることが起きたらどうすべきか指示する。彼の病気の妻は子供たちと共に危険の迫ったこの城にいる。もし艦砲射撃が始まったら、大広間から退避しなくてはならない。彼が苦しそうに呼吸しながら出て行こうとするので、私は彼を引き留め、必要な場合にどのようにして報告したらいいのか尋ねる。すると、彼はなにやら言ったかと思うと、そのまま倒れて死んでしまった。きっと、私が質問を浴びせたのがよけいな負担だったのだろう。彼の死にはそれ以上の印象はない。その後考えたのは、未亡人はこのまま城に残るのだろうかとか、司令部に彼の死を報告すべきかとか、自分が次席だから城の指揮を執るべきだろうか、といったこと。

今、私は窓辺に立って、通り過ぎる船団を見ている。どれも商船で、暗い水の上を素早く通り過ぎる。数本の煙突のある船、張り出した甲板のある船〈導入夢の駅舎に似ている。※本書に記載はない〉など。それから、私の弟が傍らに立っていて、私たちは一緒に、窓から運河を見ている。一艘の船を見て私たちは驚いて叫ぶ。「軍艦が来るぞ」。しかし、それはさっきの船が戻ってきただけだった。この時、真ん中で無様に切断された小さな船がやってくる。甲板にコップや壺のような物が見える。私たちは声を合わせて「朝食船だ」と叫ぶ〉

船のせわしい動き、水の暗い青、煙突からの茶色い煙。これらが全て一緒になって、切迫した陰気な印象を与えている。

この夢となった場所は、何度かの旅行で訪れたアドリア海地方のミラマーレ、ドゥイノ、ヴェネツィア、アクイレイアなどから採られている。中でも、夢を見る二、三週間前のイースター休暇（※1898年4月）に弟（※アレキサンダー）とアクイレイアへ行った短くも楽しい旅行の記憶がまだ鮮明だった。アメリカとスペインの海戦（※1898年5月）のこと、そしてこれに結びついたアメリカに住んでいる親戚（妹アンナのベルナイス一家）の境遇についての心配も、この夢に一役果たしている。

感情の在り方で目を引くのは二ヶ所である。ひとつ目は、司令官が死んでも私には大した〈印象はない〉とはっきり強調されている場面。予想されうる感情が全く現れていない。二つ目は、夢の中で私たちが戦艦来襲だと思って〈驚いて叫んだ〉箇所で、実際私は、眠っていながら、あらゆる恐怖を感じていた。この夢は実際、良くできていて、感情は上手い具合に配置されているので、目立った矛盾が避けられている。私が司令官の死に驚く理由はないし、城の将校として私が敵艦の出現に驚くのはもっともである。

しかし、分析の連想で出てきた潜在的な思考は、私が早死にしたら残された家族の将来はどうなるかという私自身の心配だった。夢の中では私がP氏の代理になっているが、現実にはP氏が私の代理になるわけで、私こそが突然死ぬ司令官だった。これ以外の苦痛な考えは潜在的思考には見あたらない。恐怖はそこから引き剝がされて、夢の中で軍艦の出現に接合されただけなのである。

逆に、軍艦に関して連想されたのは、とても楽しい記憶である。それは一年前のことで、ヴェネツィアで私達は魔法のように美しい日に、リヴァ・スキアヴォーニ（※Riva degli Schiavoni　ヴェネツィアの岸辺の大散歩道）に面したホテルの窓辺に立って、青い潟の彼方を見ていた（※アドリア海から入港してくる船舶は、(リド島を迂回して、ホテルの左方からやってくる)が、その日はいつもよりもたくさんの船の往来があった。イギリス軍艦が来港して祝賀会がある予定だったのだが、突然妻が子供みたいにはしゃいで「イギリスの軍艦が来るわ!」と叫んだのだった。夢では私や弟が驚いて〈軍艦が来るぞ〉と叫んでいる。

夢の中の科白は現実の話し言葉に由来するということ(本章D)が確かめられる。妻の言葉の「イギリスの」という語もちゃんと使われていることは、少し先で説明する。

ともあれ、ここでは、潜在的な夢思考(※リヴァ・スキアヴォーニのホテルの窓辺の出来事)から顕在的な夢内容(※城の窓辺の出来事)に変わったときに楽しかったことに代えて驚きが付加されていて、そのようにして別の潜在的な思考(※自分の早死に)が表現されているということに言及して置けば充分だろう。この例が証明するように、夢の仕事は自由に、感情を潜在的な思考との繋がりから切り離して、顕在的な夢のどこにでも挿入できるのである。

さて、ここで、「朝食船」についてもっと詳しく分析することにしよう。「朝食船」がいきなり結論のように出てくるので、それまで合理的に進行していた話が一挙に辻褄の合わないものになっている。この船が黒くて、船腹の一番広いところで断ち切られていたことを、後になって考えていたら、その断面がなんだか以前(※1897年9月。弟との旅行)エトルリアの美術館で私の目を引いたものにとても似ている気がして驚いた。エトルリアのそれは、ふたつの取手のついた四角い皿のようなもので、その上にコーヒーカップかティーカップのようなものが載っていて、現代の〈朝食〉の際に使われる茶碗の受け皿と似ていなくはなかった。尋ねてみると、これはエトルリアの婦人が使った化粧道具で、白粉などの化粧品容器が載っているものだという。で、私達は冗談で、こういうのは妻へのお土産に良いかも知れないと言ったりした。従って、夢の中の黒い小船は……黒い化粧道具、喪の装いの意味であり、死を暗示していたことになる。この船の先端は小舟（※Nachen《ナハン》　フロイトは、言語学に詳しい友人によればギリシア語の死体という語に由来すると注を付けているが、本当の語源は別らしい）を思わせる。古代には死体をこういう舟に載せ、海に委ねて葬ったのである。

これでなぜ夢の中で一艘の船が戻ってきたのかが分かった。

静かに、救助された舟にのって、老人は港に漂い入る

（Still, auf gerettetem Boot, treibt in den Hafen der Greis.　※シラー作『生と死の寓意』の一部分）

これは難破（Schiffbruch《シフブロホ》　船＋破壊）からの帰還の詩だが、夢の朝食船はまさしく真二つに壊れていた。しかし、あの朝食船という名前の由来は？　ここに例の「イギリス」が来る。英語で朝食breakfastは断食「fast」を破る「break」ことで、fastは喪（死の化粧・装束）に繋がり、breakは船の遭難「Bruch《ブロホ》」に繫がる。

この船に関して、夢が新たに作ったのは〈朝食船〉という名前だけである。もっとも、その名に相応しい船は実在していて、イースター休暇の最後の一番楽しかったエピソードを思い出させてくれる。弟と私はアクイレイア（※かつてアドリア海に面していた古代ローマ時代からの小さな街）には碌な物がなかろうと思って食料はすべてゴリツィア（※現在はスロベニアとの国境の都市）で調達し、アクイレイアでは極上のイストリア・ワインを一瓶だけ買っていた。そして私達の乗った小さな郵便船がデレ・メー運河を過ぎ、人気のない潟を横切ってグラード（※アドリア海北辺の潟上の小都市）へ向っていたとき、乗客は私たちだけだった。私たちは実にいい気分で甲板に食

べ物を広げ、いままで朝食を楽しんだことがなかったかのように、食事を楽しんだ。それで〈朝食船〉だったのである。この人生でもっとも楽しかった思い出の背後に、夢は、こういう幸せもいつか自分の死で途切れるかもしれないという私自身の不安な思いを忍ばせていたことになる。

夢は感情を抑圧する

感情が、それを伴っていた思考の塊から切り離されるというのは、夢の中で感情を巡って起きる出来事としては目立つものであるが、それが、潜在的な思考から顕在的な内容に移る際に感情が受ける唯一の、あるいは最重要の変化というわけではない。潜在的思考と顕在的内容との間で感情を比較してみて直ちに明らかになるのは、顕在的な内容に感情が認められる場合は必ず、同じ感情が潜在的な思考にも見出されるが、その逆はない、ということである。顕在的な夢は概して、元々の心的素材よりも感情に乏しい。一般に、当該の潜在的思考を再構成してみると、強い心的な動きほど、対立する他の動きに競り勝って顕在的な夢に出ようとしていることが分かる。ところが、夢の方は、というと、その心的な動きが生彩を欠き、強い感情的な調子を失ってしまっていることがしばしばなのである。夢の仕事によって、思考の中味ばかりか、その感情的な色合いまでもが詰まらない水準に落とされている。夢の仕事は感情を幾分か抑圧する、と言ったら良いだろうか。

例えば、『植物学モノグラフの夢』（第5章A）。潜在的思考の中で、私は、自分が行いたいように自由に行動し、自分が正しいと思う人生を自由に送りたいと、切に願っている。しかるに、そこから発した夢にはそんな気配はない。私はモノグラフを書き、その一冊が私の前に置かれていて、色刷りの図版と植物の乾燥標本が挟まっている。その雰囲気は、まるで遺体が散らばる戦場の静けさにも似ていて、最早、激戦の音は聞こえない。

もちろん、感情の生き生きした表現が夢自体の中に入っている例もある。しかし、大多数の夢で、夢そのものは平板なのに、潜在的な夢思考を調べて分け入って行くと豊かな感情に出会うというのは、まぎれもない事実なのである。

これまでたびたび見てきたように、無意識的で潜在的な思考の中では、どの思考連鎖（※「Gedankenzug《ゲダンケンツーク》」思考列車。フロイト流の言い方。考えが「Zug」列車の貨車・客車のように連なっているもの）も、それとは矛盾し対立する思考連鎖としっかり結びつけられている。そして、思考の連鎖は全て感情を担いうるので、感情の禁圧（※否認すべき考えや気持ちを無意識の中に押し込んでおくこと）は対立する思考連鎖同士の相互抑制（※ここは日常語の「Hemmung《ヘンモンク》」抑制が使われている）から生じていると考えても概ね間違いないだろう。そして、その過程に検閲が働いていると看做せばいいのである。つまり、検閲は「置き換え」によって思考を歪曲し、また相互抑制によって感情を抑えるということになる。

感情の反転

次に示すのは、顕在的な夢には大した感情が表現されていないが、潜在的な思考を見ると、それが対立思考の相互干渉のせいだったと分かる例である。短い夢だが、中味は大方の読者にとって気持ちの良いものではないだろう。

丘の上の便所の夢

〈丘の上に一種の野外便所がある。とても長いベンチで、その端に大きな穴があいている。縁に大小新旧さまざまな便が山と積まれている。ベンチの背後には藪がある。私はベンチ目掛けて小便をする。尿の長い線が何もかも綺麗に流して、糞便の汚れは容易く剝がれて開口部に落ちて行く。それでも、まだ何かが少し残っている感じがする〉

この夢を見ている最中、私は殊更嫌な気分にはならなかった。なぜなのか。

分析してみると、この夢が〝部分的には〟非常に心地よく満足のゆく潜在的な思考によってもたらされたものだと分かった。分析で私が直ちに連想したのは、ヘラクレスが掃除したアウゲイアスの厩舎の話だった（※ギリシア神話。エリスの王アウゲイアスの厩舎には三千頭の牛がいて、三十年の間、掃除がされることがなかった。ヘラクレスは三百頭の牛を報酬にこの厩舎を掃除する約束をし、近くのアルペイオス川とペネイオス川の水を引いて牛糞を一遍に洗い流してしまった）。私はヘラクレスというわけだ。

丘と藪は、今子供たちが滞在しているアォスゼーの景色だ。私は神経症が小児期に由来することを発見した人間だから、自分の子供たちが病気にならないように手を打っている（※市内に下水道が整備されたおかげでコレラの流行は１８７３年を最後に終息したものの、その汚水が放流される市内ウィーン川の臭気が殊に夏場は酷かった。そのため、フロイトは、まだ員外教授に任命されておらず裕福とは言い難い経済状態だったが、この季節になると町のブルジョワたちに倣って、心身の健康のために妻や子供たちを郊外に送り出していた。妻マルタも子供たちの夏服を手作りするなど滞在費の節約にこれ努めた。1896年から、さらに遠いバート・アォスゼーを避暑地に選んだのは、この「塩の御料地」ザルツカンマグート地方特有の高塩分温泉水が健康に良いと信じたためらしい。折しもヨーロッパ中のブルジョワ・上流階級で〝心身に良い〟海水浴がブームになっていた）。

ベンチは（もちろん開口部は別として）私に良くしてくれる女性患者がくれた家具を忠実に再現したものである。それで私がさらに思い出すのは、如何に患者たちが私のことを敬愛してくれているかということ。

人糞の陳列についても、心楽しい解釈が可能である。現実にその場にいれば吐き気がするのだろうが、あの夢の中のベンチは美しい国イタリアの思い出なのである。イタリアの小さい町というのは、周知のとおり、どこもトイレがこんな様子なのだ。全てを綺麗に洗い流し去る小便の流れは、これは間違いなく誇大妄想に言及している。ガリバーがリリパット（小人国）で大火を消したのはこのやり方だった……それで小さな女王の不興を買ったのだが。巨匠ラブレーの創り出した超人ガルガンチュワも、パリの人々に復讐するときノートルダームの上に登って、町に放尿した。私はこの夢を見た夜、寝る直前にラブレーの本に付いているガルニエの挿絵（※詳細不明。ジュール・アルセーヌ・ガルニエ 1847-89 のガルガンチュワの油彩は現存しているが）を捲って見ていた。そこで奇妙なことながら、夢はまた、私が超人だという証拠を挙げていたことになる。私はパリにいた頃（※1885年10月―86年2月）、ノートルダームの高台に行くのが好きだった。暇を見つけると、カテドラルの塔をぐるぐると登って行って怪物や悪魔の彫像の間に立ったものである。便が瞬く間にすっかり消えたことから連想するのは「風が吹き、彼らは散った」（※第5章B

『トゥン伯爵の夢』では、この戦勝記念メダルの銘文の冒頭がFlavitとあるが、今ここではAfflavitになっている。共に「風が吹いた」という意味だが、第5章ではflatusとの兼ね合いのせいだったかも知れない）で、私はこれをいつの日にか、ヒステリー治療の章の表題にする積もりなのである。

さて、夢のきっかけとなったのは次のような出来事だった。それは暑い夏の日のことで、私は、夕方、ヒステリーと倒錯の関係について講義をしたが、満足のゆくように話すことができず、話したこと全てになんの価値もなかったように思った。私は疲れ、大変な仕事をしたのに無駄に終ったと感じていた。あーあ、人間の汚ならしさをこんなふうに掘り起こす作業からすっかり離れて、避暑地の子供たちと合流したいものだ。そしてその後で、美しいイタリアへ行くことができたら……。こんな気分で私は会場を後にし、カフェに行って外のテーブルで極く簡単な食事をしようとしたが、食欲はなかった。私がコーヒーを飲み何とかペイストリーを呑み込もうとしているときに、聴衆の一人がやってきて、同席して良いかと尋ね、私にお世辞を言い始めた。如何ほど学ぶところがあったかとか、おかげでまるでものの見方が変わったとか、先生はアウゲイアスの厩舎に溜まっていた諸学説の誤りや偏見を綺麗さっぱり掃除したとか、要するに、私が偉大な人物であると。その賛辞を聞いても、しっくり来るどころか、私は吐き気を堪えなくてはならず、彼から逃れるように急いで家に帰り、床に就く前にラブレーをぱらぱらと見て、それからコンラート・フェルディナントゥ・マイヤー（※スイスの作家）の短編集『ある少年の悩み』（※1883年）から一編を読んだのだった。

これが夢の材料だった。マイヤーの短編は子供時代の光景を思い出させる（原注：『トゥン伯爵の夢』の最終場面、参照。※フロイトが七歳か八歳のころ、ある夜、禁を破って両親の寝室で小便したところ、父に「この子はろくな者にならんな」と叱られたが、この夢では「ほら、私は実際には大した者になりましたよ」とばかりに成功したという結末になっている)。日中のうんざりし疲れた気分が夢にまで続いていて、顕在的な夢内容の殆ど全ての材料（※「人間の汚ならしさをこんなふうに掘り起こす作業」）を提供している。他方夜半に、反対の、力強い誇大妄想的な気分が生じて、それまでの気分を一掃してしまった。そこで、夢は同じ材料を使って、この劣等意識と自己過信を同時に表現せざるをえなくなった。ふたつの考えを妥協させるために内容は曖昧になり、感情の調子も、ふたつの気分がお互いを打ち消し合った結果、（※「殊更嫌な気分にはならなかった」と）中途半端なものになったのである。

夢は願いを叶えるものであるから、もし誇大妄想的な考え（抑圧されてはいるものの、楽しい調子は残っている）が追加されなかったら、この夢は可能にならなかっただろう。嫌なことは夢で表現されることはない。昼間にウンザリしたことが夢の中に入るのは、それが何らかの形で願いを叶えるのに役立つからなのである。

望みを叶えるための反転

さて、夢の仕事は、ある感情の出現を許したり許さなかったりする以外に、反対の感情を出現させることがある。

ひとつの要素が反対の意味を取りうることについては、先に解釈するときの留意点として示した。個々の意味は全て文脈次第で決まるのだが、この事実は夢占いの類いでも知られていて、しばしば対立概念を参照することが原則にされている。かように、夢で、物事が反対の意味に変化しうるのは、そもそも、我々の思考において、対立する考え同士が深いところで繋がっているからである。そして、そのことが、他の種類の置き換えと同様に、検閲の目的に叶っている。加えて、望みも叶え易くなる。というのも、望みを叶えるというのが畢竟、望ましくないものを置き換えて望ましいものにしてしまうことであるから。

さて、物事の意味と同様に、感情もまた夢の中でひっくり返されるわけだが、これは多くの場合検閲の結果であるように思われる。

先に夢の検閲を考えたとき、我々は社会生活からの類推をしたわけだが、その社会生活に於いて、人が感情を抑えたり、ひっくり返したりして、真意を隠そうとすることが多々ある。本当なら遠慮すべき相手に何か失礼なことを言いたくなったら、言葉遣いを和らげるよりも、自分のその気持ちを隠してしまうほうがいいだろう。いくら失礼でない言い方をしようとも、嫌悪や侮蔑の目つきをし、態度を取ったら、面と向かって容赦なく愚弄するのと何の変わりもなくなる。そこで一種の検閲が働いて、とりわけ感情を抑え込もうとする。もし私が誤摩化すのが上手ければ、私は却って反対の感情を装い、怒っているときに微笑み、非難を浴びせたいところで逆に親愛の情溢れる態度をとるだろう。

この種の感情の反転については、すでに良い例を示した。『ブロンド髭の叔父の夢』（第4章）の中で、私は友人Rをオツムが弱いと切り捨てていたけれども、それにもかかわらず、彼に良い感情をもっていた。そして、また、彼を切り捨てたからこそ、本当は彼に良い感情をもっていると表明したのである。そして、こういう感情反転こそが、夢の検閲なるものが存在することに気づかせてくれたのだった。

夢の仕事が一から反対の感情を作り出していると仮定する必要はない。普通、反対感情もすでに夢の素材として手元にあるから、その素材に防衛的な動機（※身を守るために真意を隠そうとすること）から生じる心的な力（※ die psychischen Kraft　第7章に至ると、この「力」のエネルギー面を表現すべく、つまり物理学風に言えば、古典力学的視点から熱力学的な視点に移って、「Besetzung《ベゼツォンク》」備給という精神分析用語が用いられる）を与えて大きくし、それで夢が形成されるようにしてやればよいのである。『ブロンド髭の叔父の夢』では、反転して形成されたやさしい気持ちの起源は、多分、夢の後半が示すように、幼い時期の甥のジョンとの関係（本章D）にあったことだろう。私にとって、おじ／おい関係は、その後の全ての友情と嫌悪（※転移）の源になっていたのである。

感情を巡るその他の話題

『老ブリュケ教授の命令で自分を解剖する夢』（本章E）を見ている間、私は、あって当たり前の恐怖心を抱いていなかった。それもそのはずで、この夢は色々な意味で願いを叶えてくれていたのである。解剖は自己分析つまりこの夢分析の出版準備を意味していて、その公表が（※プライバシーの暴露になるから）あまりにも苦痛だったので、私は原稿が出来ていたのに（※初稿は１８９９年中）、一年以上も印刷を引き延ばしていたのだった。しかしそのうちに、出し渋りを克服したいという気持ちにもなって、それが夢で私が戦慄Grauen《グラオアン》を感じなかった理由だ。Grauenは別の意味（髪が白くなること。※grau《グラオ》灰色）でも、無いと嬉しいことだった。私の髪はどんどん灰色になっていて、これがまた、これ以上ぐずぐずしてはいられないと警告している。

それで、夢の終わりに、〈子供たちが、向こうへ渡してくれるようだ〉と、この人生という困難な旅も結局は子供たちに引き継ぐしかないという考えが現われたのだった。

ふたつの夢『パネトゥと一緒に病院へ行く夢』『マジャール人統一の夢』（本章E）では満足感が覚醒時まで延ばされていた。『パネトゥと一緒に病院へ行く夢』を見て私が満足したのは、これが、「この夢は以前にも見たことがある」という現象を解明するよい材料になりそうだったからだが、しかし分析してみると、実際には長男の誕生日（※マーティン、1889年生まれ）に感じた、自分たちに子供が授けられているという喜びだった。『マジャール人統一の夢』では、〈あの兆しが事実になった〉おかげで満足感を得たと思っていたが、これまた本当のところは、次男が生まれて（※オリヴァー、1891年生まれ）ついにクロムウェルの名前を付けられると嬉しく思ったということだった。

これらの夢では、一見、元となった潜在的な思考を支配していた感情がそのまま夢に反映されているだけのようだが、それほど簡単に夢が作られるはずがない。少し分析を進めると、この〝満足感〟が、検閲を蒙りそうな別の感情に促されていたことが分かる。その別の感情は、もし〝満足感〟を隠れ蓑にしなかったら、検閲によって撥ねられたはずで、要は〝満足感〟の翼の下に潜り込んでいたのである。残念ながら、私には、こうした事態を証明できる良い例がないので、別の角度から説明してみよう。

もし身近に嫌いな人がいるとして、その人が不運に見舞われたら、私は嬉しく感じるだろう。しかし、私の道義心が、それはいけないことだと言う。そこで、私は、あえて喜ぶようなことは言わない。その人のせいでもない不運なのだからと、私は自分の満足感を制して、お悔やみの言葉を述べ、同情しようとする。こんな経験は誰にもあるのではないか。ところが、嫌っていた人が、本人のせいで報いを受けたとなれば、そのときこそは、満足感の手綱を緩めて、もともと彼のことを好きでも嫌いでもなかった人たちが自業自得だと言うのに心おきなく声を合わせることになる。しかし、私は自分の満足感が他の人たち以上のものだと知っている。これまで内的な検閲によって抑えられていた嫌悪感が、状況が変わり邪魔されなくなったので溢れ出ていると分かっているからである。

こういうことは、反感を持たれている人とか好かれていない少数派だとかが非難されるときに、世の中ではよく見られることである。彼らの受ける罰は、往々にして彼らの咎に相応しない。いやむしろ、彼らの受ける罰は、彼らに向けられていた悪意が、それまで実を結んでいなかった分だけ増やされてしまう。そういう場合、罰を加える側は疑いもなく不正を働いていることになるが、彼らがそれに気づいているとは限らない。長い間抑制されていたものが今解除されたことで深い満足感があるからだ。こういう場合、感情は、質という点で正当化されても、量という点で正当ではない。少し自己検討してみる人はいるかも知れないが、大抵の場合、質の点で間違いないと安心するばかりで、量の面での検証をし忘れるだろう。扉が一度開け放たれると、予定よりずっと多くの者が押し寄せてきて、通ってゆくことになるものだ。

神経症的パーソナリティーの顕著な特徴のひとつは、〝きっかけ〟があると、質的には妥当でも量的に不均衡なほどの感情が生み出される点にある。その感情の源は、それまで（※感情流出が止められて）禁圧され無意識に留まっていたのであるが、連想的な繋がりのある〝きっかけ〟

によって（※本来の経路とは別に）流出経路が開かれると、その道を通って（※溜まっていた）過剰な感情が表出される。つまり、（※感情を）禁圧（※否認）するシステムと禁圧される（※感情を保持していた）システムが共に働くがために病的な（※過剰放出の）結果になる場合があるのである。

さてこの心的な仕組みに基づいて、夢の中で如何に感情が表出されるのかを考えてみよう。ある満足感（※「嫌いな人々の〝当然の報い〟に対する満足感」に相当）が夢の中で明らかになり、その源が直ちに潜在的な思考に見つかったからといって、それだけを証拠に夢に現れた満足感を説明することはできない。原則的には、もうひとつ、潜在的な思考の中に別の源を見つけなくてはならない。その源は、別の感情（※「嫌いな人々の〝不運〟に対する満足感」に相当）の源なのだが、検閲の圧力（※Druck《ドゥルク》　これは日常語）を受けている。しかし、最初の源から感情が表出されると、このふたつ目の源は抑圧（※Verdrängung《フェアドゥレングンク》　不快な考えとして回避されること）から解放されて、（※「声を合わせる」ように）最初の源からの満足感を増強する。かように、夢の中の感情は幾つもの流れが合流したものであって、潜在的な思考の材料との関連も多岐にわたっている。夢の仕事では同じ感情を作り出すことの可能な幾つもの源が協働してひとつの感情をもたらすのである。

この複雑な状況を、〝Non《ノン》　vixit《ヴィクスイトゥ》〟という私の言葉を巡る夢（本章D）を通して見てみよう。

予告されていた『non vixit 彼は生きていなかったの夢』の解明

この夢（※二七四ページ）では色々な感情が、顕在的な内容の二ヶ所に集中している。ひとつ目は私が敵意に駆られて友人パネトゥを二語（Non vixit）で排除した場面で、ここに敵意と当惑の混じった気持ち（夢の中では〈気持ちを高ぶらせながら〉）が積み重っている。二つ目は夢の終わりの部分で、ここで私は上機嫌になり、亡霊なんて存在していても消そうと思えば消せる（そんなことはでたらめだと覚醒時には分かっていたが）とまで考えていた。

私はこの夢のきっかけをまだ話していなかった。

ベルリンの友人フリースから連絡があって、手術を受ける予定だが、今後はウィーンに住む親戚が私に知らせる手筈になっているとのことだった。術後の第一報は芳しいものではなかったので、私は心配した。自ら彼のところへ行きたいと切に思ったが、そのとき私も酷い痛みを患っていて、体を動かすたびに悶絶する程だった。今、夢から読みとれるのは、私が大切な友人の命をいかに心配していたかということである。彼のたったひとりの妹に私は会ったことがなかったが、彼女が、まだ若いのに、病気になって間もなく亡くなったと知っていた。夢の中でフリースは妹が〈四十五分のうちに死んだ〉と言っている。私は彼も丈夫な質ではないという印象を持っていたに違いなく、悪い知らせが届いてからやっと腰をあげ、それで向こうに着いたら〝遅すぎた〟という事態になることをずっと想像していたのだろう。もしそうなったら、私は永遠に自分を責め続けることになる。

遅刻を責めるといえば、私の連想によれば、それは、かつて学生時代に偉大なブリュケ教授に遅刻で叱られたときのことに繋がる。教授の青い目が夢でも恐ろしい光を放っているのである。何故にフリースの話が、教授の話に逸れたのかは直ぐに分かる。夢は場面を私が経験したままに再現することはしない。夢はパネトゥにこの青い目を与え、私には彼を消し去る役割を与えたのである。この反転は明らかに願望を叶えようとしてのことだろう。友人の命の心配、見舞いに出かけないことへの自責の念、そして、出かけられないことを恥に思ったこと（彼の方は〈ウィーンにやってきていた〉）、しかし私も病気なのだという言い訳。これらがまぜこぜになって感情の嵐となり、それを私は眠っていながら感じていたのである。

夢のきっかけは、他にもある。それがまた別の方向に作用した。術後数日して良くないニュースがもたらされたとき、この件について口外無用と言われたのである。これは心外だった。私の口の堅さをまるで信用していないようではないか。もちろん、この注文が友人本人の言ではなくて、間に入った人の不用意あるいは余計な心配なのだと察しはついた。それでも、私が深く傷ついたのは、それが当たっていなくもなかったからである。的はずれの非難は、良く知られているように、痛くない。人の気持ちを乱すだけの力がないのである。

ずっと昔、若かった頃、私には有り難いことに私を友人だと言ってくれる人が二人いたが、私は要らぬことに、ひとりがもう一方のことについて語ったことを喋ってしまった。そのとき私に非難が向けられ、私はそれを忘れることができない。ふたりの内のひとりは、名字の始まりがフリース Fliess と同じフライシュル Fleischl（※前出。ブリュケの研究所の助手だった）で、もうひとりはファーストネームをヨゼフといった。つまり、夢の中で私の友人であり敵でもあるパネトゥと同じだったのである。

私の口が軽いことへの非難は、フリースが私に内緒でウィーンに来ていたという要素と彼が私に〈パネトゥに自分のことをどれほど話してあるのかと尋ねた〉という形で夢に現れている。そして、口が滑ってフライシュルの話をヨゼフに喋ったという研究所時代の思い出が介在したからこそ、フリースを見舞うのが〝遅すぎた〟と非難されるかもしれないという現在の心配が、ブリュケ教授に遅刻を咎められた話に移されたのである。そして、もうひとりのヨゼフをパネトゥに置き換えることで、深く抑圧してきた、私が秘密を保てないという非難も表現された。ここには、圧縮、置き換えという夢の仕事のみならずその背後の動機も実にはっきり現れている。

さて、口外無用と言われて、私は苛立ちはしたが、それ自体は本来大したことではない。むしろ、その苛立ちが、心の深部からの強化によって、実際には好意を持っている人々に対する敵意にまで膨れ上がっていることの方が問題なのである。この強化の源は幼少期にある。すでに何度も述べたように、同世代の友人たちに対する暖かい気持ちも敵意も、遡れば少年時代に、つまり一歳年上の甥ジョンとの関係に到る。彼は私よりも強く、私は自分を守る術を身につけなくてはならなかった。私達はいつも一緒で、お互いのことが大好きで、大人たちによれば喧嘩をし……そして告げ口をしていた。その後の私の友達は皆、ある意味でこの最初の人物の生まれ変わりのようなもので、彼こそが「かつてぼんやりとした視線の先に現われたことのある者」（※ゲーテ『ファウスト』）つまり〈幽霊〉だったのである。甥自身は少年時代に（※イギリスから一時）戻ってきて、我々はシーザーとブルータスの役を演じた。親密な友人にして憎い敵という存在は、ずっと、私の感情的な生活の中で欠かせないものであり続けた。私はいつもその両方を自分のために再生し続け、しばしば幼年時代の理想に近づきすぎては、同じ人が友人になったり敵になったりした。もちろん大きくなってからは、友人にして敵ということはなかったし、ふたつの役割が入れ替わるにしても何度もというわけでもなかった。

ところで、私は以前、友人のヨゼフ（パネトゥ）をたしなめて「おいおい、そこは僕の場所だろう」（※フランスの思想家サン・シモンのユーモラスな言い方）と言わなくてはならなかったことがある。彼もブリュケの研究所で実習担当だったが、私の方が先任だった。研究所で昇進する道のりは長く、上役の助手二人に異動の気配がないので、下の者は待ち切れない思いをしていた。パネトゥは、自分自身の命に限りがあると焦っていたし、上役と仲良かったわけでもなかったので、しばしば苛立ちをそのまま口にした（※しかし。助手の席が空いても「そこの場所」は先任のフロイトのものになるはずだったので、サン・シモンの科白になる）。そして、その上役（フライシュル）は重病だったので、席を空けて欲しいというパネトゥの望みは、単なる昇進以外の恐ろしい意味になりかねなかった。もちろん、その二、三年前には私も、早く空席を埋めたいと願ったことがある。地位や昇進のあるところ、どこでも、本来なら抑制すべき望みが出てくる余地がある。シェイクスピア劇（※『ヘンリー4世』）のハル王子も父の病の床で、王冠を被ってみたいという気持ちには打ち勝てなかった。私の夢は、こういう自分勝手な考えを罰したわけだが、その際私でなく彼を選んだのは、夢のことゆえ、当然のことだったろう。

「彼が権力を求めたので、私は彼を殺した」（ブルータス）。パネトゥはフライシュルが席を空けるまで待てなかったので、彼自身が早死にした。私がそう気が付いたのは、大学（※１８８４年、リンク通りに完成した大学新本館の中庭回廊。物故教授の胸像が並ぶ）で行われたフライシュル像の除幕式に出席した直後のことだった。というわけで、私が夢の中で感じた満足感の一部は、「当然の罰。お前に相応しい」という意味になる。

　先年（※１８９１年）、フライシュルの葬儀のとき、ある若い男が「あの弔辞を読んだ人は、まるで、この人がいなければ世の中が進まないとでも言うようでしたね」と場違いなことを口にした。この男の中では、弔辞の誇張によって却って悲しみが妨げられるようで、反発心が巻き起こったのだ。しかし、私の夢の潜在的思考はその男の科白自体に繋がっている。「実際、かけがえのない人なんていない。私は、どれほどたくさんの埋葬を見てきたことか。しかし、自分はまだ生きている。誰よりも生きながらえて、自分の陣地を守っているのだ」。私は、幼年時代のようにここは僕の陣地だもんねと嬉しく思っている。それが夢に取り上げられた感情の大部分なのだ。私の生き延びた喜びは、例の夫婦の笑い話、「俺たちのどちらかが死んだら、俺はパリに行って暮らすつもりだ」で言い表せるだろう。私の場合だって、死ぬのは私ではない。

それにしても、夢の検閲はこの時、どこで何をしていたのか。なぜ、検閲は、こうした粗暴きわまりない私の利己主義に異議を唱え、その満足感を不快感に変えてくれないのか。それは、私の考えるに、友人たちに対する真っ当な考え方が同時に満足させられていて、幼児的な感情を覆い隠しているからである。あの厳粛な記念碑除幕式の際に、私は、「私はこれまで多くの大切な友人を失った。死によって、あるいは友情の解消によって。しかし、その後、代わりができたことは有り難いことだ。これまでの友人も大切だったが、もっと大切な友人ができた。しかし、もう新たに友情を結ぶのは難しい年齢だから、今の友情は絶やさないようにしよう」と自分に向かって言ったのである（※しかし、そのフリースとの十七年に及ぶ友情も１９０４年に潰える）。

G　改訂作業（二次的加工）

これは夢に過ぎない

ようやく夢を形成する第四の要素（※他の三つは「圧縮」本章A、「中心の置き換え」本章B、「絵画的な表現への置き換え」本章B）に目を向ける時が来た。

夢の分析を行って、顕在的内容から連想を働かせて潜在的思考を探していると、全く新しい仮説を立てなくては説明のつかない要素があることに気づく。

夢の中で、その夢自体に対する驚き・怒り・失望などの反応が生じているようであっても、実は、それ自体が夢の部品材料であって、あたかも夢に対する反応であるかのように上手くはめ込まれているに過ぎないことは、すでに例を挙げて説明した（本章E）。しかし、そのような説明ではしっくり来ないことがある。潜在的な思考の中に材料が見い出せないのである。例えば夢の中で割と頻繁に起きるコメントに「気にするな。これは夢に過ぎない」というのがあるが、あれは何なのだろう？　紛れもなくひとつの評価である。だから目醒めた後に言ってもよさそうなものなのだが、コメントしたあとで目が醒めるという場合があるし、さらに多いのは、夢を見ているうちに苦しくなり、そして「これが夢に過ぎない」と自分に言い聞かせて落ち着くという場合である。

オッフェンバックの喜歌劇『美しいエレーヌ』（※1864年、パリ初演。トロイア戦争のきっかけとなったスパルタ王妃をモデルにした不倫どたばた劇。ちなみにシュリーマンのいわゆる〝トロイア発見〟は1873年）では、（※夫メネラウスに現場を押さえられた）エレーヌが「これはただの夢なんだわ」と歌うが、夢を見ながら「これは夢に過ぎない」と考えるのも、これと同じで、たった今経験したことを過小評価しようとするものなのだろう。そうすることで、夢が中断されないようにしている。目を覚ますよりも、このまま眠り続けて、夢を我慢する方が恐らく快適なのだ。なにしろ「夢に過ぎない」のだから。

夢の中でこの「夢に過ぎない」と見くびった言葉が出てくるのは、検閲システムが夢に不意をつかれたときのことではないだろうか。これは一種の esprit d'escalier（※「階段の機知」、後知恵。元々は、おいとましてアパルトマンの階段を降りているときに思い付く気の利いた科白）なのである。夢を抑え込むのにはもう遅い。だから、せめてこれから生じる不安や苦痛に備えて「夢に過ぎない」と言っておく。

検閲が創出する夢

この一件で分かるのは、夢に含まれているものの全てが潜在的思考に由来しているとは限らず、〝覚醒時の思考と区別を付け難いある心的機能〟も夢の顕在的内容の形成に与っているということである。私は迷うことなく、それは検閲システムだ、と考える。これまで我々は、検閲のシステムはもっぱら内容の制約や抹消をするものだと思っていたが、どうやら挿入や付加も行っているようなのである。

挿入はすぐに分かる。「あたかも……」と枕言葉で始まり、控え目に語られる。それ自体は特に具体的ではなく、ひたすら二つの夢内容を繋ぎ、隙間を埋めるだけ。夢の本文よりも記憶に残りにくく、夢が忘れられてゆくときには、真っ先に消えてしまう。一般に、「あれこれと夢を見たのに、殆ど忘れてしまって、覚えているのは断片だけ」と我々がよく言うのは、まさにこの接着部分がいち早く脱落するからだろう。

分析をしていると、この挿入部分に照応する材料が潜在的な思考に見出せなくて、ここが検閲システムが新たに創造したところだと分かることもあるにはあるが、それはむしろ稀。たいていは、挿入部分の材料も潜在的な思考から採られている。ただし、それはそれ自体の価値からしても、他の素材との関連からしても、もともと夢に入りようのなかったものである。結局、検閲システムが新たに創造するのは例外的で、可能なかぎり、役立ちそうな素材を拾い上げてきて挿入や付加に使っているということになる。

この作業は、詩人が哲学者の常套手段だと批判する辻褄合わせと同じで、構造上の穴をボロやクズで塞いでいるだけなのである。そのおかげで、夢は見かけ上、不合理でも支離滅裂でもなくなり、理解しうる形に近いものになる。もちろん、完璧に上手く行くとは限らないが、稀には、現実的な状況から出発し、矛盾のない変化を経て進み、奇妙ではない結論に到ってと、表面的には論理的で正しく見える仕上がりになることがあり、そこまでになれば、検閲システムの〝覚醒時の思考によく似た心的機能〟によって最大の加工を受けた夢だと言いうる。しかし、そういう夢も一見意味が通っているように見えるだけで、分析してみれば、本来の意味からは外れていることが分かる。改訂作業（二次的加工）の際に夢材料が無制約に取り扱われたために、材料本来の意味連関が失われてしまっているのである。こういう夢は、我々が覚醒して解釈に取りかかる前に、もう既に別種の解釈を受けているのだと言っても良い。

二次的加工と意識的な白昼夢、無意識のファンタジー

ところで、場合によっては、夢に取り付けるためのファサード（※教会などの正面建築。イタリア・ルネサンス期には装飾として建物本体とは別のデザインで造られることが多かった）を一から急拵えしなくても、そのための材料がひと揃い既に存在していて、利用されるばかりになっている。ここで私が念頭においているのは、私が〝ファンタジー〟と呼ぶ潜在的思考に存在する要素（※出来合いの物語）である。ファンタジーと類似のものが覚醒している時に起きれば白昼夢であると言えば、理解しやすいかもしれない。ただ白昼夢が意識的なものであるのに対して、ファンタジーは無意識的なものである。というのも、ファンタジーの内容あるいはそれの由来する材料は抑圧された（※無意識に留められた）ものだからである。

ちなみに、神経症の研究で分かったのは、ヒステリー症状が記憶自体ではなくて、記憶に基づいた白昼夢に引き続いて起きているという驚くべきことだった。そして、白昼夢「Tagtraum《タークトゥラォム》」に夢「Traum《トゥラォム》」という字が付いているのは、その性質が多くの点で夢と似ているからだということも分かったのである。白昼夢は、夢と同様に、願いを叶えるものであり、夢と同様に、大抵は幼児期に受けた印象に基づいているし、夢と同様に、検閲が多少緩んでいるときに創られる。そして、夢と同様に、動機となる望みが、素材を集めてその配列を変え、ひとつのまとまった話に仕上げる。ただ、白昼夢が幼少期の思い出を扱うやり方は（※夢と違って、意識的であるので）、ロー

マでバロック様式の宮殿を作るときに材料として古代遺跡の柱や飾り石を利用したのと同じよう（※素材を大きな塊のまま用いるの）である。

二次的加工が（※「抑圧」、「中心の置き換え」、「絵画的表現化」と違って）形成半ばの顕在的内容に仕上げを施すのは、白昼夢の働きが話をまとまったものにする過程と同一であるように思える。二次的加工は、何か白昼夢のようなものを作りだそうとしている、と言っても良い。そして、白昼夢がすでに形成されている場合、それが夢と何らかの繋がりがあれば、二次的加工は好んでこれを我がものとして夢に取り込む。夢によっては、白昼夢あるいは（それが無意識に留まっている）ファンタジーをそのまま表現しているだけ、ということさえある。『Autodidasker の夢』（本章A）の第二の断片は、〈次にN教授に会ったら「先日病状のことでご相談した患者は、先生が推察なさったように単なる神経症でした」と言わなくてはならない〉という内容だったが、これはそのまま「何日か前に実際にぼんやりと考えていたこと」だった。

ファンタジー

今まで、ファンタジーが重要な役割を果たしている夢の例は、なるべく避けてきた。これを議論に入れるためには無意識の心理学を広汎に論じなくてはならないからである。しかし、全く無視してしまうことは出来ない。というのも、しばしばファンタジーが丸ごと夜の夢に入ってくるし、夢の背後にファンタジーが透けて見える場合が頻繁にあるからである。そこで、ひとつだけ例を挙げる。この夢にはふたつのファンタジーがあり、そのふたつは対照的ながら互いに重複している。一方は表に現われている空想で、もう一方はその空想についての解釈である。

飲み屋で逮捕される夢

ある若い独身男が見たこの夢は、私が詳しくメモをつけるのを怠った唯一のケースである。話は、おおよそのところ、次のようだった。

〈行きつけの飲み屋に座っている。その店の様子は実物そのままで、ありありとしている。何人かの人が現れて、自分を連れて行こうとする。その中のひとりは自分を逮捕しようとしている。自分はテーブルの仲間に「払いは後で。また戻ってくるから」と言う。しかし皆は嘲って「前にもそれは聞いた。誰もがそう言うんだ」と叫ぶ。ひとりの客が後ろから「ほら、またひとり行く」と叫んだ。それから自分は狭くるしい部屋に連れて行かれる。子供を抱いた女性がいる。自分を連れてきた連中のひとりが、「これがミラーさんです」と言う。刑事だか役人だかが紙の山をひっくり返しながら、何度も何度も「ミュラー、ミュラー、ミュラー」と言っていて、最後に自分に質問をする。それに対して自分は「はい」と返事をする。それから首を回して女性の方を見ると、彼女は立派な髭を生やしていた〉

この夢は、容易にふたつの部分に分けられる。表に現れているのは「逮捕のファンタジー」で、これは夢の仕事が一から作り上げたものだろう。その背後に見えるのは、夢の仕事が少しだけ変形を加えた「結婚のファンタジー」で、両者に共通の特徴が、ガルトンの合成肖像写真(※一枚の乾板にいくつもの顔を撮影して、その映像の重なり具合から家族や犯罪者の類似性を調べた)さながらに、並々ならぬ明晰さで再現されている。(ずっと独身だった)男がまた戻ってくると約束すること、仲間は長い経験からそれを信用しないこと、彼らが「ほらまたひとり行く（結婚する）」と声を掛けること。そして、公職にある人（役場の人）の質問（※彼女を妻としますか？）に「はい」と返事をすること。紙の山を捲りながら同じ名前を繰り返し繰り返し言うというのは、祝電の束が読み上げられる度に新郎の名前が出てくるという情景でもある。

この夢に花嫁（※〈女性〉）が登場していることで、「結婚のファンタジー」は、それを覆う「逮捕のファンタジー」を凌駕している。その花嫁が髭を生やしていたことについては、患者に質問して分かった。夢の前日、彼同様に結婚嫌いの友人と街を歩いていたところ、向こうからブルネットの女性が歩いてくるので、「ほら、美人だよ」と教えると、友人は「うん。こういう女たちが年を取っても親爺さんのような髭が生えてこなけりゃいいんだが」と言ったのだった。

もちろんこの夢にも夢の歪曲の跡が見える。たとえば「払いは後で」という言葉は花嫁の父が持参金に関してそんなことを言ったらどうしようかと、彼が気にしていることかも知れない。実際、彼には様々な心配があって、素直に「結婚のファンタジー」に浸れないのである。そのひとつ、結婚すると自由を失うのではないかという懸念は、形を変えて逮捕の場面になっている。

二次的加工と圧縮・置き換え・視覚表現化

ここで、二次的加工と他の夢の仕事との関連を考えてみよう。二次的加工は、圧縮・（※中心の）置き換え・視覚表現化（※絵画的表現への置き換え）という三つの仕事によって夢が暫定的に形成されたあとで働くのだろうか。必ずしもそうではないらしい。どの素材を選択し、それをいかに導くかという意味で、夢の素材全体に始めから関与することも多いようである。しかし、夢の形成に関して、この四つのうちで二次的加工の強制力が一番弱いように思われる。

二次的加工の果たす心的な機能は、覚醒時の前意識的な思考（※前意識的な「vorbewußt《フォアベヴスト》」精神分析用語。フロイトは、旧来の無意識の中に前意識システムと無意識システムの区別を立てた。無意識システムの内容と異なって、前意識システムの内容は、たとえば記憶や知識のようにいつでも意識に上りうる。検閲は無意識システムと前意識システムの間に生じる現象。詳細な説明は、第7章B、Fで行われる）と同じものである。覚醒時には、前意識的な思考は、思考に秩序を与えるために、素材間に関係を定め、文脈を整えようとする。これは行き過ぎると、思い込みになる。手品師は、この思い込みを利用して、まんまと騙すのであるが、とかく我々は自分の受けた印象を合理的に理解しようとするあまり、却って途方もない間違いを犯し、目前の真実を曲げて理解しさえする。それは一般によく知られていることだから詳しく説明するまでもなかろうが、例えば我々は誤植があっても見過ごして、正しい言葉を読んでいるつもりになる。伝え聞くところでは、購読者の多いあるフランスの雑誌で編集者たちが賭けをして、印刷屋に言って、長い記事の各行に「前から」や「後ろから」の語を適当に挿入させてみたが、読者の誰もそれに気が付かなかったとか。また、何年か前に新聞で読んだ滑稽な話だが、フランスの国会で、無政府主義者が放り込んだ爆弾が炸裂して混乱が起きたとき、議長デュピュイ（※1851-1923 三度に亘って首相）が「諸君、議事は続きます」と言って人々の不安を鎮めた（※賞賛を浴びた。１８９３年）が、閉会後、廊下にいた傍聴者たちにそのときの様子を聞いたところ、田舎者のひとりは、たしかに議長の演説を聴いた直後に爆発音を聞きましたが、あれは議会の習慣で、発言が終るたびに礼砲を撃つものなのでしょう、と言った。もうひとりの田舎者は、すでに何人かの演説を聴いたことがあったらしく、礼砲はとびきり良い演説の後にだけ撃つものなのですよね、と言ったという。

この田舎者たちさながらに、そこに意味があるはずだと考えて夢の内容に接し、それを解釈し、その結果全くの誤解をしても、それが我々の通常の思考というものなのである。夢判断の原則は、どんなときでも、夢が一貫しているように見えたら、却って、それは素姓の怪しいものとして捨て去るべきだということである。我々は夢自体が明晰であれ曖昧であれ、いつも同じように潜在的思考への途を辿って行かねばならない。

ところで、その明晰さや曖昧さに様々な度合いがあることは前に議論した（本章C）が、明晰な部分は二次的加工が済んだ箇所で、混乱した部分はまだの箇所、ということになる。混乱とは明確な輪郭を持たないことであるから、二次的加工は、個々の素材の造形性にも関与していると考えてよいだろう。

夢が作られる過程のまとめ

ここで、夢の仕事（※夢が作られる過程）の全体を簡単にまとめておこう。

心は、夢を作るに際して、まず潜在的思考を作り、それを夢の顕在的内容に転化する（※第4章では前者の働きを第一システム、後者を第二システムのものとしていた。第7章Bでは、前者が無意識システム、後者は前意識システムと呼ばれる）。

潜在的思考は適正に、（※第一システムによって）全ての心的な力を十分に使って作られる。潜在的思考は意識に上らない思考に属していて、覚醒時の意識的な思考も（※夢同様に）この無意識的な思考からある種の転換の過程を経て生じている。潜在的思考自体にどんな謎があっても、その謎は夢を見ることとは直接関係がないので本書では論じない（１９２５年の原注：間違ってしまう人たちは……夢の本質は潜在的な思考にあると考えて、潜在的思考と夢の仕事の違いを見過ごしてしまう。夢とは、睡眠状態で可能となる特殊な〝形式〟の思考以外の何物でもない。この形式を作りだすのが（※第二システムによる）〝夢の仕事〟で、夢の仕事だけが夢見ることの本質なのであり、夢の独特な性質を説明するものなのである。※潜在的な思考は夢にも覚醒時の思考にも転化される材料だということ）。

夢を見ることに固有で特徴的なものは、潜在的思考を顕在的内容に転化させる（※第二システムによる）夢の仕事である。思考力が低下して夢が生じるといった説を唱える人たちがいるが、夢の仕事は、目ざめているときの思考とはまるで別物である。決して、覚醒時の思考よりも散漫なわけではなく、正確さを欠くわけでも、忘れっぽかったり不完全なわけでもない。覚醒時の思考とは質的に異なっていて、従って、そもそもふたつの優劣を比べることがおかしいのである。夢の仕事は、考えることも計算することも判断することもなく、ただ形を変え続けるところに特徴がある。

夢の仕事を充分に記述するには、夢が出来るための必要条件は何かと考えてみれば良い。生産物（夢）は、まず〝検閲〟から逃れなくてはならない（※自分の〝道義心〟に反してはならない）。そのために心的価値が一変するほどにアクセントを〝置き換える〟。また、抽象的な表現から可能な限り具体的絵画的な表現へ〝置き換える〟ことも行われる。これらが可能になるためには、おそらく、夜間に当該の潜在的思考に十分な強度（※エネルギー）が与えられていることが必要で、そのために潜在的思考の構成要素は広汎に〝圧縮〟されているだろう(※詳細は第7章E)。

潜在的な思考の素材どうしの論理的な関係は殆ど配慮されない。それは最終的には、夢の〝形式的な〟面として表現されるだけである。感情は、思考の内容に比べると、さほど重要な変化は被らない。ふつうは単に抑えられるだけだが、そうでない場合には、もともと結びついていた考えから切り離されて、似たもの同士で纏められる。

先に見たように、半ば目覚めたときの思考が夢の全体を作り上げるのだと主張する論文著者たちもいるが、それは〝二次的加工〟の一部を言っているにすぎない。二次的加工は〝前意識〟で行われ、しかも、その再加工の規模は定まったものではないのである。

第7章　夢過程の心理学

（※本章では、今までのまとめや復習を行いながら前章末でその概要をスケッチした夢形成のシステム論的な詳細が検討される。そしてその中で、抵抗、退行、意識、前意識、無意識、禁圧、抑圧、転移といった夢の心理学のみならずヒトの心理学万般に通じる鍵概念も精緻なものにされる。ただ、往々にして、本人も認めるように後出の説明を前提にした議論がなされているので、場合により記事を入れ換え、あるいは前倒しの注を加えた）

人から聞いた話だが、特に注目すべきだと思う夢の例がひとつある。その話をしてくれた私の患者は、それを夢についてのある講義で聴いたのだという。もともと誰が見た夢なのかは分からない。しかしながら、彼女がその夢に強い印象を受けたのは確かで、彼女は、まもなくそれを〝再現〟するかのように、自分の夢で、もとの夢にあった色々な要素を繰り返し見たという。コピーすることで、自分もその夢と何がしか同じ意見だと表明したのだろう。さて、そのもとの夢というのは……。

『お父さん、僕が燃えているの夢』

ある父親がこの夢を見たときの状況。彼は昼も夜も病床の息子を見守り続けていたが、ついにその子が亡くなり、隣室に引き込んで休息することにした。しかし、ドアは開けたままにして、遺体が長いロウソクに囲まれて安置されている部屋が見えるようにしておいた。ひとりの老人に火の番を頼んで、遺体の脇に座って祈りを捧げてくれるように手はずも整えていた。二、三時間眠った頃、父親は夢を見た。

〈息子がベッドの脇に立つと自分の腕を摑んで、咎めるように「お父さん、僕が燃えているって分からないんですか」とささやく〉

父親は目を覚まし、隣の部屋で明るく光がきらめいているのに気がつくと、すぐさまそこへ行った。すると、老人がうたた寝をしており、火のついたロウソクが倒れて遺体の服や腕を燃やしていた。

この心を動かされる夢の状況は明白で、私の患者の話からすると、講師も正確に説明している。すなわち、「明かるい光が、開いたドアから差し込んできて、それを感じた父親は眠っていながら、ロウソクが倒れて遺体の傍で炎が上がったに違いないと推測した。目を覚ましていても同じように考えただろう。もしかすると、父親は眠りにつくとき、頼んだ人は年取っているから、責任を果たせないかもしれないと心配していたのかもしれない」と述べたという。

この説明に変更すべき点はないが、一点、付け加えると、夢の中味は色々な事柄と（※潜在的思考において）繋がりがあるはずで、子供の科白も恐らく生前子供が実際に口にしていた言葉（※第6章D「会話のことば」）で、父親にとって、それは何か重要な出来事に結びつくものだったに違いない。たとえば、〈僕が燃えている〉という文句が、子供が亡くなる前に高熱で苦しかったときに言ったことだとか。〈お父さん……分からないんですか〉も我々には知りようがないが、何か感情的にならざるをえなかったときの発言ではないか。

やはり、夢は望みを叶える

ところで、我々の認識では、夢は意味のある心的過程であり、見る人の広い心的経験の文脈に収まっている。しかし、それにしても、直ちに目を覚まさなくてはならないこのような緊急時に、どうして夢が生じたのかが不思議だ。と考えて気がつくのは、この夢も願いを叶えているということである。夢の中で、亡くなった子供は生きているかのように振る舞い、自ら父に注意を促している。父のところにやってきて、腕を摑む。恐らくこれは記憶に残っている実際の出来事で、子供の言葉もそこから採られているのだろう。父親は、我が息子が生きている姿をほんの少しの間でも見ていたいので、その望みを叶えるべく、しばし睡眠を引き延ばして夢を見た。その意味では、もし父が夢を見る間もなく目を覚まして遺体の安置されている部屋へ急いでいたら、その分だけ、父親は子供の命を短くしたことになる。

この小さな夢のどこに我々が引きつけられるのか？　それは明らかだ。我々のこれまでの関心は、夢の秘密の意味は何か、夢の仕事はその秘密をどんなふうに隠そうとするのか、我々はどうすればその意味を知ることができるのか。そういうことだった。つまり夢解釈が我々の視野の中心を占めてきた。しかるに今、我々が直面しているこの夢ときたら、解釈は簡単、意味も偽装されていない。それなのに、覚醒時の思考とはまるで違う夢の本質的な特徴を保持している。そこのところを我々は説明しなくてはならない。つまり、解釈に関わることを全て済ませた今、我々の理解がまだ充分でなかったと分かったわけである。

そういうわけで、新しい道に歩み出す前に、ひとまず立ち止まって、これまでのところで何か重要なことを見落としていないか検討しておこう。

A　夢はいかにして忘却されるか――〝抵抗〟の作用

先ず、記憶は確かかという問題がある。あやふやな記憶のせいで、夢の一番大事な部分が失われているかもしれない。実際、たくさん夢を見たはずなのに、思い出せるのはほんの一断片だけ。そして、それすら妙にぼやけている。どうも歪められているらしいなどということがある。夢を詳しく話そうとするうちに、欠けている部分や忘れている箇所を適当に埋め、いわば夢を飾り磨き整えてしまって、本来の中身を判断できなくしてしまうこともある。

目立たない特徴にこそヒントがある

そういう事態に対処しようとして分かったのは、小さく、もっともらしくなく、不確かそうな要素が、明白明快な部分に劣らず、説明されるのを待っているということだった。

たとえば、『イルマの注射の夢』（第２章）で、私は〈すぐに〉ドクトールＭを呼んだのだが、この小部分ですら、何らかの源に遡れないようなものであれば夢の中に入り込むことは叶わなかっただろうと考えた。そして、事実、この部分が、〈すぐに〉先輩の医者を呼んだ私の医療過誤の話に導いてくれたのである。また、一見荒唐無稽な別の夢（『市役所から支払い請求の手紙が来る夢』第6章E）では数字の51と56が大して違わない数として扱われていて、しかも51は何回か言及されている。このことを見過ごさないで調べてみると、潜在的思考に於ける数字51に至るもうひとつの思考連鎖が見つかったのである。そして、その途は更に遡ることができて、私が人の寿命は51年ではないかと不安を持っていることに至った。それは夢の主題が平然と、人生において四年や五年がどうしたと言っていたのとはまるで対照的な話だったのである。

『non vixit 彼は生きていなかったの夢』（第6章D及びF）には、私が最初見落としていた箇所があった。〈パネトゥは話を理解しない。フリースは私の方を向いて、パネトゥに自分のことをどれほど話してあるのかと尋ねる〉。解釈に行き詰まったとき、私はこの〈理解しない〉というコトバに気がついて、ハイネの詩を思い出し、そこから子供時代のファンタジー（※それ自体の説明はない）に至る道を見つけた。この詩は潜在的思考の中で仲介の接点として存在していたのである。

めったにあなたは私を理解しない
めったに私もあなたを理解しない
ただ窮地にあるときだけは
（※Nur wenn wir im Kot uns fanden　文字通りには「糞まみれのときだけは」）
私たちは理解し合った、直ぐに！
（原註：ハイネ『歌曲集』「帰郷」78）

どんな夢を分析するときでも、目立たない特徴こそが解釈には欠かせなくて、それに注目するのが遅れれば、それだけ解釈の仕上がりが遅れる。もうひとつ、同様に大事なのは、夢を表現している言葉のニュアンスをどう捉えるかである。夢が、なんだか翻訳し損なったかのような無意味・不適切な言葉遣いで提示されていたら、そのこと自体に意味があると看做さなくてはならない。必要なのは夢が如何に作られるか知っていることで、それさえ分かっていれば、はじめに矛盾と見えたものでも、ちゃんと意味の通ることだったと分かる。

確かに夢を再現して話そうとすると歪めてしまうものだが、それこそが、二次的加工（第6章G）の影響なのである。しかし、そういう歪曲も、潜在的思考が普段から従っている検閲による加工の一部に過ぎない。そして、こうした歪曲よりもはるかに実質的な歪曲が、目立たないだけで、すでに潜在的思考から夢が作り出される際に行われているのである。そこに恣意的なものはない。ある思考連鎖の中でひとつの要素の位置づけが決まらなくても、直ちに別の思考連鎖がその要素の位置を決定する。例えば、私が数字をまったく恣意的に思い浮かべようとしても、それは可能ではない。私の心に浮かぶ数字は、私のその瞬間の意図とはまったく別の思考で明確に決定されているのである。同様に覚醒後に夢に加えられる編集上の変化にも恣意的なものは何もない。そうした編集による変化も、潜在的な思考と連想上の繋がりを保っていて、それを辿ればその元の思考に行き着けるし、その元の思考がまた別の思考の置き換わりだったりする。

患者の夢分析をしていて、患者の話が理解し難いと思ったら、私は必ず、その話をもう一度言ってくれるように頼む。繰り返しまた全て同じコトバが使われることはまずない。そして、言葉遣いが変わった箇所こそが、夢の偽装が上手くいっていないところなのである。私にとって、それはハーゲンがジークフリートの外套に刺繍された部分がこの英雄の弱点を示すと知ったのと同じことだ（※『ニーベルンゲン』伝説では不死身の英雄の弱点は〝竜の返り血の付いていない〟背中の一点で、ハーゲンはそこを投槍で貫く）。私がもう一度話してくれと言うと、患者は私が彼の夢の解明に本気で取りかかろうとしていると感じて、取り繕おうとする。ここで〝抵抗〟（※Widerstand《ヴィーダーシュタントゥ》 精神分析用語。治療による無意識への到達を妨げようとして患者がとる言動）が働いて、偽装の弱い部分を補強すべく、別の表現に取り替えるのである。しかし、当然ながら私は、削除された表現の方に注意を向ける。そして、夢の解明を防ごうとするその努力から、夢の外套がいかほど入念に織り上げられていたのかを推測するわけである。

精神分析家の心得

我々の記憶が正しいという保証はない。しかし、実は、自分の夢を正しく思い出しているかと疑うこと自体が検閲によるもので、検閲はそのように抵抗することで関連する潜在的な思考が無理矢理意識に上ろうとするのを阻止しているのである。この場合、抵抗は、置き換え（※第6章B「心的アクセント位置の移動」）に到ると限らない。いったん通過させたものに〝これは疑わしい〟とレッテルを貼るという形をとることもある。我々がそういうレッテル貼りを認識し損なうのは、この疑惑が、夢の強烈な要素ではなく、弱々しく不明瞭な要素だけに向けられているからである。

この状況は、古代やルネサンス期の共和国で起きた革命のようなものだ。市政を握っていた貴族が追放されて、成り上がり者（※夢の〝強烈な要素〟）が地位を独占する。打倒された一家のうち、零落した者とその遠い縁者（※夢の〝弱々しく不明瞭な要素〟）だけが今後は市域に居住する（※〝夢の中にある〟）ことを許される。しかし、彼らが完全な市民権を享受できるわけではなく、不審の目で監視される（※〝疑惑が向けられる〟）のだ。

潜在的な思考から夢に至る間に、あらゆる心的価値の再評価（※共和国の〝革命〟）が行われている。歪曲はふつう心的価値の剝奪だけ（※地位の剝奪だけ。命は奪われない）を行う。もし夢の顕在的な内容の不明確な要素に疑いがあったら、我々は、これが追放された潜在的思考の派生物（※追放された貴族の末裔縁者）なのだと確信することができる。

私は、夢を分析する際には、確かかどうかの評価はしないで、どんな小さなモノでもコトでも、潜在的思考から入り込んだ可能性があれば、その要素を重視する。そうしないと、分析が先に進まない。もし、その要素を軽視したら、そのせいで分析を受けている者に〝抵抗〟が生じて、背後に隠れている考えが連想されなくなってしまう。患者の方で「かくかくしかじかのことが夢の中にあったのかどうか、確かではないのですが、これに関して次のようなことは頭に浮かびます」などと言ってくれることはないのである。

ここで精神分析家の心得をひとつ挙げておこう。分析に邪魔のあるところ、〝抵抗〟あり。

夢を忘れるのは〝抵抗〟

しかし、目覚めてから時間が経つにつれ、見た夢を次第に忘れてゆくというのも疑いようがないことである。どんなに忘れまいとしても忘れてしまう。しかし、人は、そういう忘却の程度を大きく考えすぎているし、忘れたせいで夢が充分に分からないと思い込む傾向がある。実際には、忘れた中身は、分析で取り戻せる。残っている一個の断片から始めて、夢の顕在的内容（それ自体はさほど重要なものではない）は無理としても、潜在的思考を取り戻すことは可能なのである。注意を傾けて分析に努めること。大切なのはそれだけであるが、そのようにしてみると、夢を忘れていることには、ある敵対的な意図があることが明らかになる。（１９１９年の原注で自著『精神分析入門講義』から引用するとして、以下の症例を挙げている）

運河の夢

何事につけ疑い深い婦人患者が長い夢を見た。

〈ある人たちが自分に先生（フロイト）の本『冗談とそれの無意識との関係』（※１９０５年）の話をして、大層誉める。すると、何か〝運河〟のことが混入してくる。もしかすると運河のことが出てくる別の本か、あるいは運河についての別の話か……自分には分からない……あまりにもぼんやりしている〉

患者は運河に関して何の連想も湧かなかったが、翌日になってひとつ思い付いた。それは人が話しているのを聞いた笑い話で「ドーヴァー・カレー間の連絡蒸気船で、著名な作家がイギリス人と話を始めた。イギリス人が何かの拍子に「荘厳から愚劣までは、ほんの一歩」というフレーズを使ったら、〝左様ですな〟と作家は言い〝le pas de Calais（カレーからほんの一歩です）〟と」。つまり作家は、フランスは荘厳でイギリスは愚劣だという話だと勘違いしたというわけだが、Pas《パ》 de《ドゥ》 Calais《カレ》というのはドーヴァー海峡のことでもあって、これが夢に出てきた運河（※運河Kanal《カナール》は、また海峡特にドーヴァー海峡を意味する）なのだった。

ところで、この連想は、患者の表向きの尊敬（※ある人たちがフロイトの著書を〈大層誉める〉）

の背後に、懐疑（※「荘厳から愚劣までは、ほんの一歩」ではないかしら）があることを示している。そして、それが明らかになることへの〝抵抗〟から、連想が一日遅れになったのだし、そもそも夢が部分的に曖昧になったのである。

忘れた夢も思い出せる

このように忘れる前の段階のことが分かると、夢を忘れることに特別な意図があり、それが〝抵抗〟の目的に適っていると明らかになる（原注：忘れること一般については『日常生活の精神病理』参照）。また、忘れていた筈の脱落部分が、夢を解釈している最中に、突然思い出されることもよくある。そして、思い出されてみると、その部分は、きまって最重要の部分で、それが思い出されると共に一気に夢の解明が進むのである。ということは、そこがなによりも強く〝抵抗〟を受けていた部分だということになる。

ところで、夢を忘れるのは大抵は抵抗のせい、ということはdemonstratio ad oculos《デモンストラティオ アドゥ オクロス》（※ラテン語「見れば分かる」）。ある日、ある患者が私に、「夢を見たのですが中身を完全に忘れてしまって、これでは見なかったようなものですね」と言った。それから、私たちはまた精神分析を続けた。そして患者の抵抗に遭遇する度に、私は彼になにがしかのことを説明し、力づけ、強く促して、彼が自身の不愉快な考えと折り合いをつける手助けをしたのである。と、突然、患者が叫んだ。「今、夢を思い出しましたよ！」。その日の精神分析に現われたのと同じ抵抗が、彼に夢を忘れさせていたのだろう。そして、その抵抗を克服することで、夢も思い出されたのだった。この患者は、精神分析治療がある段階にまで達すると、三、四日あるいはもっと前に見たのにずっと忘れていた夢も思い出すことができるようになった。

精神分析と言えば、私たち分析家や患者たちは、夢のせいで目覚めると直ちにその夢の解釈に取りかかることが多い。私自身、夢を完全に理解するまでは（※ベッドの中に留まって）他に何もしない。しかし、それでも、すっかり目覚めてしまうと、夢は見たし解釈もしたと分かっているのに、解釈の内容はおろか夢の中身まですっかり忘れてしまっていたりする。解釈の結果を道連れに夢が忘却の彼方へ沈んでしまう方が、私の知性が夢を記憶に止めておくよりも、よほど普通なのである。

しかし夢は、他の心的活動と比べても、特別に忘れられ易いわけではなく、恐らく、他の心的な機能と同じ程度には記憶に留まっているのだと思う。私はこの本を書くに当って、自分の夢を記録したノートを参照しているが、中には、様々な理由から分析が十分に及んでいない夢、あるいはまるで分析出来ていない夢もあった。それらも本書の材料にしようと思って、改めてその内の幾つかを見てみたら、今度は例外なく上手く解釈ができたのだった。解釈の作業は、夢がまだ新鮮なときよりも、長い間隔があいてからの方が簡単に進む、とさえ言える。かつて私を妨害していた抵抗を、私はその後に克服していた。多分、そういう説明で良いと思う。

ところで、そのような二度に亘る解釈を比較してみると、当初の貧弱な結論がそのまま今回の行き届いた結論の中に混じっている。これには驚いたが、考えてみれば、私自身、患者には古い夢についても、昨晩の夢と同様に、連想させていたのだった。そして、それで上手く行っていたのである。この章の後ろ（本章D）で不安夢という特殊なタイプの夢について論じるときに、そのような遅ればせの夢解釈を二例紹介するつもりである。私が昔の夢も昨晩の夢のように扱うようになったのは、夢はここでも神経症の症状のように振る舞うだろうと期待したからである。精神分析治療（例えばヒステリーの治療）をするとき、私は、患者が受診する〝きっかけ〟になった今回の症状と同様に、克服されて久しい初期の症状にも光を当てなくてはならない。そして、その作業は、現在の切羽詰まった症状の（※解釈による）治療よりも、ずっと簡単なのである。私は、『ヒステリーの研究』（※１８９５年）に、四十歳を過ぎた婦人が十五歳の時に起こした最初のヒステリー発作を解明した記録を載せている。

夢解釈の技法

夢解釈のやり方について、少し話しておこう。自分の夢で私の論点を確かめてみたいと思っている読者に何らかの案内になるかも知れない。

夢解釈の進むとき、進まないとき

夢解釈は一気に進むとは限らない。連想の鎖を辿っていると限界に達したような気がすることはまれではない。夢は、その日はもう何も語らない。そういう場合には、一旦休憩として、また別の日に戻ってくるのがいい。そうすると、前には気が付かなかった夢内容の一片に目が向いて、潜在的な思考の新たな層との繋がりが見えてくる。「小刻みな夢分析」、そう呼んだら良いだろうか。

逆に、夢の意味が十分に分かって、一貫した話として理解でき、夢内容の要素ひとつひとつが説明できた、というように完璧な解釈ができたとしても、まだ終りではない。これは、夢判断の初心者には理解し難いことかもしれない。しかし、その夢にはまた別のもっと深い解釈が成立しうる。無意識的な思考の連鎖は実に豊富で、それが片っ端から我々の心の中に表出しようとしている。そして夢の仕事は、そういう多くの意味を一語で表現すべく工夫しているのである。小さな仕立屋が七匹の蠅を一撃で落とす（※グリム『勇ましいちびの仕立屋』）ようなことを毎度毎度やっていると言ったらいいだろうか。

こういう話をすると、読者からは、あなたの夢解釈は臨機応変に対処すべきことばかりで大変だ、と文句を言われそうだ。しかし、経験を積めば、これくらいのことは出来るようになる。

自分の夢は解釈できるものなのか

夢解釈をしようとすると、その際に、それに逆らって、夢を歪曲するのと同じ心的な力（※〝抵抗〟）が働く。そこで夢解釈の可否は、この力関係如何ということになるわけだが、そもそも人は、己の知的関心、意志力、心理学的知識、夢解釈の練習によって、内的な抵抗に打ち勝つことができるものだろうか。実際にはある程度は可能だ。少なくとも、夢が意味のある統一体であると確信できるところまではゆくし、大抵は、それがどんな意味らしいか見当をつけるところまでも到達できる。また多くの場合、引き続いて起きる夢のおかげで、最初の夢について臨時に採用した解釈の正しさが確認されるし、それをさらに発展させることも可能だ。何週間何ヶ月間かに亘る一連の夢が、全て、共通の土台に基づいていて、従って同じ文脈の中で解釈されるという場合もよくある。また、ふたつの夢が前後する場合、ひとつの夢で中心となっている出来事が次の夢では周辺で仄めかされるだけになったり、あるいはその逆になったりしている。その場合、双方の夢は互いを補完し合うものとして解釈すれば良いのである。当然、一晩のうちに見られた色々な夢は、いつも、ひとつのまとまりとして取り扱わなくてはならない。そのことについては既に例を挙げて（第6章C）説明した。

曖昧なまま残しておくしかない箇所があること

解釈が上手く行った夢でも、潜在的な思考が縺れてほぐせないという部分はある。そこをどんなに分析しようとしても、顕在的な内容に寄与するものが見つからない。これが夢の臍であって、そこからどこに繋がって行くのか分からないのである。連鎖が途切れているわけではない。四方八方に広がっており、恐らく、我々の思考世界「Gedankenwelt《ゲダンクンヴェルトゥ》」の網目に至るのだろう。逆に言えば、この複雑な網目がとりわけ詰んでいるところがあって、その「へそ」から夢の望みが、菌糸体からキノコが生えるように、立ち上ってくるのである。

睡眠状態は検閲の働きを弱めることで夢形成を可能にする

先に述べたように、覚醒後に我々が夢を直ちに全て忘れ、あるいは日中に少しずつ忘れていくのは、夢に対する〝抵抗〟によるものであるが、その〝抵抗〟は夜の間にもう働き出していたのだろうか。もしそうだとすると、そのように〝抵抗〟が生じる状況で夢が形成されるにはどんな条件が必要なのか。

まず、覚醒時の生活が、そもそも夢なんて見なかったと否認している場合のことを考えてみよう。もしこの昼間の徹底的な〝抵抗〟が夜も働いていたら、夢は作られる端から否認されて見られようがない。他方、（※夢の仕事によって）夢を歪曲するという形で、〝抵抗〟（※〝検閲〟）が夢の形成に関わっていることは確認済みだから、夢を見るときに〝抵抗〟は途絶えてはいないことになる（※第4章で、第一のシステムは夢の望みを提供し、第二のシステムによる〝検閲〟がそれをチェックし、あくまでその望みを表現しようとする潜在的な思考を歪曲して夢に仕立て上げるとされていた。〝検閲〟とは、新聞記事でいえば書き直し・部分削除の命令であり実行であるが、それはそのまま出版されることへの〝抵抗〟であることから、このパラグラフでは、〝抵抗〟の語が〝検閲〟と互換的に使用されている。従って、〝抵抗〟は本来、夢解釈をされる時の現象のことだったが、自分の夢を解釈する時のことにもなり、また覚醒後に夢を忘れあるいは否認する仕組、更には検閲のひとつの側面のことまでを統一的に括る術語になったと言ってよい。当然、フロイトはこれら様々な〝抵抗〟の背景にひとつの共通する機構を考えていただろうが、本書では明らかでない。ちなみに本章Bに進むと、第一のシステムは無意識システム、第二のシステムは前意識システムと呼ばれる）。というわけで、夜間の〝抵抗〟には夢を丸ごと削除するほどの力はなく、夢形成時に作用して、せいぜい夢を歪曲する程度に働いていると考えられる。いや、夜に〝抵抗〟が昼間よりも弱くなっていて、その弱まったことのおかげで夢の形成が可能となったとする方がよい。そして、覚醒すると直ちに〝抵抗〟が力を回復して、（※〝検閲〟が）弱かったときに許容せざるをえなかった夢を直ちに排除する方向に進むと言えば、話が分かり易くなる。記述心理学的には、心が睡眠状態にあることが夢形成の必要条件なのだが、我々が付け加えるべきは、「睡眠状態は検閲の働きを弱めることで夢形成を可能にする」ということである。

夢判断における連想という方法について

ところで、我々の方法（※自由連想法）では、何かを「思い出そう」と目標を定めず、夢の要素のひとつに注目して、それに関連して「自然と浮かんでくる」考えを書き留めてゆく。ひとつが済んだら、また次の要素へ移って同じことを行い、考えがどこへ向かうかといったことに心を煩わせないで、ただ考えが進むがまま、それに付き従う。実際、我々は、ひとつの話題から別の話題へと取り留めもなく運ばれて行くのである。しかし、そのようにしていても我々は自信を持って結果が出るのを待っていればよくて、殊更に何をどうしなくても、この夢の元となった潜在的思考を見出すだろう。

この過程では、ひとつのアイデアを調べているうちに他の夢要素との驚くような繋がりが出現する。そして、そのような繋がりを辿る以外にひとつの夢を完璧に説明することは不可能だという印象をうける。実は、この分析の手だてはヒステリーの症状の分析と全く同じなのだが、治療の場合はこのやり方で症状が消える。逆に言えば、挿絵（※治癒という現実）を見れば、テキストの解釈（※分析という方法）が正しかったことが、分かるという塩梅なのである。

しかし、夢分析の場合（※挿絵に相当するものがないから）、ひたすら続く連想によって、（※新たにでっち上げるのではなく）以前から存在している目標（※夢の潜在的思考）に本当に到達できているのかという疑問は残る。我々は、この疑問を解くことができないが、なぜそれを問題にする必要がないかを説明することはできる。

目標イメージの働き

　夢解釈のときに自由に連想をするというのは、当てどない（※Ziel《ツィール》「目標」がlos《ロス》「ない」）イメージ（※Vorstellung《フォアシュテルンク》「表象」。フロイトは、この語をドイツ哲学用語から借用し、換骨奪胎して用いた）に身を委ねるということではない。我々は、いつでも「覚醒時の目標イメージ」（※Ziel・vorstellung「目標表象」。フロイトの造語。思考の流れを方向付けるもの。「何かについて考える」ときの「何か」に相当）なしに済ませることができるが、これを使用停止にするや否や今まで馴染みのなかった、「無意識の目標イメージ」（※原文では、「不正確な表現ながら無意識の目標表象」。フロイトがそう言うのは、ドイツ哲学の用語では表象は主体的能動的意識的なものなので、「無意識の目標表象」と言うと語義矛盾となるから。ここでは無理のない範囲内で表象をイメージと訳す）が働きだして、それによって不随意な思考が心に浮かび展開するのである（※夢の顕在的な内容について自由連想すると、夢の望みという「無意識の目標イメージ」に導かれて、潜在的な思考が現われる、ということ）。

　我々は何らかの「目標イメージ」なしには考えることができない。目標イメージを欠いた無統制な思考連鎖というものは、ヒステリーやパラノイアに於いても存在しない。内因性の精神病（※統合失調症や躁鬱病など）の場合でも、それが起こることはない。リゥレ（※1797-1851 19世紀前半のフランスの人道的な精神医学者）の才気あふれる見解によれば、錯乱状態のうわごと（譫妄）にも意味があって、それが我々に理解できないのは、脱落部分があるからだという。私も観察する機会があって、同様の確信を得た。検閲は、この場合、もはや自分の働きを隠しもしない。取り繕うのを手助けするどころか、気に入らない部分を容赦なく削除するので、その結果、残るのは一貫性を欠いたものになる。そのやり方は、ロシア国境で、外国の新聞を黒で塗りつぶして国内読者に情報を与えない新聞検閲とそっくりである。

連想がでたらめに生じ、観念が勝手に飛び回るということが起きるとすれば、脳損傷のときだけだろう。神経症では、一見そのようでも、必ず検閲で説明することができる。思考連鎖は検閲のせいで途切れ途切れになっているかもしれないが、それでも隠れた「目標イメージ」によって前景に押し出されてきているのである。

従来だと「目標イメージ」なしの連想と言えば、冗談や言葉遊びの類いのことだった。これらは表層的連想によって、つまり音の類似・語の多義性・たまたまの時間的一致によって成り立っている。これと同じタイプの連想が、自由連想によって夢の潜在的な思考に到ろうとする際に観察されることがあって、私は、そんないい加減なことでいいのかと、ちょっと驚いたものだった。しかし、考えと考えを橋渡しするのなら、どんな繋がりでもいいし、それが冗談だっていいと言わんばかりのようでも、そういう表面的な連想によって結びつけられた要素の間には、別途、正しく深遠な結びつきがあったのである。

その真正な結びつきに検閲の圧力が加わっている。そして、検閲が正常なルートを邪魔すると、表面的な連想が深い連想に取って代わって出現する。それは、あたかも山岳地帯で洪水などによって主要道路が通行不能になると、普段なら狩人しか使わないような困難な急斜面の小道も交通に役立つようなものである（※１８９７年夏、アォスゼー一帯が大洪水に見舞われたとき、家族のために、フロイトは食糧調達に出かけ、山道を辿って目的を達し、無事帰還した）。我々が、夢分析の際に、表面的連想に頼るはめになっても心配しないのは、連想のルートが変わることがあると知っているからに他ならない。

ところで、事情は精神分析の治療技法でも同じなのである。私は患者に、考えずにひたすら頭に浮かぶことだけを話すように指示するが、そのとき、私は患者が治療という「目標イメージ」を放棄することはないと思っている。だから、一見とりとめのない話でも、それは必ず患者の状態に結びついていると考えるのである。実は、患者が思ってもみないもうひとつの「目標イメージ」があって、それは、私の存在に関するもの（※「フロイト先生と、この話を交わしている」ということ）である。精神分析の治療技法を記述するには、この二つを充分に理解し、詳細に検討しなくてはならないが、それは夢判断とは別の主題になる。

昼間に夢解釈をするとはどういうことか

夢を覚醒時に解釈しているとき、我々は夢の顕在的な要素から潜在的な思考へと遡っている。しかし、夢の仕事が行っているのはその逆の向きである。これはどっちの方向へ進んでもよい道なのだろうか。そうではない。我々は日中（※解釈のとき）には、思考連鎖に従って新しく縦坑を掘っているようなもので、途中で、中間的な思考や潜在的な思考に突き当たる、ということなのである。

それにしても、解釈の思考連鎖に、如何に昼間の新鮮な材料が入り込んでくることか。日中には、夜に始まっていた〝抵抗〟が増大してくるから、新しく、さらに曲がりくねった迂回路が必要になるのである。しかし、昼間の影響にどれほどの種類があり、どれほどの数があるかといったことは、夢の心理学には重要なことではない。我々にとっては、昼間の様々な影響のおかげで探している潜在的な思考が見えて来さえすれば、それで良いのである。

B　システムによる夢の理解——退行

どんな夢でも、夢は望みによって駆動されている。それなのに、望みが望みとは思えず、それどころか夢そのものが奇妙で馬鹿げているようであるのは、夢が形成される時に、心的検閲（※による完全削除）を回避しようと、話題の中心を移動させる（第6章B）からである。夢の形成に当っては、この他にも、心的な材料を圧縮したり（第6章A）、抽象的な考えを具体的な表現に置き換えて感覚的なイメージを用いたり（第6章B）といったことが行われる。さらに、場合によっては、夢が合理的で理解しうる概観をとるように二次的加工をする（第6章G）。これら四つの「夢の仕事」は、各々独立の命題として、そこから新たな心理学的仮説・推論が発展するものであるが、他方、各々の相互関係、夢見の動機との関わりもまた考究しなくてはならない。夢について心理学的に（※システム論的に）考えるとは、こういう心的活動の全体の中にひとつひとつの場を定めるということなのである。

幻覚的な夢で何が起きているのか

本章の冒頭の『お父さん、僕が燃えているの夢』に戻ろう。あの夢の意味はすぐに分かる。しかし、どうもそれだけでは充分な気がしない。そこで、この父親は、そもそもどうして、目を覚ます代わりに夢をみたのだろうかと考えてみたら、この人は息子が生きている姿をもう一目見たいと願っていたのだと分かった。つまり、この夢の場合、ひとつの願いによって、眠っている間に考えたことが、そのまま夢に変わっていたのである。もう少し先（本章C）に行くと、この夢にまた別の望みがあったことが分かるので、今は、願望の件は一旦棚上げにして、睡眠中の思考過程がそのまま夢に転換されている点をもう少し調べてみよう。

眠りながら父親が考えたのは……遺体が横たわる部屋に炎が上がっているのを感じる。ロウソクが倒れて、子供に火がついたんだ！　夢は、この推論を今現在の出来事として、覚醒時の体験のような知覚できる状況として表現している。ちなみに、望みを巡る考えが夢の中で対象化され、ひとつの光景となって現われ、我々がそれを実際に体験（※〝感覚的〟とは限らない、後出）している気になる、という点は、どんな夢にも認められる、ごく一般的で顕著な心理学的な特徴である。

『僕が燃えているの夢』の形式的特徴のひとつは、今現在の状況についての考えが、「もしかすると（※火がついたのかもしれない）」といった留保なしに断定的に（※火がついたんだ！　と）表現されていることである。しかしこの断定の結果、なにがどうなったのかと言うと、はっきりしない。それはこの夢の場合、願いを叶えると言っても、それが特殊で従属的（※夢を見てさえいれば望みが叶ったことになる）だからである。そこで、今度は、夢の願いが昼間の思考から切り離されていない（※夢の願いと日中の心的活動との関係は、本章Cで分類・検討される）別の夢の例で考えてみよう。

『イルマの注射の夢』では、もともとの潜在的思考は、「イルマの病気のことで責められれのがオトーでありますように！」という祈願法の形をとっていた。それが、顕在的な夢になると、祈願法が捨てられ、代わって単純な現在形が用いられる。「そうなんだ。オトーがイルマの病気に関して責められるべきなんだ」。

こういう変容は、歪曲を蒙っていない夢（※例えば幼児の夢。第3章参照）にさえ起こりうる、いわば第一段階の変容である。いや、殊更夢にこだわらず、意識的な空想である白昼夢を調べた方が、その様子がはっきりする。白昼夢は、想像の内容をこのやり方で処理するものなのである。ドーデのジョワユーズ氏（『ル・ナバブ』の作中の人物）が失業してパリの通りをぶらぶらと歩いているとき、娘たちは当然お父さんには仕事があって、どこかの事務所で座っていると考えている。しかし、彼の方は、と言えば、パトロンが見つかって、職にありついているというようなことを——現在形で夢見ているのである。

これで分かるのは、これらの夢が白昼夢同様に現在形なのは、これが、すでに望みが叶っていることの表現だからということである。

『お父さん、僕が燃えているの夢』には、もうひとつ形式的特徴がある。それは、観念的な内容が、白昼夢のように〝考えられる〟のではなくて、感覚的なイメージに変換（※verwandeln《フェアヴァンドゥルン》この日常語をわざわざ用いて、先の具体的表現への〝置き換え〟という現象が心的活動の全体の中でどういう位置づけとなるか、以下で俯瞰する）され、夢見る人はそのイメージを疑いもせず、それを体験しているように感じていることである。

ここで急いで付け加えておくと、全ての夢で観念が感覚イメージに変換されるわけではない。思考だけで出来上がっている夢も、議論の余地なく、夢の本質を持っている。例えば、『Autodidasker《アオトディダスカ》の夢』（第6章A「圧縮」）は、私がその内容を昼間に考えていたときと変わらず、感覚的な要素を含んでいない。かなり長い夢でも、感覚的要素への変換を殆ど起こさないで、覚醒時と同様に単に考えたり知っていたりするだけ、というのは珍しくない。更に言えば、観念から感覚的イメージへの変換は、夢だけのことではなくて、精神症状の幻覚や幻影でも起きる。そして、幻覚・幻影は、他の症状を伴わないで、それだけが健康人に生じることもある。つまり、感覚イメージへの変換は、夢に限定的なものではないということだ。しかし、夢にこの特徴が現れると目を奪われてしまうのは確かなことで、これを夢の世界から除外することは出来ない。この変換を充分に理解するためには、さらなる議論が必要となる次第である。

心的なシステムの構想

偉大なフェヒナー（※1801-87）は『精神物理学の原理』（※フロイトが参照しているのは第二版1889年。ちなみに精神物理学とは今の実験心理学のこと）の中で夢を論じて、「夢の舞台は、覚醒時の表象生活の舞台とは別のものだろう」と推測している。確かにこう考えないと、夢の活動の特異性は理解できない。

我々も、この心的局在（※舞台）の考え方を使おう。ここで考える心的な舞台装置は、解剖学的なものではなく、あくまでも心理学的なものであり、心の作業を行う道具は、ちょうど顕微鏡や写真機のような具合に、幾つかの部品で組み上げられているものとして構想されなくてはならない。そして、心的な局在とは、光学器械の内部で像が結ぶに到るまでの諸段階で光が位置する〝場〟に相当するようなことなのである。顕微鏡や写真機では、そういう〝場〟は、触ることの出来る器械的部品がある場所とは別で、あくまでも、観念的な領域である。この種の比喩はどうしても不完全にならざるを得ないが、それでも比喩を使うのは、心的機能を個々の機能に区分けし、次に、その個々の機能を装置の構成部分に当てはめて、複雑な心的機能を理解しやすくするため、それだけのことなのである。

さて、この心的な装置を複合的な装置として描いていこう。まず、その構成部分を「審級」または明確に「システム」と呼ぼう（※フロイトは「システム」System と同義に、この裁判用語から借用した「審級」Instanz《インスタンツ》 の語を随所で使う。オーストリー・ハンガリー帝国の前身の神聖ローマ帝国では二つの最高審級、すなわち領邦領主・ローマ法専門家によって構成される「帝室法廷」Reichskammergericht《ライヒス・カンマー・ゲリヒトゥ》と、宮廷顧問官が判事を務める「宮廷法廷」Reichshofgericht《ライヒス・ホーフ・ゲリヒトゥ》 が三百年に及んで併存し、牽制し合うかと思えば協力し合い、時に混沌としながらも貴族階級と皇帝の権力バランスをとっていた。フロイトの「システム」の記述には、この二元支配を下敷きにしたと思えるところが多い）。すると、丁度、望遠鏡の内部に様々なレンズのシステムが線上に並んでいるように、我々のシステムも、各々が定まった位置関係にあると考えてみることが出来る。もちろん、心的なシステムが実際に空間配列されていると仮定する必要はない。私達に必要なのは、ある心的過程が生じる時に、興奮が定まった順番でシステムを通り抜けてゆくということだけである。その順番が心的過程毎に違っている、という可能性は残しておく。この装置の構成要素を短くΨ《プサイ》システム（※Ψはプシケ「魂」の頭文字）と呼ぶことにしよう。

いくつかのΨシステムで出来上がった装置は方向性をもっている。我々の心的活動は内的・外的な刺激に始まり、筋肉への神経支配に到る。そこで我々の装置の一方に感覚末端、もう一方に運動末端があるものとする。感覚末端には知覚（※の器官。目、鼻、耳、皮膚など）からの興奮（※入力）を受けるシステムがあり、運動末端には運動の水門を開く（※心的エネルギーを伝達して筋肉などを作動させる）また別のシステムがある。

（※当時のウィーンには広汎にシステム論的な傾向が芽生えていたのかも知れない。一、二世代後には、世界的なシステム理論家の多くを輩出するのである。例えばルートヴィヒ・フォン・ベルタランフィ 1901-72 やハインツ・フォン・フェルスター 1911-2002 など。その意味で、独力で神経系のシステムを構想したフロイトは、先駆的なウィーン人だったと言えるだろう。ただ前駆的なだけに、１９４８年のノーバート・ウィナーのフィードバックなどの概念を知っている現代の読者には、フロイトの図や説明のかなりの部分が、もう歴史的関心を満たすだけのものになっているわけで、本書ではそういう箇所は割愛する）

システムとしての意識、前意識、無意識

装置の運動末端の手前にあるシステムを、我々は「前意識」と名付ける。この名前は、興奮がここから遅滞なく「意識」に到達出来ることを意味しているが、それには一定の条件が必要で、興奮が十分な強度に達しており、「注意」の機能（詳しい説明は本章E）が十分に振り向けられていることが不可欠である。この「前意識」の背後にあるシステムを「無意識」と呼ぶのは、それが、「前意識」を通らなくては「意識」にアクセスできないからである。「無意識」の中身は「前意識」を通ることで変化を被ることになる。

夢のシステムと退行

さて、このシステム系のどこに、夢形成の起動力を求めるべきだろうか？　次の節Cで夢の望みを取り扱う際に、夢を推進する力（※心的エネルギー）が「無意識」システムにある小児期由来の強い望みによって供給されていること、そして夢が形成されるには「前意識」システムに残る昼間の思考の名残に足がかりを持っている必要があることを述べる。しかし、とりあえず今は、夢の形成は、ほかの思考形成と同様に、「無意識」を出発点とし、そこから「前意識」を経由して、「意識」に上る過程を辿る、としておこう。

他方我々は、日中はこの夢形成の経路が遮断されており、夜になって初めて、潜在的思考がこ

の経路を辿って意識に上ることができると経験的に知っている。ここで疑問が生じる。なぜ夜に、それが可能となるのか。日中の経路の遮断は、抵抗による検閲（※無意識的な願いが前意識や意識に到達することを阻害する心的機能）によるものだから、もし夜間に抵抗の警戒心が弱まる（※本章A）のであれば、確かに夢を見ることになるだろう。しかし、それは観念的な素材の夢を見る説明にはなるが、目下の関心である幻覚的な性質の夢を見る説明にはならない。『Autodidasker《アオトディダスカ》の夢』のような例が生まれる事情は分っても、本章の出発点とした『お父さん、僕が燃えているの夢』のような例のことが分からないのである。

幻覚的な夢の場合、何が起きるのかについては、心的興奮（※心的活動を神経伝達に準えたときに、神経細胞の電気的興奮に相当するもの）が後戻りの「rückläufig《リュクロイフィヒ》」経路を進んでいる、と述べることしかできない。前に向かって装置の運動末端を目差す代わりに（※睡眠中の運動麻痺により、運動システムへの経路が遮断されている）、後ろ向きに進んで、ついには知覚システムに到達する。覚醒時に、知覚から無意識を経て運動へと進むのを前進的と呼ぶとすれば、この種の夢は背進的「regredient」（※フロイトはわざわざ、この独語としても英語としても稀な言葉を用いて、ここに良し悪しのニュアンスが入らないで純粋に前か後かという方向を表現できないか試している）だということになる。

この退行「Regression《ルグレスィオーン》」（※結局、耳になじんだこの語に落ちつく。この分析用語は後に、心的態度が子供時代に戻るという意味で使われるようになり、精神分析を超えて広く臨床的に用いられる概念になった。フロイト自身は本書第四版以降、このふたつのRegressionは根本に於いて同じだと説明している。本節末）は、夢過程の最も重要な心理学的特徴のひとつである。しかしながら、夢の退行を説明するには、病的な覚醒状態で起きる退行についても考慮しなくてはならないだろう。退行は、前に向かう感覚の流れ（※心的興奮）が途絶えない場合にも起きるのである。ヒステリーやパラノイアの幻覚、そして精神的に正常な人の幻影も、すべてイメージに変換された思考という意味で退行に相当する（※退行も心的興奮が知覚すなわちイメージのシステムに到達することだから）。この際に注目すべきは、幻覚・幻影という形でイメージに変換された思考はすべて、抑圧されていた記憶・無意識に留まっていた（※たいていは子供時代の）記憶に関わるものだという点である。

ヒステリーの幻覚と退行

例を挙げよう。

私のヒステリー患者としては最若年だった十二歳の少年の例

彼は、ベッドに入るたびに「赤い目をした青い顔」に怯えて寝つけないでいた。分析してみると、この幻の源は、いつの間にか抑圧されて忘れられていた以前の友人に関する記憶にあることが分った。四年ほど前、患者はこの少年とよく遊んでいたが、その子にさまざまな悪さのお手本をみせられていた。その悪さの中に自慰も含まれており、患者は今になって、それを一緒にやったことを後悔しているのである。

当時、母は、躾の悪いあの子が「顔は青ざめているし、目の周りが赤い」と言っていた。これが幽霊の元なのだ。そして、その幽霊の姿は「あんな子はばかになって勉強も出来なくなるし、最後は早死にしてしまうんだわ」と言っていた母の予言と対になっていた。私のこの小さな患者がギムナジウムで悪い成績をとってしまったとき、この予言の前半までが自分の身の上で成就したことになり、彼は発症したのである。しかし、少年は、面接によって、自分が無意識のうちに母の予言の後半が実現するのを恐れていた、と気が付いた。それで（※お化けの正体みたりとばかりに）まもなく患者はちゃんと眠れるようになり、不安もなくなり、優等で卒業したのである。

健康な時から私の知り合いだった四十歳のヒステリー女性患者の例

ある朝、彼女は目を覚ますと、兄が部屋にいるのに気づいた。この兄は精神科の病院にいるはずだった。脇のベッドには、自分の小さな息子が寝ている。この子がおじさんを見て怯えて引きつけを起こしたりしないように、息子にキルトを掛けてやると、兄の姿が消えた。

分析すると、この幻影は子供時代の記憶の再現だと判明した。その記憶自体は意識の中に残っていたが、深い無意識的な材料と密接に関連していたのである。

彼女が乳母から聞いた話では、母親は早くに（彼女が生後十八ヶ月のときに）亡くなっていたが、生前、癲癇だかヒステリーだかを患っており、それは何でも、兄（患者の伯父）がキルトを頭から被って幽霊だぞと脅したせいだったのだとか。兄の出現、キルト、恐怖とその効果。彼女の幻影は母の発病を巡る話と同じ要素を含んでいる。しかしながら、これらの要素は新しい文脈に置かれ、彼女自身の兄と息子という別の人物たちに移されている。幻影を見た動機、つまり幻影によって表現された考えは、自分の幼い子供が、体つきの似ている彼の伯父と同じ運命を辿りやしないかという心配だったのである。

ちなみに、治療によってこういう事情が明らかになると、彼女の幻影は出なくなった。

今紹介した例は二つとも、睡眠とまるで無縁とは言い難く、従って今述べている夢のことのみならず、ヒステリーの患者や正常な人でも思考がイメージに退行することの証拠としてはぴったり来ないかもしれない。そこで、幻覚パラノイアの女性患者の分析例（「防衛神経症についてのその後の見解」１８９６年）と、まだ未刊の、神経症患者の心理に関する研究成果（※未刊に終る）を参照頂きたい。それらをご覧頂くと、思考から視覚的イメージへの退行性変換において、抑圧されて無意識に留まっている（普通は子供時代の）記憶の影響が看過ごせないことがお分り頂けるだろう。このような場合、記憶にまつわる考え（※「息子が自分の兄と同じ道を辿るかも知れない」の類い）は、検閲によってそのままの形で表出するのを阻まれていて（※これが夢でない幻覚に於て、心的興奮の前進を妨げることと同一なのか、はっきりしない）、記憶にあたかも引き戻されるように退行し、記憶自体を潜ませた表現形（※「息子を脅かすかもしれない精神病の兄が部屋にいる映像」の類い）をとるのである。

ここで拙著『ヒステリー研究』の結論のひとつを引用しておくと、子供時代の光景は、思い出であれ空想であれ、意識に上って幻覚として体験されるが、それを医師に報告すると、たちまちその幻覚的な性格がなくなるのである。またよく知られていることだが、ふだん視覚的な記憶をしない人でさえ、極く初期の幼児記憶ばかりは感覚的に鮮やかで、しかもそれを成人してからまで持ち続けている。

幼児記憶と夢の視覚イメージ

幼児体験やそれにもとづく空想が、如何に大きな役割を夢の潜在的な思考の中で果たしていることか、如何に頻繁に顕在的な内容に再現されていることか、如何にしばしば夢の願いを生じさせていることか。こうしたことを思い起せば、視覚的な幼児記憶が自らの復活を求めて、表現されたがっている潜在的な思考を引き寄せ、その思考を視覚イメージ化している可能性がある、と言ってもいいだろう。言い換えれば、夢は、幼児記憶が最近の出来事に転移（※Übertragung《イューバトゥラーグンク》 ここでは、〝エネルギーの移動〟が含意されている）した産物なのである。幼児期の光景はそれ自身では現在に復活できない。夢の形で戻るしかないのである。

シェルナー（※『夢の生涯』１８６１年の著作がある同時代の哲学者、心理学者。フロイトは本書で度々引用している）は夢に於いても、視覚的要素が活発・豊富な場合には、「視覚刺激」を受けたのと同様に視覚器官（※眼）が内的に興奮していると想定する。しかし、我々としては（※その内側の）心的な視覚システムの興奮だとすれば十分なのである（※その後、レム睡眠が発見され、この睡眠ステージでは、ほぼ全身の運動麻痺が生じる中、動眼神経のみが活発に働いていることが発見された。眼球が激しく動くと共に「見ている」という情報のみがフィードバックされて、視覚システムのどこかの段階で夢と統合されている、ということになる）。この興奮状態は、もともとは出来事直後の視覚興奮だったものが、今、記憶によって再生されたのだと指摘しておこう。

私自身の夢の中には、こういう幼年期の記憶が励起して影響を及ぼした例として紹介できるものがない。そもそも、私の夢は、他の人の夢よりも感覚的要素に乏しいのである。しかし、近年見たものの中で、非常に美しく真に迫った夢があり、その夢でなら、鮮明な幻覚的内容から、（※幼児期の記憶ではないが）まだ新鮮さを保っている体験にまで辿ってゆくことが出来る。それは例の「海辺の城、または朝食船の夢」（第6章F）で、海の深く青い色、船の煙突から出る煙の茶色、建物の焦げ茶と赤（※「夢」には建物の色の記載はない）などの色が私に強い印象を残したのだった。視覚刺激という点で解釈すべき夢ということなら、この夢だろう。私の視覚システムをこのように励起したものは何だったのだろうか？　まだ鮮明な最近の印象が以前の別の印象と結びついたのだろうが、最近見た色と言えば、まずは積み木の色だ。夢の前日に、子供たちが私に見せようと、積み木で素晴らしい建物を作ってくれた。大きな積み木は深紅、小さな積み木は青と茶色だった。このときの印象が、直近のイタリア旅行の色彩の印象の上に重なった。イゾンツォ川（※この朝食船に乗る前に食料を調達したゴリツィアを流れる川）と潟湖の美しい青、そしてカルスト地形の茶色。というわけで、夢の素敵な色合いは、記憶の中の色彩の繰り返しに過ぎなかったのである。

結論

主題の「退行」に関して最後にひとつ言っておきたいのは、退行が神経症の症状形成に於いて重要な概念になっているということである。そこでは、退行の三つの側面が区別される。ひとつは、先に説明したようなΨ《プサイ》システムの「位相的」（※topisch　ギリシア語の「場所」だが、フロイトは数学で用いられる位相、すなわち抽象空間の意味で使っている）な面。二つ目は、古い心的な構造に戻るという「時間的」な面。三つ目は、表出や表現が原初的様式と入れ替わるという「形式的」な面。しかしながら、この三つは根本的にはひとつであり、大抵の場合、一緒に起きる。というのも、時間的に古いものほど、形式的には原初的だし、心的な位相としては感覚末端により近いからである。

この退行の三つの側面は夢にも当て嵌まることで、夢見は夢見る人の初期状態への位相的退行であり、本能に支配されていた幼児期への時間的退行であり、その頃の表出・表現方法への形式的退行である。個々人の幼児期がかような退行の結果として夢に現われるとき、我々がその背後に垣間見るのは、系統発生学的な幼児期つまり（※神話などに残る）人類の初期の心性である。個々人の発達というのは畢竟、各自の偶発的な出来事によって彩られているだけの、人類発達史の短い再演にすぎない（※心的発達・退行を、ヘッケル 1834-1919 が１８６６年にダーウィンの影響を受けて唱えた反復説「個体発生は系統発生を繰り返す」に準えている）。

夢の心理学のこの最初の部分は、我ながらどうも、あまり満足のゆくものではなかった。しかし、自らを慰めて、とりあえず自分たちは暗闇に道をつけなくてはならなかったのだと考えることにしよう。もし我々の推論が完全な間違いではなかったら、別の方向から進んでも、ほぼ同じ領域にたどり着くはずで、そのときには、もっとその場所のことが分かるに違いない。

C　望みを叶えること

『お父さん、僕が燃えているの夢』は、夢が望みを叶えるとする理論の問題点を整理するためにも、よい手がかりを与えてくれる。

それで、先ず検討しようと思うのは、全ての夢が望みを叶えているということ自体である。そう言われたとき、誰もが当惑したのではないだろうか。不安な夢はどうなる？という気がするからだが、それだけではない。分析を行うと夢の背後に〝意味〟が隠れていることが分かるという話だったが、その〝意味〟が（※望み）ひとつだけと、かくも簡単に言われるとは考えてもみなかったはず。アリストテレスの正しくも簡素な定義のとおり、夢とは睡眠状態にまで連続している思考である。ところが、昼間に我々の行っている思考は、判断、推論、反駁、期待、意図など多岐にわたるわけで、それなのに、どうして夜になると、ただ望みを抱き叶えるだけになってしまうのか。心配といった他の心的行為は為されないのか。例えば、意味がすっと見通せる『お父さん、僕が燃えているの夢』。この夢を見た父親は、眠っているときに瞼に感じた光から、ロウソクが倒れて遺体に火がついたのではないかと心配し、その推論を、今現在の状況という形の夢に変換した。殊更に望みを叶えていると言う必要はないではないか。覚醒時から続く思考（※息子を悼むこと）と、新しい感覚に刺激されて生じた思考（※火の心配）が力を振るっているだけではないか。

こういう議論はもっともなことなので、我々としては、夢において望みの成就が如何なる役割を果たすのか、覚醒時の思考は睡眠時に繰り越されて夢にどんな寄与をするのかなど、もっと詳しく検討しなくてはならない。

以前、望みを叶えることに関して、夢を二つの群に分けた。ひとつは、素直に望みを叶えていることを表現している夢で、もうひとつは、望みが叶うことがはっきりせず、言い換えると、あらゆる手立てで隠蔽されている夢である。後者では夢の検閲が働いている、とした。検閲による歪曲がないのはたいてい子供の場合だが、大人の場合にも、短いものであれば、かなり率直に望みを叶えるらしかった（と傍点部分を強調しておく）。

夢の望みの由来

三つの可能性

そもそも、夢の望みはどこから来るのだろうか。この設問が前提にしているのは、日中に意識的に行われる心的な活動と、日中は無意識なままで、夜になってようやく我々がその存在に気が付く心的活動との間の対比である。この前提に立つと、望みの由来について可能性が三つあることに気が付く。①望みが昼間に誘発されたものの、外的な状況（※他人との関わりや時間の都合などの現実）から満足されることがなく、そのまま夜に繰り越される場合。②望みが昼間に生じたものの直ちに禁圧されて（※「否認されて」あるいは「備給エネルギーを回収された後に無意識に引き込まれて」。詳しくは本章E）、夜に復活する場合。③昼間の生活とは関係ない望みで、長らく禁圧されていたものが、夜になって出現する場合。

図式的に言うと、第一の望みは前意識システム（※いつでも意識に上ることが出来る記憶・思考など）に局在化できる。第二の望みは前意識システムから無意識システムに一旦押し戻されたもの。保存されるとしたら無意識の中しかないのである。第三の望みは、ずっと無意識システムに留まっていて、そこから先（※前意識）に進めないでいたもの。

第一のそもそも禁圧を受けていない（※エネルギーを失っていない）望みの例としては、我が家の娘が幼い頃、初めてアォスゼーの湖を渡ったその夜の夢を思い出す。彼女にはこの船旅が短かすぎたようで、船着き場でボートから降りるのを嫌がって酷く泣いていたが、翌朝、「夜にねえ、湖を渡ってたの」と言った。夢で航行したのである。同じく第3章で紹介した他の子どもたちの夢も、いずれもが昼間に叶えられなかった望みが抑圧されず（※無意識の中に押し込まれず）に夢に持ち越されたものだった。

第二の一旦禁圧を受けた望みの例も数多く手持ちがある。ここでひとつ簡単な例を紹介しておこう。ある少々口の悪い婦人が、年下の友人が婚約したとき、色々な人たちから、相手の婚約者を知っているか、その男についてどう思うかと聞かれた。婦人は本心を明かさず、誉めそやしていた。正直なところは、並の人（※ Dutzendmensch　文字通りには「ダース単位でひとまとめの人」）と言いたかったのだろう。その夜、彼女は夢を見て、同じ質問をされると、勤め先の決まり文句「再注文の場合は、商品番号だけ仰って下されば十分です」と言ったのだった。

第三の長らく禁圧されていた望みの例は、今までたくさん分析してきた。その結果、夢が歪曲されていれば、それの望みは無意識から生じていて、昼間は気がつかれていない、と学んだのである。

望みの由来がこのように三つに分類できるとなれば、今度は、かくも起源の異なった望みが夢にとって同じ価値を持つのか、同じ力で夢形成を刺激するのかということが問題となる。

この問に答えるべく夢を調べていると、他にも別の種類の望みがあることが分かった。夜中に生じる生理的な欲求、例えば喉の渇きや性欲も望みには違いない。それで、こういう場合も勘案するとなると、もう、何に由来する願いであろうと、それを叶えるべく夢は作られるものだと言ってお終いにしたい気もしてくる。

しかし、実際にはそんな風に簡単に済ませられるはずもなく、証明できないものの、私としては、とりあえず、どんな願いが叶うのかは厳密に決まっていると想定しておきたい。(※以下、先の三分類を統一的に説明する)。子供の場合は、疑いもなく、昼間に叶えられなかった望みが夢の引き金になる。しかし、それは子供の望みであって、小児の世界に特有な(※心的エネルギーが)強い望みなのだということを忘れるわけにはいかない。だから、大人でも昼間に叶えられなかった望みだけで夢を創造できるかとなると、それは疑わしい。知的な活動によって衝動をコントロールできるようになるにつれて、我々は、子供のように激しく望みを抱いたり持ち続けたりするのは詮無きこととして、放棄するようになるのではないだろうか。もちろん、そこには個人差があるだろう。ある人は他の人よりも長く小児型の心的過程を持ったままでいるとか。個人差と言えば、子供の時にはっきりしていた視覚的なイメージは年齢と共に衰えるものであるが、その衰え方にも人による違いがある。しかし、個人差があるとは言え、大人が昼間叶わなかった望みだけで夢を見るのは難しいと思う。こうした前意識的な心から生じた望み刺激は、夢を引き起こす助けにはなるが、多分それだけのことだ。夢は、どこか別のところから（※エネルギーを）強化されないと、生じないと思われる。

その「どこか別のところ」というのは無意識である。私の見るところ、大人の場合、前意識的な望みが夢の引き金になるのは、それが同じような内容の無意識的な望みを呼び起こし、それによって強化される場合である。神経症の精神分析から得られたヒントに従うと、そういう無意識の望みは久しく生き続けていて、用意万端、機会があればいつでも表に出てこようとしている。意識方向からの（※前意識を経由しての）刺激があると、それと連合して、自らの大きな強度を、強度の小さな前意識的な望みに転移する（※übertragen《イューバトゥラーグン》　ここでは、殆ど後出の「備給」すなわち心的エネルギーの供給の意味で使われている）のである。

結果としては、あたかも前意識的な望みが自力で夢の中に表現されたかに見える。しかしながら、（※夢分析に際して）この種の夢には何か目を引くところがあって、それを道しるべに（※潜在的な思考を）調べてみると、無意識の領域から強力な助力が得られていたと分かるのである。そのような絶え間なく働き続けている無意識的な望み、ということで思い起すのは、伝説の巨神族ティーターン（※チタン、タイタンとも）たちである。彼らは、勝ち誇る神々によって、大きな山塊を肩に載せられている。そして彼らが時折手足を振るわせると地震が起きるのである（※ギリシア神話では、ティーターンたちは奈落タルタロスに幽閉されている。例によってフロイトは原典よりも子供時代からの自分の理解を優先して、それを下敷きに、無意識の望みを巨人たちの震えに、前意識の望みを地表の地震に準えている）。ちなみに、抑圧（※ここでは、無意識に押し留めること。心的な過程に基づく定義は本章E）された望み自体は、神経症の心理学的研究から、小児期に由来すると分かっている。

というわけで、やはり、夢の願いはどんな由来でも構わないというわけにはいかなくて、小児期由来の望みでなくてはならない。大人の場合は、それは無意識システムの中にある。（※従って、この小節の結論は、大人では、その小児期由来の願いが、自らの強度を昼間に叶えられなかった前意識の願いに転移して、夢の中に表現する、ということになる）。子供の場合は、無意識と前意識の間の検閲がまだ形成途上なので、覚醒時に満たされなかった望みが〝抑圧〟を蒙らないまま（※前意識に）残っていて、夢の望みとなる。

（※「無意識と前意識の間の検閲」と言っても、二つのシステムの間に検閲の装置があるというようなことではない。むしろ、二つのシステムの作動の違いによって、検閲の効果が生じるということ。本章Fでシステム間の〝検閲〟は、「光が別の媒体に進む際の屈折に相当する」と説明される。各媒体つまりシステムが成長・完成するに従って、お互いの差、すなわち〝屈折〟の程度が大きくなる。逆に子供の場合、システムが出来上がっていないだけに〝検閲〟も「まだ形成途上」ということになる）

私は、この考え方を全ての場合に正しいと言うことはできないが、色々な症例で確認できるし、思いがけない箇所で遭遇することもあり、一般論として否定することは出来ないと言っておきたい。

ここで実例を見ておこう。例の『バセドー氏病の目をしたオトーの夢』（第5章D）である。

〈友人オトーの具合が悪そうだ。土色の顔をして、目が飛び出ている〉

その日、私は実際にオトーの疲れ切った様子を見て心配になっていた。彼のこととなるといつもそうなのだが、その心配で胸が一杯だった。多分、それが眠ってもまだついて回っていて、その不調の原因を知らずにはいられなかったのだろう。それが夢に表現された。しかし、夢自体は、心配だということ以外は、無意味なもので、何かの望みを叶えようとしている様子はない。それでも、昼間の心配事が夢で過剰に表現されているのは何故かと思って分析してみると、彼とL男爵、私とR教授というふたつの同一視があることが分かったのである。私が昼間の考えを夢に表現するに当って、そういう同一視をせざるを得なかった理由は、ひとつしかない。無意識システムのレベルで、私は自分をR教授と一緒にする準備ができていたに違いないのである。というのも、その同一視によって、子供に有り勝ちな〝偉い人になりたい〟という誇大妄想的な願いが叶うからである。

オトーとL男爵の同一視のほうは、オトーも男爵と同様に、いざというときには当てにならないだろう、と言おうとしている。当人がこんな病気に罹っていたのでは、私に万が一のことがあっても、うちの子たちの面倒を見てくれるはずがない。こういう身勝手な考えは、昼間なら叱責ものだが、機会を見て夢に滑り込んだのだった。

嫌な夢も願いを叶えている——〝感情の禁圧〟の仕組み

ここで角度を変えて、潜在的な思考に、望みと併存して、根拠のある心配（※漠然とした不安ではなく）、辛い反省、悲痛な思いなどがあるとき、顕在的な内容はどうなるのかを考えてみよう。大まかに言ってふたつの場合がある。

A　夢の（※前意識システムによる）仕事が、苦痛な材料を反対物による代理（※Ersatz《エァザッツ》　精神分析用語。無意識的な内容を別のもので表現すること）で、不快な〝感情を禁圧する〟場合。（※禁圧Unterdrückung《オンタドゥリュクンク》は、これまで、時に「押え付けること」という日常語の範囲内で使われ、また抑圧Verdrängungと区別せずに使われることもあったが、概ね不都合な考えや感情の「否認」の意味で用いられてきた。ここでは狭義の〝感情の禁圧〟として右のように代理の概念で説明している。ちなみに、〝思考の禁圧〟については、本章Eで「禁圧つまり否認された思考は備給エネルギーを回収されたもの」と説明される。また〝無意識システムの禁圧〟ということが言われ、本章Dで、「その目的は不快な情動の放出を防ぐこと」にあるとされてそのための仕組みが説明されるが、従来の「否認」からは少し離れている）

不快な感情の禁圧が起きると、純粋に満足のゆく（※材料で〝代理〟された）夢が誕生し、また元々の望みは当然叶えられるから、明らかにそれ以上の議論の余地はない。

B　当惑するような材料が、充分に変更され切らないで、顕在的な内容に出てくる場合。これは夢が願いを叶えるという我々の理論に疑いを生じさせるような出来事であって、検討を要する。この種の夢を見れば誰しも困惑するわけだが、そこにも程度があって、大したことがないということで済むのか、不快だが仕方ないと思えるものなのか、あるいは不安で覚醒してしまう程なのか、様々である。

分析してみて分かるのは、嫌な材料が出てくる夢もまた、他の夢同様に、願いを叶えているということである。夢見る人の「わたし」（※自我）にとっては、そんな願いが叶うことなど厄介以外の何物でもないだろうが、その望みも、それまで抑圧され（※無意識に留め置かれ）て存在していた望みには違いないのである。それが、（※前意識に）居続ける昼間の厄介事の名残を備給（※もともとフロイトがこの語で考えていたのは神経細胞系に供給される〝エネルギー〟のことだったが、本章で心的システムが構想されたのに伴い、このシステム内で配分されるエネルギー〝供給〟のことになった。大まかに言えば「活性化すること」）して支え、それを媒介に夢の中に入るのである（※前節の結論）。

Aの場合には、無意識的な望みが（※反対物に代理されて）意識的な（※「わたし」の）望みと一致するからいいようなものの、Bの場合には、無意識と意識（〝抑圧〟されていたものと「わたし」）の間の溝が露呈して、精霊が夫婦に与えた三つの願いの約束と同じ状況を作り出す。

（第五版1919年の原注：良い精霊が貧しい男とその妻に、三つの願いを叶えてやろうと約束する。ふたりは大いに喜んで、注意深く三つの願いを選ぶことにする。しかし、女は隣から匂ってくるソーセージを焼く匂いに気を取られて、つい、少しソーセージが欲しいなと思ってしまう。と、たちどころにソーセージが現われ、第一の願いが叶えられてしまう。男は怒って、腹立ちまぎれに、こんなソーセージ、お前の鼻先にでもぶら下げておけ、と言う。するとその通りになって、ソーセージは女の鼻にくっついて離れなくなる。第二の願いが叶ったのだが、それは夫の願い。それが叶っても、妻には何も嬉しいことはない。その後の展開はご想像の通り。夫も妻も基本はひとつだから、三番目の願いは、ソーセージに女の鼻から離れてもらうことしかない。つまり、ふたりの意見が一致していないと、ひとりの望みが叶うことが、別のひとりの不愉

快に繋がる可能性がある、ということである）
場合によっては、〝抑圧〟されていた望みが叶って充分な満足感（※快は興奮の減少。本節後述）が得られ、昼間の名残に伴う苦痛な感情（※不快は興奮の蓄積）と釣り合いがとれることがある。すると、夢の気分の調子は、一方では望みの成就、他方では不快の継続となり、（※興奮量が平均され）全体として無関心・中立的になる。また場合によっては、眠っている時の「わたし」（※この場合の「わたし」は次項「処罰される夢」の処罰を望む「わたし」と同じ前意識システムの「わたし」）が夢形成に充分関与していて、抑圧されていた望みが叶ったことに激しく反応し、不安を募らせて夢見そのものを中断させる。いずれにせよ、嫌悪夢や不安夢も、ある種の望みが叶えられていることになる。

処罰される夢――「わたし」の望み

「処罰される夢」も不快な夢のひとつである。しかし、このタイプの夢には理論上、新しいことがある。この種の夢で叶えられるのは、許せない衝動を持っているが故に、夢を見ている自分を処罰したいという望みである。この望みも、他の夢の場合と同様に無意識的な望みで、これまで述べてきた条件、つまり夢の形成は無意識的な望みから駆動力を供給されるという条件に合致している。しかし、詳しく分析をしてみると、他の不快な夢との違いが明らかになる。先のB群では、夢を形成しようとする望みは、無意識的な「抑圧されたもの」に属していた。しかるに処罰の夢では、その望みは同様に（※広い意味では）無意識的ではあっても、（※無意識システムに在る）

抑圧されたものではなく、処罰を望む「わたし」(※前意識システム)に属するものだとしなくてはならない。言い換えると、処罰の夢が示しているのは、「わたし」が思いの外深く夢の形成に加わっている可能性である。実際、夢形成の機構全体を、「意識」と「無意識」の対立関係に代えて、「わたし」と「抑圧されたもの」の対立で考えた方が、ずっとすっきりしたものになる。しかし、それには神経症で起きている過程(※「わたし」Ich〈自我〉と「それ」Es〈イド〉の相互関係)を考慮に入れなくてはならず、それ故に本書の範囲を超えてしまう。

ここで、処罰の夢の場合、昼間の名残は苦痛とは限らないと指摘しておく。むしろ昼間の名残の考えは満足な性質のものだが、その満足が許せない、そういうときに処罰の夢は出現する。そして、名残がたとえ苦痛な性質のものであっても、それはA群と同様に、真反対の満足という形で顕在的な夢に反映されている(※ためにこれまた処罰を呼び起こす)。

というわけで、処罰夢の本質は、夢を作り出しているのが、無意識システム中の「抑圧されたもの」から生じた願いではなくて、それに対抗し処罰したいという前意識システム(※無意識ながらいつでも意識に上りうる)の「わたし」に属する望みだという点にある。(1930年の原注:ここからは精神分析に於ける「上のわたし」〈Über-Ich〉超自我の話になる。※1933年の『新・精神分析入門講義』には、処罰の夢は「上のわたし」の望みを叶えるものであること、〝ちょっと操作すると〟処罰の夢が取って代る前の、元々の「望みの夢」を復元できる旨が書かれている)

夢は昼間の苦痛な考えの名残を如何に処理するか

さて次に、昼間の厄介事の名残があるときに、夢の仕事がそれを如何に処理するかを、私自身の夢の例で見ておこう。

息子の士官団から送金があった夢

〈不明瞭な出だし。わたしが妻に、特別なニュースがあると話すと、彼女は驚いて聞きたくないと言う。私は、いやいや、反対に君がとても喜ぶような話だと約束して、息子の所属する士官団からかなりの金（5000クローネ位?）が送られてきたと話し始める（※1オーストリア・クローネは0・42グラムの金含有。1892年に導入）。何かの顕彰か……分配か……。私は説明しながら、妻と一緒に小部屋、食料貯蔵室へ何かを取りに行く。突然、息子が姿を現わす。制服姿ではなく、ぴったりしたスポーツ服（アザラシみたいな?）と小さな帽子を被っている。彼は食器棚の上に何かを載せるつもりなのか、横に置いてある籠によじ上る。私が声をかけても、返事はない。私には、彼が顔か額に包帯を巻き、口の中に何かを押し込もうとしているように見える。彼の髪は灰色を帯びている。私は、「とても疲れているのだろうか。入れ歯にしたのだろうか」と考える。もう一度大きな声で彼に呼びかけようとして、目が覚めた。怖くもないのに心臓が高鳴っている。ベッド際の時計を見ると、2時半だった〉

とりあえず、幾つかの顕著な点を分析しておこう。夢のきっかけは、昼間のいやな想像だった。

前線で戦っている息子（※長男マーティン）からすでに一週間以上便りがない。それで、息子が負傷したか戦死したのではないかという心配をしたが、それが夢に表現されている。夢の始まり部分で、苦痛な思いをその反対物と取り替えようという努力（※A群の反対物による代理）が見て取れる。〈反対に君がとても喜ぶような話だ〉……送金、顕彰、分配。金額は医業の方のある良い出来事に由来しているから、これも注意を逸らそうという試みだ。しかし、努力は端から上手くいかない。息子の母親は、何か恐ろしいことを予想して、私の話を〈聞きたくないと言う〉。そもそも偽装が余りにも貧弱で、抑え込まれなくてはならないものが、至る所から漏れ出している。もし息子が倒れたら、戦友たちが所持品を送り返してくれる。それを私は彼の姉や弟たちに〈分配〉する。〈顕彰〉は、「英雄の死」を遂げた士官に贈られるものだ。言い換えれば、私の夢は否定するはずのことを直截に言いかけている。それにしても、ともかく歪曲が生じているからには、なんらかの望みを叶えようとしたわけで、さて、どんな望みが、この夢に駆動力を与えたものだか。正直、分からない。

ただし、息子は（※戦場に）倒れる者ではなく〈よじ上る〉者として描かれている。彼は登山家である。軍服ではなく運動服を着ている。ということは、今我々が恐れている惨事の代わりに、以前の、スキー・ツアーで太ももを骨折したとき（※1911年）の話になっているわけだ。しかし、アザラシの着ぐるみは、直ちに、もっと若い人物、うちのおかしな小さい孫を思い出させる。そして、灰色の髪と言えば、この子の父親、我々の義理の息子。彼は戦争で酷い目にあった。孫や婿がここに出てくるのはどういう意味なのだろう。しかし、この件は今はいいか。

食料貯蔵室。食器棚。そこで彼は何かを手にしようと（夢では〈何かを載せようと〉）しているが、この光景で思い出すのは、私が二歳くらいのときのことだ。私は食料貯蔵室で椅子の上に〈よじ上って〉、食器棚かテーブルの上にあった何かいいものを取ろうとしたのだが、椅子がひっくり返って、私はその角であごを打ち、歯を全部なくすところだった。この話を思い出していると、「当然の報いだ」という考えが浮かぶ。それは我らが勇ましい兵士（※1914年に戦争が始まった時、マーティンはザルツブルクの司法官補に任官したばかりだったのに、直ちに、以前のスキー事故で除隊を余儀なくされた砲兵連隊に再志願した）に向けられた悪意のようで……あ、これで、息子が恐ろしい事態に陥るという夢の背後にある望みが何だったのか、同定できた。それは万が一の時の苦痛を少しでも和らげたいという望みである。老人としてはもう無縁になったつもりで抑圧していた若い者の冒険心に対する妬みを持ち出してきて強がっているのである。

資本家の比喩と代理——〝転移〟の仕組み

夢が作られるための〝刺激〟は、専ら昼間の生活から持ち越した厄介事に由来している。私が思うに、自分もR教授のように員外教授になりたいという（※無意識的な）望みだけなら、私は『バセドー氏病の目をしたオトーの夢』を見ることもなく安らかに眠っていたことだろう。しかし、あいにく昼間に感じたオトーの健康についての（※前意識的な）心配がまだ活発なまま残っていて、そこに（※無意識的な）望みからの〝駆動力〟が供給されたのである。

これを比喩で考えてみる。昼間の名残は夢生産のための企業家だとしよう。企業家とは、アイデアがあってそれを行動に移す人であるが、資本がなければ何も出来ない。彼は資本家に費用を賄ってもらわなくてはならないが、夢を作るために必要なその心的費用（※駆動力）を拠出する資本家が他ならぬ、無意識に属する望みなのである。

資本家が自ら企業家になることもある。いや夢の場合は、これが一番普通かもしれない。日中何かしている時に無意識な望みが掻き立てられると、すぐさま夢（※の素になる潜在的思考）が作られ始める。

この比喩を使うと、他の色々な場合のことが検討できる。例えば、企業家自身が少しだけ資本金を拠出する場合。数多くの企業家がひとりの資本家に出資を依頼する場合。逆に、多くの資本家が共同でひとりの企業家の要請に応えることもあって、幾つかの願望で夢が形作られるのである。他にもまだ、いろいろな場合が考えられるが、これくらいで充分だろう。

ちなみに、今の比喩の第三点（tertium comparationis　※詩学で用いられるラテン語。比喩するものAと比喩されるものBの共通点Cのこと）は、自由に入手できる量（※資本金、駆動力）だということである。この点の応用を広げると、次の如く、夢の構造をもう少し詳しく明らかにすることが出来る。

前に述べたように（第6章B）大抵の夢には、知覚的に明瞭な中心がある。この中心は、ふつう、望みが叶ったことを表現している部分で、もし我々が夢の仕事の行った置き換え（※アクセントが他に移ること）を元に戻して（※顕在的な内容を、置き換えの起きる前の潜在的な思考と比較して）みると、潜在的な思考の諸要素の心的な強度が顕在的な内容の諸要素の知覚的な強度によって代理されて（※〝心的エネルギーの強さ〟が〝知覚的明瞭さ〟で表現されて）いると分かる。また、夢の中心の周りには望みとは直接関係がない考え、あるいは反対に苦痛な考えから派生した（※

と分析によって分かる）要素があったりするが、それらは、夢を作る上で中心となる要素とたまたま関係づけられたために、夢の中に表現されるだけの強度を得たのだと考えられるのである。言い換えると、「望みが叶った」ことを表現しようとする力（※駆動力、エネルギー）は周囲に及び、その範囲の中では、それ自体意味のない要素までもが、表現されるだけの力を得るのである。複数の望みによって駆動されてできた夢の場合、それぞれの望み成就の範囲を区切るのは簡単で、（※潜在的思考に）隙間があれば、そこが境界域だと理解できる。

夢の謎を解く鍵は〝転移〟

このように説明してくると昼間の名残の重要性は限定的（※決定的なのは資本金、エネルギー）だという感じがするかも知れないが、名残が夢形成に不可欠であることに変わりはない。驚くことにどんな夢にも、直近の昼間の（しばしば、まるで重要でない）出来事の断片が登場するのである。このことを以前（第5章A）は充分に説明できなかったが、今は、（※共通する心的システムのモデルがあるので）神経症の場合を参考に出来る。

神経症では、無意識的な考えやイメージは、それ自体では前意識に入ることができない。それらは、前意識に属す無害な考えやイメージ（※重要でない出来事の印象など）との繋がりを得て初めて前意識に入ることができる。言い換えると、自らの強度（※エネルギー）を供給した「無害な前意識的な考えやイメージを隠れ蓑にして（※検閲を通り抜けて）前意識に入ることが出来る」。これが転移 Übertragung《イューバトゥラーグンク》 の現象で、この概念によって神経症者の心的な出来事の多くが説明できるのである（※フロイトは、第6章Bで夢の要素間の〝心的エネルギーの移動〟を〝転移〟と呼ぶかたわら、第5章Aのごとく、治療関係の中で無意識な幼児的欲望が現実の相手の上にイメージ的に再体験される現象をも〝転移〟と呼んでいたが、今ここで、それらふたつの〝転移〟を心的システムの中で統一的に捉え直した）。前意識にあった考えやイメージは、こうして分不相応に大きな強度を転移によって得る。そうなっても形を変えないこともあるし、転移を起した元の（無意識的な）考えやイメージの内容に従った変化を蒙ることもある。

同様に夢に於いても、〝抑圧〟されている考えやイメージが前意識に入るためには〝転移〟を必要とすると仮定すると、ひとつの謎がたちどころに解明される。夢を分析したときに〝最近の出来事〟の印象を織り込んでいる証拠が見つかり、また、その最近の印象が往々にして〝実に詰まらない類い〟のものだと分かる（※第5章A）が、その説明がつくのである。こういう最近の無意味な事柄が潜在的な思考の最古の要素を代理して夢の中に入り込むのは、〝詰まらない〟要素ほど抵抗・検閲を恐れずに済むからだろうと見当がつくものの、なぜいつも〝最近の事柄〟なのかというところまでは分からない。ところが、〝転移〟を考えに入れると、詰まらないことと最近のことというのは、どちらも〝抑圧されたもの〟が求める、他への連想的繋がりがない（※それ故に検閲に注目されない）材料という条件に合致していると分かる。〝詰まらないもの〟は広範な意味の広がりがないから詰まらないわけだし、〝最近のこと〟はまだ他と意味上の繋がりを作る暇がないほど最近なわけである。

昼間の名残について、もう一言。疑いもなく、（※苦痛な夢で）睡眠を妨害しようとするのは、夢そのものではなくて、昼間の厄介事の名残である。夢はむしろ睡眠を守ろうとする。この点については、後に再び論じる（※夢見が安全バルブとして前意識に睡眠を保障することは、本章D、四〇九頁。昼間の名残が睡眠を妨害しようとする件は、見当たらない)。

無意識のシステム上の働き

なぜ無意識は、睡眠中に望みを叶える駆動力を提供する以外に、何の働きもしないのか。この疑問を心的システムの問題として考えてみると、望みの性質にまた新しい光が当たるだろう。

赤ん坊はおなかが空くと、情けなく泣いて手足をバタバタさせる。しかし、事態は変わらない。一般に、内的な必要から生じた神経興奮(※これの蓄積が不快)は、突発的な力(※手足のバタバタ)ではなく、持続的な力にしか反応しないものである。つまり、変化が起きるのは、何かによって(赤ん坊の場合には、誰かがミルクをくれて)内的な刺激が除去され(※興奮が収まって)、「満足(※快)を経験」したときだけなのである。その「経験」の重要な部分は、特定の知覚(今の例では、ミルクをもらったという感覚)であり、その(※満足して興奮が収ったという)知覚の記憶が今後は、欲求「Bedürfnis《ベデゥルフニス》」から生じた興奮の記憶痕跡(※空腹感の記憶)と結びついたものになる。こうして成立した結びつきがあるために、再び欲求(※空腹)が生じて心的な興奮(※空腹感)が起きると、その心的興奮がまた、かつての(※ミルクをもらって満足したときの)知覚記憶を備給(※活性化)して知覚自体を励起させる。そうして以前の満足したときの状況を再現しようとするのである。かようにして心的興奮を収めようとすることを我々は望み「Wunsch《ヴォンシュ》」と呼ぶのである(※とフロイトは、ここで欲求と望みをその相互関連のもとに定義する)。そして知覚(※ミルクをもらった感覚)が再現されるのがその望みが叶うということになる。

今、システムの原始的な状態というものを考えてみて（※と、フロイトはシステムにヘッケルの「個体発生は系統発生を繰り返す」の視点を導入する）、欲求による心的興奮が生じたら、その欲求が直接満たされなくても、興奮だけはとりあえず収めることができるものとする。それは、真直ぐに知覚の完全備給に到る最短路を辿ればいいだけだが、当然、その望みは幻覚に終る（※「おなかが空いた」だけで、いきなり「ミルクをもらった実感」に到るから）。かような最短路の心的活動にどんな利点があるかと言うと、それは興奮解消と共に「知覚同一性」を得ること、つまり、幻想ながら以前と同一の知覚（※前にミルクをもらったときと同じ感じ）が再現されることである。

こういう原始的な思考活動は、過酷な生活経験を重ねる内に、（※現実に欲求を満足させるという）目的に叶う（※経路を増やして）高次な思考活動に複雑化したと思われる。そうして（※進化の結果）今やシステム内部の短絡路（※ショートカット）でしかなくなったこの原初以来の経路に沿って、もし神経興奮が退行的（※運動側ではなく、知覚側に向かって）に進んで「知覚同一性」（※かつて満足したときの記憶の再生）だけが達成されることがあると、それは、外部から知覚（※ミルクを味わうなど）が備給されて本当の「満足」に到るものとはまるで別のことになる。この場合には、満足して欲求が収まるということはないから、内的備給（※短絡路へのエネルギー供給）が維持され続けなくてはならない（※ここでフロイトは、後のフィードバック・コントロールと同じ仕組みを考えている。すなわち、正常なシステムであれば満足つまり興奮の収束が、欲求を抑える調節信号を出すところであるが、ショートカットを使う場合には、「知覚同一性」ばかりで満足が得られないからフィードバックがきかず、ひたすらエネルギーを消耗する他はない、ということ）。そして、これが精神病の幻覚や空腹時の空想で実際に起きていることで、（※欲求が収まらぬまま）望む対象に執着し続け、その結果、心的な活動を消耗してしまう。
もっと有効に心的エネルギーを使うためには、神経興奮が退行する際に記憶イメージを越えて進むことがないように（※過去の記憶は過去のものと）して、代わりに別の現実的な道を見出して、最終的には外界から見て妥当な「知覚同一性、満足の経験」に到達できるようにしなくてはならない（1919年の原注：言い換えると、「現実検討」が必要だということ。すなわち物事が現実であるか否か検討すること。※これが外界経由のフィードバックになる）。退行を途中で止め、神経興奮を（※現実的行動へ）方向転換させるのは、随意運動を支配する前意識システムの役割である。つまり、前意識システムは、過去の記憶を参考にして、運動を現実的満足という目的のために使うのである。

すべての複雑な知的活動は、記憶されたイメージから展開して外界による「知覚同一性」の達成に到るわけだが、「満足の経験」というだけでは、「回り道」をしているにすぎない（※行動による現実的満足ではない）とも言いうる。思考とは畢竟、幻覚的な願い事の代用（※頭の中だけのこと）にすぎない。その意味で、夢が望みを叶えるというのは当たり前のことだった、と分かる。望み（※心的興奮を収めようとすること）以外に心のシステムを動かすものはないからである。ただ、夢の場合は（※一種の幻覚であるから）短い退行路によって望みを叶える。いわば、とっくに放棄された原始的な道具の使い道を見せてくれているようなものである。心的な活動が幼く、それ故に能力の足りなかったときに覚醒時の状態を支配していたものが、今や、夜の心的活動に追いやられているのだ。それは、大人がとうに放棄した弓や矢などの原始的な武器が、子供の寝室で見出されるのと同じことだ。「夢見ることは、今は昔のことになってしまった幼児期の心的活動の一片である」。このシステムは、普通、覚醒時には禁圧（※ここは一般的な「否認」の意味）されている。しかし、精神病では、力強く再発動し、その結果、外界で我々の欲求が実現できないことが露わになるばかりとなる（１９１４年の原注：私は、この議論を発展させて、快感原則・現実原則の考えに至った）。

願望衝動はあきらかに昼間も表に出てこようとしている。転移（※ここでは、無意識の願望を特定の人物に向けて、それが現実的なことだと思うこと）や精神病症状から分かるように、願望の衝動は、無意識から前意識のシステムを通って、意識に進入して運動を支配しようとする。これを押しとどめているのが無意識システムと前意識システムの間に働く検閲（※以下、レトリカルな表現がなされるが、三八四頁注参照）だから、我々としては、我々の知的健康を守ってくれるこの城門の衛兵（※第2章三二頁のシラーの手紙を参照）に敬意を表さなくてはならない。しかし、もし、この衛兵が夜に活動を縮小して衝動が表出するのを見逃してしまい、そのせいで（※夢という）幻覚的な退行が再度可能になる、という場合には衛兵の怠慢を挙げるべきだろうか。私はそうは思わない。この利発な衛兵は、休息に退いても、深く眠り込むことはないし、ちゃんと運動系への門を閉じておくのだ（※睡眠中に運動神経回路が遮断されていること）。無意識システムからどんな衝動がやってきて（※前意識の）舞台の上を跳ね回っても、心配は無用。そういう衝動は、外界に影響を及ぼす唯一のものである運動系を始動することができないので、無害なのである（※夢を見ているときに、どんなに脳が活動しても、勝手に体動して怪我をしたりすることがない）。睡眠中、城の安全は保障されている。害が生じるのは、前意識が十分に備給（※活性化）されていて、まだ運動系への門が開いているのに、検閲の力が病的に減弱していたり無意識の興奮が病的に強まっていたりする場合である。こうなると衛兵は多勢に無勢。無意識の衝動が前意識システムを征服し、我々の言葉や動作を支配する。あるいは、無理矢理に原始的短絡路を退行して幻覚を生み、（※その幻覚によって）知覚の持っているエネルギー配分作用（※本来、感覚器に基づく正常な知覚は、入力した感覚興奮が広がって行く先の経路に「注意の備給」を振り向ける。本章Eで説明）を利用して、勝手に心的装置の舵取りを行うようになる。この状態が精神病である。

無意識の望み、前意識の望み

我々は、今ようやく、二つのシステム、無意識と前意識を導入したところ（本章B）で終っていた心的装置の議論を拡げるのに都合が良い地点に到達した。しかし、その前に、心的な力としての望みの評価に今少し時間を割かなくてはならない。

夢は望みを叶えるものである。しかし、夢以外に、たとえ病的にでも、望みを叶える様式はないのか。無意識システムが存在するとして、夢がその望みを叶える唯一のものだとは考えられないではないか。実は、あらゆる神経症症状に関して、「症状もまた無意識の願望を充足するものとして理解されなくてはならない」のである。だから精神科医が夢を理解するとは、精神医学の心理的課題を解くこととほぼ同じなのである（１９１４年の原注：正確に言うと、症状の一部は無意識的な願望充足の産物であり、他の一部はそれに対する反動形成の結果である。※反動形成Reaktionsbildung《レアクツィオンスビルドゥンク》　精神分析用語。抑圧された願望Wunsch《ヴォンシュ》や欲望Begierde《ベギーアダ》, Lust《ロストゥ》に対する反作用のこと）。

ヒステリー症状を例に

例えばヒステリー症状のようなタイプの願望充足には、夢には見られないひとつの重要な性質があることが分かっている。これまでたびたび説明してきたように、ヒステリー症状が形成されるためには、無意識システムと前意識システムの流れが合流しなくてはならない。症状はある無意識的な望みが現実に表現されただけのものではない。そこにはその症状で叶えられる前意識的な望みも関わっている。言い換えると、ひとつの症状は、お互いが葛藤関係にあるこの二つのシステムによって、二重に規定されているのである。そして、その規定のされ方には、夢の場合と同様（※そして神聖ローマ帝国の二つの最高〝審級〟Instanz《インスタンツ》による判決の如く）、制約はない。たとえば、自罰の気持ちの如く（※先に挙げた「処罰される夢」と同様に）、無意識システムの望みに対する〝反動〟としての前意識システムの思考も関与しうる。ともあれ、一般的なこととして言えるのは、「ヒステリー症状は、二つの相互に対立する願望が、別々の心的なシステムに由来するものの、一緒になってひとつの表現形をとるときに生じる」ということである（原注：『ヒステリー空想とその両性具有性との関連』１９０８年、参照）。

症例を挙げるのは、本当は込み入った関係を完全に解明してからすべきことであるが、とりあえず起こっている事態をありありと知って頂くために、例を示しておこう。

ある女性患者はヒステリー性の嘔吐をしていたが、そこには思春期からの無意識的な空想的願望を満たすための一面（※偽りの〝つわり〟）があることが分かった。その願望とは、〝絶えず妊娠して、無数の子供を産みたい〟というもので、後になると、〝可能な限り多くの男によって〟と拡大した。当然ながら、この酷い願望に対して、強力な防衛（※Abwehr《アブヴェーア》「防衛」精神分析用語。「わたし」には受け入れられない刺激を消滅させようとすること）による心的活動（※自罰の気持ち）が生じたが、現実に嘔吐のせいで豊満さも美貌も失い、最早男たちから好まれなくなって、すっかり、この考えに沿う結果になった。嘔吐が症状として存在しえたのは、このように、無意識システム（※妊娠の望み）と前意識システム（※自罰の気持ち）の両方に支えられていたからである。

パルティアの女王がローマの三頭執政官のひとりクラッススの望みを叶えてやったのも、これと同じやり方だった。女王は彼が黄金を求めて侵攻してきたと信じ、彼を殺害した後にその遺骸の喉に溶かした金を流し込ませて、「さあ、これがお前の望んでいたものだ」と言ったのだった（※女王は、クラッススの欲望と自罰が二つながら叶う手助けをしてやったということ。クラッススは〝貪欲〟な蓄財で知られた共和制ローマ末期の大富豪政治家。シリア属州総督として統帥権を得てパルティアに遠征し、会戦で敗北を喫した後、軍団兵士の要求に従って敵の〝罠と知りながら〟和平交渉に出向き、殺害された。フロイトはこの死に至る最後の行動を自罰と見ている）。

夢はというと

ヒステリーについては以上の通りであるが、さて夢は、となると、ここまでのところ、それが無意識的な望みを叶えるというところまでしか論じていない。前意識システムの方は、夢の望みを多少歪曲するだけで、後は放免してやるようだ。実際、無意識の望みとは別の（※前意識による）まとまった望み・思考が夢に出てくることはない。私たちが出合うのは専ら反動形成ばかりである。例えば『ブロンド髭の叔父の夢』に出てくる友人Rに対する親愛の情であるとか（※先に挙げられた「処罰される夢」を、例外的な前意識の夢と考えるのか、あるいは反動形成の一種類と考えるのかという点についての言及はない）。

しかし、別のところで、前意識の働きを見出すことがある。そこでは、システムの主要部分が「眠り続けたい」という（※前意識の）願いを最優先し、可能な限りの備給（※心的エネルギーの供給）によってその願いを睡眠中ずっと叶え続けようとしている。そのおかげで、夢は歪曲を受けながらも夢自身の（※無意識システム由来の）願いを叶えることができるのである。

前意識による「眠り続けたい」という望みは、確かに、夢の形成自体を容易にする。遺体の安置されている部屋からの光で、父親が遺体に火がついたのではないかと推論したあの夢（本章冒頭）のことを、もう一度考えてみよう。我々が見出したのは、少しでも長く息子の姿を見ていたいという願いが心的な力（※夢形成の駆動力）を発揮して、夢の中での息子との会話を生み、父親のこの推論を導いたということだった。この夢は我々が直接（※本人に会って）解釈できるものではないので、他に抑圧から生じている望みがあっても、我々にはそれを捉えることはできない。しかし、夢の第二の駆動力として、父親の睡眠欲求を挙げることは許されるだろう。夢で子供の命が少し延びたのと同様に、父親の睡眠もまた実際に少し延びたのである。「夢を見続けたい」というのが彼の動機だった。「さもなければ、私は目覚めなくてはならない」。

この夢と同様に、あらゆる夢で〝眠っていたいという望み〟は〝無意識の（本来の、夢が叶えようとしている）望み〟を支えているのである。第3章で〝眠り続けるための夢〟（病院にもう着いているという若い医者の夢）について述べた。実際のところは全ての夢がそう呼ばれて然るべきなのだが、このまま眠っていたいという望みがもっともよく分かるのはこの種の〝もう目覚めているという夢〟である。そこでは外界からの感覚刺激（※下宿のおばさんの声）は夢の中に織り込まれ、睡眠が持続されることと整合性があるように処理される。しかし、内部の目覚まし時計さながらに本人を揺り動かして〝目覚めさせようとする夢〟でも事態は同じだと思われる。夢のせいで目が覚めそうになると、前意識が意識に対して「構うものか、眠り続けなさい、たかが夢なんだから」と言う（※第6章G）が、これは、我々の支配的な心的活動が夢見に対してとる態度の一般的な表現である。つまり、（※前意識によって）「我々は眠っている間中、眠っていると承知しているが、同様に、夢を見ていると承知している」ということである。

D　夢による覚醒——〝不安〟の心的過程

（※前節末では「眠り続けなさい。たかが夢なんだから」と言うのが、前意識が夢見に対してとる態度の一般的な表現である、とされたが、他方、前意識に働きかけつつ目を覚まさせてしまう夢がある。それがどういうものであるのか、この節で理論的に検討されるが、その準備として先ず〝意識〟が論じられる）

意識と夢の関係

意識は、かつて、全能で他のものは問題にならないと思われていた（※例えばドイツ哲学では〝表象〟とは専ら「意識的に思い描かれるもの」だった）わけだが、我々の議論の枠組み（※無意識中の思考やイメージを想定し、「無意識の表象」ということを言う。本章A参照）ではどんな役割を果たすことになるだろうか。単に、心的知覚の感覚器官、というだけである。我々は、感覚器官としての〝意識〟が心的知覚することを〝意識システム〟の機能と捉える。心的装置は、それに外接する〝知覚システム〟の感覚器官（※目、耳、鼻、皮膚など）を通して外界に向けられているが、意識システムは〝意識という感覚器官〟によって心的装置そのものに向いている（※心的装置の働きをモニターしている）。

ここにも、心的装置の時と同様に、システムの階層性が認められるわけで、興奮は、〝知覚システム〟を経由して外界からと、心的装置の内部（※無意識システム・前意識システム）からと、二方向から〝意識システム〟に伝達されるのである。〝知覚システム〟から流入する外的興奮は質的で、新たな改変を経て〝意識〟の受け取る感覚となる（※感覚器への入力情報、視覚・聴覚・嗅覚・触覚・深部感覚などが、幾つかの神経節を経るうちに、加工改変されてから、脳の特定領域で〝意識〟によって知覚される）。それに対して、心的装置内部で（※備給つまりエネルギーの配分によって）量的に処理されている内的興奮は、これも（※前意識での）改変を経て、快－不快という質の系列上に位置づけられた知覚興奮として〝意識〟に感知される。

（※以上ふたつの段落は、本来本章Fの中程にあるものであるが、本節Dの以下の議論も、またFの前半も、この内容を前提にしているのでここに移した）

感覚器である〝意識〟には、知覚システム方向の「感覚的表面」（※表面 Oberfläche《オーバーフルエヒア》 これは現在インターフェイスと呼ばれる概念にほぼ等しい）と、前意識システム方向の「思考的表面」の二つがある。そして、睡眠状態になると、「思考的表面」のほうが興奮に対して鈍くなる（※入力閾値が高くなる）のだと思われる。〝意識〟が、かように夜間の前意識的思考への関心を放棄するのは、前意識が睡眠を求めているので、思考が〝意識〟へ上がってきて睡眠の邪魔をすると困るからである。しかし、夢が感覚的な場合、興奮は（※まだ閾値の低い「感覚的表面」を通って）〝意識〟を励起する。そして、さらには前意識システムの備給エネルギーの一部を割いて、興奮の原因になった事象（※夢）に〝注意〟（※Aufmerksamkeit《アオフメァクザームカイトゥ》 精神分析用語。その仕組みについては本章E）という心的機能を向けさせる。こうして、どんな夢でも、覚醒状態（※意識の励起）を導くことができるし、休止していた前意識システムの一部（※〝注意〟）を再起動することができるのである。ちなみに、夢の文脈的な繋がりの良さと分かり易さを整えるために「二次的加工」（第6章G）を行うのもこの前意識システムの力である。言い換えれば、この力は、夢を他の知覚的な内容（※脳領域で最終的に再合成される視覚細胞などからの情報）と同じように取り扱うのである。

一時的な覚醒をもたらす夢――ローベァトゥの排泄理論

さて、眠っていたいという欲求が前意識にあるにもかかわらず、その前意識（※の〝注意〟機能）に働きかけつつ目を覚まさせる夢とは、理論的にどういうものなのだろうか。夢は至るところで目的に叶った振る舞いをしているので、ここでも、夢に、前意識の眠っていたいという欲求を妨害するほどの力が与えられているのも、何かの都合のせいだろう、と考えざるをえない。恐らく、その答えはエネルギー関係のことで、たとえば、夢にある程度好きにさせていると、無意識を昼同様に夜も管理しておくよりエネルギーの節約になる、といったことかもしれない。

無意識の望みの上手なコントロール法

まず、夢によって〝一時的に〟目を覚まされる場合を考えてみよう。経験から分かるのは、夢見は、何度も眠りを妨げる場合でさえ、睡眠と両立するようになっている、ということである。ふつう一瞬目覚めても、また直ぐに眠りに戻る。その覚醒は、蝿を追い払いつつ眠っている時と同様に、臨時のものなのである。再び眠りに戻るとき、夢による睡眠の邪魔は終っている。また、乳母たちがいつでも起きたり眠ったり出来ることからも分かるように、眠り続けたいという前意識の欲求を叶えることと、ある方向（※「蝿」「乳児」「夢の中味」）へ一瞬の〝注意〟を向けるのにエネルギーを費やすこととは、両立するのである。

しかし、無意識の過程を精密に考えてみると、疑念も生じる。無意識の望みは常に活動している。昼間には、（※抵抗が強いために）それは感じられるほど強くないが、睡眠状態になると（※抵抗が弱まるために）強まって、夢を形成するまでになる。しかし、たとえ一瞬のことであろうと、目が覚めてしまうというのは、夢が前意識に気づかれるや否や、この無意識の望みの力が減衰するということだ。それはなぜなのか。なぜ無意識の望みは、夢を更新し続けないのだろう。たとえそれが、しつこい蝿のように、覚醒をもたらしては睡眠を邪魔し続けるにしても。

今、無意識の望みが常に活動していると言ったが、それは、願望（※心的興奮を収めようとする過程。三九六頁参照）が興奮のエネルギーを伝達する経路であるからである。そして、無意識過程の特徴は壊れないという点にあり、何事も終わりには至らず、何も失われないし忘れられることもない。

このことは、神経症、ことにヒステリーの研究をしていると容易に分かる。興奮が蓄積されて十分な量になると、それは直ちにこの無意識的な経路を利用して、ヒステリー発作の形で発散される。三十年前に経験した屈辱であっても、無意識的な情動（※エネルギー量としての感情）の源泉（※記憶）に繋がってさえいれば、新鮮さを失わない。その記憶に触られると、その度に、屈辱は再生し、興奮のエネルギーを備給されて表に現われ、発作という運動性放散をする。精神療法が介入するのは、まさにこの部分のことで、無意識過程を鎮め、忘却に追いやる。ふつう当たり前とされ、時が解決したと説明されるような記憶・印象の薄れも、実は、大変な心的作業によって行われているのである。そして、その仕事をしているのが前意識であって、「精神療法が行うのは、専ら、無意識システムを前意識システムの管理下におくことである」と言ってよい。

個々の無意識的な興奮過程は、二つの結末のいずれかに到る。ひとつは、（※前意識による介入を受けないまま）放置される場合で、いずれ「運動系への門」（本章C）を突き破って、運動性発作として興奮のはけ口を見出す。もうひとつの場合には、興奮が前意識によって拘束（※Binding《ビンドゥンク》 精神分析用語。エネルギーの自由度を失わせること。ここでは、興奮を留め置いて、自由な流出を抑えるという意味）される。一瞬目が覚める夢で起きるのは（※そして、前頁で疑問とされた「夢が前意識に気づかれるや否や、この無意識の力が減衰する」現象も）後者である。前意識からの備給（※エネルギー供給による活性化）が意識を励起（※覚醒）させると、その意識によって前意識の備給は夢の方へ向けられ（※これは夢だったと気がついて）、直ちに夢の興奮を〝拘束〟し（※抑えて）無力化する（※気持ちが安らぐ）。刺激が外的か内的かという点は別にして、大筋は、一瞬目を覚まして蠅を追い払うのと何も変わらない。

こうして分かってきたのは、なるだけ無意識の望み（※興奮収束過程）に自然な経過を辿らせておくと都合が良いし経済的だということである。無意識の望みが退行する（※知覚の方向に進む）ように経路を開いて夢を作らせ、夢が出来たら前意識に捕捉させて処理する。これは、睡眠の間中無意識を制御しているよりずっと合理的で勝れている。夢見は、無意識の興奮を放散させる安全バルブの役を果たし、一瞬の覚醒に少しのエネルギーを割くだけで前意識に睡眠を保障するのである。かように、夢見は、「無意識システムと前意識システムの折り合いがつく限り」双方の要望に応える〝機能〟を持っている。

ここでローベァトゥの「排泄理論」（※１８８６年）を瞥見すると、夢過程の条件や評価といった点では賛成しかねるものの、夢の生理的な〝機能〟という点に関して彼が正しいと認めざるを得ない（１９１４年の原注：これだけが夢の〝機能〟だろうか？　私はそうだと思う）。

（※ローベァトゥは無意識の放散という生理的な〝機能〟のみを、非エネルギー的に論じているが、フロイトは、夢が望みを叶えることを「本来の目的」とし、夢見の持つ無意識のエネルギーを放散する安全バルブとしての〝機能〟を付属的に扱う。もちろん、フロイトは三九六頁の如く「望み」自体を、「心的興奮を収めようとすること」と述べて、〝機能〟と統一的に理解することを忘れていない。ローベァトゥの見解自体は第１章「夢に関する学術的文献」の中で取り上げられていた。先には他の文献ともども省略したが、今、以下に訳出しておく。

ローベァトゥは夢を、萌芽のうちに封じられた観念の排泄物である、と見る。彼は「人から夢見の能力を奪ったら、精神に障害を起こすに違いない。なぜなら、その能力が奪われると、脳の中には考え抜かれないままに終った観念や朧げな印象が大量に蓄積され、そのせいで、本来なら完結して記憶に収められるべきものが行き場を失うからである」と言う。夢は大きな負荷がかかる脳の安全弁である。……夢見は無価値な印象を排出する何らかの身体過程であり、夢はその排出作業から我々が受け取る報告である、とローベァトゥは考えている。加えて、ローベァトゥは「消化されないまま残った観念素材は、排泄されないと、空想の糸によって綴じ合わされた無害な絵となって記憶に収められることになる」と言っている)。

完全な覚醒をもたらす不安夢――不安の心的過程、〝無意識システムの禁圧〟の仕組み

今、「夢見は、無意識システムと前意識システムの折り合いがつく限り……」と述べたが、裏返せば、それは、折り合いがつかないと夢見のこの安全バルブ機能は失敗する、ということである。夢は、まずは無意識的な望みを叶えるもの(※本来の目的)なのだが、もし願望を実現させようという動きが激しくなって、そのせいで前意識の平穏が妨げられたら、「折り合い」はつかなくなる。その場合、夢は直ちに打ち切られて、(※夢の生理的な〝機能〟は停止し)〝完全な覚醒〟に取って代わられる。しかし、夢が普段は睡眠の保護者でありながら、今破壊者のように見えるからと言って、それは夢の所為ではないし、夢の有用性に疑問をもつ必要もない。生物に於いては、条件が少し変わるだけで普段の有用性が失われて、却って害になる〝機能〟というのは珍しくない。そういう場合、正常機能の失調もひとつの役は果たしていて、変調信号(※警報)を出すことで機能失調に対する生物の調節機構を作動させるのである。さて、ここで今論じようと思うのは、不安夢のことである。夢は望みを叶えると言うと、よく不安夢が反証に引き出されてくる。私としては逃げていると見られないためにも、ここで、不安夢に光を当てておこう。

たとえ不安を生じさせるにせよ、夢であるならば、これも願いを叶えようとしているに違いない。そして望み（※のプロセス）は無意識システムに属している。ここで今、この望み（※のプロセス）が前意識システムによって〝禁圧〟（※否認）されているとすると、望みが叶うたびに（※前意識的には）不安となり、望みが叶う夢が不安だという一見矛盾した事態が起きるだろう。（１９１９年の原注として自著『精神分析入門講義』第14課をかなり長く引用する中で、「……望みを実現することが満足であるとして、それは誰にとっての満足なのか。もちろん望みを持っている人に違いないが、そもそも夢見る人が望みを持っていると言っても、それはかなり独特なあり方で、彼自身（※前意識システム）は（※無意識システムの）望みを非難し、検閲し、要するにその望みを好んでいない。望みが叶っても、彼には満足が得られないどころか……不安になるばかり……夢見る人と彼の夢の望みとの関係は、強い共通要素で結びつけられているふたりの人物の関係と似たようなことになっている」として、精霊に三つの願いを叶えると約束してもらった例の貧しい夫婦の話（本章C）を紹介している）

心的に健康な人では、前意識システムが無意識システムを完全に支配することはない。心的正常さは、むしろ、その支配の程度によって左右されるのである。たとえば、神経症の場合、症状そのものが二つのシステムの（※神聖ローマ帝国の二つの最高〝審級〟Instanz《インスタンツ》同士のような）妥協の産物であって、そのバランスによって、（※三百年に及ぶ帝国の法治のごとく）かろうじて闘争が収まっている。症状は、無意識システムにとっては、興奮を少しずつ放散する出口であり、また前意識システムにとっては、無意識システムを「多少なりとも制御」する手立てになっている。例えば、今、ひとりの恐怖症の患者がいて、ひとりで道を渡れないという「症状」があるとする。

その彼に無理矢理道を渡らせて、この「症状がない」状態にすると、不安発作が起きる。このことから、「症状」は不安が吹き出すのを防いでいると分かるのである（※「症状」とは前意識システムによる無意識システムの制御の現われだということ。そして不安とはその制御が失われ、二つのシステムのバランスが崩れた状態で出現するものだということ）。一般に恐怖症は不安の前に立ちはだかる（※帝国）国境の砦である（※様々な神経症が、不安神経症に陥らないための「症状」によって構成されているというのが、フロイトの大きな発見のひとつ）。

前意識システムが〃無意識システムを禁圧〃（※ここでは、右の「多少なりとも制御」のこと）しなくてはならないのは、無意識システムを放任しておくと、〃抑圧〃されたために不快の性質を帯びるようになった（※興奮が増大した）情動が噴出するからである。つまり〃無意識システムの禁圧〃の目的は、不快な情動の野放図な放出を防ぐことにあり、そのため、禁圧は、不快感だけでなく、その源となった〃無意識の表象〃（※無意識中の考えやイメージ）に及ばねばならない。

ここで今私が考えているのは、次のような仮説である。すなわち、先ず情動を生成し分泌する器官があり、その器官を支配する神経があると考える（※脳下垂体のような脳内の神経内分泌系のシステムをモデルにしている）。この時、〃無意識の表象〃は、その器官の支配神経を作動させる鍵Schlüssel《シュリュセル》の役割を果たしている。さて、今、前意識システムの働きで、この〃無意識の表象〃が減ると（※これが〃無意識システムの禁圧〃）、不快な情動を生成させたはずの神経信号が止められるだろう。逆に、もしこの前意識からの備給が減って、〃無意識の表象〃の増加が生じると、（※神経信号が増えて）不快な情動が放出される危険が高まることになる。言い換えれば、この危険とは、前意識の支配が弱まって夢過程が放任される危険であり、それが起きる条件は、第一に、すでに抑圧が行われて（※不都合な考えが〝無意識の表象〟と化して蓄えられて）いること、第二に、今は禁圧下にあるその〝無意識の表象〟が、機会さえあれば、充分に力を盛り返せるようになっていることである。

ここから、話は夢形成の心理学的な枠組みから離れる。不安の問題は、本来、神経症の心理学の範疇に入るのである。ここまでで夢過程との接点を示したので、もう十分だろう。ただ、もう一点。私は神経症的な不安が性的な源に由来すると言ってきたので、不安夢の夢思考のなかにも性的な素材があることを少し示しておこうと思う。

病気ではない若者たちの不安夢

神経症の患者たちは私に数多くの例を提供してくれた。しかし、神経症との接点の話を終えたばかりであるから、ここは、病気ではない若い人たちの不安夢を取り上げるのがよいと思う。

私自身の不安夢

私自身は何十年も本物の不安夢を見ていない。覚えているのは六、七歳のころのもので、三十数年も経ってから分析したことになる。それは実にありありとした夢だった。

〈大好きなお母さんが妙に落ち着いた、眠っているような表情をして、二人か三人の鳥の嘴をした人たちに運ばれてきてベッドに寝かされる〉

私は泣き叫びながら目を覚まし、それで両親を起してしまった。細長い嘴の人物たちは、背が高く不思議な長衣を着ていて、フィリプゾンの聖書（原注：1839-54 挿絵入り旧約聖書。ヘブライ語、ドイツ語。第4章中命記）の挿絵で見た、エジプト墳墓の浮き彫りにあるハイタカの頭の神々だと思う。しかし分析を始めると、アパート管理人のしつけの悪い息子のことが思い出された。この子と私たちは一緒にうちの前の緑地でよく遊んだが、その子の名前がフィリプだった。この子から私は教養人なら“coitieren”（※ koitieren《コイティーラン》というところを括弧付きでラテン語風に書いている。元のラテン語は coitus「共に・行く」から「男女の出会い」を婉曲表現していた）と言い換えるべき卑語（※原文にはその語そのものはないが恐らく vögeln《フェーゲルン》。「鳥の交尾」という古義から転じて「性交する」の意味）を初めて聞いたように思う。この卑語ゆえに夢はハイタカ（※鳥 Vogel《フォーゲル》）の頭を選択したのだろう。この語が性的な言葉だということは、多分、このすれた先輩の顔付から察したのだと思う。さて、夢の中の母の表情は、祖父の顔付の複写である。私は祖父が死の数日前昏睡して鼾をかいているのを見ていた。というわけで、二次的加工（第6章G）が行われて、「お母さんが死にかけている」と、辻褄合わせが行われたに違いない。「墓の浮き彫り」もそれに符合する。私は不安になって目をさまし、その不安は両親が来てくれるまでやまなかった。私は母を見た途端に心が静まったのを覚えている。あたかもお母さんが死んでないと安心することが、自分に必要だったかの如くに。

　しかし、この二次的加工による話の筋は、明らかに、すでに生じていた不安の影響で作られたものである。私は母が死にかけている夢をみて不安になったのではなくて、すでに不安に囚われていたので、前意識が夢を「お母さんが死にかけている」と判断して加工したのである。その不安を辿って行くと、抑圧のせいでぼんやりとしているものの、明らかに性的と分かる渇望に至る。

その渇望が夢の映像（※ vögeln を連想させる細長い嘴の Vogel）にちゃんと表現されていたというわけである。

前年重い病に伏していた二十七歳男性の夢

彼は十一歳から十三歳の間に繰り返し、同一の不安な夢を見ていた。

〈斧を持った男に追いかけられて、逃げたいのに体がしびれて動けない〉

これは極く普通の不安夢で、性的な内容であることは疑いようがない。分析の際にこの人が思い出したのは夢のずっと後に叔父から聞いた話で、叔父は、ある夜、通りで怪しい身なりの男に襲われかけたというのだった。この連想に引き続いて、彼は「夢を見ていた時期にも似たような話を聞いた気がする」と言った。そして、「斧と言えばその頃、薪割りをしていて斧で手に怪我したことがあった……」と話していて、ふと、自分が弟をしょっちゅういじめたり投げ飛ばしたりしていたことを思い出した。ある時などは、弟の頭を長靴で殴ったら血が出たのだとか。そのとき母親が「心配だわ。あの子はいつか弟を殺すことになるでしょう」と言っていたのを覚えている。このように「暴力」を巡る話をしていると、急に、九歳のときの記憶が蘇った。両親が夜遅く帰宅して、それから床に就いたが、自分はずっと寝た振りをしていた。まもなく喘ぐ声などが聞こえてきて不気味な気がしたが、両親がどんな姿勢をとっていたかは分かっていたように思う、と言う。ここで少し質問をすると、当時、彼が両親の関係を自分と弟の関係と同じようなものだと考えていたことが分かった。両親も「暴力」と「つかみ合い」をしているのだと思っていて、その証拠に母親のベッドによく血が付いている、と考えていたというのである。

大人の性交が子供たちに怖い想いをさせ、不安を与える、というのは、言ってみれば、日常茶飯の出来事である。私流に言うと、ここで子供たちの中に生じているのは性的な興奮であるのに、当人にはそうとは理解されないどころか、両親が関わることだけに、その興奮自体が意識から排除され、子供は更にそのせいで不安になる。子供ももっと幼い時期になら、異性の親に対する性的な興奮は抑圧されることはないから、先（第5章D）に見たように自由に表現されるだろう。

私は躊躇なく、子供によく起こる〝幻覚を伴う夜の不安発作〟（夜驚症）にも同じ説明をする。ここにも、本人が何のことか理解しないまま受け容れを拒絶している性的な興奮がある。記録を取ってみれば、おそらく周期性が見つかるだろう。というのも、性的なリビドー（※ Libido 精神分析用語。性的な衝動に関わる心的エネルギー量）の増加は、偶発的に経験する外的な出来事からの印象ばかりでなく、自然な発達過程の波によっても引き起こされうるからである。

しかし、私にはこの説明を行うのに充分な小児の症例がない。他方、小児科医は、肝心な視点を欠くので、心身両面からこの現象の全体を理解することが出来ない。医学的な妄信に目を遮られて、症例の理解に近づきつつ通り過ぎてしまった滑稽な例として、デバカー（※ Debacker とあるが、ベルギー人だとすれば deBacker か）の夜驚症に関する1881年の論文に出ている症例を引用させていただこう。

デバカー医師の症例——夢を見た当時十三歳だった少年の夢

少年は体が弱かったが、何かと心配しているかと思えば朦朧としているというふうになった。

睡眠障害も生じ、週に一度くらいは幻覚を伴う不安発作で目が覚めてしまう。そのときの夢を少年はいつもはっきりと覚えていた。例えば、悪魔に「さあ捕まえたぞ、さあ捕まえたぞ」と怒鳴るように言われ、それから瀝青《れきせい》（※ここは石炭のこと）と硫黄の燃える匂いがして、炎が彼の皮膚を焦がす、という具合。家族によれば、少年は恐怖とともに夢から飛び起きて、初めは叫ぶことも出来ないが、そのうち、はっきりと「違う違う、僕じゃない。僕はなんにもしてないよ」と言うのだとか。また別のときには、「お願い。もう二度としないから」とか「アルベールはしてないよ」と。後には、着替えを拒むようになった。「だって、服を脱いだら、炎がやってくるじゃないか」と。この悪魔の夢のせいで健康を損ねかねないと田舎に送られ、一年半後にようやく回復した。十五歳になった彼が告白するに「言わないようにしていたんですけど、いつもあそこがむずむずして興奮していました。それが神経に障るようになってきて、何度も、寝室の窓から飛び降りようと思ったんです（※この発言部分はフランス語）」

この症例について、次のように推測することは、我々には全く難しくない。①幼い頃に少年は自慰をして、恐らく否認しても、その悪い癖に罰を加えるぞと脅されていたのだろう。「もう二度としないから」としたことを認めている一方で、「アルベールはしてないよ」と否定もしている。②思春期の始まりとともに、自慰をしたいという気持ちがまた起きて、陰部がむずむずした。③抑圧の闘争が生じて、彼のリビドーは禁圧（※ここでは、ほぼ「抑圧」と同じ意味）されて不安に変じたが、その不安が以前から脅されていた罰に結びついた。

しかしながら、論文著者の結論は違っていて、

「①虚弱な少年に思春期の影響が加わると、少年は衰弱し、重篤な脳貧血に至ることがある。②

この患者の場合、脳貧血が、性格変化、悪魔憑きの幻覚、夜間および昼間の烈しい不安状態を生じさせている。③悪魔憑きと自責は、幼い頃の宗教的な訓育の影響に遡ることができる。④全ての症状が消えたのは、田舎でしばらく暮らして鍛錬し壮健になったこと、また思春期を通過したことによる。⑤多分、遺伝負因と父親の陳旧性（※医学用語。発病して久しい）の梅毒とが少年の脳病の出現素因となったものと思われる」。

そして結語。

「我々はこの症例を栄養失調性無熱譫妄に分類した。というのも、この状態は脳貧血に帰属すると考えられるからである（※この結語部分もフランス語）」。

E　第一、第二過程――抑圧

夢過程の心理学に深く入って行こうとした結果、自分が何と難しい仕事に手を染めることになったかと、今、つくづく思う。それは、私の記述力では及ばない仕事だった。複雑な筋道の事柄がいくつも同時並行的に起きているのに、私としてはひとつずつ説明することしかできない。しかも、個々の論点を前提無しに進めようとしたものの、これがまた自分の能力を超えることだった。自分の見解が展開してきた跡を辿らないようにしたのも、仇となった。私の出発点となったのは神経症の心理学だったが、その研究に触れないつもりが、繰り返し言及するはめになったのである。本当は逆向き、つまり、夢の心理学を整理して、そこから神経症の心理学の方に話を進めたかったのだが。

諸学説の矛盾が解決されたこと

こういう事態に私としては満足がいかないわけだが、嬉しい事に、私の努力が報いられたように思えるところもある。第1章で示したように夢を巡る多くの研究者たちの説（※本書では殆ど割愛）には、相互に大きな矛盾があるのだが、この本の議論を経て、彼らの言説の殆どが収まるべき所に収まり、矛盾が矛盾でなくなった。夢には意味がないという見解と、夢は身体的な過程であるという見解の二つは論外として、他は全て、ひとつの全体像の中に位置づけられ、どのような意見もなにがしかの真実を語っていると示すことができたのである。（※これはアリストテレスの方法。第1章でやや唐突にアリストテレスの名前を出した後に、長々と諸説を紹介してから本論に入ったのは、これを目差していたということだろう。そして、それが達成されたという次第。以下、第1章の各節が簡単に再検討される）。

夢は、覚醒時に強い印象を受けたことや注意を引かれていたことにだけ関心を持ち、決して些事には関わらない（※ Haffner ／ Weygandt ／ Maury などの見解）と知られている。他方、反対に、夢が前日の些細なことばかりを話題に取り上げ、重要な出来事については関心が薄れるまで放置しているように見えると言われている（※ Burdach ／ Fichte ／ Strümpell など）。この矛盾が、潜在的な思考の発見で、矛盾ではなくなった。夢と一言で言っても、重要なことにだけ関心を持つのは夢の潜在的な思考であり、些末な事柄を取り上げているのは夢の顕在的な内容だからである。潜在的な思考は歪曲されて顕在的な内容になる。検閲によって心的強度が変わって（※〝置き換え〟のこと）、重要なものが重要でなく、重要でないものが重要であるかのごとくになってから顕在的な内容に表現されるのである。その際、些末な事柄ほど連想の広がりに乏しいし、新しい出来事ほど連想が広がる間がないので（本章C）検閲に引っかかることが少なく、顕在的な内容に表すのに都合がいい。こういうわけで、（※顕在的な内容としては）些事のみを取り上げるかに見える夢も、実は（※潜在的な思考としては）関心のある重要な出来事を取り上げているということになる。

話の出所の分からない夢を見た後、何かの体験をきっかけに、その夢が長らく忘れられていた昔の出来事に基づくものだったと気づくことがある（※Delboeuf）。言い換えれば、夢には大変な記憶力があるということであるが、中でも幼児期の記憶が夢の素材になり易い（※Hildebrandt／Strümpell／Volkelt）という点が、我々の夢理論からすると重要である。我々は、幼児期の望みこそが、夢形成に欠かせない駆動力だということに気がついた。

実験で確かめられた（※Strümpell）という、睡眠中に外から加わる感覚刺激の重要性については、これを疑う必要はなく、そのような刺激も夢の望みと結びつくことで初めて意味を持つと考えられる。それは、多分、昼間の厄介な経験の名残が夢の望みと結びつくのと同じことなのである。夢の中で客観的な感覚刺激が誤認されるのは錯覚が生じるのと同じことだという説（※Strümpell／Wundt）にも反駁する必要はない。ただ、そういう論文の著者たちが論じ残していること、つまり夢の〝誤認〟には動機があるという点が重要である。夢は外的な刺激を、そのせいで眠りが阻害されないように、そして、そのおかげで願いが叶えられるようにと、両睨みで〝解釈〟するのである。

夢がすばやく一瞬の内に起きるという説（※Maury）について言うと、「一瞬」なのは、〝意識〟が夢の顕在的内容を認識するときのことでしかない。それに先立つ（※潜在的思考が作られ、顕在的な内容になるまでの）過程は、時間のかかるものである。もっとも、そのようにして心の中に作られた膨大な量の材料（※潜在的な思考）が凝縮されて、「一瞬」の内に見られるような夢となることはある。

夢が想起される際に歪められているという説（※Strümpell／Jessen）は正しい。しかし、歪められているからといって問題が生じるわけではない。この出来事は、単に、夢の形成の当初から進行していた歪曲の最後の部分が露呈して（※気づかれて）いるのに過ぎないのである。

心は夜に眠っているという説（※Maury）と、昼間と同様に全ての能力を享受しているという説（※le Marquis d'Hervey）との間の論争は、とうてい和解の余地がないように見えるが、我々としては、どちらにもある程度は賛成出来るものの、どちらにも全面的に賛成というわけにはいかない。我々が見出したのは、潜在的な思考が複雑な知的作業を行い、その際に、ほとんど全ての心的装置を動員しているということである。しかし、この潜在的思考は日中に活動している（※これの説明は次項）。夜はどうかというと、心的活動にも睡眠状態があると考えるのが普通だろう。そのため、夢は頭の一部が眠り他の一部が働いているときの現象だという説（※Herbart／Binz／Maury）が広く支持されたこともある。しかしながら、我々が夜の睡眠状態に見出した特徴は、心的な脈絡が崩壊した状態（※Lemoine／Maury／Spitta の引用による Hegel／Dugas）ではなくて、昼間の思考を支配していた前意識システムが、今度は、眠りたいという望みに集中するということだった。その意味で、外界からの離脱（※Delboeuf／Burdach）ということが、我々にも意味を持つことになった。外界から遮断されれば、退行して夢を描くのが可能になる。また、睡眠時に思考を思うままコントロール出来ないからと言って、心的活動から目的が失われるわけではない。随意的な目的が放棄されるや否や、不随意的な（※望みを叶える夢を作るという）目的が登場するからである。夢の意味連関が粗雑であること（※Strümpell）は、調べてみると当初考えたよりもはるかに深い出来事だった。それは、重要で価値のある意味連関が歪曲されて、一見粗雑な形をとっているということだったのである。というわけで、我々も夢は馬鹿げていると確かに言った（第6章E）が、実例を調べてみると、夢は馬鹿な振りをしているだけで、何と賢かったことか。

夢の生理的な機能については、前節（本章D）で述べた通り、ローベアトゥの説に異論はない。夢は、安全弁のように機能しており、彼の言う通り、全ての有害なもの（※「封じられた観念」）を、夢の中に表現（※「排泄」）することで無害にするのである。彼の学説は、夢による二重の願望（※無意識の望みと前意識の眠り続けたいという願い）の実現という我々の考え方とぴったり調和するが、彼の学説の意味は御本人よりも我々の方がずっとよく分かっていると思われる。

潜在的思考は昼間作られ、夜間に「夢の仕事」を受けること。注意という心的機能のこと。そして〝思考の禁圧〟の仕組みについて

かくして、文献に見られる、互いに矛盾している多種多様な見解も、概ね我々の夢理論の中に統一的に収められることが分かった。しかし、我々の理論もまだ未完成である。心理学の暗闇に分け入ろうとして出くわした多くの理解困難な事柄は別にしても、新たな矛盾点が覆いかぶさってくるように思える。例えば我々は、一方で、完全に正常な心的活動から夢の潜在的な思考が生じていると考えたが、他方で、そうして生じた潜在的な思考には正常とは言い難い思考処理が加えられる。我々が「夢の仕事」と名付けた、この奇妙な思考処理は夢の顕在的な内容に影響を及ぼしており、そのために我々は、顕在的な内容から潜在的な思考へと戻って進む夢解釈の際に、その思考処理をひとつひとつ確認することになる。「夢の仕事」はどれもが合理的な思考からかけ離れているので、文献著者たちが、夢見の心的作業はレベルが低いものだと手厳しい判断を下すのも、仕方がないかと思えるのである。

正常な心的活動から生じた潜在的な思考に、正常とは言い難い処理が加えられるというこうした矛盾にも、おそらく、もっと研究を進めてゆけば、光が当たり理解が進むことだろう。ここでは、ひとまず、すでに分かったことを整理しておこう。

夢の顕在的な内容は、夜、昼間の思考と入れ替わるように出てくる。一般に、昼間の思考は、それが普通で正常なものならば、完璧に論理的な連鎖をなし、複雑な働きを高度にやり遂げている。そして、潜在的思考も同じ特性を持っている。ということは、潜在的思考は昼間に作られるということではないか。睡眠中に作られると考えなくてはならない必然性はないし、そもそも睡眠中だと考えたのでは、これまで睡眠の心的な状態として考えてきたこと（※夜間の前意識の働きなど）と齟齬を来す。おそらく、潜在的な思考は、最初から意識に気づかれることなく、前日の昼間に作られ、眠る時までに完成しているのである。

ここで、複雑な知的作業が意識の協力なしに達成されうるのかという疑問が起きるかもしれないが、そういう現象自体は珍しくない。ヒステリーや強迫神経症の患者に精神分析を行うと、必ず出合う。だからと言って、夢の潜在的思考が意識に上ることが本性的に出来ないというわけでもないだろう。昼間のうちに意識に上らなかったとすれば、そこに様々な理由があったというだけのはずである。例えば、〝意識〟（※前意識に向けられた〝知覚器官〟）に感知されるためには〝注意 Aufmerksamkeit《アオフメアクザームカイトゥ》という心的機能〟が振り向けられなくてはならないが、この〝注意〟にはエネルギー量的な制約があって、他の事柄に目を奪われれば、今考えていることから逸らされてしまう。また、意識的に考えるとは思考の連鎖に〝注意〟を払っているということだが、我々は、その思考が間違っているとか役立たないと判断すると、その連鎖に向けていた〝注意〟に備給しなくなる。しかし、思考の連鎖そのものは、〝注意〟を払われず〝意識〟（※知覚器官）に上らなくても、人が眠りにつくまで、自ずと進んで行けるのである。

我々は、注意を向けられず意識に上らないこういう思考連鎖を前意識的な思考と呼ぶ。それは一種の思考でありながら、単に放置され、あるいは中途で禁圧されているのである。一般に思考に於いては、〝考えの目標〟（※考えの向かう先）から連想が（※いわば逆向きに）延びてきていて、その連想の経路を辿って、備給エネルギーが移動してゆく。〝放置された〟思考は、この備給を得られなかったものであり、〝禁圧〟つまり否認された思考は備給エネルギーを回収されたものである。いずれの場合も自前のエネルギーしか残されない。

このようにして〝放置された〟思考や〝禁圧された〟思考に、無意識的な望みに備わるエネルギーが転移（※ここでは「備給」のこと）されることがあり、そうなると、これまで前意識的であった思考連鎖が無意識に引き込まれる（※当面〝意識〟によって知覚されることがなくなる）、という事態になる。

無意識に取り込まれると、思考連鎖は、以下のような異常な心的過程により変容を遂げて、我々を戸惑わせ、病理的とも思える形成物を産む。

圧縮

ある考えの持っていたエネルギー強度（※強度3だの4だのというふうに数量的にイメージされている）が丸ごと放出され、別の考えに移動すると、その結果、膨大な強度を集めた考えが現われる。この過程は何度となく繰り返されるので、思考連鎖全部のエネルギーが最終的にひとつの思考要素に集まる（※ひとつの考えが、そこから伸びてゆく思考連鎖を代表する）ということが起きうる。これが「圧縮 Kompression《コムプレスイオーン》 ないし濃縮 Verdichtung《フェアディヒトゥンク》」の現象（※以上が圧縮の定義。精神分析用語としてはVerdichtung の方を圧縮と訳すことになっている）であって、我々は夢の仕事のひとつとして良く知っている。そしてこれがまた、夢から我々が受ける当惑に満ちた印象の主な原因となる。というのも、そのようなものは、我々の普段の、意識に上る心的生活には馴染みがないからである。

普段の心的生活でも、思考連鎖の結節点や終点となっている考えは重要である。しかし、その重要性がそのまま（※〝意識〟によって）知覚されるわけではなく、心的な意味が重要な分だけ余計に知覚されるということでもない。ところが、圧縮の過程となると、考え同士の関係はすべて内容の強度に変換されて大小となる。それはあたかも、私が本を書いていて、ある言葉が他よりも特別大事だと思えば、字間を空けて〝太字に〟するというようなことである。喋っているときなら、私は、その言葉をゆっくりと〝大きい声で〟強調するだろう。そう言えば、『イルマの注射の夢』ではトリメチルアミンの化学式が太字で見えていたのだった。あるいは太古の彫刻（※1895年の最初のイタリア旅行以来、古代の遺物収集はフロイトの趣味となり、旅行の度に骨董商を訪れた）の例でいうと、美術史家によれば、人々の地位が〝像の大きさ〟で表されるのだという。王は家臣や征服した敵の二倍三倍に示されるのである。もっとも、ローマ期となると洗練されて、皇帝の像は真ん中に置かれ、直立の姿勢で細部にまで注意深く描かれているだけになる。敵は足下。皇帝が小人たちの間の巨人に見えるようなことはもうなされない。ちなみに、今日我々の社会で、目上の者に配下の者が頭を下げるのは、古代の表現方法の残響だろう。

　夢の圧縮が進んで行く方向は、一方では前意識の中での潜在的思考どうしの論理的な関係によって決まり、他方では無意識の中にある視覚的な記憶（※殊に小児期の記憶は視覚的である）による引力（※どの記憶からエネルギー強度が移動してくるか）によって定まる。そして圧縮の結果、知覚の諸システム（※知覚システム－無意識システム－前意識システム－意識システムという階層。前節D）に分け入るだけの強度（※エネルギーの集積）が得られるのである。

混ぜこぜや妥協

（※エネルギーの）〝強度〟が自由に移るので、圧縮の作用によって、「中間的なイメージや考え」が妥協の産物のように形成されることがある（※妥協形成 Kompromißbildung《コムプロミスビルドゥンク》 精神分析の概念。抑圧されたものが、抑圧するものとの妥協 Kompromiß によって、意識に許容される形になること）。夢にはこの例がたくさんある（※集合的合成的人物像など。第6章A）が、覚醒時の普通の思考連鎖では有り得ないものである。それというのも、覚醒時の思考に於いては、「正しい」要素を選び保つことがなにより大事だからである。もっとも、覚醒時でも前意識の思考を言語的に表現しようとする場合には混ぜこぜや妥協が生じ、それは「言い損ない」と呼ばれる。

音や意味による連想

お互いに〝強度〟をやり取りする場合、（※それによって連結する）思考同士は、ふつう、「緩い関係」（※原子間で電子のやり取りをする化学結合が、電子を共有する共有結合よりも「緩い関係」であるがごとく）になる。その繋がり方は、我々の普段の思考では馬鹿にされ、使われるとしても駄洒落くらいのものである。しかし、夢の形成に於いては、特に音や意味による連想が他の（※内容などによる）連想と同等なものとして取り扱われている（※ウェルニッケ型失語症や統合失調症の「支離滅裂」、躁病の「言葉のサラダ」では、むしろ音・意味の連想による思考が他を圧倒する。またこの方式の連想は認知症の患者にもよく見られる）。

矛盾の併存

相互に矛盾する思考は、打ち消し合うのではなくて、「あたかも矛盾がないかのように」併存する。そして時に結合して混ぜこぜの合成物になったり、あるいは妥協の産物を形成したりする。我々は普通、意識的にはこの種の矛盾を許容しない（※「子の矛を以て子の盾を陥さばいかん」の類い）が、行動するときには容認することがある（※楚人が、この矛と盾を平然と鬻《ひさ》ぐように）。

以上が、一旦は合理的に構成された潜在的思考が「夢の仕事」から受ける異常な過程の幾つかである。その眼目は、備給エネルギーを流動的にして、より「放電可能」な状態に置くということ（※エネルギーの自由度を高めること）にある。どんな内容、どんな意味の要素に備給するかは二の次となる。

圧縮やそれによる妥協形成が起きるのは、退行、すなわち思考をイメージに転換させるため（※潜在的思考は、しばしば幻覚的なイメージとして現われる。この説明のために、本章Bで、方向付けられた諸システムによって構成される心的装置を考え、覚醒時に興奮は知覚末端から運動末端へと前進的に進むが、睡眠時には思考は運動末端への進行を拒否されて知覚システムまで逆行・退行するとした）だけのことだと思われるかもしれない。しかし、たとえば私がN教授と会話した『Autodidasker の夢』のように、イメージへの退行を欠く夢にも、他の夢と同様の圧縮（第6章A）や置き換え（第6章B）の過程が見られるのである。

こうして、二つの全く異なる心的過程が夢の形成に関与しているという結論に至る。ひとつ目の（※前意識的）過程は、（※意識に上らないだけで）まったく合理的な潜在的思考を創造するが、それは普通の思考と等価なものである。二つ目の過程は、その潜在的思考を無意識に取り込み、圧縮、混ぜこぜや妥協、音や意味での連想、矛盾の併存といった不合理で当惑させられるようなやり方で扱う。後者が第6章で見た「夢の仕事」そのものである。となると、この後者の心的過程が何に由来するのか、ということになる。

これに答えるには、また、神経症の心理学に多少なりとも入り込まなくてはならない。そこで分かることは、この不正な過程と同じものが、本書では述べていない他の過程と相俟って、ヒステリー症状の形成を支配しているということである。ヒステリーにも、全く合理的で、我々の意識的な思考と等価であるのに、その存在が当初は分からなくて、再構成して初めて分かる思考がある。ある時点で気が付いて（※面接中にこれは？　というヒントがあって）症状の分析を行うと、もともとは正常な思考だったものが不正な処理をされていたのだと分かるのである。

「正常な思考は、圧縮や妥協形成を受け、表面的に連想されたものに取って代わられ、矛盾があっても無視され、そして、時には、最後に退行の途を通って、病的な症状になる」

夢の作業の特徴と、神経症の症状形成に働く心的活動の特徴とが、このように、まったく同一であることから、我々は、ヒステリーの知見を夢の現象に当てはめてみても構わないと思うのである。

ヒステリー理論の原則のひとつは、「正常な思考連鎖にこのように異常な心的処理が加えられるのは、幼年期に由来し現在は〝抑圧〞されている無意識の望みがそこに転移（※心的エネルギーを移動）されている場合に限られる」ことである。

実は、夢の理論を作るに際して、私はこの原則を参考にしたのであるが、それは夢の望みもまた無意識の望みからエネルギーを得ているに違いないと想定していたからである。この想定が正しいと証明し得ないのは認めるが、反証があげられるものでもない。しかしそれにしても、この原則中の〝抑圧〞という言葉は、これまで何度も使ってきたわけだが、その意味を充分に知るためには、我々の心理学的枠組みをさらに拡張してゆく必要がある。

一次過程と二次過程。〝抑圧〟の仕組み。そして不快〝回避〟原則

先に（本章C）興奮の蓄積を避け、可能な限り興奮のない状態を維持しようとする原始的なシステムを想定した。興奮の蓄積で不快と感じられると、この装置が稼働し、それによって興奮が減少して快の満足が得られるとすれば、我々が〝望み〟と呼んだものは、この不快から出発し快を目差す流れに他ならない。あるいは、この望みが心的装置を動かすと言ってもいい。

望みも原初には、幻覚によって、かつて満足した記憶を再び活性化することだっただろう。しかし、装置が消耗し切るまで幻覚が続いても本当の満足に至ることはないし、充分な快がもたらされることもない。

そこで、この原始的システムを補完する二つ目のシステムを考えなくてはならなくなる。このシステムは、原始的なシステムによって興奮が退行し、知覚末端にまで及んだ末に幻覚が生じて心的な力の拘束（※エネルギーの自由度を失わせること。ここでは、柔軟な心的活動を阻害すること）が起きることを防ぐ一方で、興奮を迂回路に分岐させ、随意運動によって外界を変化させて、満足を現実的に知覚できるようにする（※能動的に活動して現実的な満足を求める）ものでなくてはならない。

ここで満足体験とちょうど反対の、外部から苦痛の恐怖が与えられたときの体験（※いわば負の満足体験）を考えてみよう。原始的なシステムに苦痛をもたらす知覚刺激が加わると、運動が

闇雲に起きる（※空腹の時に手足をバタバタさせたのと同様に）が、その運動のひとつ（※痛いと感じて手を引っ込める反射運動の類い）によって苦痛から逃れられること（※ミルクをもらえたことに相当）がある。そうなると、その苦痛な知覚が現われる度に、直ちに逃避の運動も繰り返されて、その都度知覚がまた消えるという経験が反復するだろう。しかし、この場合には、原始的なシステムが、（※ミルクをもらって満足した場合のように）痛みの元となった知覚の記憶に再備給する（※苦痛な知覚の記憶を保持・強化する）ことはあるまい。むしろ、システムは、苦痛な記憶のイメージが（※刺激もないのに）再生されそうになったら、直ちにそれを除去しようとするのではないか。というのも、そういう興奮が知覚の中に流れ込むと（※興奮の蓄積が始まって）それだけで不快になり始めるからである。苦痛なイメージを直ちに除去することで労せずして苦痛な記憶を避けるという、この過程こそが我々にとって「抑圧」の原初的な雛形になるのである。そして、嫌なことから目を背ける、例のダチョウの戦術（※英語の諺。餌を探す姿を「嫌なことから目を背けている」と見なした）は、大人の普通の心的生活にも実際、しばしば見られるではないか。

　言い換えると、苦痛刺激に対して原初的システムには不快原則（※Unlustprinzip《オンロストゥプリンツィプ》　古い精神分析用語。心的装置が不快を回避しようとすること。従って、不快〝回避〟原則と言った方が分かり易い。フロイト自身、後には、〝不快を避ける〟から〝快を得ようとする〟に軸足を移して、これをLustprinzip《ロストゥプリンツィプ》快感原則と呼ぶ）があり、不愉快なことを思考の脈絡の中に入れないのである。しかし、それでは、二つ目のシステムが困る。というのも、二つ目のシステムは、（※現実的な思考や能動的な活動をするために）「不快」記憶も含めた全ての記憶へのアクセスを必要とするからである。そこで二つ目のシステムとしては、不快記憶に備給しながらも、（※不快〝回避〟原則によって除去されるはずの）

不快記憶が再現される一歩手前で止めなければならない。言い換えれば、「二つ目のシステムがある考えに備給（※ある考えを活性化）できるのは、その考えから不快が展開するのをぎりぎり阻止できるときだけ」なのである。

今、ひとつ目の（※無意識システムに属す）原始的なシステムのみによる心的過程を一次過程と呼び、そこに二つ目の（※前意識システム－意識システムに属す）システムによる制御が加わった場合にこれを二次過程と呼ぶことにする。一次過程は〝興奮の搬出〟（※Abfuhr der Erregung《アブフーア デア エレーグンク》 ローベアトゥの排泄説への言及。排泄されるものが興奮であることを示している。ちなみにAbfuhrkarren《アブフーアカレン》はゴミ車、Abführmittel《アプフューアミテル》は下剤）に努めて、（※空腹や苦痛による）興奮が蓄積しないようにし、（※満腹したり苦痛がなくなったりして）満足した経験との「知覚同一性」（※満足感の再現）を達成しようとする。しかし、二次過程は、その努力を放棄させ（※興奮の制御により快の充足を先延ばしにして）、知覚同一性の代わりに「思考同一性」（※思考の安定）を達成する。

一次過程は当初より心的装置に備わっているが、二次過程の方は、人生の経過とともに形成され、一次過程を制止し覆うようになる。二次過程が優勢になるのは、人生も盛りになってからのことだろう。二次過程が遅れて出現するだけに、前意識による自己理解は、無意識的な望みの衝動で構成される我々の存在の核心にまで及ばない。記憶材料の広汎な領域の全てには前意識による備給が届かない（※エネルギーの供給をして思考連鎖を繋げることが出来ない）のである。無意識な望みは、その後、当人の人生を（※背後から）導くことになるが、人は心的に努力することで（※二次過程によって）その無意識の力を逸らし、より高い目標に向けることが可能となる。

ここで知っておくべきことは、小児期に由来する望みの衝動の中には、それが叶えられると（※快が得られても良いはずなのに）、二次過程の〝考えの目標〟（※考えの向かう先）と齟齬をきたして不快しか生じない、という種類の衝動がある、ということである。つまり、「この感情の変容が、我々が〝抑圧〟という用語で言うことの本質を形づくっている」のである。

ちなみに、こうした衝動の由来は、それ自体ひとつのテーマではあるが、ここは、かような種類の衝動があると言うにとどめておく。今は、幼児期にはなかった不快が小児期になって出現すること、それが二次過程の活動のせいだということ、この二点に留意しておけば充分である。

さて、無意識的な願望は、幼児記憶に基づいて情動の「放出」（※Entbindung《エントゥビンドゥンク》分離。本来は前述Bindung《ビンドゥンク》「拘束」の対語だが、エネルギーの自由度が高まるというよりも、むしろ、その結果、エネルギーが放出されるという意味で用いられる）を行なおうとするわけだが、二次過程は、遅れて発達したが故に、この（※無意識的な願望の）記憶にアクセスできないので、その記憶（※が不快なものである場合、それ）に付随する〝情動の放出〟を制止できない。そういう状況で今〝情動の放出〟が起きると、前意識システムは、原初的システムの不快〝回避〟原則によって、記憶からエネルギーを転移されていた不快な思考から切り離される（※この原則の下で、前意識システムが「ある考えに備給できるのは、その考えから不快が展開するのをぎりぎり阻止できるときだけ」なので、備給できぬまま接点を失う）。こうして不快感が表出されても、それを伴っていたはずの思考の方は無意識の中に取り残される。これが〝抑圧〟の過程に他ならない。もともと前意識システムから遠ざけられていた幼児記憶がストックされていることが〝抑圧の前提〟になるのも、こういう仕組みのせいである。

F　無意識と意識そして現実

局所論的なモデルと力動的モデル

細かいところまで考えて行くと、装置の運動末端の近傍にふたつのシステム（※無意識と前意識）が存在するというこれまでの仮説ではなくて、興奮の進み方もしくは流れ方に二種類あるという仮説にした方がよさそうに思える。とは言っても、要は、未知の現実を調べるに当たって、よりよい補助線があれば、いつでも古い補助線を放棄して新しいものに取り替えればいいだけのこと。まずは、ふたつのシステムが心的装置の中で各々の場を占めているかのような言い方のせいで、生じかねない誤解を正しておこう。たとえば、ある無意識的な思考が「翻訳される」べく前意識に進み、さらに意識に「進入しよう」とする、と言っても、その「翻訳される」というのは前意識という〝場所〟で新たに翻訳文が作られて、無意識という〝場所〟に以前から存在する原文と別に存在するようになるという意味ではないし、「進入する」と言っても、思考が前意識という〝場所〟から意識という〝場所〟に移るということではない。また、前意識的な思考が抑圧される際に、「追い出され」て無意識に「引き取られる」と言ったが、あれは、領地争い（※の際の住民移動）をイメージ的に援用しただけのものだった。しかし、その場所的な言い方のせいで、前意識という特定の〝場所〟で、ひとつの考えが終わりになり、他の〝場所〟からきた新しい考えに取って代わられる、という誤解を生んだかもしれない。そこで、こうした比喩に代えて、現実の事態にもっと相応した喩えを使って、エネルギーがある特定の思考配列に備給されるか、そこから回収されるか、というふうに言おう。つまり心的な構成物は特定の審級Instanz《インスタンツ》の影響を蒙るか、そこから外れるか、なのである。こういう言い方をすることで、今我々は、局所論的な表現を力動的（※dynamisch《ディナーミシュ》 精神分析では「力動的」と訳されるが、ふつうに言う「力学的」のこと。フロイトは、ドイツの数学者ライプニッツが１６９１年にギリシア語の「力強い」dynamikós から採ってフランス語 dynamique「動きをもたらす」という形容詞とした原点に遡ってこの語を使った模様）な表現に置き換えている。力動的といっても、心的構成物そのものが動くということではなくて、神経支配のあり方が可変的だということである。

ただ、ふたつのシステムを図式的に考え続けるのも、それはそれで有用だし正当化されると思う。図式的に考えても、考えやイメージ、心的構成一般を神経系の器質的な要素として局在化しなければ、乱用を免れるだろう（※と控えめに言っているが、明らかに、システム論が「局所論」や「力動論」を同時に内包しうると分かってのこと）。ふたつのシステムは、生理学的な要素〝間〟に起きる出来事として、抵抗や促進による相互関係を生じるのだと考えればよい。我々の内的知覚の対象となりうるもの（※〝意識〟が認識するもの）は全て実体のない像で、光が望遠鏡の中を通って行くことで形成する像のようなものである。システム自体に心的なものはなく、それを我々が直接知ることは出来ないけれども、これは像を結ぶ望遠鏡のレンズだと想定すればよい。ふたつのシステムの間の検閲は、光が別の媒体に進む際の屈折に相当することになる。

意識と二つの無意識システム

これまでのところ、我々は独自の心理学を進めてきた。ここで、今日の心理学を支配している学説に目を向けて、それが我々の主張といかに関わるか調べてみよう。無意識の問題は、テオドール・リプスが1897年の講義ではっきりと言ったように、心理学上の問題のひとつというよりは心理学の問題そのもの、だろう。心理学が、「心的」とは「意識的」という意味だとし、それ故に「無意識的な心的過程」は語義矛盾だというような口先の説明をしているかぎり、精神科医が観察するような病的な精神状態を心理学的に評価することなどできるはずがない。一度でも神経症者の心的活動を丁寧に調べてみるとか、夢を分析してみるとかすれば、そこに、複雑ながら筋の通った思考過程が本人に意識させることなく働いていて、それを心的過程と呼ばないわけには行かないことが確信できるはずである。（1914年の原注：嬉しいことに、夢の研究から意識と無意識の関係について私と同様の結論に至った研究者がいる。デュプレルは1885年に「心の性質を論じるには、前もって、意識と心は同一かと問題にしなくてはならない。夢を調べれば、その答えは否である。夢は、心の概念が意識の概念よりも大きいことを示している。それは天体の引力がその輝きよりも広範囲に及ぶのと同様のことなのだ」と書いている）。もちろん、医者が無意識の過程を知ると言っても、無意識が意識になんらかの効果を及ぼして、それが報告・観察可能になってからのことである。また、意識の受けるその効果が、いかにも無意識的過程といった性質でない場合、内的には、自分が意識的に感じているものが無意識からの効果だとは感じられないかもしれない。要は、医師が行うのは推論だということで、推論をする内に、意識にあるものは無意識過程の働きの効果に過ぎないこと、無意識の過程は意識に上らず、知られることもなく存在し、働いていることを学ぶのである。

意識の特質を過大視しないことが、心的な出来事の経過を正しく理解するには必須の前提となる。再びリプスの言葉を借りるなら、無意識こそが全ての心的な生活の基礎だ、と考えなくてはならない。無意識が大きな円で、その中に意識の小さな円がある。つまり、意識的なものの全てに無意識的な前段階があるわけだが、無意識はその段階にあって十分な心的機能を持っている。実際無意識こそが本当に心的なものであって、その深奥の性質は、外界同様、本当のところは我々には分からず、外界が我々の感覚器官によって不完全に表示されるだけなのと同様に、無意識も意識に上ったデータによって不完全に示されるだけなのである。

意識的生活と夢の生活は古来対立するものと考えられてきたわけだが、それも、無意識的な心的現実があると分かれば、収まるところへ収まり、論者たちの頭を悩ませてきた一連の夢の問題も問題でなくなる。夢の中でいろいろなことが行われていると人々を驚かせたことも、今となってみれば、それは夢の仕業ではなく、昼も夜も働く無意識的な思考の働きだった。例えば、ある夢が、シェルナーが記述したように、身体を象徴的に（※例えば、一軒の家として）描こうとしているようであっても、我々には、もう、それが無意識的な空想が行ったことで、恐らく性的な興奮に由来しているので、夢の中に出るだけでなく、ヒステリー性の恐怖症などの症状としても表現されると分かっている。

また、夢が昼間の知的作業の続きを引き受けて夜の内にそれを片付け、それどころか良いアイデアまで出してくれるなどと言われることがある。しかし、夢が行った偽装を引き剝がしてみれば、夢がそんな仕事をすることはないと分かる。心の深淵にある諸力が夢の中で援助してくれたりすること（夢に出てきた悪魔が、美しく、超絶技巧を要するヴァイオリン・ソナタを弾いてくれたので、イタリアの音楽家タルティーニが目覚めてすぐ書き取ったといった類いのこと）は本当にはない。夜の間に知的な成果を上げたのは、昼間に同様の成果を上げているのと同じ心的な力（※無意識の思考）なのである。

一般的に言って、我々には、知的・芸術的な創作活動における意識の働きを過大評価するきらいがあると思う。実際は、ゲーテやヘルムホルツといった生産的な人々の話から分かるように、彼らの創造のアイデアは、ふと思い付いたこととして、つまり完成品のごとく意識に上ってきている。もちろん、あらゆる知的な力を総動員しなくてはならないというような場合には、当然、意識的な活動もそれなりの貢献をするだろう。しかし困ったことに、意識の働くところ、とかく意識ばかりが特別扱いされて、他の、無意識などの活動が全て我々の目から隠されてしまう。

夢が歴史に果たした役割を一個のテーマとして立てても意味がないだろう。例えば、ある首長が夢に促されて大胆な企てに乗り出して、それが成功して歴史の経過を変えたというような話（1909年の原注：アレクサンドロス大王が、長引いたテュロス攻囲に苛ついていたとき、自分の盾の上で半人半獣の森の精サテュロスが踊っているのを夢で見た。大王に従っていたアリスタンドロスが〝サテュロス〟とは〝サ・テュロス〟、すなわち〝テュロスは汝のもの〟と説明して、包囲を強化するように進言し、それが実行されてテュロスは陥落した）。この類いの話は、夢を、馴染みのある心的な力（※日中の意識的な思考）と対比して認識する限り生じるテーマである。もし、夢はなんらかの衝動が表現された形のひとつに過ぎず、昼間は抵抗にあっていたのが、夜になって深い興奮の源泉から（※エネルギーを）強化されて出てきただけのことと考えれば、夢などもう話題にもなるまい。ただし、古代の人々が夢に向けていた崇敬の念自体は確かな洞察に基づいていたと思われる。彼らは人の心の中で飼いならすことも破壊することも出来ない力を「悪魔」の力と呼んで敬っていた。我々は、その力が確かに我々の無意識の中で働いて夢を生み出していると、言ってみれば再発見をしたのだった。

私は今、わざわざ「我々の無意識の中で」と言った。それというのも、我々が無意識と呼ぶものは、哲学者たちの無意識とも、心理学者リプスの無意識とも同じではないからである。哲学者にとって無意識とは意識でないというだけの意味だから、彼らは、意識的な過程とは別に無意識的な心的過程があるとする我々の命題に対して熱心に反対する。リプスは哲学者たちよりはずっとましで、あらゆる心的なものが無意識的で、その一部が意識的になると主張している。しかし、我々が夢の現象やヒステリー症状の形成を取り上げたのは、リプスの命題を証明するためではない。この程度の話なら、日常生活の観察で十分だろう。我々が、精神病理的な症状や夢を分析することで発見したのは、無意識なものが、ふたつの別々なシステムの機能として、正常な心的活動に現われるということである。つまり、二種類の無意識があることになったわけだが、心理学者はまだその区別を知らない。だから心理学的にはこの二つをまとめて無意識と言うことになるが、我々が無意識システムと呼ぶものが意識には上らないのに対し、前意識システムと呼ぶ方では、その興奮が、ある規則に従い、無意識システムを考慮することなく、意識に到達する。三次元的なアナロジーで言うと、前意識システムは、無意識システムと意識との間に衝立てSchirm《シルム》のように立っているのである。

（※本章Dの冒頭に移した「意識の機能は心的知覚をモニターすることだけ」という主旨の段落は、原書ではここに掲載されていた）

ヒステリーと意識・無意識の問題

ヒステリーの思考過程を調べると、初めて意識の問題の多様な全体を俯瞰することができるのだが、それによれば、どうも前意識から意識への備給の移動に際して、無意識システムと前意識システムの間にあるのと同様に検閲（※「媒体間の光の屈折」）が関与しているようである。この検閲には閾値（※光の場合、波長によって屈折率が異なる）があって、強度の弱い思考形成物はその検閲をすり抜ける。神経症では、意識に上る場合・上らない場合の全ての例が見出されている。意識・無意識を巡る議論を終わるにあたり、その記録をふたつ報告しておこう。

昨年診察した患者の中に、ひとりのお嬢さんがいた。聡明そうな彼女は、立ち居振る舞いが自然なのに、服装がとても変だった。普通、女性というのは端々まで服を整えているものだが、彼女ときたら、ストッキングの片方はずり下がっているし、ブラウスのボタンはふたつ外れている。おまけに、脚が痛いのですと言って、自分からスカートをまくってふくらはぎを見せたりした。

彼女の主訴は、彼女自身の言葉によれば、体に「何かが差し込んでくるような」感じがして、それが「行ったり来たりと動いて」ずっと「揺さぶられる」。これが起こると、体全体が「硬直して」しまう。

その場に立ち会っていた医者がこの言葉を聞いて、私の方を見た。彼には、この訴えの意味が明らかだったのだ。しかし、何とも奇妙だったことに、患者の母親は、娘が描写している状況を自分で何度も経験していただろうに、全く平然としていたのだった。少女自身、自分が何のことを言っているのかまるで分っていなかった。さもなくば、あのような言葉が彼女の口から出てくることはなかっただろう。

これは、検閲がまんまと騙された一例である。普通なら前意識に止められているはずの空想が、医者に病状を訴えるというもっともそうな仮面をかぶったおかげで、意識に上ることを許されてしまったのである。

次の例。私が分析治療をしたのは十四歳の少年で、彼はチック（※顔面痙攣）、ヒステリー性の嘔吐・頭痛などで苦しんでいた。私は彼に、目を瞑ると絵や考えが浮んでくるはずだから、それを話してくれるように頼んだ。すると、彼は映像が見えると言った。診療所へ来る前に叔父さんとボードゲーム（※Bretspiel《ブレトゥシュピール》 チェスあるいはチェッカー）をしていた、その盤が、今、目の前に見えると言うのだ。それから、彼は、どこに駒があると有利でどこだと不利といった話や、どういう手は指してはいけないといった話をした。そして、今度は盤Brett《ブレトゥ》の上に短剣が置いてあるのが見える、と言う。短剣は父親のもので、空想力がそれを盤の上に置いたわけだ。それから彼は、盤の上に鎌、次いで大きな草刈り鎌を見る。そして、年取った百姓が現れてその大鎌を使って彼の遠い故郷の家の前で草を刈る光景が見えたのだった。

私は、二、三日経ってから、この一連のイメージの意味を理解した。少年は、不幸な家庭状況のせいで動揺していたのである。

少年の父親はすぐに癇癪を起す烈しい人で、妻と仲が悪く、子供は脅し上げて育てるのが一番と考えているような人だった。結局、繊細でやさしい少年の母親と離婚し、ある日、若い女性を家に連れてきて、これが新しいお母さんだと言った。少年の症状が勃発したのはそれから間もなくのことだったのである。

上記のイメージの数々は、父に対する抑圧された怒りで綴られていた。材料はうろ覚えの神話で、鎌はゼウスがその父クロノス（※巨神族ティーターンの王。時の神クロノスとは別の神）を去勢するのに用いたもの。大きな草刈り鎌（※万物を切り裂くアダマスの鎌）と年取った農夫はクロノス（※大地と農耕の神でもあった）の属性。クロノスは自分の子供を次々と呑み込むほど残忍だったので、ゼウス（※クロノスの末子。母の機転で生き延びる）に復讐をされたのである（※真正なギリシア神話では、父親をアダマスの鎌で去勢したのはクロノス。ゼウスはクロノスに呑まれていた兄たちを蘇らせたのち、彼らと力を合わせて、ティタノマキアの戦いで父の一族を滅ぼす）。

少年は以前性器を弄って（※spielen《シュピーレン》「遊ぶ」が本義）いて、父に叱責され脅されたのだが、その父の再婚が仕返しの機会を与えてくれた（ボードゲーム「Brett + Spiel」盤＋弄り。禁じ手。殺すのに使おうと思えば使える短剣。※これらが「仕返し」を物語っている）。長らく抑圧されて無意識に留まっていた記憶やその派生物が、迂回路を通って、意味のなさそうな光景という（※検閲の閾値よりも低い）形をとって意識に忍び込んだのである。

結語——夢は過去に由来し、未来へと導く

　私は、夢の研究は心理学的な知識に貢献し神経症の理解に結びついた点に〝理論的な〟価値がある、と考える。この先、心的装置の構造と作動性が充分に分かったら、その成果がどれほどの重要性を持つか、誰に見当がつくだろう。我々の現在の知識だけでも、基本的に治療可能な神経症の治療（※当時、ヨーロッパでもアメリカでも神経症に対して薬物・説得・温熱・拘束など様々な治療が試みられ、いずれも医師たちの宣伝ほどの効果はないと知れ渡っていた）に役立っているのである。

　しかし、〝現実的な問題〟に関する色々な質問が聞こえてきそうだ。いわく、こうした夢の研究は、心が如何に個々人の性格を形作るのか、といったことを明らかにするのにも役立つのだろうか？　無意識の衝動は夢に現われるばかりで、我々が心的生活をする上で実際に力を振るうことはないのだろうか？　あるいは、抑圧された欲望は、夢を作るように、いつか何か他のものを作り出しかねないだろうに、その倫理的な問題を考えなくてもよいのだろうか？　などなど。

　これらの質問に答える資格が私にあるようには思えない。私の考察は、夢のこうした側面を追求するものではなかった。私は、現実的な問題としては、皇帝暗殺の夢を見た従臣を縛り首にしたローマ皇帝は間違っていたと言うくらいしかできない（※第1章「夢に関する学術的文献」の中で紹介されていたショルツの議論。先には他の文献共々省略。この皇帝の話は当時広く知られていたらしい。彼は「夢で考えたことは目覚めていても考える、と皇帝が考えた上でのことなら、処刑は正しい」とする）。皇帝はまず、その夢にどんな意味があるのか探すべきだった。それは恐らく夢の中身とはまるで

違うものだったろう。では、夢に大逆罪に及ぶ意味が見出せたら？　プラトンの言明、「徳のある者は、邪な者が実際に行うことを夢で見て満足する」を思い出したらよいのである。私は、夢は無罪放免が一番だと信じている。

無意識的な望みを〝現実のもの〟と見ていいのかについて、私には何とも言えない。考えとしてまとまるまでの移行的な考え、中間的な思考には、現実性は、当然、ない。無意識的な望みを根本的で純粋な姿に還元して考えれば、疑いもなく、〝心的現実〟は、ある特殊な存在であって、〝物質的な現実〟と混同されるべきではないと結論づけることになる。となれば、自分の夢が不道徳なのは自分の責任ではないと言ってみても、なんの意味もないことになる。そもそも、我々の夢や空想で倫理的に良くないと思われることも、その大半が、心的装置の作動の仕方を正しく認識し、意識と無意識の関係を理解すれば、問題にすらならないのである。

「夢が現実について何か教えてくれたら、それを意識の中でも探してみよう。そして、分析という拡大鏡のもとで見た怪物が、小さな繊毛虫だったと分かっても驚かないことにしよう」（ハンス・ザックス、論文「夢判断と人間性の知識」１９１２年。※フロイトの直弟子。後、ボストンに亡命）

人の性格を判断したければ、その行動や意識的な発語を調べるだけで十分である。行動はとりわけ大切で、意識に上ってきた衝動の多くが、行動に至る前の段階で現実的な心的力によって抹消されるからである。そもそも、そういう衝動がその段階まで放置されていたのは、そのうちどこかで止められるだろうと無意識が信じていたからである。我々人類の美徳が誇らしくも芽生えてきた土壌（※心）は、耕し尽くされているようでも、まだまだ学ぶことが多い。人間の性格は様々な力に駆動されてあらゆる方向に向っていて、その複雑さときたら、古くさい道徳が好む箇単な選択肢（※良し悪しの類い）で済むことなどめったにないのである。

夢が未来を教えてくれることについては？　もちろん、それは問題外。どうせ言うのなら、夢は過去を教えてくれる。というのも、夢は、あらゆる意味で、過去に由来しているからである。しかし、夢が未来を予言するという古代の信念がまるで真実を欠くわけでもない。叶ったものとして望みを見せてくれることで、夢は、結局、我々を未来へと導いてくれる。しかし、この未来、夢の中で人が現在のこととして見ている未来は、不滅の望みが過去に似せて作り出したものなのである。

夢のあとに――訳者あとがきに代えて

1

二十代の頃、僕は、フォーレの歌曲「夢のあとに」をしょっちゅう聞いていました。曲が心に染み入るようだと思っていましたが、しかし。レコードの付録や音楽雑誌などで読む楽曲解説には、いつも違和感を抱きました。どれも、「夢の中で美しい人と幸せに過ごしていたのに、しばらくして目覚め、その夢の幸福な時間が終わると、あとは嘆くばかり」というような内容なのです。ええ?と思いました。演奏から受ける印象と違うからです。辞書を片手にビュシーヌの詩を読んでみました。すると確かに、意味はそんな感じです。とはいえ、フランス語が得意でないだけに、ニュアンスが分からず、やっぱり疑問は残りました。

当時はバリトンのスゼーが一世を風靡していましたが、その後、フォン・シュターデあるいはシュトゥツマンが出て、彼女たちのCDを聴いても、あるいはバイオリン、チェロといった楽器による編曲を聴いても、楽曲解説に対する違和感はずっと続きました。どの演奏からでも僕が感じるのは、曲の前半にはそよ風に髪を撫でられるような心地よさで、後半になると気だるく切ない思いに包まれる……変化がなだらかなのです。先ず恋愛の心躍る感じがあって、一転、幸せが去って絶望に陥るという感じとは違う。そう思っていました。

この僕の、「夢のあとに」を巡る疑問が解決したのは、本書、『夢判断』を読んだ直後のこと（二回目、二十代の終わり頃）です。ああそうだったのか、と思いました。僕がレコードやＣＤの解説を誤解していたのです。夢の中の「美しい人との幸せ」とは（僕が早合点したような）ワクワクする恋愛じゃなくて、お互いがお互いの優しい気持ちに包まれているという幸福感。そしてそういう夢が終わると、夢の中の人とともに、幸せに浸っていた「自分」も消え、淡い悲しみが残る。フロイトによれば、夢とは望みを叶えることですから、それも「失望」であるに違いありません。

こう分かってみれば、そのままの勢いで、夢の中の美しい人とは母親、失われた自分とは子供時代と決定すれば良いようなものですが、僕は直ちに、なにしろフロイトのこと、そう簡単な話では済むまいと思いました。『夢判断』で展開される考え方に従う限り、この夢は、幼児期以来繰り返し繰り返し経験あるいは空想したはずの、誰かを慈しむとともに、いつも誰かに慈しまれていたいという望み（順序もこの通り。自分がまず相手を愛し、それから相手も自分を愛してくれる、ということ）の集積したもの、となるのではないか。もちろん、この夢、つまり望みは現実には叶えられることが難しく、僕たちとしては夢がしばし見せてくれた幸福の、その余韻に気だるく浸るほかはないのだろう。そう考えたのでした。

2

その後、僕は、数多くの患者たちから数多くの夢の話を聞きました。もっとも、夢分析に乗り出したわけではありません。普段の診察の中で夢の話も聞いた、それだけのことです。そもそも僕は『夢判断』を普通の精神科面接の勉強のために読み始めたのでした。すでに述べましたが、この本はそのための良書です。いや第一級の、空前絶後の本と言って良いでしょう。

しかし、いくら普通の面接と言っても、当然ながら患者は、時々、夢の話をします。例えばこんな夢の話を聞きました。


気がつくと、自分は真っ暗闇の中に佇んでいます。寒くはないし、何も見えなくても怖くはありません。ふと、遠くに小さな黄色い明かりが灯りました。そしてすうーっと動いて……こちらに向かってくるようです。すると、また、小さな黄色い明かりがぽっと灯り、前の光の後を追うように、すうーっと動き始めます。それからまた小さな明かりがひとつ、またひとつと、次々に灯って、それらの光が一列になって、なめらかに、流れるようにこっちへ向かってきます。

自分は身じろぎひとつせず、その光の静かな行列を見ていました。

光の列は随分遠くからこちらに向かっているらしく、なかなか近づいてきませんでした。どのくらい時間が経ったことか。急に先頭の明かりが目の前に現れました。あっと驚きましたが、声は出ません。綺麗な着物を着て、市松人形のような、頬はふっくらとしているけど青いほど色白で無表情な少女が燭台を捧げ持って通り過ぎてゆきます。その後から、また市松人形のような少女が現れて、無表情に蠟燭を捧げ持って……次から次から音も立てずに少女たちが蠟燭の炎に生気のない顔を照らし揺らされながら通り過ぎ……このままだと終わりがない。そう思った時、ふうっと一陣の風が舞ってあたりは真っ暗となり、蠟燭も少女たちも、皆消えてしまいました。その時、自分は体を動かせるようになったことに気がつきました。それまで金縛りのようになっていたようなのです。

こんな風に、自分の見た夢を報告した患者は、悲しい目で微笑みました。そして、「先生、この夢をどう思います?」と聞きました。そこで、「あなたの夢から僕が連想したのは……」と前置きをして、上に述べた、フォーレの「夢のあとに」を巡る話をしました。すると、患者は「つまり、私の場合、この夢を見たからには、なんでもかんでもお膳立てされていた子供時代から抜け出せるかもしれない、ということですか?」。患者が連想したことも、僕のとほぼ同じことだったようです。僕は黙って頷きました。すると患者は「風が吹いてお終い……ですか。私としては、自力で劇的に自分の人生を手に入れたかったですけどね」と苦笑いしました。「いや、その夢は十分劇的ですよ」と僕は言います。実際、その日を境に、患者は長らく患っていた神経症の症状から少しずつ解放されていったのでした。

僕が患者の夢を「夢のあとに」を使って説明(これがイルマの夢の話で出てくる〝解決策〟と言われたものです)したのは、もちろん、面接を繰り返していて患者のことを十分に理解していたからです(患者のことをよく知っていたから夢の意味が分かったというこのパターン、『夢判断』の中にもたくさんでてきましたでしょ?)。事情は患者も全く同様です。これまでの面接の繰り返しの中で自分のことが明らかになってきていたからこそヒント(フォーレの話)だけで夢を理解できたのです。夢の中の少女たちの、華やかな衣装、端整な、しかし無表情な顔。蠟燭、風、際限ないと思われた行列、そういった夢の細部は、患者にも僕にも、もう言わずもがなのことになっていました。

実際には患者の自己理解が進んで、そんな段階にまで至っていたから、患者がこういう夢を見たのかもしれません。実際、そう考えられる例を、臨床ではしばしば経験します。例えば、次のようなことがありました。

そのころ、僕は自分の先生と廊下ひとつ挟んだ部屋で診療をしていましたが、ある日、その先生から「僕の患者で一度、君と話してみたいという、まだ若い女性がいるんだが、会ってやってくれないか」と言われました。珍しい、というより、そんなことは後にも先にもありません。「僕が長く診ている人でね。時々、廊下で君の姿を見かけていたらしいんだ」という説明を受けて、何日か後に会いました。患者は僕にいくつかの質問をしました。質問と言っても、遠くの駅で見かけた気がするけど、そのあたりによく行きますか、といった程度のことです。ひとつひとつ答えていると、患者が小さくため息をついて肩の力を抜きました。そして、にっこりと微笑むと、「実は、昨晩こんな夢を見ました」と前置きをして夢の話をし、一通り話し終えると、「今日は、お時間をとってくださって、嬉しかったです。ありがとうございました」と丁寧にお辞儀をして帰って行きました。僕は先生の部屋に報告に行きます。「うん。ありがとう。で、患者は満足していたかね」「さあ。ただ最後に夢の話をして行かれました。それは……白い綺麗な鳥籠の夢で、その中に、可愛い子犬が入っていたそうです。彼女が見ている時に鳥籠の戸が開いたのか、もう開いていたのかははっきりしないのですが、その開いた所から、子犬がキョトンとして外を見ていた……というのです。僕は良い夢だと思い、そう患者に伝えました」。それをきくと先生は「ふむ。そりゃ良かった」と言い、僕たちは連れ立って昼ごはんに行ったのでした。

この原稿を書いていて、僕たちが夢の細部を検討しなかったことに今更ながら、気がつきました。しかし、高名な主治医のもとで治療を重ね（僕は病名すら聞いていません）、もういつでも独り立ちできそうなところまで治って、ふと、隣の部屋で診療をしている先生の弟子とも話してみたいと思い、恐る恐る申し出たところ、あっさりとそれが叶えられることになった。それで、こんな「籠の中の子犬」の夢を見た、というのは間違いのないことでしょう。

3

僕が『夢判断』のやり方に従って詳しく夢の分析をしたのは、専ら自分の夢でした。フロイトだって、夢判断に慣れるにつれ背景をよく知っている患者の夢をたやすく読み解く一方で、自分の夢には結構手間をかけています。

ちょっと矛盾する話のようですが、夢に限らず、一般に、患者の心理よりも自分の心理の方が理解は難しいのです。患者相手ですと、その人の生活や人間関係について質問して（もちろんポイントをついた質問が大切ですけど）よく考え、また質問するという風にすれば、その人となりや問題点が浮かび上がってきます。その応答の際の患者の表情・態度も大いに参考になります。
ところが、自分の場合、何でもかんでも〝知りすぎて〟いて、何がポイントなのかなかなか見当がつきません。自己分析の方がずっと難しい。
というわけで、僕も自分の夢の分析には『夢判断』を片手にかなり練習しました。例えばこんな夢を分析しました。

僕は重いトランクを引きずるようにして歩いています。腕が痺れ掛かっていますが、立ち止まるわけにはいかないのです。夜です。ゴミが散乱する道を歩いていて、そこが治安が悪いので有名なK町だと気がつきました。悪漢に襲われるのではないか、と思うと胸がドキドキします。何しろトランクの中には札束がぎっしりと入っているのです。ビクビクしながら歩き続けて、ついに、大交番のある大通りまで来ました。手をあげてタクシーを拾います。やれやれ、無事に脱出できました。

目覚めて、僕は思わず「いやあ、これが僕の恐怖夢か。我ながら能天気だな」と呟きました。「しかも、〝悪漢〟とは、また古い言葉だなあ。いつの時代の夢だろう」。それでも本当に大金を手に入れたような気がしてその日一日はいい気分で過ごしました。ホント、能天気なことです。ところが次の日にはこんな夢を見たのです。

僕は階段を登っています。登っても登っても切りがないのですが、不思議と脚が痛くなることがありません。あれ？　気がつくとすぐ傍を、鴨の連隊が通り過ぎてゆきます。この階段は空中に伸びているのです。見ると、遥か下の方に町が見えます。上に目を転ずると、この階段は金色に縁取られた雲の中に伸びて行くではありませんか。なーんだ。

僕は自分の出した大きな声で目が覚めました。そして、もう一度「なーんだ」と言いました。死ぬってこういうことだったんだ。これなら全然平気じゃない。

この一連の夢について分析を始めたのは、その日の夜のことです。まず、フロイトに従って二日続きの夢はひとつのものと考えるべきでしょう。そして、今朝、目覚めて考えたことも、夢の一部のはず。しかし、そこまで考えたら、もうストップしてしまいました。あれこれと連想が交差して、取り留めがなくなってしまうのです。それで二つの夢を記録した走り書きを、ノートに清書しておくことにしました。目覚めた時に書いたのは文字通りの走り書きなので、時間が経って、自分の文字ながら解読不能になるのを恐れたのです。しかし、この清書は生産的でした。写しているうちに良さそうな連想がいくつか浮かんで来たからです。片っ端から箇条書きにしておきました。

その後、僕は折に触れて、ノートを開き、最初の清書や連想を整理しながら写し直しては、その時に新たに浮かんだ連想を書き足しました。このリズムが良かったようです。二週間もすると、夢の意味が次第にはっきりとしてきました。一日目の夢は、学生時代必死に貯めた虎の子を鞄に入れて、楽器を買いに行った時の情景です。楽器の製造所はK町を通り抜けた所にあり、怖がりの僕は相当緊張しました。しかし、この夢を見るきっかけになったのは別の出来事です。その日の昼間に、「気をつけないと論文のアイデアを盗まれるよ」と友人が心配してくれたのでした。つまり「札束」はその草稿でした。連想では、ある詩人に出したファンレターの返信にも繋がっていました。これは僕の宝物でしたが、ある時、別の友人が「そのうちに値がつくかもしれないね」と言っていたのです。その「札束」と対になっている、道に散乱する「ゴミ」は、教養学部時代に実験の終わった夜、渋谷まで歩いている途中に、友人が暗い顔で言った言葉です。「僕なんかゴミだよ」。その半年後に彼は自殺しました。また先輩の医師が「(学術雑誌の)今月号はゴミ(みたいな原稿)ばっかりで」と言っていた時の状況も反映されています。ここからは、たくさんの連想が得られました。また大交番、タクシー、「無事に脱出」なども、複合的に様々な意味を含んでいました。

さて、二つ目の夢。「階段」は病院の部長会で当時九十歳を超えていた院長が「私はエレベーターを使いません」とおっしゃったので、それに比べればずっと若い自分はこれから専ら階段を使う他はないなと思い、その週の初めから実行し始めたという話です。そこに、患者から教わって読んだばかりの晴佐久《はれさく》神父の本の影響(天国への道)が加わっています。しかし、「切りがない」は自分の先生が「読みたい本は何冊もあって、切りがないねえ」と言っておられた言葉そのもの。従って、階段は学問の上達という意味でもあるでしょう……。かように連想は切りがないのですが最後に一つだけ。目覚めて思った「なーんだ、死ぬってこういうことだったんだ」というのは、友人が死んだ時に知らせてくれた人が電話口で泣きながら「あいつ、今頃、なーんだ、死ぬってこういうことだったんだ、とか言ってるよ」と言った言葉だったのです。その言葉を聞いた僕も、恐らく、悲しみを振り払うために少しでも楽観的に考えようとしたことでしょう。その気持ちが、年を取ってから蘇って、自分も、若い時からあれこれと心配したり「ビクビク」と怯えたりしながら生きてきたけれども、なんだか天国って良さそうなところじゃないか、とようやく希望を持つことができたのです。

4

さて、自分の夢判断ができるようになったら、人はどうなるのか。フロイトもそこまでは教えてくれていないようですが、僕自身は、小さな魔法の手鏡を手に入れたような気でいます。本物の鏡はいくら磨いても、年々衰えてゆく一人の男の顔しか映し出しません（しかも、自分の心の中を見せてはくれない）が、夢は分析次第で、自分が幼い時から現在に到るまで大切に抱えてきたこと（トランクの中身）を今一度見せてくれますし、何を望んでトボトボと、あるいは胸を張って（階段を）登ってきたかを教えてくれるでしょう。

こう書いていて、もしかすると……と思いました。もしかすると、この本が出版されたら僕はまた不安な夜のK町や天国へ伸びてゆく階段の夢の続きを見るかもしれません。今度は、トランクの中にあるのは、膨大な量の翻訳原稿やゲラですね。そして、僕は見下ろして、地上からこっちを見上げている何年か前の、翻訳に乗り出した頃の自分の姿を眺めることでしょう。もしそんな夢を見て、そしてその夢から覚めて「なーんだ。こんなものだったのか」と思えたら、それは自分の力ではなく、担当編集者武政桃永さんと本当に「地味に凄い」校閲者（上の夢に出てくる「鴨の連隊」は、ここぞという時に声をかけ、力を貸してくれた人たちのことでした）のおかげです。気の毒なことにフロイトが得られなかったのはそういう大いなる職業的助力でした。

大平健

二〇一九年二月

Design by Shinchosha Book Design Division

SHINCHO MODERN CLASSICS

DIE TRAUMDEUTUNG

Sigmund Freud

新潮モダン・クラシックス

新《しん》訳《やく》　夢《ゆめ》判《はん》断《だん》

発行　2019. 4 .25.

2刷　2021.12.10.

著者　フロイト

編訳者　大《おお》平《ひら》健《けん》

発行者　佐藤隆信

発行所　株式会社新潮社

〒162-8711 東京都新宿区矢来町 71

電話 編集部 03-3266-5411 読者係 03-3266-5111

https://www.shinchosha.co.jp

印刷所　大日本印刷株式会社

製本所　大口製本印刷株式会社

乱丁・落丁本は、ご面倒ですが小社読者係宛お送り下さい。
送料小社負担にてお取替えいたします。
価格はカバーに表示してあります。

ISBN978-4-10-591007-5 C0398